U0669404

龙族传说

（一）

下

周乐易◆著

四川文艺出版社

图书在版编目（CIP）数据

龙族传说．一，斩仙剑 / 周乐易著．— 成都 ：四川文艺出版社，2019.1
ISBN 978-7-5411-5166-8

Ⅰ.①龙… Ⅱ.①周… Ⅲ.①长篇小说－中国－当代 Ⅳ.①I247.5

中国版本图书馆CIP数据核字(2018)第285774号

LONGZU CHUANSHUO YI.ZHANXIANJIAN

龙族传说一.斩仙剑

周乐易 著

策划出品：磨铁图书
责任编辑：金炀淏 余 岚
责任校对：汪 平

出版发行 四川文艺出版社（成都市槐树街2号）
网 址 www.scwys.com
电 话 028-86259287（发行部）028-86259303（编辑部）
传 真 028-86259306

邮购地址 成都市槐树街2号四川文艺出版社邮购部610031
印 刷 河北鹏润印刷有限公司
成品尺寸 166mm×235mm 开 本 16开
印 张 43.25 字 数 560千字
版 次 2019年3月第一版 印 次 2019年3月第一次印刷
书 号 ISBN 978-7-5411-5166-8
定 价 88.00元（全二册）

目录

龙生九子 隐没凡尘
四散九州 拯救苍生

第三十章 后山施法

不知不觉李天赐已在桑阳观静养疗伤了一段时日，他这段时间并未感到身体有何不适，反而体内真气汇聚，充盈不止，好几次暗中施法却未见奇毒发作，不禁心中大喜，心想也许体内毒素早就被真气彻底化解了。

这一日，暖阳当头，山风拂面，阳光照得天赐睁不开双眼，疗养的日子无聊至极，一来无法活动筋骨，二来静居此隅兴味索然。而自幼相随、形影不离的赵师兄此刻也已下山，不在观中。这个年轻人在养伤期间少了许多乐趣，他按捺不住内心的躁动，在弟子房院中四处闲逛，庭院内仙音缥缈，柳梦晴正坐在琴台前闭目抚琴。

他在柳梦晴身边徘徊了许久，始终没有说话。

柳梦晴注意到周围有人存在，便停了下来，缓缓睁开双眼，却发现身前站着的正是心事重重的李天赐。

“天赐，你有什么事吗？”柳梦晴微微一惊。

“梦晴，我有个不情之请，请务必答应啊。”

李天赐想了想，终于还是开口向那清丽少女说道，看上去严肃郑重的表情中却又隐含着些许狡黠。

“哦？何事不妨直说。”

柳梦晴面露疑色，饶有兴致。经过这些时日的相处，她越来越觉得眼前这个年轻人外表看上去虽稳重木讷，实则油嘴滑舌，鬼点子不断，突然做出什么惊人的举动也不足为奇。

不出所料，天赐脸上果然露出一丝狡猾的邪笑，朝柳梦晴靠近几许，悄声说道：“我想请你为我奏琴，助我运气施法，这几日太无趣了，憋得手痒，实在坐不住，再不活动活动身子骨，我可就要疯了。”

“不行，枯叶真人吩咐过，疗伤期间不可施展法术，否则会触发奇毒，后果不堪设想，此事决然不行。”柳梦晴面色如霜，一口回绝，完全没有商量的余地。

吃了闭门羹，天赐岂会就此打住？他满面狡黠，旋又笑着说：“嘿嘿，实不相瞒，我已暗中施展了一些粗浅法术，发现体内毒素并没有发作。”

“什么？！你竟然违背禁令，暗中施展法术，万一毒又发作怎么办？你这么做要是被真人们知道了，可是要受重罚的。”柳梦晴着实吃了一惊，这小子平日里虽说莽撞，但绝不会与自己的性命过不去，不曾想到，他竟然变本加厉，无视师门告诫，拿自己的生命开玩笑。

“嘘！小声点啊，别让师兄弟们听到了。”李天赐邪邪地笑了一笑。

柳梦晴有些生气，李天赐如此随性妄为令她无法理解，她从小到大一直是个耐得住寂寞的人，就算让她独自一人深居闺房与世隔绝数日，她也能做到。而眼前这个野小子，生性活泼好动，丝毫耐不住寂寞，忘了自己是个大病初愈的人，竟任性地撒起欢来，无论如何，这都是极其危险的举动。

这个此刻微带怒意的秀丽少女，静静望着眼前眉飞色舞的李天赐，默然无语。

天赐只顾着说自己的，又岂会知晓柳梦晴心中所想？他不断求着对方：“我这不是疗伤期间实在太闷了嘛，再不活动活动，我这身子骨只怕都要石化了。你的琴声总能让我随时随地静下心来，尤其那首《蟾宫曲》，更是让我体内真气充盈，因此，我想试试伴着这首《蟾宫曲》全力施法，看看会不会触发体内奇毒。梦晴，我知道你人最好了，

怎么忍心拒绝我这小小的请求？”

他一本正经地说着，到最后竟使出拍马溜须的招式，极尽谄媚之态。

柳梦晴虽然有些责备李天赐的鲁莽冒失，但也认为不该将他如此束缚，一时竟被他的如簧巧舌给说动了。真人们都说了奇毒已被抑制，更何况有《蟾宫曲》的施展，应该不会发生什么意外，他这些日子确实也够无聊的，再不活动活动恐怕会憋出病来。

念及此，她的眉目终于有所缓和：“毒素可能还未完全祛除，断然不可全力运功施法。不过你这几日过得平淡无奇，确实无趣，我们今晚找个清静之所，我弹奏那首《蟾宫曲》，你施展施展拳脚吧。但是一定要记住，若身子出现任何异样，要立即停止发功，切不可强行冒进。”

眼见拗不过他，柳梦晴只好答应，只不过此刻言语间，她已宛然一副老大做派，对天赐关怀有加。她与天赐年龄相仿，但囚牛却是九子老大，且女儿家心思细腻，因此关照小兄弟更是理所当然。

见柳梦晴终于答应，李天赐喜出望外，欣然允诺：“当然要寻清幽之地，若被真人们撞见可就糟了，惩罚我不要紧，可别连累你了。嘿嘿，那就今晚吧。”

“唉，真是怕了你了。”

柳梦晴无奈地笑了起来，却见李天赐早已心花怒放，脸上洋溢着灿烂的笑容，休养了这么久，他终于可以活动活动筋骨了。

是夜，月明星稀，淡云暗涌，山林的夜风微微拂动。桑阳观后山一处悬崖峭壁之上，牙白月光之下，似有琴声传来，两个身影在崖上隐现，不是李天赐与柳梦晴又会是何人？

柳梦晴一袭翠绾色流仙裙在月光下煞是好看，她面容娇柔，眼波生花，纤指在琴弦上挥舞，美妙的音律便从那囚牛古琴中飘出，舒缓悠扬，让人心潮澎湃。李天赐则手持震雷立于悬崖之上。这悬崖周围树木繁茂，黑漆漆一片，只有一面是绝壁，形成一块十丈见方的天然平台，月光刚好投射在这旷野平台之上，月影稀疏，暗香浮动，是再合适不过的练功修行场所。

李天赐此刻只觉体内真气翻涌，显然那囚牛古琴的《蟾宫曲》正发挥着功效，于是便运息聚力，挥舞起那根震雷神棍。

震雷器身正闪耀着翠绿色的光芒，自从主人受伤，这神器便再未有过如此明亮的光芒。棍顶那颗黑暗宝石也随之光芒大盛，某种无穷的气体在里面狂涌偾张，像是要冲破那颗黑石的束缚，向外宣示自己的力量。

琴声时而低沉、时而激荡，柳梦晴的仙裙随着夜风剧烈摆动，周身真气急速流转，那头垂肩的秀发也有些凌乱，她正双眸紧闭，全身心地弹奏着古琴。《蟾宫曲》悠远绵长，流淌着无限痴缠柔情，确实让人想到独居月宫的嫦娥，那般痴心断肠地守着蟾宫，无可奈何地与爱人天地相隔，让闻者动容。

而此刻柳梦晴面若冰霜，秀眉微蹙，宛若九天玄女那般冷艳清丽不可方物。随着琴声的起伏，她凝神聚息全力弹奏，那首《蟾宫曲》进入高潮后，一改之前高低起伏的态势，全是壮怀昂扬的音律，寻常人听罢都会气血翻涌，更何况天赐这样的修道之人。

《蟾宫曲》的功效本来就是助人运气调息，对真气施展甚有裨益，修道之人体内真气越雄厚，这《蟾宫曲》的作用也就越明显。在高潮迭起的古曲作用之下，李天赐身形灵动飘逸，体内真气奔涌，他将震雷朝天外奋力一掷，顺势朝夜空急速飞去，划过长夜，形如飞星。

震雷不断传来一声声破空厉啸，天赐在夜空中听声辨位，朝着神器飞翔的方向奔去，这一物一人瞬间化作一前一后的两道光芒飞向夜空中最远最深的云端。月色娇柔，清辉如水，层层浮云间，轻轻泛起一圈涟漪，顷刻间两道光芒便悄无声息地消失在天边那黑暗幽云的深处，夜空瞬间平静如常。

片刻安宁过后，清辉浮云中似有暗流涌动，又传来阵阵施展法器的异响。忽而，上空云层不断发出轰隆隆的震动，响声撼天，惊雷霹雳乍起，层云竟被某种外力生生撕扯开来，化作两团。一道翠绿至极的光芒从云中投射而出，朝悬崖急速奔来，正是那招许久未见、再熟悉不过的震雷问天。

青、紫、红、白四条狂龙划过寂静的夜空，在天地之间奔游，它们凶狠撕咬着、迅猛盘旋着，挟裹着铺天盖地的神力朝下方那块狭小的山崖平台袭来。这块方圆不过十丈的崖台，面对那从天而来的浩瀚神力，就如同一只蚂蚁面对巨掌的来袭，顷刻间就会被那神器之力扫荡夷平，倾斜崩塌。而此时柳梦晴抚琴正酣，闭目沉吟，全然不知周身的危险。

就在那山崖行将被神力摧毁，轰然崩塌之际，忽然间，古琴金光大闪，光芒万丈，囚牛在关键时刻现身。只见它周身激射出辉煌的金芒，急剧流转闪耀，迅速扩张变大，形成一面环形光罩，瞬间已将柳梦晴笼罩在里面。

四条蛟龙携带着神力，眨眼间浩浩荡荡地席卷了这十丈见方的绝壁，尘土飞扬，山石粉碎崩塌。

周围树木尽数被拦腰折断，天摇地动，山石上赫然出现了一道道狭长的裂纹。裂纹慢慢生长扩大，从起初宽如拳头般大小的裂缝，到最后竟生生将山崖从上至下割裂开来，部分山石倾泻而下，朝柳梦晴迎头砸来，原本安然幽静的场所，却突然间陷入碎石纷飞的乱境。

眼看那仍然沉浸在琴音之中的柳梦晴马上就要随着崩塌的泥石一同坠向悬崖下方的无底深渊中，只见囚牛狂舞，径直向高悬的冷月奔去，光罩承载着奏琴少女也随着囚牛缓缓上升，最后悬浮于高空，在夜空中闪闪发亮，犹如一颗金色光球。其间偶有利石飞来，撞到光球却转眼间变得粉碎，与柳芸庄那幕如出一辙，囚牛正施展着神力，守护着自己的主人。

电光石火之间，震雷幻化出的蛟龙风卷残云般扫荡了这片悬崖暗林，此刻的深深幽林已变成了一片火海。

悬崖上的草木悉数燃烧，山林火海中，植木噼啪炸响，火光冲天，热浪袭面，伴随着密林剧烈的燃烧，山巅土石急剧膨胀，岩爆声声，整个崖顶都在疯狂震颤，山体摇晃、滚石纷纷落下，裂缝越来越大，向四方蔓延生长。狭小脆弱的崖台终于支撑不住，与山体彻底割裂开来，乱石飞溅、尘土飞扬中，整座平台轰然坍陷。

天赐手持震雷，片刻后从云层深处奔袭而下，但迎接他的却已是面部全非、翻天覆地的场景。崖顶的平台此刻已消失不见，只有尘云烟雾笼罩，伴随着碎石不断从山顶滑落，滚入下方深渊。

整座山崖仍在轻轻摇晃，山崖上的密林还在剧烈燃烧，显然刚才那招震雷问天施展过头，用力过猛，没有拿捏好分寸，顷刻间将这方狭小的天地给毁了。

李天赐静立于震雷之上，悬浮在半空中，一时间两颊涨得通红，他怔怔地望着眼前残景，倒吸了一口凉气，不知该如何是好。不远处那巨大的金色光球在空中飘浮着，那光团中央，梦晴正兀自弹奏着囚牛古琴，此时琴声已如潮退，音律沉缓，逐渐消散，直至停歇。

柳梦晴缓缓睁开双眼，发觉自己身悬高空，周围光影流动，囚牛不知何时现身，着实吃了一惊。而当她瞧见身下那已成火海的夜林，消失不见的平台以及残岩断壁的悬崖，心中更是骇然。

“梦晴，你没事吧？”

天赐出神半晌，挂念柳梦晴，便朝她飞去。

“我没事，只是刚才沉浸在琴音之中，全然不知道周遭发生了何事，这一切可是你所为？”她望着那片火海，神色凝重，很是诧异。

“这个……可能是我干的吧，其实我也不是很清楚……”

“什么？！真是你所为？”柳梦晴微微一惊，想不到李天赐竟有如此高深的修为。

“梦晴，其实我……刚才悄悄施展了那招震雷问天……”

李天赐这句话有如晴天霹雳，在柳梦晴脑海里震得嗡嗡作响，她不禁怒从中来。

“你竟然使出震雷的无上绝招，震雷问天须将体内真气发动到极致，就算平常施展也会有被真气反噬的危险，更何况你此刻重伤初愈，体内奇毒未除，就这样全力运功施展法诀，是否欠妥？”

柳梦晴说话的语气虽瞧不出任何激烈，但已然面色如霜，较之以前更是前所未有的冷漠，她冷眼肃穆地正视着李天赐，隐约似有责备之意。

“放心吧，梦晴，刚才在你那支《蟾宫曲》的伴奏中，我感觉体内真气充盈，拳脚充满力量，于是便顺势使出了震雷问天，只是没想到竟刚猛如斯，会变得这么厉害……”

这个耿直的年轻人，兀自回味着方才那招震雷问天的绝妙，全然没发觉柳梦晴此刻的脸色阴沉更甚。

“呵呵，好一个刚猛如斯，真是为你开心。”

金光中的柳梦晴嘴角泛起冷笑，她转过身去，面对着身下那片浓烈火海，突然十指急速挥舞，阵阵琴音破空而出，囚牛的身躯也随着音律摇曳舞动，金光交织着月色，光影斑斓、洒落人间。

柳梦晴浅拨轻弹，古琴曲时断时续，低吟浅唱，有若碧海生潮，在平静的水面微微泛起了涟漪。只是天赐哪里看得到，此刻正背对着自己的柳梦晴，神色早已如冰雪般冷漠阴郁。

琴声如浪潮，有涨潮便会有落潮，有猛浪便会有暗流，平静的水面也潜伏着凶猛的杀机。起初还悦耳轻扬的乐曲，随着柳梦晴弹奏速度的加快，也慢慢变得急促，甚至有些刺耳，传来阵阵划破静夜的尖啸。

那清丽少女始终背对着李天赐，根本见不到她的面容，只能隐约看到她被那金光笼罩的身影正来回抖动，双手不停地挥舞，披头散发，形若鬼魅。琴音的节奏也越来越快，音调越来越高，到后来竟与幽魂厉鬼的惨叫无异，在这夜深人静的野外越发显得恐怖。

此曲天赐从未听过，比起《蟾宫曲》《含商曲》那般或仙乐缥缈，或声势浩大的韵律，这首曲子给他的感觉，竟是前所未有的阴柔怪异，琴声阵阵入耳，激荡起体内的血气，让人很不自在。

天赐面色有些不自然，剑眉紧锁，只觉心中有种说不出的烦闷狂躁。身旁的柳梦晴和囚牛交相呼应，一人衣袂内真气涌动，激奏正酣，乌黑的秀发被周身涌动的狂风吹得肆意飘散；一兽随乐而动，焦躁不安，狂舞不止，周身金光之中似有赤色异芒隐现，哪里还有半分神兽的模样。

古曲形成的音波化成无形气流，朝身下那片正炽烈燃烧着的密林奔涌而去，天地间狂风大作，疾风呈摧枯拉朽之势刮来。熊熊火海逐渐被呼啸的狂风扑灭，最后只剩下一片毫无生气、冒着轻烟的漆黑焦土，巨树密林早已被烈火付之一炬。

随着悬崖林火的熄灭，琴声也戛然而止，土壤中热浪滚滚，奔涌升腾，在李天赐的周身涌动，侵袭着他的全身，触碰着他身上每一寸皮肤，热浪似细针轻刺，令他隐隐作痛。而那灼热浪潮向柳梦晴涌去时却被金光完全阻挡，气流与光芒交汇的瞬间，便幻化于无形，并未对那清丽少女造成任何影响。

此时她的脸仍然隐没在月影之下，丝毫看不见她的表情，二人之间的空气无形中开始凝结，场间的气氛也有种无法言表的清寂陌然。

李天赐缓了一缓，率先打破沉默，柔声问道：“梦晴，这曲子叫什么名字啊？当真厉害，不费吹灰之力就把火扑灭了。”

可这一声言语却如同泥牛入海，在空旷的夜空中反复回荡，对方完全没做出任何回应。

冷月清辉之下，少女的仙裙随着夜风飘荡，头发也在耳畔飘扬，露出的那半张秀脸，在昏暗的月光里显得更加冷傲。她明眸低垂，清冷而圣洁，忽而身影微动，古琴之上的囚牛也应声而动，催持那团金光承载着她朝前方夜幕下的桑阳观疾驰而去，却始终没有回头看天赐一眼。

二人平日相处，嬉笑打闹也不在少数，柳梦晴时冷时热、阴晴不定，李天赐早已习以为常。他虽然将柳梦晴当作老大，可对这个少女偶尔古怪的举动却像兄长那般无条件接受，但方才此女前所未有的反常，让他心中很是疑惑，甚至有些怒意。

他全然没想到，柳梦晴竟然视自己为无物，一声招呼都不打，自行离去。心中不由自主地嘀咕起来：也不知道又哪里惹她生气了，唉，女人哪，真是瞬息万变的生物，太难揣测了。

他独自伫立在风中，嘴角不禁泛出一丝苦笑，眼睁睁地望着柳梦晴的身影消失在夜空，一时之间不知该如何是好。

远处夜幕下的黑色丛林中，突然传来一声微弱的啼哭，纵然那哭声再细小，甚至若有若无，可还是逃不过李天赐的耳朵。他凝神聚气，侧耳倾听，那阵啼哭声正断断续续地传来，还不时发出咿咿呀呀的奶气之声，天赐心头为之一惊，想不到那竟是婴孩的哭声。

天空突然下起雨来，夜雨拂过天赐的面颊，洋洋洒洒地打在这座孤零零的山头上，一道电光在天边闪过，将整个黑夜照得宛如白昼，轰隆隆的雷声在天空尽头的云层里炸响。雨越下越大，伴随着呼啸的狂风倾盆而下，雷鸣电闪，不时朝远方那黑暗森林中劈去，婴孩的啼哭声却已然听不见了。

“不好，雨这么大，那小娃娃要是被人遗弃在这森林里，恐怕会有危险。”

李天赐催持体内真气，化作一道清光，瞬间朝暗林飞去。

道路泥泞，花草破败，雨打着树叶哗啦啦地响，眼前那漫无边际的黑暗，幽影重重，那是大树在狂风的肆虐中剧烈摇晃。除了风声、雨声以及雨打树叶的声音，哪里还有什么别的声响，狂风暴雨中的森林一片死寂。

这样深的夜，风雨席卷的森林中为何会有婴孩出现？到底是哪户人家的父母如此狠心，将这可怜的小娃娃遗弃在这危险的地方？

李天赐心间生出许多疑问，他在丛林里四处寻找，凝神细听，不放过周围每一声异响，可终究还是没有再听见那婴孩的哭声。

就在他灰心丧气之时，一道划过长夜的惊雷狠狠劈中了前方不远处的巨树，那巨树后面突然传来一阵哇哇的哭声。天赐大喜不已，朝那巨树迅速奔去。

那棵万古巨树被狂雷直接劈成了两半，好在骤雨淋漓，瞬间浇灭树身刚刚燃起的火焰，否则后果不堪设想。婴孩仿佛感知到天赐的到来，哭得更加凶猛。一声声凄凉的啼哭传入李天赐耳中，让他更加担心此刻身陷险境的可怜娃儿。他心系婴孩安危，急急忙忙朝巨树跑了过去。

忽然之间，那巨树后面冒出层层黑气浓烟，阵阵浓烈的腥臭弥散开来，天地之间一片肃杀之气骤然大盛。

黑气汇聚成一团，从树后面飘荡而出，黑气中不时传来婴孩啼哭的声音，仔细听去，竟不止一个，那娃娃的哭喊一声接着一声从黑气中传出，从最初嘤嘤啼啼到后来变得阴阳怪气，声如鬼啸，一时间竟盖过了风雨声，听来直教人觉得毛骨悚然。

“明明是娃娃的哭声，为什么会变成这样？”

李天赐一头雾水，他话音刚落，就看见那团黑气中赫然出现一对暗红色血目，投来嗜血的凶光，正恶狠狠地盯着他。

第三十一章 食人恶兽

“这，这是什么？”李天赐望着那团黑气，不禁微微有些惊恐，他紧握着震雷严阵以待。

“原来是个少年郎，我还以为是那老姑婆又追了过来。”黑气中传出低沉而凶狠的声音。

“什么老姑婆？你是谁？在这里做什么？那些娃娃呢？他们在哪里？”

“你走吧，这里没你什么事，你不是我的菜，我只吃那些美艳动人的少女。”

黑气对李天赐的话置若罔闻，兀自在原地翻腾。

“什么！你这食人恶兽，我们修道之人岂容你在这仙家圣地残害无辜？”李天赐很是吃惊，全然没想到那黑气竟是专吃少女的怪物。

“哦，原来是桑阳观的牛鼻子道士，难怪啰里啰唆，再不走，休怪本尊对你不客气。”

说完，那团黑气激烈翻涌，尔后竟逐渐散开，从中走出一个身形巨大的怪物。

那怪物足有三人高，撑着一柄黑色纸伞，牛身马面，健壮有力，周身弥漫着令人窒息的黑暗气体。纸伞遮住了它的上半身，天赐看不清它的样貌。

九州浩土，地大物博，各种怪兽游走其间。李天赐所接触过的恶兽不在少数，但这种半牛半马的食人怪物，他却是生平第一次见到，不免被那怪物的气势镇住，傻愣在原地。

“怎么，还不走，想让我吃了你吗？”那怪物冷声道。话语间它抬起了纸伞，霎时，暗红色的利芒自它的双目而出，朝天赐迸射过来。

天赐不禁大吃一惊，心想这眼前的哪里是什么恶兽，分明是一个成年男人的上半身，只不过它身上布满散发着淡淡紫气的暗黑色创痕。黑气笼罩下，它的五官有些模糊，两只粗壮的巨手分别握着一把黑纸伞和一只金色铜铃，那铜铃平淡无奇，更像是寻常百姓逗弄小娃娃用的玩具。

而更令李天赐讶异的是，那怪物身后竟背负着四面巨大的旌旗，那旌旗上黑底红纹勾勒出四个神秘的图案。旗杆上还分别挂着四只竹笼，竹笼中装着些身穿红肚兜的婴孩，只是此刻那些婴孩皆双眼紧闭，小小的身子也早已腐烂，显然已死去多时。

突然，其中一个婴孩睁开双眼哇哇啼哭起来，只见他眼神空洞，表情僵硬，与一般死婴无异，可是那哭声却幽幽传来，如同鬼泣，叫天赐惊骇不已。

“我的小乖乖，肚子饿坏了吧，快别哭了，吃不到少女肉，我们就把这少年给吃了吧，他虽比不得少女香甜，倒也能填饱肚子，嘿嘿。”那怪物全然无视李天赐的存在，望了望身后的婴孩，邪笑连连，随即摇起了手中的铜铃。铃声叮当，在空气中飘荡，那原本哭闹着的婴孩竟眼儿弯弯，破涕为笑，只见那小脸蛋僵硬地挤作一团，看起来甚为恐怖。

“原来我听到的婴儿哭声是这些鬼婴发出来的，你这食人怪物利用婴孩的啼哭来引诱那些少女上钩，真是可恶，我今日就要替天行道——灭了你！”李天赐也是之前在同门师兄弟口中听说过有关鬼婴的传说，那是某些恶兽利用婴儿尸身制作而成的诱捕人类的工具，乃阴邪诡怪的魔物。那些死婴被法术操纵，竟能发出与人类婴儿无异的哭声，常人难以辨别，尤其是那些涉世未深的懵懂少女。她们听见婴孩哭声，往往会动恻隐之心，故而轻而易举地被怪物杀害，成为恶兽腹中的美餐。

“你这种罪大恶极的食人妖怪，留在世上只会祸害更多人，我现在就收了你！”李天赐一想起之前听到的那些传闻就气不打一处来，瞬间祭出震雷，气势汹汹地朝那怪物杀来。

“哟，少年郎这么心急呀，主动送上门来给我们享用，那我们就不客气了。”那半牛半马的怪物仍是发出猥琐的笑声，望见震雷来袭，它竟然毫无畏惧，不欲避让。眼见震雷就要击中那头恶兽，场间却风云变幻，黑烟翻涌而出，那怪物化作一团黑气凭空消失。天赐迅猛一击不中，收不住力道，重重地摔在了地上，溅了一身的淤泥，显得狼狈不堪。

还未等他反应过来，那团黑气瞬间出现在他身后，邪恶的声音回荡着：“哎呀，弄脏了可就不好吃了。”那团黑气从背后扑来，天赐着实吓了一跳，急忙拿起震雷朝身后挥去，却又击了个空，那怪物又消失得无影无踪。

见此情形，天赐迅速从地上爬了起来，运转体内真气护住周身，紧握着震雷严阵以待。他眼观六路、耳听八方，密切关注着场上的变化，可那团黑气在林中消失后，再也没有出现。

只是这年轻人哪里敢放松警惕，仍是凝神聚气。突然腥气入鼻，杀意骤起，他只觉头皮发麻，不由自主地向上空望去，发现那团黑气不知何时已经飞到自己的头顶，那双暗红色血目正注视着自己，满眼贪婪的欲望显露无遗。李天赐骇然。

“少年郎别心急，本尊慢慢陪你玩。”黑气又凭空消失不见了，丝毫没有对他下手的动向。

这怪物举止怪诞，行踪飘忽不定，如此这般坐以待毙，只有被动

挨打的份儿。李天赐心中怒气盛起，以震雷为媒施展法术主动出击。股股真气尽数汇入震雷之中，那法器迸发出亮眼的绿芒，在他头顶不停地旋转，瞬间向四面八方激射出一道道凌厉的光，照得整片森林有如白昼一般明亮。那光蕴含着犀利的三清真气，能够扫荡一切邪物，让那些魑魅无处躲藏。

“净使些暗中偷袭的卑鄙伎俩，躲躲藏藏真教人看不起，有本事就出来和我光明正大打一架。”光芒在丛林中扫荡，李天赐一改之前的怯弱慌张，此刻竟显得威风凛凛。他一眼看穿那怪物使的全是些消磨人心的招式，待目标的耐心被耗完，正焦躁不安之时，它才出其不意地下手，施展致命一击。若是不自乱阵脚，不被那些装神弄鬼的虚招吓唬到，它便也无计可施。

故而他才心生一计，使出这招激将法，引那怪物主动现身。

果然前方一棵古树的树冠上突然传来“吱吱”的异响，光芒之中，那团黑气终于出现，仍是瞪着那对血目，死死地盯着李天赐。

“看来你这少年郎还是有两下子的，本尊现在就来会会你。”它阴冷的话音刚落，天赐就见那团黑气汹涌弥漫，悉数吞噬了光，随即剧烈翻涌，有如致命黑潮一般朝自己猛烈扑来。

而李天赐早已按捺不住，手执震雷朝黑气奋勇出击，只见震雷幻化出一道道光击散了黑气，却发觉随之而来的是更为浓郁的黑暗。

他就像掉进了一个幽暗的无底洞，伸手不见五指，没有半点光亮，他握着震雷不断击去，震雷发出的光却全部被黑暗吞噬，消失不见。

正待他束手无策之时，黑暗之中却传来了铜铃的声响，伴随着铜铃响起，那婴孩时而啼哭时而嬉笑，如同鬼嚎般的声音也纷纷传入他的耳中。

他瞬间只觉天旋地转，整个脑袋都被音波震得嗡嗡作响，抵不住那犀利的音波。他只得用双手捂住耳朵，感觉自己就快要被那无尽的黑暗吞没。

铃声终于停止，李天赐已经头昏脑涨，只见黑暗的气体中出现了四个大头娃娃，他们穿着红肚兜朝李天赐摇摇摆摆地走了过来，口中还唱着歌谣：“月光光、照地堂，虾仔你乖乖睡落床……”

眼前的景象让李天赐毛骨悚然，这四个娃娃显然已死去多时，惨白的小脸上带着邪恶的笑容朝他围了过来。

“来呀，大哥哥，快来陪我们玩啊！”李天赐被音波之力镇住，一筹莫展，只得眼睁睁地看着那四个大头娃娃抬起自己的手脚，将整个身体举过头顶。那些鬼娃看到这送上门来的美食显得开心无比，嘻嘻哈哈地抬着天赐朝黑暗深处走去。他们力气奇大无穷，天赐根本挣脱不了。

势单力薄，李天赐不禁叫苦不迭，那怪物着实法力高强，招式怪异，与之交手他瞬间处于被动，身陷险境，无法脱身。

眼见他就要被那黑暗吞噬，生死就在一线之间，却看见黑暗之外白影闪现，一个妙龄女子的声音悠悠传来：“你这猰貐孽畜，老娘找得你好苦啊，原来你躲在这里了，快还我孩儿。”

“你这老姑婆，真是阴魂不散啊，还是被你找到老子了。”巨婴消失，黑暗瞬间散去。李天赐不禁心头大喜，却发现眼前站着一个像是从画中走出来的白衣少女。那少女梨涡浅笑，长发及腰，风华正茂，眉目传情，眼波荡漾，正仔细打量着自己，神色中显出淡淡的诧异。

“哟，吃不到少女肉，你这孽畜改吃少男肉了？”

“老姑婆废话少说，老子爱吃谁就吃谁。”

李天赐惊魂甫定、一头雾水，身前站着的分明是一位秀丽的女子，怎么在那怪物口中却变成老姑婆了？

他还未辨清形势，却见那白衣少女对着黑气中的半牛半马兽怒目而视，一张秀脸极其愤怒，咬牙切齿地说道：“猰貐，你把我的小白藏在哪儿了，快给我交出来！”

“白媚儿，老子都说了多少遍了，你那孩儿早就被我吃得骨头都不剩了，你怎么就不相信呢？哈哈哈哈。”

“哼，我那孩儿可是灵狐后人，怎么可能被你吃掉？”

“什么灵狐后人，真是笑话，不过就是半人半狐的妖孽，你这狐族叛徒与凡人净干些见不得人的勾当，生下这孽子，被狐族追杀。我替你收了，不正好免去你的心头之患，使你又可以回到你的族群，何乐而不为？说起来你还得感谢我才行啊，嘿嘿。”

那名叫猰貐的怪物邪笑连连，周身黑气震荡而起，白媚儿脸上怒意更盛，化作一道白芒朝猰貐迅猛袭去。

“我说姑娘别冲动啊，那怪物可不是好惹的。”李天赐见白衣少女赤手空拳朝猰貐奔去，他深知那猰貐道行高深，这娇小的弱女子恐怕不是它的对手，不禁担心起她的安危来。方才白媚儿突然现身救了他一命，他心中已十分感激，故而好意提醒，怕她着了那怪物的道。

他话音还未落，却见白芒大盛，瞬间将那团黑气死死围住，看来她的修为丝毫不逊于猰貐。

李天赐想要出手帮忙，却发现白芒与黑气激烈缠斗在一起，他根本不知如何下手，只能寻找破绽，顺势而动。

白光满天，猰貐那恶兽显然不是省油的灯，全力对抗、毫不退让，黑气从白芒中升腾而出，迅速弥漫开来，与白芒缠绕在一起，犹如两只巨手将白芒紧紧搂住。

黑气激荡翻腾，裹挟着白芒急速旋转，树林中瞬间刮起了一阵妖风。旋风四处扫荡，将那些参天古树尽数腰斩，露出一方开阔的天地。

疾速旋转之间，那股狂风爆发出惊人的威力。置身局外的李天赐只觉周身空气都要被割裂开来，如同狂龙般的冲击波迎面而来。他急忙祭出震雷挡在胸前，一道道犀利无匹的冲击波打在震雷棍身之上，击得法器嘤嘤作响。他双手剧烈抖动，酥麻交织着疼痛感从虎口传来。

忽然，一声震动天地的巨响，那黑白妖风瞬间分离，将地面炸开了一个大洞，泥土飞溅。白媚儿的倩影从白芒中出现，而那猰貐也在黑气中若隐若现，二者无声地对峙着，激烈胶着，一派剑拔弩张的气势。

“白媚儿，你这个恶婆娘到底想要怎样？你那孽子都被我吃了，你还能奈我何？”猰貐开口打破了场间的沉默。

“好啊，既然你吃了我的小白，那我今晚就拿你这畜生的命去祭他。”白媚儿此刻显得十分愤怒，那俏丽的背影正在剧烈地抖动，她双手泛着银光，光内似有铃音响起。李天赐注意到，那银光竟是由一副蚕丝银手套发出的，而那阵轻快的铃音正是从她秀手上戴着的银手链中传来的，看来那就是她的法器。

“臭婆娘请来了帮手啊，老子要叫你尝尝这招魂幡的厉害！”猰貐也顺势而动，四面怪异的旗幡瞬间从他背后飞出，那旗幡无风自动，鲜血不断从幡身上的神秘符文中渗出，血腥气息扑鼻，直教人作呕。

“多日不见，你这套鬼把戏又厉害了不少嘛。”白媚儿不停地摇晃着手中的银链，阵阵清脆的铃音传来，周围的景致正暗中发生着变化。

树林周围传出狐狸的叫声，由远及近在夜空下反复回荡，那狐声和着幽幽月光显得十分诡异，似哀鸣、似怒啸。顿时狐声四起，一方狐狸的叫声引来了另外几方狐声的共鸣。黑暗深处，涌起层层白烟，白烟之中，走出无数只通体纯白的媚狐，它们眼冒红光，恶狠狠地盯着那猰貐恶兽。

猰貐满脸肃穆，不停地转动手中那柄黑伞，伞身之上瞬间冒出许多闪着光的飞虫，飞虫密密麻麻，黑压压的一片，妖娆地上下跳动，远远望去像极了一团正在半空中剧烈燃烧着的鬼火。猰貐黑伞一挥，“鬼火”瞬即散开，那些飞虫朝媚狐扑去。

“你这些狐狸厉害，好在我的小弟也不少，你这老姑婆从南蛮彝山一路向北追到这里，像只疯狗一样咬着老子不放，老子今天就要和你做个了断。”

“哼，分明是你打不过老娘，一路落荒而逃，死到临头还嘴硬，真是不怕别人笑话。”白媚儿说话间看了李天赐一眼，遂又恶狠狠地呵斥道，“小屁孩，还不快滚，别在这儿碍手碍脚的，法器不长眼，伤着你了老娘我可不负责。”

那白媚儿恶语相激，天赐不禁为之震怒，这白衣女子的性子真是阴晴不定、古怪至极，若不是看在她救了自己一命的分上，此刻恐怕早就发作了。他们的私人恩怨本就与自己无关，袖手旁观是最好的选择。眼看这两方杀得兴起，此时何不一走了之，逃离这是非之地。

李天赐转身便要离去，却见那白媚儿又和猰貐缠斗在一起，而那些白狐却被飞虫逐个击破，死伤大半。那些幽幽萤火怪力非凡，白狐刚与之接触，周身顷刻燃起绿色的烈焰。

只有少数身形巨大的白狐能够勉强抵御飞虫，它们身前堆满了飞虫的尸体，不过身上也已伤痕累累。眼见怪虫又汇聚成一片，朝场间剩下的白狐席卷而来，而那白衣少女却浑然不知，自顾自地与猰貐激烈交手，胶着的战势转瞬就会发生变化。天赐哪里还有半分要走的意思，他被人救了一命，虽然莫名其妙，但人情始终还是要还的。

果不其然，飞虫汇聚在一起，怪力大增，收拾了剩下的白狐又黑云盖顶般朝白媚儿迅猛袭来，而之前在上空飘荡的四根旗幡也升腾出浓烈的黑气，将白媚儿包围起来。

李天赐体内真气鼓动，御着震雷向怪虫飞去，震雷棍身接触到鬼火，马上传来一阵滚烫的灼热感，手上的神器此刻竟像个烫手的山芋，仿佛手上的每一个毛孔都要被那烈焰穿透。

他急忙施展真气汇于震雷之上，在真气催持下，震雷棍顶那颗黑宝石亮了起来，阴寒的气体不断从黑宝石中喷发而出，瞬间扑灭了鬼火，将那些怪虫全部击碎，而天赐也被那阴气反噬，全身筋骨疼痛欲裂，一口血差点就吐了出来。

“都说了叫你不要管闲事你还来，老娘应付得来，你小子伤到哪里可怨不得我了。”白媚儿将周身黑气压制下去，一张秀眉微蹙的俏脸又出现在李天赐眼前。

“哼，你这姑娘真的是非颠倒、黑白不分，我好心好意出手帮你解围，你非但没有一句感谢的话，反而还挖苦嘲讽，真是好心没好报啊！”

“呵呵，姑娘？我真是要谢谢你把我喊得这么年轻啊，我这千年灵狐，做你太祖奶奶都绰绰有余了，哈哈哈。”白媚儿笑靥如花，俏丽的眉目让人神魂颠倒。她双手泛着极致的银光，一拳拳击散那些弥漫在周身的黑气，举手投足之间，轻松惬意。

“喂，我说你们俩要是认亲的话能不能另择吉日，别浪费老子的时间，老子先干掉你这老姑婆，再去收拾那臭小子。”猰貐双手在胸前摆出一个奇怪的动作，随即朝半空中的四面诡异旗幡指去。

李天赐与白媚儿同时吃了一惊，那四面旗幡不知何时已完全变成鲜红色，有如四面血幕在空中飞翔，血光冲天，在这幽暗的山林中更显得恐怖。

阵阵阴风袭来，山林呼啸、树海翻腾，黑暗中传出一声声凄厉的鬼啸。那啸声层层叠叠、跌宕起伏，似山魅林魑的抽泣，似孤魂野鬼的幽叹，又似索命亡魂的呢喃，听来直教人毛骨悚然、头皮发麻。

一个个衣衫褴褛的幽魂从四面八方涌现，面色发青、七窍流血，随着猰貐手中的铜铃响起，飘荡而来。

“这些都是被老子吃了的人，你找找看啊，看看找不找得到你的乖儿子，哈哈。”猰貐摇着铜铃邪笑道。

“你……”白媚儿气得差点晕过去，她哪里还顾得上与猰貐斗法，急忙朝那些幽魂迎了上去。

一个个幽魂披头散发，面无表情，被铜铃声吸引过去，它们之中以年轻女子居多，全身血肉腐烂模糊，露出森森白骨，散发出阵阵阴冷的寒意。看来那猰貐所言非虚，这些可怜的人正是被它所杀。

幽魂之中，缓缓走来一个白衣少年，那白衣少年低垂着头，看不

到相貌，白媚儿心头一紧，眼眸中闪出了泪花，朝那少年急切地走了过去。

“萧白，是你吗，我的孩儿？”白媚儿使劲摇了摇白衣少年的肩膀，却发觉她指尖触摸到的完全是空气，双手径直穿透了少年的双肩，激开一团阴气，那少年早已化成了一缕幽魂。

“你倒是说话呀，娘来找你了，我可怜的孩子，娘这就带你回家。”白媚儿泪流满面。李天赐心生怜悯、惋惜不已，一颗心随着白媚儿揪在了一起。而那白衣少年却一直低头不语。

突然，那少年抬起了头朝白媚儿望去，只见他双目被剜，渗出两道血水，满脸腐烂生蛆，蓬头垢面，可怖至极，哪里是她孩儿萧白的模样。

白媚儿心头为之一震，还来不及反应，却见那少年转眼变成了恶鬼，发出声声厉啸向自己扑来。

那恶鬼化成了一缕黑烟遁入白媚儿体内，她只觉体内血气荡漾，几欲迸涌而出。铜铃的声音突然间急促起来，周围的幽魂立时被激醒，纷纷传来震耳欲聋的鬼啸，化作一道道黑烟涌入白媚儿身体里。

那白衣少女还沉浸在悲伤之中，显然有些措手不及，她眼睁睁地看着黑烟没入体内，没有做出任何防备。黑烟在白媚儿体内疯狂弥散，她只觉周身气血奔腾。

“哼，想不到老娘还是中了你的招。”白媚儿冷哼一声，秀眉紧蹙，脸上神色轻蔑而鄙夷，她手中那对银丝手套正发出极致的白光，周身却被黑气缠裹，显得痛苦不堪。

白媚儿继续催持着法器，激发出的白色光芒将她包围，源源不绝的黑气通过白色光芒向外散去。

“嘿嘿，你这样做只会令体内真气反噬得更厉害，你这臭娘儿们，今天终于栽在老子手里了！”猰貐在旁笑道。

它话音刚落，却见那团白光疾速旋转膨胀，爆发出惊人的威力，体内那些阴魂在白光的作用下，悉数化作一缕缕轻烟，在夜空下烟消云散。

白媚儿的身影在光团中出现，只见她恶狠狠地盯着猰貐，面色惨白，身子在微微颤抖。随着胸口传来一阵钻心的疼痛，她终于支撑不住，一大口鲜血喷了出来，这个娇滴滴的女子瞬间重重摔在了地上。

猰貐见白媚儿负伤倒地，他手中的黑伞射出一道寒光，就在寒光将要击中白媚儿之时，一道绿芒出现在她眼前。

“咦，这是？”猰貐一脸愕然。

“不错，正是震雷，怎么样，怕了吧？”天赐的身影在绿芒中显现—— 千钧一发之际，他毅然决然地挡在了白媚儿身前。

“哟，原来是上古八大神器之一的震雷棍，怎么长得这么呆头呆脑的，和你这傻小子一个模样，难怪老子刚才没认出来。”

“哼，死到临头还嘴硬，我倒要看看你这恶兽还有什么能耐？”李天赐转眼朝白媚儿望去，一脸关切的表情，“白姑娘，你没什么事吧？”

“小心！”白媚儿神情严峻地盯着李天赐身后的猰貐，瞳孔中反射出两道犀利的锐芒。

果然，李天赐只觉脊背发凉，身后涌来一道烈焰，他急忙祭出震雷挡在身后，可已然不及，他被那烈焰直接击飞，狠狠地撞在场边一棵古树上，顿觉全身骨痛欲裂，一口血气奔上胸口，瞬间就要喷薄而出，却硬生生被他咽了下去。

“你这怪物，真阴险啊，净使些偷袭的卑鄙伎俩。”李天赐倒在树下，只见树叶被震得不住掉落，这一击着实不轻，他心里已怒不可遏。

“你怎么这么傻啊，真是蠢到家了，法器无眼、人心险恶，谁会和你光明正大地交手过招？”猰貐邪笑阵阵，开口说话的却是白媚儿。

“你……”李天赐又惊又气，简直气不打一处来，“你这小姑娘真是古怪，我刚才救了你，你却在这儿说风凉话。”

“我说的都是实话，我这是在提醒你，以后可千万别再着了敌人的道，还有别再叫我小姑娘了，我是你姑奶奶，少年。”

“呵呵，那我真是要多谢姑奶奶您了，天底下的姑娘都一个样，阴晴不定，教人捉摸不透。”李天赐想起不声不响离去的柳梦晴，心底又传来一丝苦闷。

“哟，看来傻小子是被哪家姑娘伤了心啦，真是可怜啊，那姑奶奶我可告诉你了，天下的姑娘就是这般喜怒无常，你若是真心喜欢，这些对你来说都不是什么问题。”

在这生死关头，他们竟然旁若无人地聊了起来。那猰貐怎么能忍？它缓缓上升到空中，手中那把黑纸伞正升腾出浓烈的黑气。它带着一副蔑视苍生的神色朝场下两人说道：“还有闲情雅致在这儿聊姑娘啊，老子现在就来收拾你们。哪个先来呢？有点头疼，不如这样吧，送你们一起上路，在下面也好歹有个照应啊！”

猰貐邪狂的笑声在从林间来回飘荡，听来刺耳无比。李天赐与白媚儿负伤，真气难续，只得眼睁睁看着那黑气朝自己迎面袭来。

生死一线之时，一阵琴音在林中乍响。那惊涛骇浪般的琴声李天赐听来只觉无比熟悉，他心心念念的倩影突然出现在夜空，有若仙女下凡、飘然入世，在他心里激起了一阵涟漪。

“梦晴！真的是你啊，哈哈，我就知道你不会抛下我的。”李天赐像个傻小子一样，满脸堆笑地望着那翩然而至的少女，一时间竟看得如痴如醉，一颗心在胸口剧烈地跳动。

那声势浩大的音波将黑气悉数击散，猰貐露出诧异的神情，望着突然从天而降的柳梦晴：“咦，哪里来的这么漂亮的小姑娘，如此清丽秀美，我都舍不得吃啦。”柳梦晴一言不发，仍是那般冷若冰霜。她望了一眼李天赐，眼神中没有任何深意，遂又望向旁边那俏颜生花的白媚儿，终于开口说话：“哦，原来在这儿勾搭漂亮姑娘，看来我打扰你们了。”

“这……哪有啊，梦晴你别误会了，白姑娘，她，她……”李天赐一时竟语无伦次起来。

“小姑娘别误会，我是他姑奶奶，我对这傻小子可没兴趣。”白媚儿笑靥如花地说道。

“梦晴你要小心，这猰貐厉害得很，可别着了他的道。”柳梦晴根本无视李天赐，瞬间祭出囚牛古琴向天空中飞去，她纤指疾挥，琴声从古琴中传出，朝猰貐攻去。

琴声的威力，猰貐方才已领教过，此刻自是不敢怠慢，它急忙将黑伞置于身前，挡住音波。那黑伞激发出阵阵黑气，将猰貐包围起来，护住了它的周身。

琴声如汹涌浪潮般击散了黑伞外围的气体，却无论如何也击不破那柄怪异的黑伞，它们胶着对峙，暗中比拼着真气修为。

眼见强攻不下，柳梦晴灵机一动，掉转音符弹出那首《含商曲》，那古曲竟前所未有地激昂奋进，听来只觉欢愉畅快。神奇的一幕发生了，那猰貐竟和着音律手舞足蹈起来。

“这是怎么回事？老子的手脚竟然不听使唤了。”像是被人掐中命门，那恶兽竟手足无措地摇起铜铃，来来回回跳起了舞。它忽而两足腾空仰天长啸，忽而单足点地踉踉跄跄，整个身体也随着乐曲愉快地扭动起来，如同喝得酩酊大醉一般。它疯狂地舞动着身体，那动作无比滑稽，摇摇晃晃，好几次都要摔倒在地上，看来直让人忍俊不禁。

“哈哈，干得漂亮啊，梦晴！想不到吧，你这恶兽也有吃瘪的时候。”李天赐望着如怪魔乱舞般的猰貐，脸上早已笑开了花，他又看了看柳梦晴，却见她朝自己白了一眼，又兀自沉醉在琴音之中。

猰貐被那怪曲扰得面红耳赤、气喘吁吁，气急败坏地说：“小姑娘真是调皮啊，竟敢戏弄老子，看老子如何收拾你！”

它话音刚落，整个身体就瞬间隐入黑气，那黑气迅疾弥散开来，漫山遍野、铺天盖地，侵袭着山林中的每一寸土地。

柳梦晴见势不妙，又是秀手一挥，即刻奏起了《蟾宫曲》。那《蟾宫曲》能令人体内血气翻涌，真气充盈，瞬间恢复，李天赐心领神会，急忙运转全身真气调息。

“快，快运转真气。”他朝旁边的白媚儿喊道。

那白衣少女只觉琴音声声入耳，满心充满无法言语的欢快，她急忙运功调息，体内真气竟恢复了许多，与李天赐又加入了战局。

山林间的黑气从四面八方涌来，瞬间汇聚在一起。那团巨大的黑气中，浮现出一对血目，恶狠狠地盯着在场的三人：“好了，不和你们玩了，老子现在就送你们上路！”

它话音刚落，场间立刻风起云涌，遮云蔽月的浓烈黑气升腾而出，朝三人席卷而来。李天赐他们三人各执法器严阵以待，光乱飞、法器铿响，一时间双方激烈交起手来。

那黑气充斥在李天赐身边，连绵不绝、威力无穷，他击散一层黑气，结果又涌出一层。震雷与之相触，天赐只觉周身被黑气侵蚀，身体微微震痛，看来那黑气着实厉害。

显然那猰貐已使出了十成的修为，它以一敌三，竟然一时不落下风，反而纷纷化解了对方接二连三的攻势。

突然金光大闪，囚牛从柳梦晴身前那方古琴中飘出，瞬间将她周围的黑气击散。此时，李天赐感受到一阵灼热感自腰间传来，果然那狻猊也从香炉里冒了出来，它仰天一声巨吼，周围那些黑气也即刻烟消云散，无影无踪。

猰貐显然意识到神兽降世，战局风云突变，它急忙收回那些黑气，汇成了一团，一对血目打量着囚牛、狻猊二兽。

“什么？这难道是传说中的九子神兽？”言辞之中，颇为诧异。

“正是，这下你怕了吧！”见狻猊与囚牛同时出现，李天赐显出一派有恃无恐的傲然模样。他转眼望向白媚儿，那白衣少女显然也被九子震慑住了，显得很是意外。

“原来是九子的传人，不去铲除天魔的畜生，追着老子不放又是为何？”

李天赐不觉有些好笑：“简直明知故问，你这食人恶兽作恶多端，铲除妖邪、匡扶苍生乃我辈正道之士职责所在，这么浅显易懂的道理你竟然不知道？还是你与那天魔教沆瀣一气，妄图吞并我九州中土？”

李天赐以言语相激，却没想到那黑气剧烈升腾，那对血目骤然怒张。

“哼！别跟我提那些畜生，老子恨不能扒他们的皮、喝他们的血！”

“什么？”在场三人顿时大吃一惊。

“我小河村整整一百口人全都被天魔教的畜生杀害，青壮年男丁变成那些行尸走肉的尸兵，妇孺老少被抽干鲜血炼化那些魔兽，整整一百口人啊！要不是我出去打猎逃过这一劫，恐怕现在也成了那天魔尸兵，只是可怜我那翠莹和刚出世的孩儿，是我无能，我救不了他们啊！”暗影中的猰貐发出一声撕心裂肺的哀嚎，场上众人无不动容，想不到这恶兽竟还有如此悲惨的身世。

“既然天魔是幕后黑手，那你怎么还为非作歹，害人性命？”柳梦晴害怕猰貐使诈，丝毫没有放松警惕。

“你以为我想吗？我仗着一身修为，背负全村百口人的血海深仇找天魔偿命，与那拓跋兄弟交锋却败下阵来，是他们将我投入到那幽暗的窨池中，浸泡在七虫七叶花的毒水里，我全身溃烂，忍受千难万苦，顽强地活了下来，他们却将我与那牛身马面的怪物炼化在一起，这才成了现在这副模样。不过我要感谢他们，是他们成就了我现在的造化，也更加坚定了我复仇的决心，我一定要手刃仇人，为小河村的村民报仇，然后再堕入地狱，洗清我这一身的罪孽，陪伴我的妻儿。”

“你错了！不是这样的，你的妻儿在黄泉之下若是见到你现在这样人不像人、鬼不像鬼，他们肯定会害怕、会担心。逝者已去，这些事实无法改变，他们只希望你能好好地活在世上，好好做人，而不是

像现在这样滥杀无辜！”

“何谓正？何为邪？就因我为了报仇雪恨而苦练一身邪法，成为世人口中人人得而诛之的猰貐恶兽？就因恶毒反噬叫我痛不欲生，只得以人肉为食来缓解痛苦，而成为世人口中人人喊打的半人半兽的怪物？你们可知我吃的是何人的肉？你们又知我身后这聚魂幡中汇聚的是何人的亡灵？苍天道义、正邪黑白，全都是笑话，哈哈哈哈……”黑气剧烈喷散，猰貐言辞激烈，显得激动万分。

“纵然你有自己的道理，但伤天害理的事你还是做了，一身罪孽难辞其咎，何况那天魔声势浩大，你决然是打不过的，何不与我们联手？”

“真是天大的笑话，真好笑，老子向来我行我素，又岂会成为你们这些所谓正派的附庸？我这就带上小河村一百名村民的亡魂，去找他们报仇，你们还敢拦我不成？”猰貐言语中，隐隐传来威胁之意，“九子传人，天魔那些畜生越来越强大，你们却还在这里打情骂俏。你们未来的路还很长啊！”

听到他最后一句话，李天赐竟然无言以对，九子离散，现今只找寻到两个，而天魔却日渐猖獗。

李天赐与柳梦晴同时陷入沉思中，可那白媚儿却显然不置可否，她俏眼怒睁朝猰貐质问道：“猰貐，我最后再问你一遍，我孩儿萧白可是被你吃了？”

“你这臭婆娘，到底烦不烦啊，说了多少遍，你那孩儿已经被我吃啦，细皮嫩肉、口齿留香，哈哈哈哈。”话语之间，它周身涌起漫天黑气朝三人同时袭来，那劈头盖脸的黑气一时将他们困住，动弹不得，只能目睹那怪物瞬间幻化成一缕黑烟消失不见。

第三十二章 云中漫步

黑气也随着猰貐消失了，众人这才反应过来，到底还是让那怪物跑了。李天赐与柳梦晴相顾无言。

“果然猰貐没吃掉我的孩儿，我那孩儿乃灵狐后人，怎么可能就这样被它杀害。”白媚儿坚信自己的孩子没有死，猰貐是在故意和她作对。

李、柳二人没有理会这个白衣少女，只是各自沉浸在复杂的思绪中。刚才猰貐的话戳中了他们心中的痛，如今天魔盛起，可他们依然势单力薄，九子仍然湮没在茫茫人海，守卫苍生任重而道远。

“梦晴，你觉得它是好人吗？”沉默许久，李天赐终于开口说话。

“我……我不知道……”柳梦晴心绪复杂，又陷入一阵沉默中。

“算不上好人，也算不上坏人吧，凡事必有因果，每个人都有自己的故事，不能单凭只言片语就去妄断他人。”说话的正是白媚儿。李、柳二人同时朝她望去，却见那白衣少女此刻神情淡然，更显出几分秀美，李天赐哪里想得到她竟是千年灵狐，看上去分明与柳梦晴年龄相仿。

“它吃的都是中了七虫七叶花毒的人，看来它并没有说谎。”金光中的狻猊突然开口，李天赐不禁吃了一惊。

“难怪你刚才没去追它，看来它真不是什么胡乱杀生的怪物，那七虫七叶花毒只有天魔才能解，那些中了毒的人也只有一个结果，就是变成天魔尸兵。"

"嗯，而且没有必要去追，因为我知道它去哪儿了。"

"哦？去了哪里？"

"浮玉山，六弟赑屃也在浮玉山现了身，天魔的人恐怕已经杀到那里了，事不宜迟，我们也赶快动身吧。"

"浮玉山？嗯，看来是非去不可了。"李天赐恍然大悟般说道。

"你这傻小子，一个人在那儿嘀咕些什么啊？"白媚儿见李天赐望着狻猊自言自语，觉得很是奇怪，只有柳梦晴不以为意。

"没什么，白姑娘，猰貐去了浮玉山，我们这就追过去，你要和我们一起吗？"

"你怎么知道它去了浮玉山，是这头神兽说的吗？"白媚儿注意到李天赐身边的狻猊，它周身带火、不怒自威，安静地待在一旁，还有那飘在空中的囚牛，想不到同为龙子，它们却大不一样。

"是的，事不宜迟，你要一起去吗？"

"那是当然，既然我的孩儿没死，我还要继续找那怪物打听他的下落。"

"嗯，这样也好，一路上有个照应，不知你那孩儿长什么模样，我们也帮你留意留意。"

"比你帅、比你白、比你高、比你好看，嘻嘻。"

"这……"李天赐一时哑口无言，他望了望身旁的柳梦晴，发现她正注视着这个秀美清丽、娇媚百态的少女。在她心中，这少女清新脱俗，有若仙灵入凡尘，实在想象不到她竟是足足有一千岁的灵狐。

白媚儿见柳梦晴好奇地打量着自己，不由得展露出灿烂的笑容，她牵起柳梦晴的手，温柔地摩挲着她的掌心，眼带笑意："小姑娘生得真漂亮，可把姐姐羡慕死了。"

"白姑娘，我说这不公平啊，你要我叫你姑奶奶，却唤梦晴做妹妹，我这辈分一下小了很多啊！"

“你这傻小子哪来那么多废话，我说什么便是什么。柳妹妹，我们别理他，天底下的臭男人都一个德行。”白媚儿说话间暗中朝李天赐使了个眼色。

“是是是，姑奶奶教训得是，梦晴你别生气了，都是我的错。”李天赐见柳梦晴仍是脸有愠色地盯着自己。

“别想多了好吗，我才没有生气，身体是你自己的，你爱怎样糟蹋随你自己，与我无关。”柳梦晴挽着白媚儿，神情漠然地说。

李天赐见柳梦晴终于搭理自己了，急忙赔笑道：“哪里哪里，我知道你关心我，我以后一定好好爱惜自己。”

“你可别想多了，我才不会关心一个又傻又笨的野小子。”

“嘿嘿，野小子，以后可多长点心啊，要是惹妹妹生气了，姑奶奶我可饶不了你。”两个俏丽的少女你一言我一语，瞬间没入那囚牛金光，李天赐只得笑脸相对，站在原地不知该说些什么才好。

“傻小子，你还愣在那儿干吗，还不跟过来？”那金光眨眼间飞到了半空中，只听见白媚儿的声音远远地传来。

“哦哦，二位姑娘慢点啊，我这就来了。”李天赐忙迈入狻猊的金光，两团金光向远方飞去，消失在夜色里。

浮玉山巅，山路蜿蜒，前方浓云密布，看不见任何景象，也许云层深处便是万丈悬崖，迈错半步便会失足坠崖，粉身碎骨。

花行云与南宫霖此刻正置身于山巅，朝着浓云深处缓缓前行。他们身后那只灵彘仍远远地待在原地，怒目圆睁，凶狠地望着他们，不时传来恶嚎，却丝毫阻挡不住他们前进的脚步。

不知不觉，两人周身已被白云环绕，云层疏淡处偶有阳光透射进来，让他们如同置身幻境。花行云神色平静地在前面带路，而南宫霖则跟在他身后，神情紧张，生怕看不见的白云深处又突然冲出什么可怖的怪物。

缓行片刻，花行云忽然停下脚步，南宫霖面露疑色，望着那白衣书生的背影，冷冷说道：“怎么不走了，前面发生了什么事？”

花行云并未注意到南宫霖此刻冷漠异常的语气，自顾自地观察着周围：“没什么，继续走吧，应该快到了。”言罢，他迈开步子，比之前更加小心翼翼。

他身后的女子此刻冷面之上更是疑云密布，她死死地盯着前方书生的行迹，亦步亦趋，丝毫不敢逾越半步。毕竟这样的人间奇境，她从未来过，而他却像是对此处十分了解，跟着他自然不会出什么差错。

就在南宫霖紧跟不止之时，花行云忽然又停了下来，他猛地抬起右手示意南宫霖待在原地。南宫霖不敢多语，依言而行，双目如炬，认真注视着前方那片遮天蔽日的奇幻浓云。

但见花行云静立在前，手执折扇，轻微摇晃，他衣袖鼓动，体内似有真气暗涌，就连四周空气也在缓慢地盘旋流动。

虽看不清他的面容，却见他左手拿出判官笔，对着那面折扇正写着什么，那原本平淡无奇的黑暗折扇突然冒出了缤纷的光。光影流转间，那折扇竟沿着九根扇骨长出九根奇异的羽毛，那九羽像是某种神兽的毛发，修剪整齐，绒毛细腻，看去绝非凡物。其中有赤有绿、有青有黄、有靛有紫，绚丽灿烂，让人眼花缭乱，细看上去，分作九种不同的颜色，闪耀着奇异的光华。

随着羽扇变幻，书生体内早已真气充盈，衣袂猎猎飘荡，白衣与白云浑然一体，有若羽化登仙。在真气催持之下，那面羽扇竟慢慢向空中飘去，扇身也越变越大，光彩照人，倾泻而下，如贯日长虹，令人惊叹。

“莫非，这就是传说中洪荒八大神器之一的乾天九芒羽！”南宫霖立时被那突然出现的九色异芒惊呆了。她知道这少年书生来历神秘，修为高深，却不知他竟身负八荒神器，着实出人意料。

那八荒神器她早前在师门已有所耳闻，皆乃出世之神兵。之前那被她暗算的傻小子使的便是八荒神器之一的震雷蟠龙棍，而此刻又一

具神器现身，她忍不住打起了主意。

书生花行云并未回应南宫霖的话，仍是气定神闲地运行着体内真气，不断催持那把乾天九芒羽。此刻，巨大的羽扇正在空中来回摇摆，猛烈、迅疾，气流在巨扇的摇动下激烈涌动、急速驰骋，化作滚滚骇浪朝白云刮去，有如惊涛拍岸、狂风卷世。

终于，山巅浓密的白云逐渐被狂风吹散，阳光洒下来，他们只觉眼前豁然开朗。此前置身云团之中，四野茫茫，昏暗无光，目光所及根本见不到他物；此刻却盛阳暖照，光芒四射，就连他们这种修道高人都一时难以适应，不禁微眯着双眼，静待在原地，慢慢适应这光线的变幻，等待浓云彻底退散。

片刻后，浓云终于散尽，山峰展露真容。

两人衣袂飘飘、心神荡漾，朝四野眺望，只见云海涌动，不远处的山峰露出一角。忽然一阵疾风呼啸而过，吹散了脚边的云，二人随即又朝脚下望去，不禁同时倒抽一口凉气。

原来他们正站在一座只有数尺宽的石桥之上，石桥两侧就是深不见底的万丈深渊，刚才在浓云之中，倘若走错半步便会跌落深渊，万劫不复。

这座狭长的石桥悬在高空，连接身后的山崖，不知是哪些远古能工巧匠悉心打造出的通道，看上去颇有巧夺天工之妙，直教人叹为观止。石桥平时隐藏在浓密的白云间，此刻云层散去，终于重见天日，如此才让人看清，这桥不知何种原因已经塌了大半，只留下这一小段残桥。他们二人站在桥上，丝毫不敢动弹，生怕细微的震动就让这段残桥坍塌。

天边凉风习习，日晖于远方厚重云团间若隐若现。天际处，横亘着一环璀璨夺目的光圈，那光辉明亮至极，像是蕴藏着巨大能量。

他们此刻内心激动难平，就这样怔怔地望着天边，感受这前所未有的奇异景色。置身在这浩瀚宏大的光影流云之中，如同来到了世界的尽头。

沉浸片刻，花行云从思绪中抽离：“山巅之外果然有座石桥，只是竟然隐匿在这云中，难怪平常见不到，南宫姑娘我们走吧。”而此时南宫霖心中仍震撼于眼前所见，还未完全缓过神来，眼见站在石桥尽头的花行云正要向那半空中迈步，不禁惊呼：“你不要命啦！”

花行云停下脚步，回过头来看了南宫霖一眼，带着一抹狡黠的笑容，朝这个神色紧张的女子说：“嘿嘿，姑娘，我就是不要命了。”话音刚落，他便迈出了左脚，朝前方的空中踩去，南宫霖虽心狠手辣，杀人如麻，但活人在自己面前就这么跳崖自尽，还是前所未见。奔上前去相救已然太迟，她瞬间吓得花容失色，不禁尖叫一声，双手捂住了眼睛，不愿看到这惨绝人寰的场面。

半晌过去，却仍未听见任何声响，南宫霖忍不住放下覆住双眼的手，望向前方，眼前景象着实让她感到意外，花行云竟悠然自得地在空中漫步，他一步一步地走着，脚下偶有金光闪现，瞬间又消失不见，似乎存在某种神秘的外力在支撑着他向上攀登，只见他身形飘逸，花飞满天、行云而上，顷刻间已走了数步，当真人如其名。

南宫霖望着花行云，怔怔出神。

花行云好像也察觉到了什么，突然停了下来，悬于半空。他微微转过头来，带着淡淡笑意，朝身后的南宫霖说：“南宫姑娘，你还站在那儿干吗，快跟我来吧！”此刻南宫霖心中思绪流转，还未领悟其间奥秘，丝毫不敢轻举妄动。

花行云见她兀自伫立，又柔声问道：“怎么，姑娘不放心吗？那我过来接你吧，你跟着我走就行了。”言罢，只见他又走了回去，只是这次没有之前那般迟缓，反而更加轻松惬意。

他顷刻之间已来到南宫霖面前，伸出了右手：“放心吧，没事的，就像我刚才那样，尽管走就是了。”南宫霖深吸了一口气，伸出手去触碰花行云的右手，瞬间一股暖意自手心传来，周身气血翻涌，呼吸有些急促，她紧闭双眼，鼓足勇气，轻轻迈开步子……

明明脚底悬空，却又有种脚踏实地的感觉，南宫霖忍不住睁开双眼查探虚实，却见脚边一阵异光闪烁，光辉之中似乎出现了石板台阶的轮廓，但随即又消失不见。那台阶仿佛由闪耀着金色光芒的石砖铺成，双脚踩去，某种斑驳的沧桑感从履底传遍全身，这神奇的石阶似乎已在这空中隐匿了许久，正等待人们将它唤醒。

“原来这石桥大部分都在空中，难怪我们看不到。”如此，这个柔媚的女子才终于放下心来，两人就这样一前一后，缓缓地漫步在空中。

“怎么样，我说的没错吧，你只管沿着这石桥的台阶走，很快就到了。”南宫霖抬头朝上方望去，只见花行云正笑盈盈地看着自己。阳光斜照，投射在他英气而俊逸的脸上，南宫霖心中不禁泛起一阵亲切的暖意，这个迂腐书生方才认真勇敢的举动，倒是让她对他的印象大为改观。

“你是怎么知道这空中有座石桥的？”

“其实我也没有十足的把握，不瞒你说，我此刻也心有余悸呢。”

“什么？你也没有把握？你这是拿我的命开玩笑呢？”南宫霖没想到这小子如此冒失，不禁微微皱眉。

“我方才只是说笑，不想姑娘你竟信以为真了，没有把握的事，小生是断断不会做的。”

“你这书生，不是背后有高人指点就是有神器傍身，否则不可能对浮玉山如此熟悉。”

“嘿嘿，天机不可泄露，姑娘，请容我先卖个关子。”花行云仍是那副悠然而神秘的笑容。

世道纷繁复杂、人心叵测，南宫霖游历九州，所见之人形形色色，对此更是深有感触。若是寻常之时，他人如此故作神秘，她只怕已然心生戒备，甚至动起杀心，但此刻这书生虽神秘狡黠，看上去却丝毫没有害人之心。她本就要去那大禹神庙，有这书生带路能省去很多麻烦，此刻见他故弄玄虚更是好奇心盛起，想要弄明白他葫芦里究竟卖的什么药。

南宫霖心虽如此所想，但神色仍是淡然，显得很是无所谓：“既然如此，那我也不便强求公子了，我们这就走吧，不过小女子人生地不熟，要劳烦公子多加照顾了。”说话间，她的俏脸上又显露出几许一闪而逝的邪魅。

“这是自然，姑娘你放心跟我走就是了。”花行云并未察觉南宫霖脸色的细微变化，当下不再言语，领着她一路向上走去。

这二人各怀心事，沿着那无形的石阶缓慢攀登而上，不知不觉向上走了十数丈。令他们称奇的是，虽爬了许久，竟毫无疲乏之感，只觉周身风起云涌，一阵凉意袭来，光影流转，变幻无常，此刻周围又是另一番绮丽的景象。

花行云忽然间停下来，于前方默立。

“怎么又不走了呢？”南宫霖心中起疑，正色道。

“嘘！”花行云示意她不要发出任何声响，二人当下便默不作声，屏息聆听，似乎前方正发生着某种变化。

四周白云流转汇聚，顷刻间已浓云密布。白茫茫的深处，震天异响时有时无，侧耳倾听，那响动似乎有着固定的节拍，他们置身其上的石桥也伴随那声声异响微微摇晃起来。

原本隐没在空中的石桥此刻已被那逐渐变大的声响震得金芒乱散，渐渐露出了它本来的面目。

只见层层金色台阶，似由金石铺造而成，通体闪耀着刺眼的光芒，雕刻着时光留痕的沧桑，宽约半丈，整齐划一而上，直冲云霄深处，仿佛一条自下而上连接在浮玉山巅与前方大禹神庙之间的金色通道，真是神迹般的天路。

花行云与南宫霖身在高空，下方便是万丈深渊。此时响声大作，

震天动地，这座看上去十分脆弱的石桥仿佛顷刻间就要坍圮，两人只得敛声屏气，半刻后，响声停息，前方的浓云也开始退去，云天外和煦的阳光缓缓照来。

他二人同时朝前望去，不禁目瞪口呆，瞳孔中闪现着惊异的光芒，眼前所见竟又变成一幅瑰丽奇妙的画卷……

前方缭绕的云雾中赫然耸立着一座碧绿色的山峰，那山体像是块浑然天成的巨大玉石，气势恢宏，宛若神物。

“我终于明白为什么此地名叫浮玉山了。”花行云呆呆地望着眼前的神迹，紧紧握着双拳，心中激动的情绪难以自已。原来真正的浮玉山竟在这绝境险峰的山脉尽头，在这人迹罕至、山穷水尽的隽秀奇境的最深处。

此时云雾渐散，山顶上光芒浮动，若有似无，低沉的异响自云层深处传来，整个山体似乎也在微微晃动，仿佛有着某种能够掌控自然的神奇法物隐藏其中。

“也许刚才那巨响便是从这浮玉山中发出来的。”花行云微眯的双眼中闪着光，望着云团中的神山，若有所思。

而他身后的南宫霖，也从刚才的震撼之中回过神来，沉默半晌，开口感叹：“这浮玉神山当真浩瀚恢宏，举世无双，不知它是如何形成的，又或者它本就是天赐神物？”

“九州风物，神奇绝妙，完全超乎我们的想象，我等修道之人游历世间，自以为九州风土已多数了然于心，实则有如沧海一粟。各种奇妙法术、珍稀异宝、奇峰险境，我们有如坐井观天之蛙，知之甚少、闻所未闻。这浮玉神山到底因何生成，我看也不必深究了，以我们这点浅显的见识恐怕也道不出个所以然来。也许它上古时期就挺拔于此，见证着九州沃土的变迁，历经斗转星移、沧海桑田，其中玄奥岂是我们凡俗之人所能理解。”花行云这样的长篇大论，南宫霖有些反感，只觉得书呆子都是惺惺作态，随时不忘说教，迂腐至极。

“那依公子高见，神庙是否就在浮玉山中呢？”

“没错，卷轴……”花行云说到一半发觉自己说了不该说的话，不禁尴尬，急忙打住。

“什么？传说？公子你怎么说到一半又不说了？”对于花行云，南宫霖早有疑心，此刻他这般反常自然逃不过她的眼睛。

“没错，是传说，传说那大禹神庙正是在浮玉山中，嘿嘿。”花行云接着南宫霖的话说道。他生硬地挤出一丝笑容，显得十分尴尬，暗自庆幸这绝色女子没有发现什么异常。

两人眼神交会，各怀思绪，目光流转片刻。南宫霖带着笑意说:“既然如此，那我们继续上路吧，我看现在离那山顶还远着呢。”

他们此时身处袅袅轻云包裹着的半空，看不见身后情形，而前方那浮玉山顶似乎也远在天边。这一路小心翼翼走来，这一男一女从最初试探性地缓慢攀行，到后来轻盈踱步，显然已完全适应了在这座悬在空中的石桥上行走。

花行云同方才一样朝前走去，却不料突然被台阶绊到，一个踉跄，差点跌下深渊，这可把他吓得不轻，他神色凝重，倒抽一口凉气。

“公子你没事吧？”南宫霖目睹书生窘态，眉宇间也是一惊。

“真是奇怪，怎么这里的台阶比我们方才走的高出许多？”

“或许石桥是自此处始，向浮玉山顶延伸，只是它藏于无形，我们一时无从发现，而你又走在前面，可苦了你了。”南宫霖轻声道，俏脸上似有得意之色。

“原来如此，那我再认真摸索一番，南宫姑娘你跟紧我吧。”

南宫霖见花行云又恢复之前细心谨慎的状态，终于忍不住张口问道：“你为何不御空飞行，若是御空飞行我们此刻早已到达神庙了。”

“传说中这里布满了禁制，冒险施法御空飞行恐怕会有危险。”

“哦？又是传说？传说这么厉害，如此细枝末节的事都知道呀！”南宫霖神色间满是狐疑地注视着花行云。

花行云被她看得有些不好意思："对对对，传说是先人们流传下来的，想必他们对浮玉山十分了解，听先人们的自然没有错。"

"哦，这样啊……"

"嘿嘿，是的，所以最好不要冒险。"

花行云早就应该想到，这样与世隔绝的险境，如此柔弱单薄的女子竟敢孤身闯入，又与那灵彘激战，临危不惧，必定是修为深厚之人。只是他在脑中搜寻了一遍，实在想不出究竟哪个门派会有这样厉害的女弟子。

这女子绝非等闲之辈，只不过此行他一心想着寻找那传说中的大禹神庙，不欲多生事端，故而随口编了几句话打消她的疑虑。

只是他定然猜不到，这女子竟是天魔教南宫氏的得意门生，一个口蜜腹剑的邪魅妖女。

看着花行云那极其不自然的笑容，南宫霖心中已知道了个大概，却不以为意地说："嗯，公子说得有道理，那就按公子说的做吧。"

花行云不再说话，继续沿着无形的石阶向上行走，南宫霖则笑意满面，紧随其后。

第三十三章 灵猴举父

浮玉山半山腰，三个身影突然从天而降，两女一男，正是李天赐、柳梦晴、白媚儿三人，他们置身丛林中，见崇山峻岭连绵起伏，参天古树郁郁葱葱，山中轻雾缥缈，有如世外桃源一般。

“这里就是浮玉山了吧，果然是钟灵毓秀的仙家之地，难怪上古先人会在此地修筑大禹神庙。”率先开口的是李天赐。

“林海茫茫，不知那大禹神庙藏在哪里，恐怕猰貐已经在去的路上了。”白媚儿四处寻望，却见周围树林密不通风，密林深处漆黑一片，只有斑驳的光芒偶尔洒落进来。

“真想不到又回到这里来了，这山中景色竟然与之前山脚的景色截然不同。”之前为逃避天魔教人的追杀，柳梦晴与景阳故布疑阵，曾在浮玉山脚逗留片刻。

“怎么，妹妹之前来过浮玉山？”

“还不是为了保护这小子，他那时候被天魔教的人打伤，昏迷不醒，为了躲避天魔教的人，我们只得在山脚逗留。”柳梦晴冷眼望了望李天赐，却见他脸微微泛红，带着几分愧色。

“哦，原来如此，我听说此处奇峰险峻、山路陡峭，大禹神庙藏在深山里，又有法阵保护，不是那么好找的。”

“既然来了，就不能空手而归，有狻猊指引，我们肯定能找到赑屃。”李天赐从腰间拿出那尊香炉，却见炉身上不知何时竟泛出阵阵金光。他微微一惊，朝那狻猊炉说道：“发生什么事了啊，狻猊你这是要出来吗？”

话音刚落，那炉身上的金光却越发明亮，突然间冲天而起，从香炉中钻了出来，化成一道金光朝前方密林深处飞去。

“这……又是什么情况？”李天赐正一头雾水，却见那金光又停滞不前，在林中浮动飘荡。

“它是在召唤我们跟过去。”白媚儿瞬间了悟。

“九子神兽神通广大，能够洞察异象，看来它是发现了什么，天赐，我们快跟过去吧。”柳梦晴满脸肃穆，望着李天赐说道。

“嗯，也许是发现猰貐的踪迹了，我们快跟上。”李天赐三人朝着黑暗密林中的金光奔去。果然，那金光见三人跟了过来，在半空停顿片刻后，又向森林的更深处飞去。

三人一路跟着金光在密林中穿行，只觉周身阳光稀疏，四周是一片悄无声息的黑暗。那金光走走停停，始终出现在他们的视野里，显然正领着他们走向什么未知的地方。

也不知走了多久，林间突然涌起一股血腥的气息，三人不禁提高了警惕。

突然，一阵凄厉的惨叫声从前方不远处传来，那叫声撕心裂肺，听来像是某种动物的哀嚎，教人不觉打了个激灵。哀嚎声越来越大，其中还夹杂着些许怒吼，惊起了林中的野鸟，击得树上的叶子纷纷飘落。

金光显然也察觉到了那一声声哀嚎，朝着声音的源头飞速飘去，李天赐三人紧随其后。

“十之八九是那猰貐惹的麻烦，它行事乖张，指不定又闯下了什么祸。”李天赐三人在山林里疾速行进，发觉林中的血腥气息越来越浓烈，树干上、草丛中全是血迹，一具具浸满鲜血的猴子尸体散落当场，身上的鲜血还冒着热气，看来刚才它们经历了一场恶战，猴群难抗恶

敌，死伤惨重。

“糟糕，还是被那怪物抢先了一步！”李天赐一行人急忙朝那金光追去，却见前方豁然开朗，他们不知不觉竟跑出了那片密林，置身在一片开阔的平地中央。前方是陡峭的山崖，后方是茂密的丛林，而眼前的一幕令他们呆住了。

只见一个身着藏青色衫袍、手执仙剑的年轻人正恶狠狠地盯着一头身形巨大的异兽。那异兽外形看上去像一头野猪，一对卷曲而锋利的獠牙泛着寒光，周身生着尖刺，强壮的四肢长上着锯齿般的利爪。年轻人身后站着几只灰色野猴。那些野猴身上鲜血淋漓，朝着那头异兽不断嘶吼。它们中间围着的是一只满头白发、身材硕大的野猴。那野猴看上去像是猴群的猴王，正倒在地上昏迷不醒，显然刚经历了一场生死血战。

“是他！”柳梦晴有些意外。

“什么？梦晴，你认识这人？看他的打扮像是烟雨阁的弟子。”李天赐道。

“哼，如何不认识，此人三番五次上门找我寻仇，就算化成灰我也认得他。”

“这……我想其中肯定有误会，他现在被恶兽困住，我们还是出手帮他吧！”

“要救你救，与我无关。”柳梦晴一副事不关己的样子，不屑地朝那年轻人望了一眼，那年轻人也注意到她的存在，露出一丝十分鄙夷的神色。

李天赐见柳梦晴态度坚决，又转向白媚儿：“白姑娘，我们一起帮帮他吧。”

“我又不知道他是好人还是坏人，更何况和柳妹妹作对就是和我过不去，妹妹不帮我也不帮。”白媚儿也不愿意出手。

李天赐心道：“这才认识了一天，怎么你们两人感情就这么深厚了？女人心真是海底针。”他见柳、白二人毫无出手的打算，便祭出震雷，跃身而起，去到那身着藏青色衫袍的年轻人身边。

那年轻人一身烟雨阁弟子的装扮，面容硬朗俊逸，手持仙剑更显出几分名门之秀的风范。那古铜色仙剑色泽温润纯良，看上去绝非凡物，想来不是什么恶人。桑阳观素来与烟雨阁交好，同为名门正派的弟子，怎么可能见死不救？

“这位兄弟，你没什么事吧？”李天赐开口朝那年轻人问道。

“你是谁？”年轻人一脸漠然地打量着李天赐。

“我叫李天赐，是桑阳观弟子，见你与恶兽激战，特来助你一臂之力。”

“哦？桑阳观的人？和那妖女是一伙的吧，哼，我不需要你帮忙！”

“这个，我想你肯定是误会了，梦晴她是柳芸庄的传人，不是什么妖女。”

“哼，那恶贼柳煜的女儿，还说不是什么妖女，柳煜杀害我恩师沈傲天，此仇不报，我誓不为人！”

“妖女就在这里，你有胆子现在就过来报仇啊！”

一旁的柳梦晴听到那年轻人所言，早已怒不可遏，周身泛起浓烈的杀气，祭出囚牛古琴瞬间跃向空中，她十指疾挥，阵阵犀利的音波朝年轻男子袭来。而与此同时，那头恶兽仰天一声怒吼，也冲了过来，在场的猴群惊慌失措，惨叫起来。

眼见腹背受敌，十万火急，李天赐赶忙祭出震雷对抗柳梦晴的音波，而那年轻人则剑气纵横而出，与恶兽缠斗在一起。

“梦晴，别冲动啊！”李天赐击散一层音浪，急切地朝柳梦晴喊道。

“你小子识相的话就快给我闪开，法器无眼，伤到你可怨不得我。”柳梦晴根本没有停下来的意思，戾气充斥双眼，疯狂地弹奏着古琴，音浪层出不穷，声势浩大，有如惊涛拍岸。

李天赐见她杀招尽出，不觉心惊肉跳，急忙运转体内真气催持着震雷护住周身。震雷棍急速旋转，呼啸生风，击散一层又一层音波，李天赐转眼间便来到柳梦晴面前。只见她此刻秀发凌乱，满脸阴郁之气，眼中仍泛着诡异的红光，近乎癫狂地弹奏着古琴。

“对不住了，梦晴，只好得罪你了。”音波近距离疯狂奔涌，裹挟在李天赐周身，他纵然以神器相挡，可还是被那犀利无匹的音浪震得虎口发疼，体内血气荡漾。他忍着耳畔尖厉的呼啸，强行破开那股音浪，狠狠一棍击向那方囚牛古琴。

就在李天赐将要打到柳梦晴之时，一个白色的身影闪现在他眼前。正是那白媚儿挺身而出，一手接住了震雷棍，一手按住了囚牛古琴，手上的银丝手套正迸发出极致的光亮。

“我说你们俩，相亲相爱不好吗？非得要打打杀杀才开心？”白媚儿衣衫鼓动，眉头紧锁，一脸的责备。

琴声戛然而止，柳梦晴恢复了常态，却仍是怒目圆瞪地死死盯着李天赐，那模样一如之前柳芸庄中两人交手那般阴郁冷漠。李天赐也冷静了下来，收回震雷，望着柳梦晴，脸上写满了不解与苦闷。

“妹妹，你没事吧？”白媚儿颇为关切地朝柳梦晴问道。

“我没事……”柳梦晴目不转睛地盯着李天赐，心中仍充满了深深的恨意。

“梦晴，对不起，我只是不想看到你们互相残杀，这才出手制止。”

“那你为何不好人做到底，干脆杀了我多好，你都站在那小子一边了，干吗不顺便帮他报弑师之仇，杀了我这妖女一了百了。”

李天赐觉得柳梦晴简直不可理喻，心中气不打一处来，但见她此刻显然也在气头上，只得强压住怒火，急忙赔笑道：“梦晴你别生气了，我怎么可能站在他那边，无论何时我都是无条件支持你的，我只是想到这其中必有误会，见他被恶兽困住，这才出手相助。”

“哼，还能有什么误会，当初他上门寻仇，招招凶狠搏命，完全要将我置于死地，难道你还要我原谅他不成？”

“这一切都是先辈结下的仇怨，我们何苦要不分青红皂白自相残杀，这真是太不公平了。”

“你！你的意思是我在无理取闹咯？”柳梦晴心中怒意更盛，一字一句恶狠狠地说道。

“妹妹，且听姐姐一句，我看这小子外表傻不拉叽的，心思却细腻缜密，何不静观其变，看他如何调停，见面不问缘由就打打杀杀，伤了自己可不好。若是那年轻人还听不进去，对妹妹痛下杀手，姐姐我就来帮你教训他。”白媚儿见李天赐与柳梦晴一时吵得不可开交，赶忙出面解围。

柳梦晴冷哼一声，手掌狠狠按在囚牛古琴之上，激起一声刺耳的琴音，李天赐也是默然不语，满脸复杂的神色。

那烟雨阁弟子与恶兽激战正酣，他仙剑在手，幻化出无数道剑气将那恶兽死死困住。剑气密不透风，威力非凡，恶兽身上已赫然被划开了好几道伤口，鲜血直流。

“区区鬼狸，能奈我何？”他这句话更像是说给李天赐听的，但见他话音刚落，便引剑而上，直取鬼狸兽的面门而去。此刻，那把不知叫什么名字的古铜仙剑正在他手中发出耀眼的神光，神剑一出，气贯长虹，鬼狸兽无法阻挡，只得坐以待毙。

就在仙剑即将刺入鬼狸兽头颅之时，那怪物双眼泛起血红色凶光，做出殊死抵抗，它高高仰起了头颅，疯狂挥动着那对锐利的獠牙与剑身撞击在一起，同时伸出锋利的前爪朝年轻人双腿抓去。

“小心啊。”李天赐担心那人被鬼狸兽所伤，催动震雷想要前去助战。

那年轻人似乎早已料到鬼狸兽这迅猛一击，一点也不慌张，足尖狠狠踹向鬼狸兽挥来的前肢，又疾运真气，借势飞到空中，随即一个翻腾竟然落在了鬼狸兽的身后。

“好俊的轻功，烟雨阁弟子身法飘逸果然名不虚传。”他这一连串动作一气呵成，如行云流水般，既避开鬼狸的攻势又瞬间罩住它身后的命门，引得李天赐称奇叫好。

那鬼狸兽搏命一击不中，身后却门户洞开，将自己置于危险的境地，只觉背后传来阵阵寒意，正是那人执剑击来。

它急忙掉转身体迎头面向对方，挥舞着獠牙狠狠咬去。却不知对方此招乃虚晃一枪，他又收回了剑锋，朝自己面门袭来，来势之猛，猝不及防，它只能目送那股耀眼的光芒瞬间没入自己的头颅，迸射出死亡的气息。

还没弄明白发生了什么，鬼狸兽便应声倒地，它头顶被那柄仙剑刺开了一个窟窿，鲜红的血液正汩汩流出，鬼狸兽就这样倒在了血泊中，再也没有吭过一声。

“呵呵，你不是想上去帮他吗？怎么样，还好人家拒绝你了吧，不然以你的身手，指不定给人家帮什么倒忙呢。”那年轻人区区数招就轻松解决了那头鬼狸兽，柳梦晴不禁对李天赐连番讥笑，就连身旁的白媚儿也跟着起哄。

李天赐愣在原地，显得也很是窘迫，他决然没想到那人轻轻松松就收拾了恶兽。

“这位兄台真是厉害，几招就击杀了恶兽，看来我出手相助真是多余的啊！”李天赐走向那个年轻人，言辞恳切，尽是赞叹之意。

那烟雨阁弟子并未理会李天赐，而是兀自走到那遍体鳞伤、奄奄一息的猴王身边，紧锁着眉头。

周围的猴群见到恶兽身亡，皆情绪高涨、欢腾雀跃，叽叽喳喳的叫声此起彼伏。可是那猴王仍然血流不止，若是再不施救恐怕危在旦夕。

年轻人仔细地查看猴王的伤情，神情肃穆，紧皱的眉头又深了几许。那些野猴围着年轻人团团转，挠头搔耳、坐立不安，它们瞪大双眼，目不转睛地望着那年轻人，眼神中流露出无限的渴望，看上去甚是可怜。

“好吧，怕你们了，我试试吧，但是我可不能保证能把你们老大救过来啊！”年轻人望着猴群勉强笑道。那些野猴通晓人性，听到他的话立马咿咿呀呀地手舞足蹈，它们兴高采烈，十分激动。

但见那年轻人从腰间拿出了一壶酒，酒瓶精致巧妙，青花色的瓶身镂刻着一幅竹林清泉的画卷。他拿起酒来先喝了一口：“我这烟雨阁独酿的玉泉酩真是天底下最好喝的酒，只可惜那玉泉盏被小师弟拿去了，不然好酒配名樽，当真人生无憾矣！”

他独自陶醉了半晌，遂又将那壶玉泉酩递给了猴王。猴王嗅到酒的清香，竟全然不顾身上还在流血的伤口，拿起那壶酒，咕咚咕咚地喝了起来。

场边的李天赐三人对年轻人这一举动显然大为不解，酒乃至阳之物，只能麻痹知觉，对疗伤根本没有作用，甚至还适得其反，莫非他这玉泉酩中还藏着什么灵丹妙药不成？

“这灵猴举父嗜酒如命，喝得很是开心啊！”说话的是白媚儿，她正微笑地望着那只猴王。那猴王将整瓶玉泉酩喝得精光，却仍然抱着酒瓶不撒手，直到瓶中最后几滴酒流入它的嘴中，这才停了下来。它两颊通红，抱着酒瓶晃了晃，查看瓶中是否还有余酒，很是亢奋。

“这猴儿名叫举父？竟然是一只灵猴？”李天赐颇为意外。

“正是，这灵猴举父经常出没于仙家圣地，和我们狐族一样同属灵兽。它生性好动，通晓人性却嗜酒如命，常年吸收天地日月精华竟炼出一身道行。它的天敌正是那鬼狸兽，看来刚才两方刚经历了一场激烈的恶战，那小子突然出现，正好救了它一命。”白媚儿望着那醉意甚浓的举父，若有所思地说道。

酒已喝干，那猴王显然意犹未尽，正上蹿下跳、来回走动，周围的野猴看到猴王恢复了些许生机，更是群情激奋，随着猴王蹦蹦跳跳

闹个不停。

“我说你们可别高兴得太早啊，你们的大王只是暂时忘掉了疼痛，若不赶紧止血，它还是会有危险的！”那年轻人望着激动的猴群，无奈地笑了笑。

果然不出所料，那玉泉酩根本治不好举父的伤。天赐见此情形，走上前去对那年轻人说道：“兄台真是宅心仁厚，但是这酒只能让那猴儿暂时止痛，若想让它痊愈，还是需要我出手相助。我看它全是皮外伤，并未伤筋动骨，我有法子让它好起来。”

“你和那妖女不是一伙的吗？为什么要帮我？”年轻人见李天赐一脸诚恳，丝毫没有恶意，鄙夷之余更是饶有兴致。

李天赐朝柳梦晴使了个眼色，示意她不要生气，遂又对那男子笑脸相迎：“这都是一场误会，柳煜叛投天魔一事，梦晴也完全被蒙在鼓里，毫不知情。她这些年来饱尝世人指责辱骂，独守柳芸庄被仇家滋扰，早已对其父恨之入骨。这一切都是柳煜引起的，梦晴却被无辜牵连，深受其害。她已立下重誓，今后若再见柳煜，绝不会念及父女旧情而放他一马。你我都是正派弟子，都是明事理的人，都不想看到大家互相残杀，是非不分，着了魔人的道吧？”

天赐一番言语恳切而犀利，句句戳中人心，那年轻人面色缓和不少。

他沉默良久，突然叹了口气：“其实我早前潜伏于柳芸庄中，听到你们的谈话，也知道了个大概。她也是受害者，我一时被仇恨冲昏头脑找她寻仇，作为正派弟子确实不该。只希望她以后再碰到柳煜不要手下留情，更不要阻止我为家师报仇。”

天赐问道：“不知兄台该如何称呼？”

“李兄不必客气，叫我齐羽就行。”

“原来是烟雨阁齐师兄，真是幸会！那两位是柳姑娘和白姑娘，我们特地前来浮玉山寻找九子赑屃，不知齐师兄是否知道那神兽的下落？”

“九子神兽？你们是龙九子的传人？”

“正是，所以我才说有十足的把握治好这只灵猴。”

“哦？李兄有何办法不妨直说，若是能救这猴儿一命，李兄也算是做了一件善事。”齐羽也知道当务之急是放下彼此的嫌隙，治好那灵猴的伤，故而对李天赐流露出了几许期待。

“这个简单，看我的好了。”李天赐拿出狻猊炉，煞有介事地对着那尊香炉比画起来，可那狻猊炉却没有任何反应，众人一头雾水，不禁面面相觑。

“咦，怎么不出来啊？”李天赐用心召唤着狻猊兽，那香炉却始终没有反应，令他尴尬不已。

“傻小子，真是丢人，都说了你这招不灵吧！”柳梦晴突然嘲笑道。天赐满脸涨得通红，更是无比局促。

“好吧，它不听我的话，梦晴你帮帮我吧！”李天赐明显过于托大，在齐羽面前丢了脸，他吐了吐舌头，只得悻悻然地寻求柳梦晴帮忙。

齐羽救猴心切，并未在意，也对着柳梦晴恭然而道：“柳姑娘，还劳烦你救救这灵猴举父。”

柳梦晴显然怒意未消，冷哼一声：“你不是口口声声说我是妖女吗？一心找我寻仇，怎么现在又有求于我了？”

“梦晴！”李天赐担心他二人又吵起来，急忙出面制止。

岂知那齐羽并不在意，他一心想要救举父，把希望都寄托在柳梦晴身上，仍是那般和颜悦色地说道：“刚才李兄已跟我说了，你我之间都是误会一场，希望柳姑娘不计前嫌，大发慈悲，救那可怜的猴儿一命。”

“对啊，梦晴，希望你能救救它。”

“好啦好啦，不要吵了，化干戈为玉帛，和和睦睦的不是很好吗？那举父乃山中灵兽，并非什么作恶的怪物，妹妹就救它一命吧！”白媚儿朝柳梦晴微微一笑，顺势牵起她的手，拍了拍她的手背。

柳梦晴冷若冰霜的神色也大为缓和，正色道：“我也没有十足的把握，尽力而为吧！”

她弹起了囚牛古琴，在众人期待的眼神中，那方古琴泛起阵阵金光，金光之中囚牛赫然现身。随着囚牛出现，李天赐惊喜地发现腰间的狻猊炉也有了反应，一阵微弱的灼热感传来，那狻猊也从神炉中一跃而出，直叫众人啧啧称奇。

“这就是传说中的九子神兽？”齐羽看到那两个金光闪闪的巨兽，不禁心头一震。那囚牛、狻猊二兽神光闪耀，威风凛凛，他着实前所未见。

“哎呀，怎么我召唤你就不现身，你老大一出现，你就跟着出来了？”李天赐朝空中的狻猊抱怨道。

只见那狻猊周身金光流转，径直向着灵猴举父飞了过去。金光瞬间将灵猴举父全身包围，灵猴在那神奇的光芒中显得焦躁不安，时而嘶吼咆哮，时而上蹿下跳。

“这，这可是出了什么意外？”齐羽一头雾水。

“放心吧，狻猊这是在为它疗伤。”李天赐一脸轻松。

果然在那金光的不断照耀之下，举父从之前的焦虑惶恐慢慢变得平静下来。此兽灵性十足，它知道那狻猊是在为自己疗伤，便也不再抗拒。举父挠首搔耳，乖乖地蹲在金光中耐心等待，狻猊周身散发出阵阵烈焰，源源不断地朝举父汇去，烈焰接触那猴儿的瞬间，它身上的伤口竟慢慢开始愈合，原本流淌着的鲜血也止住了，举父只觉身体的痛意渐消，不禁激动愉悦起来，叽叽喳喳地叫个不停，看来非常享受那烈焰的炙烤。

周围的猴群见大王慢慢恢复，也开始兴奋地躁动起来，它们时而围着举父打转，时而仰视着空中的狻猊，最后竟手舞足蹈地跳了起来，那场面看上去滑稽可笑。

“我早说了吧，治好那猴儿的皮肉伤，对狻猊来说不过小事一桩，只是这狻猊真是说来就来，说走就走啊，一点都不把我放在眼里。”李天赐说话间，一只小猴子突然爬到了他头上，淘气地拨弄着他的头发。

“你这小家伙，什么时候爬上来了，还不快下去，如此对待你们的恩人真的好吗？哎呀，疼，疼死我了……”他一掌托起那奇小无比的幼猴，想要将它从身上拿下去，却不料那小猴竟死死抓着他的头发不放，还龇牙咧嘴地讪笑着。

“嘿嘿，看你还逞不逞能，连这小猴儿都来捉弄你了，也不知道是谁召唤不出狻猊，还得有求于我。”柳梦晴鄙夷地笑望着李天赐。

“嘿，还是妹妹厉害，乖孙子还不快谢谢柳妹妹。”白媚儿也是一脸嘲笑之色。

“好好好，姑奶奶说得对，这次真是要多谢梦晴了。”李天赐终于摆脱了那只小猴，不禁长舒一口气，朝那淘气包扮了个鬼脸。

一旁的齐羽也心悦诚服，无比恭敬地朝柳梦晴拜谢道：“柳姑娘能不计前嫌，救举父一命，在下真是感激不尽！”

“齐兄，那猴儿分明是我的狻猊救的，难道你不该感谢我吗？”

“你小子，还学会争风吃醋了，要是把希望全寄托在你身上，那灵猴现在恐怕已经一命呜呼了！”柳梦晴笑而不语，反倒是白媚儿抢过话来，仍不忘继续取笑李天赐。

齐羽面带笑意地看着他们三人，朝李天赐说道：“李兄功不可没，救命之恩，在下怎么可能忘记？”

就在他们几人对话之时，狻猊周身的火焰已悄然散去，它又化成一道金光钻入天赐腰间的香炉。与此同时，囚牛在空中挥舞了几下，也径直没入那方古琴里，顷刻消失不见。

猴儿们将猴王团团围住，瞪着圆鼓鼓的眼珠子，查看着老大的伤势，不停地帮它梳理着毛发。但见那猴王身上的伤口已全然愈合，完

好如初，又兴奋地啼叫起来。

举父抖了抖身子，朝空中大吼一声，领着猴群朝李天赐他们几人走了过来。众人见它白头红脸，四肢强健，周身红褐色的毛发柔顺光亮，双目中激射出犀利的光，威风八面，也不禁从心底暗自折服。

举父对着齐羽手舞足蹈，叽叽喳喳地说了一大通，它龇牙咧嘴，兴高采烈。齐羽则一头雾水，不知道它说些什么，只是微笑地朝它点头示意。

“齐公子，举父是在感谢你的搭救之恩。”说话的是白媚儿。

“难道白姑娘听得懂它说的话？”齐羽诧异道。

“嗯，我也是略知一二，毕竟大家都是灵兽，还是可以心神相通的嘛。”白媚儿说话间竟有模有样地学起那灵猴来，只见这鬼马精灵的女子时而扮鬼脸，时而蹦蹦跳跳，活脱脱一个顽皮可爱的少女模样，那猴儿竟被她逗得心花怒放，来回蹿跳。

“姑奶奶，你也老大不小了，还这么调皮，成何体统啊？哈哈。”

“白姑娘明明是个清秀活泼的少女，李兄你为何总叫她姑奶奶？”

“这傻小子叫得没错啊，我的确是一只有着千年道行的灵狐。齐少侠不介意的话，也可以唤我作姑奶奶，我不会嫌弃你的，嘻嘻。”白媚儿愉快地与那些猴儿玩耍了起来，白衣少女在猴群中显得十分醒目，俨然已和那些野猴打成了一片。

举父玩得兴起，一只手指了指齐羽，一只手做出握杯的动作，不停地朝嘴中伸去。

李天赐显然对它这突如其来的举动饶有兴趣：“姑奶奶，它可是想喝齐兄那壶玉泉酩了？”

“傻小子一点也不傻嘛，还能猜到这猴儿心里所想，我知道这猴儿好酒，只是没曾想竟贪嗜到如此地步，齐少侠，它这是在找你讨酒喝了。”

“哈哈，还要喝啊，这猴儿真是酒兴大发。白姑娘你跟它说，那玉泉酩都被它喝光了，早就没啦！”白媚儿也摆出一个喝酒的手势，随即又摊开手掌，摇了摇头，学着灵猴发出吱吱的叫声。那举父瞬间明白了白媚儿的意思，原本高涨的情绪低落了许多，失望之情溢于言表。

“嘿嘿，看来它很失落啊！齐兄，你救了这猴儿一命，可就要好人做到底呀，它以后就交给你了，各种美酒佳酿，请尽情招待。”李天赐不住地打趣道。

齐羽一脸的无奈：“之前我也是从柳芸庄一路追踪魔人前来此地，本想抄在他们前面埋伏，打他们个措手不及，却没料到在山中迷了路，误打误撞正巧碰见这灵猴与那鬼狸厮杀在一起，见它全身是伤，凶险万分，这才出手相救。未曾想这猴儿竟是个嗜酒如命的灵兽，早知道就不给它喝酒了。”

“他们还没回去？看来端木氏也是冲着大禹神庙来的，我们得加快行程才行，不能再耽误了。”李天赐这才知道天魔教的人此刻仍在这浮玉山中，不禁开始着急起来。

“姐姐，你问问它大禹神庙怎么去，这灵猴举父一直生活在浮玉山中，八成知道那神庙的具体位置。”之前一直沉默的柳梦晴突然开口。她和李天赐想到了一起，也十分担心那些魔人赶在他们之前找到九子赑屃。

白媚儿依言，摸了摸举父的头，随即指向远方白云缭绕的山巅，又做出一个御空飞行的动作。那猴儿见状，全身剧烈抖动，不断传来撕心裂肺的啼叫，听来只觉刺耳无比。

“怎么回事？”李天赐吃惊地问道。

“看来大禹神庙就在那远山之巅，只不过山中被施了法术，我们不能冒险御风飞过去，你说是吧？”齐羽若有所思地朝举父说道。

那灵猴使劲地点了点头，双手不停地捶打着地面，激动地跳个不停。

“齐兄你又是怎么知道这些的？”

“之前途中巧遇一个砍柴的樵夫，他说那山中住着什么神仙，不能贸然施法飞过去，否则必定会跌落悬崖，粉身碎骨。我不信什么鬼神，猜测应该是那浮玉主峰被施了法术，所有施法擅闯者必会触动那危机四伏的法阵，置身险境，现在看来我的推测没错。”

“原来如此！可是那主峰远在天边，若是不能御空飞行，那我们怎么过去啊？”

“这个恐怕还要请教举父，它天天生活在这里，对这浮玉山十分熟悉。”齐羽转向白媚儿，无比期待地望着她，“白姑娘，还得请你继续帮忙啦。”

白媚儿微微一笑，在举父面前比画出一连串稀奇古怪的手势，并不时发出叽里呱啦的猴子叫声，教人忍俊不禁。更为神奇的是，那举父好像真的明白了她的意思，一张猴脸神情凝重，听得非常认真。

“它可是有法子带我们上山？”李天赐见白媚儿与举父相谈正欢，不禁好奇。

“没有啊，我只是在和它闲聊而已，这浮玉山中的野果不错，它说我们可以试试。”

“这……紧要关头，你还有闲心和它聊天啊，我们怎么去大禹神庙啊，姑奶奶？”

“嘻嘻，开个玩笑而已，它说有办法带我们上山，拭目以待吧！”她话音刚落，就见那举父挥舞着两只巨掌不断敲击着胸口，发出阵阵刺耳的厉啸响彻整个山林。它显得十分兴奋，不断游走，犀利的音浪震得周边古树枝叶乱颤。他们几人还没明白发生了什么事，却见四个巨大的黑影从高空跃下，铺天盖地而来，震得整个大地剧烈摇晃。

那是四只身形巨大的黑色猿猴，它们个头虽不如举父，但四肢却粗壮得与那些古树的树干无异，周身被浓密的毛发包裹着，看不清面容，只见那浓发中露出的一对黑目，虎视眈眈地望着众人。

“怎么，它这是请帮手过来了吗？”李天赐望着那四个看上去凶神恶煞般的巨猿，不禁内心为之一震。它们站在举父身后，更像是四个威武雄壮的护卫，显得霸气十足。

举父见黑猿出现，急忙对着众人指手画脚，叽里呱啦吵个不停。

“这猴儿要做什么啊？”李天赐等人还弄不清状况。

“它是要我们骑在那些黑猿身上，由它们直接带我们去浮玉山顶。”白媚儿站在举父身旁，朝它点头示意，随即一个跃身，骑在了其中一头黑猿身上。她见举父朝李天赐三人指指点点，便对柳梦晴说道：“妹妹，快骑上来，我们这就去那大禹神庙。”

柳梦晴此刻仍然一头雾水，但她知道相信白媚儿总不会错，便走向其中一头巨猿，翻身骑了上去。

“李兄，我们也去吧。”齐羽见两个少女骑在了猿背上，忙邀李天赐向另外两头巨猿走去。

“齐兄，我们真的要这么过去吗？”

“除了这个办法我还真的想不到别的法子，那举父之命是我们所救，它总不会害我们吧。”此刻四人都已骑在了巨猿身上，那三人怡然自得，坐在柔软的猿背上很是享受，只有李天赐战战兢兢，生怕一会儿被那身下的巨兽甩出去。纵然这上山的方法十分奇特，但骑猿难下，他也只得硬着头皮坚持到底了。

举父朝着空中一声嘶吼，众野猴摩拳擦掌、蓄势待发，猴王一马当先，朝那怪石嶙峋的山峰飞快爬了上去，四只巨猿紧随其后，那些小猴子则围在外侧，猴群载着四人浩浩荡荡朝浮玉山顶峰进发。

一路向上虽然山路崎岖颠簸，但他们骑在猿背上却丝毫没有难受的感觉，清风拂面，温暖的阳光透过乱石照在他们的身上，心头也涌来了阵阵暖意。巨猿踏石而上，顷刻间就翻过了一个山头，眼前豁然开朗，远处浮玉山主峰隐没在云海中若隐若现，林海蔓延起伏，郁郁葱葱，天外云卷云舒，教人好不惬意。

浮玉山的盛景尽收眼中，犹如一幅美妙的画卷跃然纸上。李天赐

很久没有过这样畅快淋漓的感觉，情不自禁地张开双手拥抱迎面而来的微风。突然一个颠簸，他差点从猿身上掉落下来，身旁就是万丈深渊，他不禁倒吸一口凉气，赶紧抱住巨猿不放。

前方突然传来举父的啼叫，众人朝天外望去，只见一道蓝色光芒径直击中那浮玉山主峰，山峰周围顿时出现一圈赤红光，整个山体都在微微摇晃。

“那是什么？”李天赐惊呼道。

“那是有人在试图施法，冲破浮玉山的法阵，我们得加快行程了，不能让对方赶在我们前面。”柳梦晴的声音从前方飘来，他们一行人又翻过了这个山头，朝前方的浮玉山主峰急速奔去。

第三十四章 大禹神庙

“门主，前面便是浮玉山巅了。”走在前方的端木垣转身朝满面肃穆的端木宇坷说道。这个年轻人此刻衣衫褴褛，沾满了尘土和血污。脸上那道血痕格外显眼，眼中布满血丝，面色微微发白，应该是一直在山中赶路，无暇休憩的缘故。

端木宇坷也没好到哪里去，他的锦袍被丛林荆棘割破，脸庞虽坚毅冷傲却疲态尽显，二人朝着山巅进发，显得狼狈不已。

前方白云笼罩，仙气缥缈，云层之中似有异兽阵阵狂啸，那咆哮声声入耳，听来竟是如此熟悉。

“灵龛？”端木二人驻足不前，侧耳倾听，手执法器，严阵以待。又是一阵凶猛的狂嚎，但声响却未见变化，看来那异兽藏身在云层中，并未发现他们两人的行踪。

端木宇坷脸色肃穆、屏息而动，体内真气流转，那把岚霜巨剑早已握于手中。他死死地盯着云层深处，那里不时传来灵龛的怒吼。两人不敢贸然上前。

“门主，我去收拾它。”端木垣抑制不住心头怒火，朝着云中缓慢走去。

“且慢！”端木宇坷制止了他，然后双目如炬，盯着前方那团似有异动的密云。空气中微风荡漾，缓缓吹散了层云，这个面色如霜的中年男人，灵机一动，袖袍中真气涌现。他体内真气幻化出一道淡蓝色的光朝云团汇聚，顷刻间消融在浓云之间。只见云团中隐约闪耀着蓝色电光，有如带电的长蛇在白云之间游走不定，最后浓云缓缓消散，眼前豁然开朗。

前方的丛林外，那头灵彘异兽赫然现身，向他们投来凶恶嗜血的目光。端木二人的突然出现，令这只恶兽吼声更甚，但它四肢却被法术禁锢，只能站在原处不断嘶吼，想要吓退对方。

“门主，你看这灵彘异兽，真是奇怪！”端木垣惊奇地说。

“哼，这畜生被法术困住了，此刻已不能动弹分毫。”端木宇坷冷声而道，心中却颇有些意外，想不到除南宫妖女之外，竟还有高人比他们抢先了一步。

“困兽之术？除了拓跋氏会这种法术，世间还有人会这种异术吗？”端木垣满脸疑色。

“从手法来看，显然不是拓跋氏所为，不过此人法力高强，却无意取灵彘性命，而只是将它围困于此，看来这人此行目的应该也是那座大禹神庙。”端木宇坷负手而立，眼望前方断崖绝壁的尽头，若有所思，那山巅尽头瞬间被云团笼罩，什么都看不到了。

“不知是哪里来的人竟对这浮玉山了如指掌，恐怕对方此刻已找到神庙了，也不知南宫姑娘身在何处？”端木垣小声嘟囔着，见端木宇坷有些不悦，连忙低下了头。

“管他什么牛鬼蛇神，这神庙我们是去定了，谁也不能破坏我们的计划，最好就是他们在途中遭遇，恶战一番，我们再收拾残局。”端木宇坷收起法器，径直朝那前方的断崖走去。端木垣眉头微蹙，一边在心里默默祈祷南宫霖平安无事，一边追随端木宇坷而去。路过灵彘之时，他转头望了那灵兽一眼，眼神中满是讥讽鄙夷，灵彘也龇牙咧嘴地怒目而视，嘶吼不止。

端木宇坷二人走到了山巅的陡峭断壁之上，他们身下便是被白云笼罩的万丈悬崖，时而抬头仰望，时而低头俯视，只见山间云雾缭绕，太阳穿透云层投射在空气中，散发出若隐若现的光。悬崖尽头向外延伸出一条宽约数尺的石桥，那座石桥悬于半空，与山崖融为一体，却只剩下了一截，端木宇珂望着石桥，神色肃穆，若有所思。

“前方没有路了，又不能施展法术，对方是如何脱身的呢？”端木垣仔细打量了一番，见前方再无出路，不觉很是奇怪。

“此处乃浮玉山的尽头，又有灵彘把守，它方才见到我们出现，愤怒异常，看来是担心我们闯入大禹神庙，这神庙应该就在附近了，也许秘密就在这石桥之上。”他们此刻已站在了石桥尽头，空中山风轻拂、云层涌动，端木宇珂向桥下望去，那深渊深不见底，接着，他又将目光投向前方那团白云，那里风起云涌，浓云随着微风浮动，一眼望去，风光旖旎，并未有任何异常。

只是他这种道行高深之士，又怎会被眼前假象所蒙蔽，他仍是死死地盯着那云层一动不动。果然不出所料，随着山风吹拂，云层渐渐散去，隐约可以看见对面的空中异光闪现，这山间瞬息万变的浮云显然大有蹊跷。

他冷哼一声，岚霜顷刻掠出，口念法诀、手指剑身，那柄仙剑听到主人的召唤，便急速旋转着向上空飞去。转动之间，剑身慢慢变大，幻化出漫天蓝色异芒，最后那些蓝芒竟化成一面巨大的蓝色光幕笼罩在二人头上。

在端木宇珂的催持之下，那蓝幕内发出蜂鸣，随即飞出一道道锋利的淡蓝色剑气朝山间连绵不绝的云团迅疾而去，顷刻间已完全没入云内。抬眼望去，前方云中蓝芒骤然闪现，一声惊雷从云深处炸响，随即那些剑气又从云里飞出，变回岚霜原来的模样，飘荡在剑主人身旁，剧烈晃动、嗡嗡作响。

岚霜剑气划破长空，也彻底粉碎了山间的云团。层云退去，远方高空中一抹刺眼的翠绿色朝二人照来，那光如利箭，似能穿透万物。端木氏二人眯着双眼，朝光芒的来处望去，却见那光芒是远方云雾之中一块翠色巨石散发出来的。此刻远山仍被云雾缠绕，只能隐约见到那翠石的一角，但云层中那恣意绽放的万丈翠芒，仍然让他们为之震慑。

“那座山应该就是真正的浮玉山了，神庙就在那座灵山之上。”端木宇坷朝远山眺望良久，娓娓道来。

“可是，距离那么遥远，我们怎么上去呢？又不能施法飞过去。”

“他们都能上去，看来肯定有办法，我们只是没有发现此处的玄机罢了。”这个神色肃穆、负手立于桥头的男人，看上去气定神闲。他心中思绪急转，仔细查看着周围，不愿放过任何一个细节。他们置身于石桥上不敢轻举妄动，身后的山体不时有碎石滑落，远处传来空灵悠远的声响，谷底隐隐伴有异声，似水流、似地动，又似兽啸，听来深觉不安。二人皱着眉头，环顾四周，可这山谷中并没有其他异象。

“有何玄机，门主？对方到底是怎么离开这里的啊？难道南宫姑娘也过去了不成？”

端木宇坷示意身旁的端木垣不要出声，自己则仔细观察着对面山体周围那云团聚散离合的走势，不放过任何细微的变化。功夫不负有心人，果然正如他所想的那样，看似杂乱无序的清云，实则古怪至极。随着流云飘荡，其间似有一道光若隐若现，那光为浓密的云层所遮挡，十分微弱。

“果然大有蹊跷。”端木宇坷脸上显出极其得意的神色。

而一旁的端木垣却是一头雾水：“有什么蹊跷？门主可是发现了什么？”他话音未落，那把岚霜巨剑不知何时又幻化出一道湛蓝的光芒朝上空云层而去，蓝芒不疾不徐地冲破云层，随即在空中化作点点光斑铺散开来。那些光斑看上去就像是蓝色的雨滴打落在半空，泛起了阵阵波纹。光斑急速散开，瞬间变大，最后汇合成一体，又形成一面广阔的蓝色光幕投射在远方浮玉山的上空。

只听见空气里传来阵阵响动，远处浮玉山周围的场景赫然发生了

变化。

端木垣双目圆睁，心中十分惊奇，他怎么也想不到，本来空无一物的山谷此刻竟缓缓浮现出一道横亘在空中的金色光芒。起初光芒万丈，不能直视，但随着那金辉退去，一条金色石阶竟缓缓地出现在他脚下，那条石阶连接着桥头，由下至上直通对面的浮玉山。石阶狭窄细长，一眼望不到尽头。

远山忽而传来雷电交加般的巨响，整座山峰被震得碎石乱飞，方才他们的注意力都在那道金色石阶之上，却没发觉那蓝色光幕不知何时已化作形如利刃的光波，冲过流云，径直射向浮玉山所在之处。

循声眺望，只见遥远的天边，高云深处的碧石充斥赤红色流彩，碧石被红芒笼罩，如同施加了某种法术禁制。看来是那浮玉主峰被蓝芒侵扰，瞬间触发了其周身的禁制。

目击此景，端木宇坷神色更是倨傲，他双目放光，死死地盯着空中那条金芒天路，一副运筹帷幄的姿态。

“看来那樵夫说的没错，若是刚才我们贸然御空飞行，只怕此刻已被那红芒禁制瞬间击毙，门主真是英明，一眼就看出了其中端倪。”

“废话少说，小子，你要学的还有很多。”这个男人仍是那张孤傲得不可一世的恶脸，那道伤疤更是平添几分霸气，他头也不回，径直走上了金色石阶，沿着石阶朝真正的浮玉山走去。端木垣紧随其后，这一老一少，此刻也漫步在这山间层云之中。

与此同时，花行云、南宫霖却已置身于浮玉山主峰之中，他们正沿着与石阶同宽的山缝向峰顶进发。只见身旁的山体一片翠芒，由某种不知名的珍稀玉石组成。那一块块约三尺见方的翠石相互组合，无缝衔接，最后形成这翠芒万丈的浮玉主峰，缭绕着层层烟云，有若天上的圣物，气势恢宏，教人叹为观止。翠石上根本看不见土壤的踪影，也没有任何植被生长，全是些晶莹剔透的石头，那些翠石浑然天成，不知是由何种浩瀚神力打造，外表坚硬无比，在太阳的照射下闪闪发光。两人早已被眼前这壮观景象震撼，他们驻足观望，只觉玉石由外而内，颜色越发深邃。

“原来这就是真正的浮玉山，当真神圣至极，看来那大禹神庙就在这峰顶了。”南宫霖望着眼前的万丈翠色，感叹不已。她又看了看身旁的花行云，却发觉这个书生此刻目光呆滞，正望着前方怔怔入神。

“轰、轰隆……”一阵异响从两人正上方传来，山体被那响声震得剧烈摇晃。他们心中骇然，抬头望去，只见一道极寒蓝芒正欲刺入山体之内，却被外面那一层红色光幕抵挡住。红蓝异芒两相僵持，如同两股势力激烈斗法，最终蓝芒敌不过红光，消融在光幕内，只残余少许，如同电光般在光幕之上游走绽放，发出“吱吱”的声响。

“这，这又是什么法术？”花行云看到那些游走的电光，满面狐疑。

而南宫霖却心知肚明，她对这道蓝光再熟悉不过，此时她不禁微微一怔，却面不改色，对书生说道：“也许是飞鸟误闯浮玉神山，无形之中触动了禁制吧？”

“也许吧，不过这浮玉山当真玄奥，我看我们还是加快脚步，先去神庙为妙。”那书生此刻也未多想，他的注意力全放在了浮玉峰顶的神庙上，当下起身迈开步子朝山顶走去。

“公子请留步，小女子还有一事相求。”南宫霖眼见那如影随形的蓝芒，心中念头急转，生出了一计。

“不知何事，但说无妨。”花行云说话间正全神戒备，不时望向上空稠密的浓云，生怕那里又出现什么异变。

“其实小女子并非偶然闯入这浮玉山，而是被仇家追杀逃难而来。小女子乃北荒域外南宫氏长女，此行与双亲前来扬州城省亲，岂知一路被仇家追随，于扬州城外遭遇伏击。双亲手无寸铁，命丧当场，家丁、护卫亦死伤殆尽，小女子在门人守护之下，凭借早年追随域外高人所学的几招皮毛法术，勉强逃离，却又误入这深山，只怕眼下仇家已追杀过来了。刚才空中那道蓝色光芒，正是那追杀我的高手所施

展的法术。”

这邪魅女子，言辞恳切地娓娓道来，情到深处时显出一副楚楚动人的样子，那迂腐书生又怎能不中她的诡计？端木宇坷他们此时肯定就在对岸山中，恐怕下一刻就会气势汹汹地杀来，纸是包不住火的，与其让这书生起疑，还不如将计就计，演一场戏来给他看。

论心机花行云根本就不是南宫霖的对手，此刻他正满脸怒气，咬牙切齿地说：“世间竟有如此心狠手辣之徒，姑娘你放心吧，我必定保你周全。”

花行云狠狠地向身边的翠石捶了一拳，转念又问道：“南宫姑娘，只是你那仇家为何要将你们赶尽杀绝呢？”南宫霖微微一怔，想不到这书生震怒之余，心思却仍是缜密。她面不改色，厉声说道：“这些丧心病狂的恶徒，是为了我们南宫氏神器而来！”

“神器？方才你一直隐瞒于我，也是怕我觊觎你们南宫氏的珍稀神器吧？”那书生恍然大悟，听上去他已经相信这妖女所说。

“公子心思缜密，凡事都瞒不过你，还望体谅小女子的苦衷。”南宫霖又是那般可怜兮兮的样子，她本以为那书生会心生疑窦，继续追问神器，岂知此刻他一心想着那座神庙，对她的话全然没有半点怀疑。

只见他点了点头，随即又微笑地说：“怎么会呢，换作是我，也会这么做的，好了，我们快动身朝峰顶进发吧。”

南宫霖微微一笑，便跟着花行云沿着山路向上走去。

山体中那道狭长的石阶，是通向神庙最后的路程，也是最为陡峭的一段，虽然不长，但很惊险。台阶皆由碧石开凿铺成，没有纹路，亦没有植被的覆盖，光滑如玉，稍不留神，便会一个踉跄摔下悬崖，两人怕有闪失，故意放慢了速度，全神贯注地往上攀登。

随着山体的深入，山中古道之上又是浓云笼盖，四野茫茫，遮蔽了视线，看不见任何景象。其实他们也知道，这山路两旁除了嶙峋的绿石，决然见不到其他事物，当前也只得死死地盯着脚下，一心往上攀登。片刻，只觉体内真气流转，呼吸也有些急促，周身轻云飘浮，仿佛置身仙境，微风徐徐，让人顿然忘却了身体的疲乏，心神畅快。

隐约之间，前方云团中似有流光溢彩，那光芒迤逦，恰如长空飞虹，绚丽万丈。二人微微吃惊，加快脚步，向那光彩奔去，想必那云雾中的光芒便是大禹神庙之所在。

随着脚步加快，那条狭长通道开始变得平缓，终于他们走进一片开阔的地方。此刻周身云团开始奔涌流动，光芒从四面八方照来，将他们完全笼罩，那流转的云团触手可及，南宫霖忍不住伸出手去感受那云团的轻柔细腻。只觉丝丝流云在指间婆娑，手背上的肌肤在光芒照耀下，晶莹剔透，闪耀着点点光辉，仿佛要顷刻间消失在云中，永远与那奇异光芒融会在一起。

“姑娘，你干什么，千万别轻举妄动！”花行云眼见这女子有些控制不住自己，便厉声制止。此处当真诡异，他已然全身戒备，准备随时应对突发状况。

书生厉声疾呼，原本就要沉醉云中的南宫霖忽然打了个激灵，瞪着双眼环顾四周，杀心骤起，可周遭除了轻云飘动、光芒流淌，根本见不到任何异象。

花行云神色凝重，乾天九芒羽不知何时已握在手中，他手呈指诀，真气盈袖，催持法扇径直向上飞去。羽扇急速转动，扇身骤然变大，发射出九色光芒，那九芒更盛于前，在扇身旋转中，倾泻而下，如道道光束，裹挟着排山倒海的气势，朝笼盖四野的云层激射而去。

与之前山巅如出一辙，那些浓密无间的云团在九色异芒照耀下，仿佛被某种无形巨力驱动，激烈地翻涌滚动起来。九芒如同九把利剑从天而降，生生劈开了云层，那些溢彩的流光顷刻间尽数投射过来，他们二人眼前突然豁然开朗，终于见到了浮玉山顶峰的面貌，那是一幕气势磅礴、让他们此生难忘的奇异景象。

眼前的天空浮动着一面五光十色的圆形光幕，那光幕变幻无常，时而洪荒奔流、时而星河浩瀚、时而冰雪交加、时而深邃阴暗。光幕之中，洒落着点点光辉，如同下着一场光雨，洒向下方那气势恢宏的神庙。

神庙占据这峰顶面积一半有余，高耸入云，巍峨雄壮，殿身恢宏大气、仙雾缭绕，取材自古荒白玉分作四方，四面墙壁纯白无瑕，焕发着通透的光泽，一眼望去却不见入口。令人称奇的是，那神庙顶端不是白玉建造，而是由极其稀有的琉璃晶石铺造而成，飞檐斗拱，阳光投射而来，那色彩斑斓的琉璃竟焕发出神奇的金光，与天空中那面光幕交相辉映。

整座神庙由九根颜色各异的石柱支撑，石柱之上刻画着上古蛮荒先民繁衍耕作的景象。从最初盘古开天辟地、女娲造人，再到后来洪流肆虐、禹神治水，在那些奇异光辉照耀下，在漫天飘散的光雨中，柱身上的景象栩栩如生，跃然眼前。

两人驻足观望，浏览着这些神奇的画面，徜徉在时间的长河中，感受那从远古洪荒伊始，生命从渺小到伟大的浩瀚，以及岁月奔腾不息的壮阔，直至今夕良辰的沧海桑田、无痕变幻。

他们呆呆地望着殿前那奇幻莫测的瑰丽景象良久，直至光芒暗淡，画面失色，这才抽离出来，却仍是忍不住回味，不由自主地赞叹这座神庙圣殿的神圣恢宏。

花行云与南宫霖扫视了一圈，只见殿外赫然耸立着九尊青铜大鼎，在灰色玄石铺筑而成的道路两旁各置四尊，道路正中央的尽头置有一尊。九鼎形态各异，立在凹凸不平的玄石上，看上去高低各不相同，或三足圆鼎，或四足方尊，鼎身上镂刻着各色山川、瑞兽，祥云仙鹤，万兽奔腾，千奇百怪，玄妙至极。

“九鼎！看来这宫殿就是大禹神庙了！果然大气磅礴，令人叹为观止啊。”花行云见到那九尊青铜鼎，不禁面露喜色。他跋山涉水，与灵兽恶斗，破解法术禁制，此刻终于到达目的地，自然欣喜若狂。

“这就是传说中的大禹神庙？”

“正是，传说上古禹神治九水共划冀、兖、青、徐、扬、荆、豫、梁、雍九州，而殿前这九座大鼎乃禹神铸造，分别代表了这九州。鼎身上所刻风物也正是各州山川名物、奇珍异兽，你看那尊应该就是扬州鼎了。”花行云显然对这座神庙十分了解，侃侃而谈起来。

南宫霖顺着花行云所指的方向看去，甬道左侧中间的一尊四足方鼎上，雕刻着一块巨石，那巨石周身似有轻云缭绕，如同悬浮于空中，巨石旁边是一只满身细长鬃毛、凶神恶煞般的异兽，不是浮玉山和灵彘兽又是什么?

“原来如此，公子当真博闻强识。”面对这旷世罕有的仙物，这女子却十分淡然，没有任何惊奇之色。

其实这些传说，她早年从师门中也略有耳闻，此刻见眼前这个年轻的书生竟了解得如此详尽，不禁有些惊讶，只不过她不愿被人看穿自己的心思，假装从容淡定罢了。她此行只为诛杀九子而来，邂逅此人，一路同行，越发觉得他高深莫测，但又心慈手软、木讷愚钝，不见邪派作风，绝非同道中人。既然已经找到了神庙，那此人的用处也不大，若他在紧要关头碍了事，自己断然不会手下留情。

念及此，她柔和的神色瞬即转为阴郁，心中暗暗起了杀意。

花行云哪里猜得到南宫霖这些心思，此刻他正眉头紧锁，站在光幕外围观望着那场奇异的光雨，不敢轻易踏入灰色石道半步。

“公子为什么不进去？”南宫霖故作好奇。

“这些光雨奇异非凡，也许是某种高强法术，还是不要轻易进去的好。”花行云双手交叠于胸前，神情凝重，苦思冥想着破解之法。

两人无计可施，只得静立旁观，可那光幕仍然气流涌动、阴晴变幻，光雨也是毫无停歇的征兆，花行云终于按捺不住，手执九芒羽，又开始施法。

熟悉的九芒再次从羽扇中出现，只是此刻羽扇并没有飞升到空中，而是被那书生单手握住，蓄势待发，南宫霖在旁却毫无协助之意。

一路走来，都是那书生独自破解各门法术，未寻求这女子相助，一来南宫霖生性冷漠，不愿出手，二来她也想查探这书生到底有多大能耐，毕竟同行以来，好似一切都尽在他掌握之中，他的身世来历，令这妖女越发感兴趣。

却见那书生全身真气鼓动流转，悉数流向那握在右手中的乾天九芒羽，九色神光在真气的催持下越发灿烂，光芒夺目，犀利无匹。

一阵破空之音传来，九色光芒夹杂着真气的威力，汇成一道绝世光华朝那面光幕迅疾奔去，顷刻间便隐入光幕中消失不见。

光幕之上，轰隆作响，光影更加变幻无常，隐约可见那羽扇发出的光华在神庙上的星空中坠落、在洪流里划过、在冰雪间凝结、在深渊中消散，最后竟然与那些景象完全融合在一起！

羽扇发出的光芒从光幕中透射出来，分作九种色彩，却较之前更加明亮。流光照亮了整片天空，萦绕在整个浮玉山顶。

那些看上去像是被神法洗礼过的光芒，仿佛充满了灵性，它们在光幕之下分散开来，径直朝着神庙前的九鼎飞去。九芒迅疾没入九鼎，荡漾在鼎内，鼎口也浮动着神奇异光，将九只大鼎照得通体发亮。

随着九鼎的变幻，那些流转在天幕之中的光影逐渐隐去，天空落下的光雨也慢慢停了下来。方才被光笼罩的神庙，此刻也退去了流光，变得更加真实。玄石通道所通向的台阶之上，隐隐传来一阵机栝的声响，白玉璧墙微微震动，启动了神庙的机关，墙身上赫然出现一扇石门，奇妙神秘的彩色光芒从门里照射出来。

“哈哈，果然如……呃，所说，此法可破啊！”花行云施法成功，喜形于色，又差点口不择言起来。他望向南宫霖，发现这个女子也看着自己，神色之间，似乎察觉到有什么不对劲。

“哦，我的意思是，如家师所说，嘿嘿。”花行云急忙打了个圆场。

南宫霖略带笑意:“不知家师乃何方高人,小女子是否得幸相见?”

花行云脸色有些尴尬,急忙解释:“雕虫小技、不足挂齿,家师如今正在仙游,我也不知他身在何方。”

“既然如此,那只好作罢了。”南宫霖故作遗憾状。

“这个以后再说,我们先去神庙吧。”花行云望着前方那扇神奇的石门,难掩兴奋之情,当即拉起南宫霖的手朝神庙奔去。

这个白衣书生终于破解了大禹神庙的法阵,不禁大喜过望,竟全然忘了男女授受不亲的道理。只是南宫霖当然不会顾虑那么多,她本就是行事乖张的魔教妖女,并不在意这些规矩,就这样被花行云拉扯着朝神庙狂奔而去,不觉有些惊奇又很是好笑。

第三十五章 神庙斗法

大禹神庙内，花行云与南宫霖于入口处驻足观望，只见整座神庙气势恢宏，穹顶高悬，其间光影变幻莫测，宛如一片星海，比庙外那面光幕更加神奇。四周墙壁均为白璧构造，光亮通透，白璧之上刻着各色祥云瑞兽，光怪陆离，更添几分神秘，此刻穹顶光影之间似有滚滚响动，二人同时抬头望去，只见穹顶展开了一幅奇异的画面。

那里起初只有一团幽暗的混沌，片刻后，混沌化作两半，从中生出一团耀眼的光芒。那光芒急剧旋转，随着头顶周围的光影慢慢变大。

那光芒化作九个大小不一的光团，密布在整个穹顶，光芒之盛，让两人睁不开眼睛。逐渐适应那些光芒之后，却见穹顶左侧倏地飞出一支利箭射向那九芒，利箭穿入穹顶，一分为八，将其中八芒击散，只留下一团最大的亮光，又过半晌，那团光辉之下，无数异彩流动，汹涌浩瀚，骇浪滔天，如同洪荒大泽，波澜壮阔。

“这是？后羿射日！”花行云恍然大悟。

其实南宫霖也猜到了这穹顶之中的奥秘，她微微点头示意，两人随即又望向穹顶。

只见那些流光汇聚而成的上古洪流顷刻间威力大盛，来回翻涌、怒涛狂啸，席卷整个穹顶，就算远远看去他二人也为之深深震撼。

忽然之间，洪流中升起一个奇异的白色光球，那白色光球比之前任何光芒都要亮上许多，在洪流之上来回飘荡。突然光球化成了一把破天巨斧，拦腰斩断奔涌的流光，遂又恢复原状。

光球截断洪流，却并未就此消失，反而越发明亮，照亮了整个穹顶。

那团光球在穹顶光影的流转变化中，幻化成白、紫、金三色，三色光芒在神庙上空急速旋转，最后竟纷纷投向神庙正前方那面巨大的玉壁之上。

白、紫、金三色光芒瞬间融入玉壁，从玉壁内部隐约传来声声异响，伴随着响声，白玉墙壁上竟赫然出现了三幅神像，那神像栩栩如生、威风凛凛，有如天神下凡。

其中紫、白二色光芒幻化成两尊人身蛇尾的巨大神像。那紫色神像上半身是一个面容秀丽的女子，女子手执一柄银白三尖戟，戟尖闪耀着逼人的寒光，与那女子柔丽的面容格格不入。而旁边则是一尊英明威武的男神像，那男子面容刚毅，肌肉横身，手持一把赤红色巨斧，斧钺刃口看上去无比锋利。

“这两位是女娲族人，莫非正是禹神座下治水有功的紫曦、白喉二神？”花行云望着神像如痴如醉，怔怔说道。

南宫霖并未在意花行云说的话，而是对那两尊男女神像中间的仙人像更感兴趣。

紫白神像之间是一尊放射金色光芒的神像，那天神相较于两侧神像还要高出许多。神像周身被金光笼罩，衣着华贵，头戴冕旒，身上祥云流彩，仙鹤奔翔，瑞兽呼号，他手持一把黑色玄铁锐器，不像是兵刃，更像是寻常人家的耕作用具。那天神傲然而立，高耸仙云之间，抬眼望去，那暗隐于穹顶光影之中的神像尊容，竟是那般安详宁静，仔细看去，却又见他眼神如炬，威风八面，锐不可当。

“这就是禹神啊！”花行云眼中流露出无限敬畏之情，抬头朝中间巨像望去，不禁喃喃自语：“小生花行云，千里迢迢，特来此拜谒禹神！”随即，他颔首低头，朝那神像深深鞠了一躬。

在北荒苦寒之地，如此神迹屈指可数，南宫霖自小在天魔教长大，必然也很少见到大禹神庙这样的浩宇圣殿。她虽深深折服于那禹神的皇皇天威，但见这书生竟如此敬畏神明、毕恭毕敬，眼神里仍流露出一丝睥睨，很是不以为然。他们天魔教以凶兽为图腾，又怎会理解九州中土人士对女娲、大禹、伏羲诸神虔诚的敬畏之心？

花行云行完了礼，随即朝身后一脸漠然的南宫霖说：“南宫姑娘，你也过来拜见禹神吧！”

不料这女子竟然无动于衷，似有笑意地看着他。

她笑着推辞道：“公子，小女子我不信奉什么神明，你自己参拜就行了。”

“怎么，这禹神乃三皇五帝的传承，九州创世之始祖，你竟不祭拜？”这个虔诚的书生，心头满是疑惑，但凡九州子民，均以上古三圣神为尊，各州城府也修筑了各式禹神庙，以祭奠这位九州始祖，却想不到眼前这个女子，见到禹神圣像，却毫无反应。

“这禹神手中拿的玄铁器具是什么？当真奇怪至极！”南宫霖见花行云满脸疑云，便掉转话头，想缓和有些尴尬的气氛。

“这玄铁器具名曰耒锸，乃上古先民农耕用具，上有曲柄，下有犁头，常作翻土之用，乃禹神随身所携的器具。”

“原来是农耕器具，想不到这上古圣神竟随身带着这么个稀奇古怪的玩意儿。”南宫霖似有所悟，心中微微诧异，纵使像她这般闯荡九州多年，风物、人情知之甚多的人，对这些中土的上古传说，仍是鲜有耳闻，此刻听花行云娓娓道来，却也觉得津津有味。

花行云见南宫霖饶有兴致，便打开了话匣子：“姑娘，你可别小看这农耕工具，看似平淡无奇，但它却为禹神治九水立下了不世战功。”

“我也听说过大禹身负神器、所向披靡，那法器更是具有通天神力，力助大禹治水创世，却没想到竟是这样平常。”

“嘿嘿，这再正常不过了，有谁能想到神通广大的禹神所使的法器竟是一柄再寻常不过的农耕器具。事实上，道行越是高深的神人所用法器越是平凡。”

“嗯，花公子所言极是，禹氏位尊上古三圣神，一心治水救世，再厉害的法器对他来说都派不上大用场，还不如一柄耒锸用得顺手。”南宫霖身为域外魔教人士，虽不以这些中土圣神为尊，但暗自折服于他们的惊世神力。上古那场诸神恶战，若不是这些圣神现身召唤出擎天神龙击退四大凶兽，恐怕他们天魔教早已统领九州，但她却并没有因此而怨恨众神，反而更加期待他们再次现身，让神龙与卷土重来的天魔教决一死战。对手越强大就越能激发这些天魔圣徒的斗志，为了毕生的理想，奋勇血战，非生即死，千古以来都是他们所追求的无上尊严与荣耀。

花行云点头示意：“南宫姑娘虽然不信仰圣神，但对这禹神的传说却是十分了解啊！”

“这些众神传说都是口口相传，家喻户晓，九州中土上到耄耋老者，下到垂髫小儿皆能脱口而出，小女子虽然生在域外，但对这些传说也有所耳闻，嘻嘻。”南宫霖对着花行云娇俏一笑。

此时此刻，他们眼前那面画着三尊神像的墙壁突然产生了奇怪的变化，两侧那紫、白二色神像身上的光影不知何时已变暗，独留数团细小的光芒如繁星闪烁。

两人同时发出一声惊叹，看着那两团深邃混沌的紫白色光芒，踏着层云，冲出墙壁，跃至他们身前。顿时，他们周围光芒大盛，只觉那紫芒冷冽如冰，白芒炙热如焰，空气仿佛开始凝固，呈现出冰火两重天的景象。

两人还来不及反应，紫色与白色两道光芒竟在他们面前变成了两道活生生的人形光影！

“是谁？胆敢侵扰禹神圣灵。”从白色光芒中传出一个雄浑厚重的男声。

花行云与南宫霖心中大骇，定睛望去，那白芒逐渐暗淡，从里面走出来一个人。随着声音传来，那人周身形态越来越清晰，蛇身人面，肌肉遒劲，身着寒光银甲，手持赤红斧钺，面容粗犷，威不可当，定睛一看，正是身后那墙壁上的白色男神像。

花行云望着眼前那身高数丈，有若天神降临的蛇人，心头不禁一怔，随即又平静如常，恭敬地说：“小生花行云，不远千里前来拜见禹神，有事相求，请教这位大神，可否代为引见？”说完，他朝那身形巨大的蛇人微微鞠躬示意。

“白唳，别相信这些凡人说的话，小心中了他们的诡计，哼，他们最狡诈不过了。”一个阴柔的女声传来。

书生循声而望，只见那团紫芒此刻已化作一女子。那女子神色柔媚，眼波如水，容颜秀丽，有如仙女，比起南宫霖竟也毫不逊色，只不过她周身散发着阴冷气息，眼神幽暗淡漠，冷冷看着花行云，带着几分睥睨。

“嗯，婆娘说得对，你们二人不远千里来此，必心怀不轨，你们这些凡人，口是心非，阴险狡猾，先吃本座一斧！”那名叫白唳的蛇人，手舞巨斧，瞬间劈向花行云。

原来这紫、白二蛇正是十年前冀州城灵川峡中，因治水不力而被贬入凡间受罚的女娲族人紫曦、白唳。回忆当日，他们与景阳真人一行鏖战落败，因而被禹神召回，禹神慈悲为怀，念其等治水有功，便将他们继续安排在身边。他们从此痛改前非、相亲相爱，一直忠心守护神庙，陪伴禹神，不离不弃。

花行云面对白唳那突然袭来的斧刃，猝不及防，只得不断躲闪，仓促应对，斧钺招式犀利，顷刻间将其全身笼罩，寥寥几招，花行云已完全处于下风。

南宫霖冷眼旁观，手执红绫，却并不打算出手，紫曦见此情景，不禁讥笑起来：“哈哈，你们凡人就是这样背信弃义，同伴有难也不出手相助，佩服、佩服！”

“哼，要出手帮忙也不急在这一时，待我先杀了你！”南宫霖被紫曦激怒，她柔焰无双在手，红芒赫然绽放，倏地朝紫曦急速杀去。

那紫曦眼露凶光，当仁不让，手执三尖戟与南宫霖交战打斗，银戟犀利无匹，但红绫亦非等闲，化解戟刃攻势，瞬间幻出一道霞光，如同红色虬龙，朝紫曦奋力撕咬。红芒触碰兵刃，一股连绵阴柔的真气朝紫曦袭来，她只觉虎口微微疼痛发麻，怒吼一声，体内真气急转，斗志昂扬，招式更加凌厉，银光大盛，瞬即与红芒对峙，互不相让。

而那书生此刻却早已被白唳的攻势完全困住，他周身斧钺蜂鸣，赤红光芒掠身而过，呼啸生风，双方你来我往，精彩激烈。书生渐渐对白唳的招式了然于心，只见对方又是一道势大力沉的光刃朝他劈来，他顺势向后跃去，祭出那柄银钩铁画的判官笔，他一笔在手，驰骋纵横，瞬间气势又高涨许多。

白唳停下身来，望向那柄平淡无奇的判官笔哈哈大笑：“凡人，你这支笔还不够塞我牙缝，怎么和我赤炎巨斧打啊，哈哈哈。”

花行云手执判官笔，傲然而立，白衣如雪，意气风发，不卑不亢：“嘿嘿，我手中这冷月流觞若是有幸为大仙效劳，小生自然十分荣幸啊！”

话未落音，但见他手摆指诀，真气涌现，那银钩铁画在空中龙飞凤舞，看似杂乱无章，却突然描出几道笔画，笔锋苍劲，化作金芒裹挟着巨大气势朝白唳袭去。那金芒速度奇快，顷刻间已杀到白唳身前，他手执巨斧仓促抵挡，却顿觉那金芒来势凶猛，生生被逼退了数尺。赤炎巨斧发出嗡嗡的响动，他心头一惊，朝斧身望去，上面竟然现出一个隽秀的“花”字，字体磅礴大气，隐隐生辉。

白唳哪里受得了此种羞辱，他怒挥巨斧，凶狠地朝花行云劈去，却又听见两声清啸划空而来，如之前那般迅捷。

白唳只得转攻为守，收回斧钺，全力抵挡，“噌、噌”两声清啸再次击中赤炎巨斧。睁眼望去，果然斧刃之上又浮现出另外两团金芒，赫然写着“行”“云”二字，他怒意更甚，怒目圆睁，发觉那书生正笑吟吟地看着自己。

这个女娲族人三番五次被那小书生戏弄，内心早已怒不可遏，正要发作，却见那书生和颜悦色地说：“大神息怒，我这小小伎俩断然不是您的对手。小生花行云，西域梁州人士，不远千里前来此处，特诚心求见禹神，小生奉禹神为心中至上神明，常虔诚祭拜，此行是有求于禹神，希望白唳大神成全。”

花行云神情诚恳，一席肺腑之言毫不矫揉造作，白唳打也不是，不打也不是，站在原地好生疑惑。

方才以他的身手，区区几招就将自己完全压制，年纪轻轻，道行却如此高深，若有歹意，早就痛下杀手，又岂会多此一举，耍这些伎俩。

白唳寻思片刻，正色道：“凡人，你来此处拜谒禹神，有何事相求？”

“白唳，你别听他满口胡言，这些修道之人尔虞我诈，险恶狡猾得很。”在旁的紫曦与南宫霖不知何时也停止了缠斗，二人神色疲惫，看来刚历经了一场激烈的交锋。

“哼，你说我们阴险狡诈，你们这些所谓的仙家，还不是是非颠倒、黑白不分，心狠手辣。”此话从南宫霖口中说出，颇有些突兀，她竟也毫不惭愧，言之坦然。

“废话少说，擅闯神庙者死！”紫曦又亮出了兵刃，凶神恶煞般地冲向南宫霖。

“紫曦，住手！”白唳喝声制止，却目不转睛地正视着花行云，神色肃穆地说，“说吧，凡人，你有何请求？”

花行云神情恳切，对白唳坦白：“我想请禹神帮我救一个人。”

此刻白唳更是饶有兴致，而南宫霖也完全被书生吸引过去，一路走来，他两人虽相互扶持，结伴同行，但南宫霖从来没问过花行云前来神庙的意图，她只是隐隐觉得，这个书生身上必定藏有不可告人的隐秘。

“哦？是何人竟能让你如此大费周折，跋山涉水前来求助？”白唳巨目中的疑惑之色显露无遗。

“一个搭救过我的性命，于我影响甚重的人……”花行云忽然间低垂着头颅，脸上露出一抹黯然。

“本座姑且相信你，但是就算我们出面，禹神恐怕也不会轻易现身，听天由命吧！”白喉义正词严，不容花行云置疑。

话音刚落，只听见殿外传来一声振聋发聩的震天巨响，整个神庙都在轻微摇晃。

紫曦大惊，对二人怒目而视：“有人破坏了殿外的禁制，想不到你们竟然还带了帮手，白喉，我早说了这些人不可信！”

花行云也是大吃一惊，急忙解释道：“大神明鉴，这一路走来，只有我同南宫姑娘结伴而行，绝无他人。若暗中埋伏高手，你们神通广大又怎会发现不了，更不会答应我的请求，我这不是自己给自己添乱吗？”

一旁的南宫霖却已明白发生了什么，她轻轻扯了扯花行云的衣角：“公子，还记得我上山前跟你说过的追杀我的仇家吗，此刻他们已经来了。”

“南宫姑娘，你真是让我们好找啊！”南宫霖话音刚落，门口就传来一个熟悉的声音。

只觉身后光影闪动，众人朝门前望去，两个身影手执法器赫然出现在场中，正是面容坚毅的端木宇坷，以及面色苍白的端木垣。

“来者何人，报上名来！”白喉神威浩然，有些睥睨地望着他们二人。

“天魔教端木氏。”端木宇坷一字一句地朗声说出，中气十足，语气平淡，却暗藏着邪恶的杀意。

他死死地盯着南宫霖，南宫霖也不甘示弱，冷眼对望，空气中升腾出阵阵血腥的杀伐之气。

端木垣终于见到了南宫霖，着实开心，想要主动与对方示好，却见南宫霖朝自己使了个眼色。

他注意到南宫霖身边的花行云，眼前的他与自己年龄相仿，一身书生装扮，面容俊朗、英气十足，手中的判官笔也绝非凡物，看上去和南宫霖十分亲密，心中不觉生出一丝醋意。但见到南宫霖暗中不停地朝自己使眼色，灵机一动，故意压低声音说："南宫姑娘，你还不快跟我们走。"

"你们这些魔人，休想拿到我族神器。"南宫霖心领神会。

"原来想要贪图你家法器的是天魔教的人，放心吧南宫姑娘，我会护你周全的。"花行云虽非名门正派，但也对天魔教的累累恶行恨之入骨，要不是有求于禹神，不敢扰乱神庙清静，他早就动手了。

那白唳绝非等闲之辈，看出几人不寻常的关系，朝端木氏二人厉声喝道："你们这些魔人，竟敢擅闯大禹神庙，难道不怕死吗？"

"还不把龙子赑屃叫出来。"端木宇坷淡淡说道，冷漠的眼神扫视着在场所有人。

众人见他言语间神色如常、有恃无恐，只不过这句话一出，如同一声惊雷顿时在众人心中轰隆炸响。

白唳面生怒意，怒喝道："什么九子？赑屃？这里是大禹神庙，没有什么赑屃，尔等凡夫速速离去，否则可别怪本座不客气。"

听完端木宇坷所说，白唳与紫曦十分震惊，他们相互对视、眼神交会，白唳本欲动手先发制人，岂知紫曦此刻却异常冷静，示意白唳静观其变，不要轻举妄动。

却见端木宇坷毫不理会白唳，遂又朗声地说："不过在此之前，我有件私事处理，恩怨纠纷得做个了断。"言毕，又冷眼望向南宫霖，充满浓浓的敌意。

"南宫姑娘，乖乖把宝物交出来吧。"端木垣担心端木宇坷对南宫霖下狠手，此刻早已月溟在手，假意朝南宫霖攻了过来。

此时，一道银光乍然出现，生生抵挡住月溟的攻势，银光之下，花行云神色凝重，站在了南宫霖身前。

“你，你是谁？别多管闲事！”端木垣见来人修为高深，丝毫不逊于自己，不禁一怔。

“南宫姑娘的事，就是我的事，你们欺负一个弱女子，算什么英雄。”花行云正气凛然，转头望向身旁的南宫霖，但见她此刻愤怒之余又有些让人怜惜的柔弱，胸中顿时豪气万丈，厉声喝道：“你们这些心肠歹毒的魔人，觊觎南宫姑娘家的珍宝不成，竟残忍将其双亲杀害，此仇不共戴天，有我花行云在此，你们休想动这姑娘分毫。”

他本就是路见不平拔刀相助的正义凛然之辈，此刻见到他人恃强凌弱，又岂会袖手旁观？只不过他确实没想到南宫霖的仇家竟然是天魔教端木氏，而且他们此行也和自己一样为赑屃而来，看来是非战不可了。

端木垣只觉有些好笑，想不到南宫霖竟轻而易举地就将他人蛊惑。

此刻对手换成了花行云，他自然不会手下留情，更何况对方在自己心上人面前逞了回英雄，当了次护花使者，端木垣不禁有了些怒意：“怎么，你是不打算让了？”

“尽管来就是了。”花行云手执冷月流觞护住了周身。

瞬间，这两个年纪相仿的年轻人，化作两道白色异芒，涌动着威力巨大的暗流。

紫、白二蛇四目相对，丝毫未见任何出手的意图，一副事不关己、静观其变的态势。他们深知，真正的对手是那一直没有显山露水的端木宇坷，此刻他眼神如炬，仍是恶狠狠地盯着那抹嫣红色之中的妖艳女子，两人正剑拔弩张、暗中较劲。

端木垣之前被南宫霖袭击负伤，此刻伤未痊愈，全息而动，难免真气反噬，影响法术施展，而花行云本就道行略高于他，此时血气上涌，更是平添几分气势，交锋半晌，书生逐渐占据了上风。

那月溟虽然厉害，但少了真气催持，威力大减，反观花行云的银钩铁画，笔锋遒劲，专走偏锋。虽不如正面直取猛打那般威风犀利，但也招式鬼魅，虚实相接，专攻要害，教人猝不及防，端木垣一时难以适应，只得疲于应付，顾此失彼，慢慢开始招架不住。

这个魔教高手又惊又气，未曾想过那白衣书生招式竟如此诡异，他身处下风，被动挨打，这样持续交战，迟早溃败，便转身向后腾跃，想要逃离战局。花行云杀得兴起，怎会如此轻易放过端木垣？他笔锋凌厉，祭出杀招，直取对方脑后。

电光石火之际，一阵蓝芒袭来，击中书生手里那柄冷月流觞，瞬间将他的攻势瓦解。花行云猝不及防，被击退了数尺，只觉手臂隐隐作痛，抬眼望去，端木宇坷傲然而立，正冷面如霜地望着自己。

他看着节节败退的弟子，神色间不无关切："你先退下好好休整，这里交给我就行了。"

端木垣如同败军之将，垂头丧气，悻悻然退到门主身后，露出那张愤怒无言的脸。

"我这顽劣弟子，修为浅薄，招式粗鄙，真是献丑了，就由老朽来向这位小哥讨教吧。"这个脸上带着可怖刀疤的男人，此刻表情之中却看不出任何神色，淡淡望着花行云。

"公子小心，这恶人厉害得很，我来助你。"南宫霖同仇敌忾，话语间已站在书生身旁。

却不料被他义正词严地谢绝："姑娘，你先在一旁观望，以防不测，先让我来会会此人。"他方才执冷月流觞与岚霜对击，只觉对方势大力沉、真气连绵不绝，不禁对眼前这高人有了几分忌惮，但年轻人热血澎湃，越战越勇，岂会因此退缩？南宫霖见花行云执意独斗，便不再强求，默默退在一边，静观其变。

只见端木宇坷双手空空而来，那岚霜飘浮在原地，未见任何举动。纵然兵刃未在手，花行云仍感受到他那令人窒息的气势正步步紧逼，他周身强大的真气化成了一面无形的气墙，不断发散着咄咄逼人的力道，顷刻间就要将自己吞噬消融。

花行云如临大敌，打起精神、强装镇定，冷月的笔锋在空中画出几道神秘的符文，那些符文泛着赤红色光芒，在他周身旋转，形成一道防护。符文与气墙接触的瞬间，巨浪骤起，狂风呼啸，有如星河陨落、山石碎裂，符文瞬间被气墙粉碎。

书生临危不惧，又在空中画出一道符文，只是那道符文刚刚成形，又被撕裂成了碎片，被狂风吹散。花行云心中大骇，想不到这端木氏门主竟有此等深不可测的修为，他兵刃未出就将自己完全压制，根本没有还手的余地。书生不禁面如死灰，恐怕自己使出浑身解数也决然不是眼前这人的对手，但当下情势危急，他顾不得多想，只能运转体内真气全力以赴。

“小哥师承何派，你这判官笔的手法让我想起一个故人。”气墙之外，端木宇坷正气定神闲地望着花行云。

“哦？是吗？家师虽隐于深山、与世无争，但为人孤傲、我行我素，想来也不会结识你们这些邪魔外道吧！”气墙之中，花行云正执笔全力抵挡，体内虽然气血奔腾，但脸上却挂着笑意，他望向南宫霖，那笑容像是在叫让她不要担心，自己应付得来。

这一幕让端木垣看在眼里却更是气愤。

“呵，原来不认识啊，那我刚才手下留情干吗？还不如直接收拾你得了。”端木宇坷显然被花行云激怒，手中又涌出一股真气，尽数汇入那面气墙，令那气墙瞬间威力大增。

轰隆一声巨响，气墙生出一阵风暴急袭着花行云的周身，瞬间他只觉狂风割面，刚猛十足的气劲遍布全身，摧枯拉朽般，就要震碎他全身骨骼筋脉。就在他使出毕生气力抵御那股刚猛气道之时，突然周身红芒暴现，化出阴柔的气力抵挡住那阵风暴，两股势力一时之间针锋相对、不相上下，原来是南宫霖及时出手，救了他一命。

花行云方才有了喘息的余地，但他嘴角残留着血迹，此刻全身筋骨早已疼痛难忍，血脉偾张，回想那刚猛无敌的气势，仍是心有余悸。

此刻场上换作南宫霖与端木宇坷继续斗法，她施展着柔焰无双，朝端木宇坷急袭而去，万丈红芒，散发出无穷的力量，里外三层红绫顿时将这魔教高人困住。她料想到，花行云不知此人来历，凭一时意气贸然与其独斗，必败无疑，故而早已做好准备，随时出手相助。只是却未曾料到，那莽撞书生这么快就败下阵来，只得仓促之间出手，暂时将端木宇坷围困，延缓战局。

而花行云瞧见这柔媚女子竟有如此高超身手，心中暗自惊叹，之前他还以为此女只是修习了一些寻常入门真法的泛泛之辈罢了，此刻见她法术犀利，红绫法器更是诡异，不禁刮目相看。

端木宇坷被那奇异红芒围住，也不慌张，只见他腾跃而起，伸出右手，那把岚霜神剑便瞬间置于手中。神剑身形骤然变大，蓝芒暴涨，朝红芒劈去，剑锋凌厉，狂暴嗜血，开山劈石般生生切开了红芒。一个身影破阵而出，执剑人轻浮于半空，周身气流狂涌，表情倨傲，有若天神。

在场众人无不惊骇，天魔二人对那岚霜的威力习以为常，但花行云与紫、白二蛇生平首见这嗜杀人间的犀利神器，个个目瞪口呆。

红芒退散，暗淡无光，化作片片红绫落在那此刻有些弱小的女子手中，她表情虽无奈，却也坦然。

她心中十分明白，若正面交锋，自己根本不是眼前这个男人的对手，只能暗地偷袭，耍些卑鄙伎俩，趁乱出击。就算被人鄙视她也毫不在乎，世人本就冠以魔教妖女的称号来评价自己，她听之泰然，不屑辩白，甚至乐于此称号，因此使些为人所不齿的阴谋诡计也是家常便饭。

“如何，不用打了吧，我念在同教之谊，今天饶过你这条贱命。还不乖乖投降跟我回去领罪，在独孤教主与南宫门主面前评评理，老朽弟子为姑娘所伤，他二位自会为我主持公道，别让教众说我端木氏欺负一个弱女子。”端木宇坷神色倨傲，以胜利者的姿态睥睨着场间

数人。

南宫霖内心虽沮丧，但仍是一脸撒泼的模样："哼，男子汉大丈夫欺负我这个弱女子算什么本事！"

端木宇坷并不理会她，而是负手背对着众人，那高大的身影看上去竟是那般威武雄壮，空中似有气流暗涌，吹动他的苍色劲装，猎猎作响。

那书生花行云此刻倒在地上，表情漠然。他的心情十分复杂，端木宇坷的话像一记重锤重重地敲打在他的心上。

就算杀了他也不可能猜到眼前这个方才还在凭一己之力全心相助的柔弱女子竟然就是天魔四大门族南宫氏的门人，南宫霖之前的模样已在他心中完全颠覆，变得支离破碎，他实在不愿相信这个柔美的女子竟与那些手染鲜血、屠戮生灵的魔人是一伙的。而一路引她前来，护她周全，这一切与为虎作伥又有何异，他毫无防备地引狼入室，若此行空手而归，则全是他咎由自取、怨不得别人。念及此，他的内心如同摇摇欲坠的崖边枯树，瞬间就要崩塌，永坠崖底，万劫不复。

花行云面如死灰，顿觉自己简直无地自容，之前他还妄称自己游历天下，见多识广，如今被人利用了竟浑然不知，还那般奋不顾身，全力相护，简直蠢到家了。想想真是可笑，那南宫霖之前所说的一切，全是在欺骗自己吧，那样天衣无缝的谎言，张口就来，真不愧为天魔教妖女。但转念想到刚才这魔教女子冒着法宝被毁的危险，挺身而出，力助自己全身而退，心中又很是纠结矛盾，愚钝迂腐如他这般，实在弄不懂这南宫魔女心中所想。

那白唳见几人斗法结束，随即下达逐客令："既然诸位过节已解，那么请回吧，这大禹神庙不是尔等凡人恣意放肆之所。"

"刚才不是说过了吗，我为九子赑屃而来。"端木宇坷转身朝紫、白二蛇冷面而道，他已将南宫霖制伏，当下便直奔主题了。

"你们这些魔人，不要仰仗着自己道行高深，便得寸进尺在这里撒野，此处可没有什么你要寻找的龙子，识相的速速离去，否则别怪我们不客气！”白唳话音低沉，口吻中已带着深深的威胁之意，他们女娲氏族自古就十分痛恨这些魔人，只不过不想打扰禹神静修，便不欲发作。

“你少和他们废话，这魔人气焰嚣张，看来是不想活了！”在旁的紫曦，早已看不惯端木宇坷那冷傲态度，此刻手持法器，正欲发难。十年前灵川峡那场无谓的纷争，她就已然对天魔教深恶痛绝，此刻魔人亲自上门挑衅，性子冲动的她又如何咽得下这口恶气。

端木宇坷脸上杀意甚浓，阴冷地说道：“哦？我倒要看看是谁不想活了！”

那二蛇还未看清，却见此人已在眼前，近在咫尺，周身弥漫着浓浓的杀意。

“那九子赑屃，你们是交还是不交？”他负手而立，咄咄逼人地问道。

紫曦哪里受得了如此嚣张的挑衅，她手中三尖戟寒光爆闪，见血封喉，便要向端木宇坷面门击去。

一击即中，紫曦暗自得意，只是那得意之色转眼间就变成了满脸的惊异。在寒光来袭的瞬间，那人周身蓝芒骤现，形成一道坚实的光幕，生生将寒光击散，真气反噬而回，震得紫曦后退数尺，体内血脉偾张。

蓝光之中，端木宇坷冷脸相视，身侧飘浮着那柄岚霜巨剑，方才正是那岚霜发出的奇异蓝芒消解了紫曦三尖戟的寒光。

白唳见状急忙迎上前去，将紫曦揽入怀中，十分焦急地问道：“紫曦，你没事吧？”

却见紫曦愤怒的脸色异常苍白。白唳哪里料想，紫曦此刻竟是那般狂躁，她眼中燃烧着怒火，摆出一副搏命相击的架势，将白唳生生推开又冲上去与端木宇坷缠斗在一起，白唳心系紫曦安危，当即祭出巨斧，也加入了战斗。

三股势力交织，化作白、紫、蓝三色流光，或往来汇聚，或奔涌不歇，或流转交织。神庙在流光的作用下，无形当中也喷发出汹涌狂啸的气流，在场众人隐约感受到那风起云涌般的窒息暗流，还有那伴随而来的绮丽光影，异彩纷呈，煞是好看。

此时，端木垣神情复杂地望着南宫霖，终于按捺不住，祭出月溟前去相助。

而花行云却默立着，一副事不关己的样子。他此行前来只为求神救人，却不想被南宫霖欺骗，无端卷入魔教纷争，此刻心中很是后悔。他向来以魔教行事乖戾、杀人如麻而不齿，却不料竟与之同流合污，已然无比自责，眼见众人激战正酣，也不欲出手，宁愿冷眼旁观，不愿再助纣为虐。

只是战局之急哪容得他置身事外，端木垣月溟在手，端木宇坷岚霜犀利，两人心领神会，双刃合璧，协力施法，又使出了那招岚月真法。在法器合击之下，那颗急速旋转、迅速膨胀变大的耀眼光球裹挟着天崩地裂的气势席卷整座神庙，不只是紫、白二蛇，就连南宫霖和花行云也不能幸免。若是被那光球击中，他们恐怕顷刻就要灰飞烟灭、丧命当场。

眼看几人就要葬身在那傲世异芒中，忽然整座神庙圣殿光芒大盛、异象骤现，神庙上空倾泻而出九道光芒，竟瞬间将那颗巨大光球击退数尺。

众人抬眼望去，那穹顶之上天降神光，发射出九道颜色各异的光芒，流动在他们身前，如同九把利刃，抵消了岚月真法的部分锋芒。狂风呼啸，气势骇然震天，短短一瞬之间，又将那巨大光球逼退许多。

九芒之上，花行云半浮于空中，白衣若雪，神色冷峻，在这危难关头，正是他出手搭救了众人的性命。

“莫非，这就是传说中的八荒神器之一的乾天九芒羽！”紫、白二蛇同时惊呼道，比他们十年前见到另一把八荒神器时的神态更加惊奇。

花行云肃穆冷傲的神色中，隐隐透出一丝纠结，他深知自己出手，救了紫、白二蛇，也救了那妖女的性命，无异于暗中帮了魔教的忙。只是此时此刻，若不出手，只怕三人顷刻殒命，自己不辞辛苦从千里之外前来求神也必会扑个空。

但那岚月真法何其厉害，诚然九芒羽横空出世，势如破竹般将那光球阻挡，但终究抵不过端木氏二人合击。光球虽被九芒羽击退，但光芒却并未消散，反而在端木氏二人催持下卷土重来，势道较之刚才更盛，九芒此刻却慢慢暗淡，转眼间就要消失殆尽。

“南宫霖，你若是识相就滚开，我不欲取你贱命，只不过这岚月真法威力无穷，我也不能掌控自如，如果不小心伤到了你，那可怪不得我了。”光球之外，端木宇坷带着威胁的口吻狠狠说道。

端木垣满脸失落，默不作声。

此言一出，南宫霖果然远远地站在了一边，不动声色，也丝毫没有出手相助的打算。

眼见光球袭来，就要炸裂，花行云朝紫、白二蛇大吼道：“请两位合力施法，助我一臂之力！”

他深知在这紧要关头，单凭一己之力，绝不可能抵挡住岚月真法，那团致命光球正步步逼近、声势浩大，危如累卵的众人已明显感受到死亡的触及，若是有丝毫懈怠，他们全部要死在这里。

紫、白二蛇瞬即出招，赤焰斧与三尖戟的力道更胜从前，在这生死关头，他们已倾己所有，使出了浑身解数，与花行云联手抵御那凌厉无匹的岚月真法。

两蛇及时出现与书生合力将那如同大军压境般的光球击退了数丈，众人又转危为安，但他们心知如此僵持不下，根本不是办法，那端木宇坷修为之深厚不知何人能及，他们三人联手全力以赴，也只能勉强应对，占不到丝毫便宜。

就在这危难时刻，那抹嫣红色终于出现，从花行云眼前闪过，他心中大喜，果然南宫霖正挥舞着红绫朝端木垣拂去。这转瞬间的突袭让端木垣猝不及防，他急忙收回月溟抵挡，化解了对方的攻势，岚月真法瞬间威力大减，那光球被三人合力击溃，光芒退去，消散于无。

光团之中，浮现出端木氏二人有如死灰般的脸，南宫霖终于出手了，与众人合力化解了岚月真法，他们此战一败涂地，又惊又气。

“看来你是决心要站在他们那边，与我对抗到底了？”

“花公子于我有救命之恩，若我忘恩负义、见死不救，岂不是沦为天下人的笑柄？”

“哈哈哈，你这虚与委蛇的贱人，难道被天下人笑话得还不够吗？”

“呵呵，随便你怎么想，反正这个忙我是帮定了。”

“是吗？早知如此，当初就不该留你这条贱命在世上。”端木宇坷神色极其阴沉，他冷眼望向南宫霖，不觉双拳紧握，十指嵌入掌心，生出了恨不能将这妖女碎尸万段的杀心。

端木垣自知化解不了他们的矛盾，很是心灰意懒。

花行云对南宫霖十分感激，他正视对面魔教二人，浩气凛然地说：“胜败已分，二位请回吧！”

“若是不呢？”岚霜异芒之中，那沧桑的冷脸淡淡而道。

“那就休怪在下不客气了！”书生仍是那般不疾不徐，话语之间却充满了无限勇气，他深知仅凭自己绝对敌不过对面两人，但有白唳、紫曦以及南宫霖相助，他们完全可以与魔人一战，并立于不败之地。

“我们天魔教的事，怎容得你一个外人插手？若是让人知道你与邪魔外道有所牵扯，岂不名誉扫地？”那张冷脸冷哼一声，似乎一语中的，说中了书生心中的隐痛。

可他却是那般坚毅之人，只要决定了的事，必然坚持到底。恃强凌弱，袖手旁观，他内心如何过意得去，若是不违初心，被人取笑又何妨，更何况他本就算不上名门正派之秀。

想到这里，他的神色异常坚定，不觉望向身后的南宫霖，发现对方也正望着自己，眼神中流露出期盼。花行云更是斩钉截铁地答道：“守卫龙九子乃天下人义不容辞的责任，我决不允许你们伤害赑屃，更何况在下已答应过南宫姑娘，一定要保她周全，此言既出，大丈夫决不食言！”

端木宇坷周身又泛起浓浓杀气，嘴角浮现淡淡邪笑，满是威胁之意：“既然如此，你可不要为刚才所说的话后悔啊！”随之，那岚霜又发出刺耳的蜂鸣，涌出一股极寒的气体，朝花行云涌去。

花行云怎敢怠慢，同时祭出两门法器，左握冷月流觞笔，右持乾天九芒羽，全身戒备，体内真气翻涌，随时应对那迅疾的冷冽气体。

剑拔弩张，一触即发。却听见殿外远远传来一个阴冷的声音：“端木门主，不是自称法力高超无人能及吗？怎么还没收拾九子赑屃，我在外面都听到你们的打斗声了。”

第三十六章 正邪之战

那声音从神庙外飘进来，直教听的人头皮发麻，未见其人，但那话语却已然让人不适，足见此人修为高深。

脚步声由远及近地传来，瞬间便来到殿外，殿内几人朝门口望去，却见光影之下，黑影重重，邪气腾腾，几个人影若隐若现。

紫、白二蛇此时心中早已有了不祥预感，今日这大禹神庙平白无故来了这么多人，看来殿外的禁制已被完全瓦解，只是山下有灵彘守关，难道这灵兽也被他们制伏了？

那几个黑影缓步走入大殿，却见其中一个身形秀朗、着月牙白华贵锦袍的中年男子正气定神闲地望着在场诸人。男子手执玉质折扇，折扇通体泛着绿光，他身后站着身穿松绿、靛蓝、玄青三色衫的年轻人，令人啧啧称奇的是那三个年轻人长相一模一样，但是看不清身后所负法器的模样，来者正是拓跋槿与拓跋三少。

“山下那灵彘兽可是被端木门主所捆缚？真是帮了我的大忙啊，哈哈，不费吹灰之力就将这灵兽收入囊中。端木门主知道我们拓跋氏向来以收集九州奇异珍兽为乐，竟给我们备了份这么重的大礼，万分感谢啊，嘿嘿。”他故意不提血隼被端木宇坷所杀之事，反而率先开口向这天魔门主示好。

拓跋槿扫视在场众人一眼，随即又笑着望向南宫霖：“南宫姑娘，许久不见，家师可安好啊？”

南宫霖神色肃穆，置身紫、白二蛇之间，望着这英朗挺拔的中年男子，默然不语。

反是那端木宇坷表情严峻地说道："拓跋门主，你也知道以我的性格，绝不会留那灵彘活口，所以不用谢我。之前柳芸庄一战，你那爱宠天妖血隼伤重濒死，没征得你的同意，我便将它一剑了结，这是我的过错，特此向你赔罪，希望你不计前嫌与我同战，一起收拾这些人。至于那南宫妖女，门主还是不要和她走得太近。"

拓跋槿听见端木宇坷所说，大为震惊，一时不知道开口说些什么才好。

"这位大仙，本人拓跋槿，天魔拓跋氏门主，敢问大仙可是禹神座下治水功臣白唳大仙？"拓跋槿并没有正面回答他的话，言辞之间彬彬有礼。

"知道本大仙名讳，为何还贸然闯入神境？还不快快把灵彘放了！"

"恐怕有违大仙所愿了，我拓跋氏正是以收集世间异兽见长，这刻那灵彘只怕已然命丧此间了。"拓跋槿微微说道，手中拿出一面古朴的铜镜，那面铜镜闪耀着奇异的光芒。

几句淡淡言语传入白唳耳中，却如同晴天霹雳，他内心"嗡"的一声巨响，脸上仍然强装镇定："什么？你杀了灵彘？"

那灵彘自古以来守卫此处，与他们朝夕相处，感情自然深厚，此时听那男子淡淡几句言语就将灵彘之死一笔带过，如何教他们不惊诧。

拓跋槿虽冷漠无言，却毫不否认，他嘴角浮着浅浅邪笑，手负于身后，很是风轻云淡，而拓跋三少却是邪气森森。

白唳、紫曦二蛇今日所见奇人异事甚多，先是那为救人而来的神秘书生，后是那咄咄逼人的魔教高手，现在又来了个将灵彘收服的天魔门主。此刻天魔四个氏族中，三族人马已汇集于此，看来今日必有一场恶战。

念及此，白唳望向了身旁的紫曦，此刻这紫曦脸上也暗藏着浓烈怒意，两人交换了个眼神，胸中不禁怒血激涌，同时喷发而出。

“那就用你的命来偿吧！”倏忽之间，二蛇怒吼一声，身形赫然变大，面目狰狞，几如恶鬼。白唳手中赤焰斧破空而出，泛起灼热的烈焰，紫曦则形容枯槁，脸上涌动着无数可怖至极的细蛇，他们气势汹汹地朝着拓跋槿杀来。本想静观其变，不欲出手，却突然听到灵彘的死讯，他们哪里还能忍受这种嚣张至极的挑衅，心中早已怒火冲天，恨不得将此人杀之而后快。

拓跋氏几人与二蛇恶斗在一起，不分伯仲。拓跋槿仅凭一把玉扇，游走于斧、戟之间，好几次差点被利刃击中，却化险为夷，安然无恙。而那拓跋三少更是诡异，他们身后所负竟是三面黑色盾牌，盾身上奇异刻纹之中画着形态各异、青面獠牙的恶兽，只是盾牌这类法器虽然诡异，但三人却一直处于守势，未见任何进攻之意，并未造成威胁。

“区区两个蛇妖，拓跋门主能够应付自如吧？我就不出手了。”端木宇坷此刻眼中只有花行云，根本不把二蛇放在心上，那身负上古神器的书生，修为着实不容小觑，端木垣则冷眼旁观，而南宫霖已站在花行云那边，更不可能助拳拓跋氏。

当前虽独孤氏占据上风，统领其他三族，但局势变幻莫测，下一刻由何族统领，亦未可知，以至于四族暗自相争，在削弱对方势力的同时保存自己的实力，静待凶兽降世统领天魔全教。

“呵呵，端木门主肯出手自然最好不过，若是心疼法器不愿出力，那就静观其变吧。”几句讽刺的话语淡淡地从拓跋槿口中传出。

他早已习以为常，轻摇手中玉扇，未见任何颓势，三面黑盾与玉扇里应外合，天衣无缝，抵挡住了紫、白二蛇一波胜似一波的犀利攻势。

紫曦生性急躁，久攻不下，心中早已急不可耐。她大吼一声，三尖戟幻出三道凌厉寒光朝拓跋槿攻去，只是还未近身，便被三胞胎突然出现的黑盾抵消，但紫曦奋力一击着实厉害，那三兄弟被寒光的巨

大力道击退数尺，胸中气血沸腾，掌心隐隐生疼。

“你们三人没事吧？”拓跋槿轻声问道。

“我们没事，门主。”三人心有灵犀，异口同声地说。

他们同时望向拓跋槿，这个邪魅英气的男人眼神中似有深意，三人心领神会，随即执盾向前翻滚过去。拓跋三少心神合一，三面盾牌也瞬间合为一体，盾面三头恶兽的獠牙闪着寒光，盾牌周身也闪耀着锐利的光华，又变成了那把巨型双刃剑，将紫、白二蛇攻势悉数化解。

纵然没有出手，端木宇坷的脸上仍现出几丝赞许：“这些时日不见，拓跋三少的天罡神盾又进步许多啊，看来他们暗中修炼，道行长进了不少。”

“这天罡神盾有那么厉害吗？”身旁的端木垣不以为意。

“那是当然，天罡神盾的威力可丝毫不逊于你的月溟，你还不苦练法术，恐怕就要被他们迎头赶上了。”

“我看这天罡神盾并没有那么神奇吧，那拓跋三少若不是有拓跋槿帮忙，肯定打不过两个蛇妖，以后有机会和他们三兄弟切磋切磋，要让他们见识见识我这月溟的厉害。”那端木垣也不知哪里来的自信，竟如此小看拓跋三少。

此话传入南宫霖耳中，这个冷眼旁观的女子，脸上浮现出些许鄙夷之色。

天魔教四族之中，与拓跋氏关系最紧密的就属他们南宫氏，两族关系源远流长，绝非其余各族可比。早先便从门主口中得知，这拓跋氏门中所用兵器颇为怪异，那些兵器看似平淡无奇，威力却十分惊人。

而这天罡神盾，她亦有所了解，相传三面神盾原是取材自空镜山炼狱深渊的黑色玄石，由深居山中的三位鬼匠打造而成，三位鬼匠出自同宗，品性技艺不同却心灵相通，各自将心血注入神盾之中，从而诞生出了三面各有不同威力的神盾。

老大松溪所用神盾名曰裂云，由鬼匠召唤出的空镜山炽焰地火锻造而成，坚如万古磐石，能够抵挡世间各种法器的冲击；老二柏宇所用神盾名曰寒泽，被鬼匠冰封于空镜山极寒冰渊之中，寒锋狂暴嗜血，可化作利刃杀人于无形；老三青平所用神盾名曰鸣雷，被鬼匠置于空镜山巅，触发天地惊雷神威，引之于盾身中，可施展神雷法术。

三面神盾各有千秋，但须三人同时施展，方显神威。若执盾者心意汇通，三者合一则会发挥它无穷的法力，也许是那三胞胎修为尚浅，虽然心神相通，但仍无法发挥这法器最大的威力。

天罡神盾虽步步紧逼，但后续乏力，渐露破绽。二蛇看在眼中，发动真气汇涌于斧、戟之上，气势浩大地向拓跋三少反攻而去。

三兄弟眼底同时映出紫白二色光芒，那光芒如同破晓时分天边初阳，灿烂夺目，生机勃勃，却蕴含着巨大气势，咄咄逼人。面对那延绵不绝的犀利攻势，三少脸上却没有丝毫惧色，只是兀自躲在神盾后面，奋力抵御斧戟攻势。

眼见斧、戟瞬间就要击中那面神盾，双蛇排山倒海的攻势一浪高过一浪，最终还是被天罡神盾悉数化解，拓跋三少虽真气急转，两颊通红，汗如雨下，退却数丈，但终于还是化解了二蛇连绵的攻势。

但见二蛇攻势渐歇，那神盾却突然散开，从中跃出一个人影，正是神色睥睨的拓跋槿。他手执玉扇，扇面散发出游丝般的气体，朝紫曦、白唳涌来，紫、白二蛇此刻已成强弩之末，根本来不及应对，只觉那看似微弱实则凶悍的气体很快就涌到了面前，他们周身门户洞开，束手无策，转眼便要被那玉扇击伤。

间不容发之际，只见上方升腾起一股暖意，九色光芒气势宏大，挥洒在他们身前，将玉扇攻势化解于无形，徒留几声“哧哧”的脆响。

又是花行云在生死关头出手，救了二蛇性命。

在那八荒神器九芒羽之下，书生傲然而立，神色凝重。

拓跋槿的攻势被九芒羽化解，他不禁死死地盯着那表情凛然的书生，冷言而道：“阁下手中这把神器可是八荒神器乾天九芒羽？真是

厉害，本人佩服至极。”言语之间，显得很不甘心。

他身后的拓跋三少也同时浮现出惊讶的表情，目不转睛地盯着那把发出九色光芒的羽扇。

“怎么了拓跋门主，不就是个拿着八荒神器的年轻小辈吗？你也奈何不了他吗？”说话者正是端木宇坷，他神色鄙夷，效仿拓跋槿的语气反讥于他。

拓跋槿脸上泛着怒意：“不是说好了要一同作战吗？为何不出手相助？若是你刚才出手，这两个蛇妖已经魂归西天了。”

“不是我不出手，只是这十拿九稳的局势，那么心急干吗？多陪他们玩玩不好吗？”

端木宇坷故意不出手，全是为了查探拓跋槿这些年来的修为进展，亦可损耗他部分气力，趁火打劫。

“呵呵，端木门主难道就不怕玩脱了回去不好对教主交代吗？”

“拓跋门主不用担心，我自有分寸。既然你我二人此行所求一致，这书生就交给我了，那两个蛇妖留给你收拾，我们联手出击，必定势如破竹，不费丝毫气力。”端木宇坷一席话，不仅不将拓跋槿放在眼里，更是视书生等人为无物。

拓跋槿却不禁冷哼了一声：“端木门主，你又如何知道我们此行目的一样？”

“明人不做暗事，拓跋门主无缘无故怎会千里迢迢前来此处？你不也是为九子赑屃而来吗？”端木宇坷对眼前这个男人了如指掌，他痴于魔宠的训育，此次前来若能坐收渔利，将九子收服，成为门下魔物，岂不天赋神力，壮大门阀？

拓跋槿的脸色瞬间低沉，缓缓地说：“当真逃不过端木门主的法眼啊，也罢也罢，不过我族魔宠被门主所杀，门主虽已诚心道歉，但是你得助我夺九子赑屃，这件事才能一笔勾销啊！”

拓跋槿自知有理，言语中竟带着几分威胁，还未待端木宇坷发话，他抬手就从袖中飞出一道金芒，划破空气，以迅疾无匹之势向花行云击去。这书生方才经历一场恶战，此刻仍在暗自调息，根本想不到对方竟恢复得如此之快，几番言语间就已恢复，面对激射而来的金芒，他毫无防备，无法应对。

就在他快要被金芒击中之时，一面红幕立在他的面前，正是那南宫霖的法器柔焰无双，绫内红芒激闪，片刻间将金芒收入其中，于危难之际救了花行云一命。

红幕散去，露出南宫霖那张肃穆的脸，她不声不响地站在花行云身边，娇小的身影此刻却显得很有力量。

“南宫姑娘，你竟帮外人对抗教友？难道你忘了南宫门人的身份？”拓跋槿感到很是意外。

“我早就说了啊，她早已不是从前那个南宫霖了。”端木宇坷淡淡而道。

“花公子数次救我，我若袖手旁观，岂非不义？这算是我还他的救命之恩。”此刻南宫霖一派大义凛然的模样，全无邪魅气质。

在场的拓跋氏众人微微皱眉，不明所以，天魔教徒，向来行事雷厉风行、心狠手辣，又岂会与忠义挂钩？

端木宇坷心中对南宫霖早已怨恨甚重，冷哼道：“南宫姑娘，看来你是铁了心要与正派为伍了，如此就休怪我们不客气！”

拓跋槿与南宫氏私交甚笃，本不欲起杀心，但被端木宇坷这么一说，也不好意思不出手了。随即他亮出玉扇与端木宇坷并肩而立，冷漠地望着对面四人，拓跋三少与端木垣则站在他们身后，神情戒备地环顾四周，以应对任何不测。

花行云为救人而来，此刻已是铁了心要保护紫、白二蛇，而南宫霖也是神色凛然，一言不发，站在了他这边。身后紫曦、白唳更是各执兵刃，聚精会神。正邪两派对峙于神庙内，一时之间，空气中杀伐之意盛起，各人周身真气暗涌，法器发出异芒，场面虽平静，但根本无法掩盖决战来临前的弥漫硝烟。

空气沉默得可怕，对峙各人四目相对，死死地盯着对方的举动，但谁也没有率先发难的意图。如此僵持片刻，却突见端木宇坷手中岚霜蓝光爆闪，那剑身越变越大，忽而蜂鸣乍响，剑身激射出无数蓝芒朝花行云奔去。

这执剑魔人着实厉害得可怖，静默之间已无形中将体内真气运转到了极致，不断催动着那把巨剑。此等犀利阵势，花行云一行是怎么也没想到的，面对那从各个角落迅疾涌来的奇异蓝芒，他们虽做好了准备，但心中却也无十足把握能全身而退。

蓝芒有如万箭齐发，如同汹涌的海洋，扫荡世间万物。那凶潮奔涌的地方，绮丽红芒顺势而出，化作接天光幕，赤红光斑急速涌现，张开嗜血巨口，吞噬着迎面而来的澎湃光波。一时之间，蓝芒悉数汇入虹芒，无影无踪，两色光芒的后面正是此刻已成敌对的魔教二人的斗法。

纵然南宫霖挺身而出，但她心中却十分清楚，比拼真法，自己决然不是那执剑男人的对手，起初红、蓝二色势均力敌，但半晌过后，柔焰渐处劣势，被岚霜死死压制。就在南宫霖行将无力支撑之时，只觉身后传来连绵浩瀚的真气，危难之际，正是紫、白二蛇同时而起，合力对抗那岚霜的剑芒。

战局胶着，花行云终于坐不住了，他手执冷月流觞笔纵身而上，朝正在施法的端木宇坷袭来，铁画银钩，寒锋袭人。花行云用尽全力朝端木宇坷击去，但对方怎会让他轻易得手？只见翠芒瞬间冲天而起，充盈他整个眼眸。果不其然，拓跋槿出手挡在端木宇坷身前，与花行云激斗在了一起。

“不好意思啊，拓跋门主，说好的我来对付书生，结果还是变卦了，都怪这妖女出手相助。”

“哪里的话，我正想会会这白衣书生呢。”拓跋槿淡然一笑，手持的玉扇奇兵，游走偏锋，洞察破绽，一击毙命。书生笔锋犀利，凌厉无匹，虚实结合，一击即中。两人皆施奇门短兵，近身交锋抢攻，攻中却留有守势，是以过招片刻，胜负难分。

高手对决，讲求出招速度，比拼真气深厚，更注意自身安危，不搏命相击、轻易露出破绽，而注重防御、见招拆招。短兵高手更是如此，正所谓稳扎稳打，不激进冒失，方能立于不败之地。他二人皆乃修为大成之士，又是短兵行家，岂会不明此理？

笔扇交锋，虚实交替，兵刃相击，火花四溅。虚招过后遂有实招袭来，但更多的还是无穷的虚招，虚虚实实，真假不分，比拼的已不是招式变幻，而是修为的深厚，对真法的理解，以及对招数的贯通。

那花行云虽年纪不大，一身修为却浩瀚无边；拓跋槿虽面容轻松，但内心早就将他当作劲敌，丝毫不敢怠慢，只是随着过招的深入，他越发觉得此人深不可测。

只见寒芒来袭，玉扇相迎，兵器触碰，真气交锋，执扇男子惊觉对方气势空乏无力，毫无后续，那轮冷月如蜻蜓点水一般，与玉扇相击却又狠狠攻向拓跋槿左肩。他心中微惊，但手中玉扇却也顺势而下，挡在身前，正欲抵御判官笔锋，却见书生又掉转锋头，朝其面门而来，原来又是虚招！

那冷月流觞攻势凌厉，疾速而来，他只得后退数步，避开其锋芒，手中却毫不停歇，玉扇迅猛朝前挥去，与笔身狠狠相击，才勉强抵挡住那判官笔的攻势。

一时之间，书生不顾守势主动出击，攻势竟逐渐猛烈起来，他稍处上风，拓跋槿只得全力防御，并抓住对方破绽趁势反击。

稍微有点道行的人见此激烈的战斗，都会有所顾忌，那白衣书生却全然不顾防御，只知一味进攻，却将自己的破绽暴露在对手面前，犯了短兵的大忌。如此虽暂立于不败之地，但瞬息万变，只怕下一刻就节节败退，一溃千里。

花行云又如何不知道这其中的弊端，他如此急速猛攻，只求短时间将对方击退，方能有片刻喘息。他朝旁边看去，那蓝芒仍是连绵不断地爆闪，虽被红芒吸收，但那柔焰无双却早已黯然无光，正垂死挣扎。

他心中焦急无比，使出阵阵攻势凶猛的招式，幻化出无数道锋利寒光，朝拓跋槿而去。只不过如此一来，却无形间将自己周身破绽全数暴露，拓跋槿眼疾手快，袖袍刚挥动，玉扇却已经出手，体内汇聚的真气以扇身为媒，朝花行云击来。正所谓以攻代守，强大的进攻何尝不是最好的防守，只是双方以短兵酣战成这样大开大合、搏力相击的场面实属罕见，冷月流觞的笔锋幻出道道寒光笼罩着拓跋槿，而他那玉扇的犀利绿芒也直取花行云要害而来，如此进展下去，无疑是两败俱伤的局面。

四面八方的寒光袭向拓跋槿，他神色冷峻，严阵以待，周身真气奔涌，缎袍鼓动，猎猎作响。就在寒光行将击中这个男人之际，他竟急速转身朝后方跃去，那三个再熟悉不过的年轻身影，刹那间跃入他的身前，手中那面黑盾牌，合为一体，如同一面黑色坚墙，顷刻间将寒光悉数挡住。只是那寒光之势着实强大，天罡盾被震得剧烈摇晃，拓跋三少脸色通红，显然是在全力抵御。拓跋槿缓过神来，体内真气向外散去，直入三少体内，帮助他们催持着天罡神盾的神力，终于寒光渐渐被瓦解，消散于无形。

“小子，刚才是哥哥故意要试你身手，没有发力，这下轮到哥哥我了。”拓跋槿挥着翠星辰从天罡神盾中跃出，那玉扇犹如划破星空的利刃朝花行云气势汹汹反杀而来，而拓跋三少则执盾密不透风地护在拓跋槿的周身，四人合力令花行云心中微微发怵。

这书生只得祭出乾天九芒羽与之抗衡，九芒羽在真气催持下，又亮起了九色光芒。那九芒倾泻而下，汇集成一圈彩色光幕围在了花行云周身，光幕之中，这个神器的主人表情凝重。

翠星辰劈空而出，隐隐将无形的气流割裂开来，翻腾起阵阵山呼海啸的气势，灭世之威，举世罕有，而三面黑色的天罡神盾也全数散开，围在了光幕外面。光幕异色纷纭，看上去也蕴含着巨大神力，正严阵以待，抵御那拓跋氏四人的合击，可让众人咋舌的是，这针尖对麦芒的生死决战却在瞬间结束了。

神盾在三少催持下步步紧逼，不断吸收着光幕的法力，那光幕的光华瞬间淡去不少，看上去摇摇欲坠。而翠星辰也所向披靡，如同利剑划破水波般，生生将光幕刺破，直向花行云劈来。

花行云神情虽然凛然，但更多的是决绝般地面对，那光幕被摧枯拉朽般毁灭的结局，他心中早就有了准备。刚才血气上头，几番强袭猛击，已然损耗大半真气，勉强发动九芒羽，必然达不到理想的效果。

花行云心知肚明，他虽修道游历日久，但若是较量真气修为，必然远不及拓跋槿这种已臻高深境界的魔教门主，更何况还有拓跋三少在旁辅佐。只怪自己平日只注重招式施展，却忽略了真气的提升，殊不知，招式施展，当以真气为本，脱离深厚真气的催持，就算再迅疾犀利，相持良久也必露颓势，高手交锋，这个缺陷只会被无限放大。

想到这里，花行云嘴角竟泛出一丝笑意，神色淡然，微闭双眼，负手而立，像是在静静等待那即将到来的死亡之光。突然，他只觉周身气流剧烈涌动，一缕清风从上至下拂身而来，似有身影闪动，将自己从黄泉路上拉了回来。

花行云睁开双眼，却见他身前正站着一个英俊挺拔的身影。一个与他年纪相仿，身着藏青色侠客衫的男子，正手持一把古铜色长剑，生出层层剑气，不断化解翠星辰的攻势。

头顶上空飘来阵阵激荡起伏的琴声，琴音催持之下，那古铜仙剑威力更胜于前。随着琴音飘来，一个手持长棍、英武俊逸的年轻人从天而降，他身后紧随而来的是两个美若天仙的少女，一个白衣飘飘、娇俏可人，一个秀裙生香、冷若冰霜，那身着翠色留仙裙的冷漠少女此刻正运息弹奏着身前的一方古琴，她十指抚琴，如痴如醉，那古琴

悬在半空，甚为神奇。

“齐兄，我来助你一臂之力。”那手持长棍的年轻人也投入战局，瞬间与持剑男子联手。

一旁正激烈对峙的端木宇坷和南宫霖一眼便认出来人就是李天赐和柳梦晴，而那神秘执剑男子修为不浅，那白衣少女看上去也绝非泛泛之辈。

李天赐手中的震雷与齐羽手中的仙剑交织，发出阵阵刺耳蜂鸣，气势如虹。他们的袖袍被体内真气激荡，疯狂摆动，真气以法器为媒剧烈涌出，连绵不绝，层层叠叠，那翠星辰发出的翠芒竟被尽数击碎，消失不见。周围的空气也被他们双器合击的余威激得急剧起伏翻涌。

望着眼前这两个突然现身、救了自己性命的神秘男子，花行云心中不禁骇然。这两个年轻人招式疾速凌厉，真气连绵不绝，手上的招式与体内的真气完美结合，是以将拓跋槿的攻势轻松瓦解。

拓跋槿被打了个措手不及，急忙避开锋芒，从战局中脱离出来。他恶狠狠地盯着那几人，李天赐扛着震雷怡然自得，齐羽负剑而立神情严峻，而柳梦晴也恢复了常态，与白媚儿一起站在他们身后。目击他们出现，端木宇坷这方也停止了打斗，紫、白二蛇被岚霜之威震得血气沸腾，而南宫霖一番激战后却若无其事。

花行云望着李天赐与齐羽二人，满是感激之情：“多谢两位兄台救命之恩，在下花行云，不知两位兄台尊姓大名？”

“我叫李天赐，这位是烟雨阁的齐羽，那两位姑娘分别是柳梦晴和白媚儿。不知花兄来这大禹神庙干吗？”与人打交道正是李天赐最擅长的，他轻松随意脱口而出就将四人分别介绍完毕，并与花行云套起了近乎。

果然花行云还没开口，那白媚儿就开始数落起天赐来：“你小子，一上来就毫无顾忌地和人家聊得如此熟络，难道你不担心他是魔教的人吗？”

“李兄、白姑娘，小生绝不是什么作恶多端的坏人，我此行只为救人而来。”

“我看你眉清目秀，应该也不是恶人，你所用的笔扇很是神奇啊，和你这文绉绉的模样很搭，但作为法器是不是有点弱啊？”李天赐见花行云以笔扇为法器，只觉很是奇怪。

花行云微微一笑不知该怎么回答，柳梦晴却开口嘲笑起他来：“你看看，别人都在笑你了。这傻小子知道什么！他手中的羽扇名叫乾天九芒羽，与你手中的震雷可是并驾齐驱的八荒神器。”

李天赐与齐羽听罢，不断打量着花行云手中那把平淡无奇的羽扇。时隔多年，他们终于见到除了震雷棍与巽风剑之外的第三把八荒神器。

紫、白二蛇之前困于灵川峡中曾与李义云、景阳等人有过一场恶战，更是见识过那震雷蟠龙棍的威力，此刻又见神器，不禁想起了那些陈年旧事。

“小子，你手中法器可是震雷，李义云是你何人？”

“紫曦、白嗔两位大仙，真是不好意思，方才情急之中交上了手，还没来得及拜会二位，弟子李天赐在此诚心谢过二位大仙当年的救命之恩，李义云是我爹爹，我手中这法器正是震雷。”

“哦，原来是李义云的儿子，九子狻猊的传人，不知你爹如今人在何处？”紫、白二蛇见李天赐神器加身，道法高深，已全然不是之前那哭哭啼啼的毛头小子，一时半会儿竟没认出来。

“我爹他惨遭魔人杀害，早已尸骨无存……”李天赐愤然，恶狠狠地盯着天魔众人。紫、白二蛇十分震惊，想不到当年豪侠壮志、威风八面的李义云竟也遭遇了天魔教的毒手。

“新友故人相识真是开心啊，你们叽里呱啦说够了没有，我正打算灭了赑屃就去找你小子，结果你们自己送上门来了，这下可好，新仇旧怨一起算清，只可惜景阳没来，否则今天就能将你们一网打尽，免得我再费周折了。”端木宇坷突然打断了他们的交谈，脸上充满了

浓烈的杀意，他与拓跋槿并肩而立，死死望着李天赐等人，遂又冷眼望向一旁的南宫霖，“南宫姑娘，你是决心要帮他们到底还是迷途知返站在我们这边？若你决心相助正派，那接下来交手过招我必定全力以赴不会念及旧情，你也不要怪我心狠手辣；若你回心转意协助圣教，那我们之前的恩怨自然一笔勾销，他日在教主面前，我也只字不提。南宫姑娘，你意下如何？”

那邪魅男人的话语显露出深深的威胁之意，南宫霖看了花行云一眼，眼神复杂似有深意，随即她挪动步子，走到了端木、拓跋二人身旁。

花行云对南宫霖的举动很是失望：“南宫姑娘，枉我一路护你，带你来大禹神庙，数次救你于危难之间，你还是执迷不悟啊！”

“呵呵，道不同不相为谋，公子救命之恩小女子已经报答，你我互不相欠，今后相见就是敌人。”

“花兄，你怎么这么傻啊！那邪教魔女蛇蝎心肠，屡次偷袭出手伤人，你怎能如此宅心仁厚救她性命？”说话者是李天赐，他之前被南宫霖所伤，深受天魔奇毒之害，早已对这女子恨之入骨。

“哪有人生下来就是坏人？南宫姑娘她若是什么十恶不赦之辈，断然不会出手救我。”

“你这书呆子，真是笨啊！那是妖女在利用你。他们来大禹神庙就是为了诛杀赑屃，找不到神庙，正好碰到你这个带路人，自然会讨好你，引你上钩，等他们灭了赑屃再杀了你也不迟。”

“李兄别说了，我绝不会让他们伤害赑屃，也不会和南宫姑娘为敌，我相信她有朝一日肯定会改邪归正。”

李天赐一脸鄙夷地看着花行云，而齐羽则在旁微微皱着眉，柳、白二位姑娘也是不住地摇头，那书生的一番言论在他们听来又好气又好笑，当真是迂腐至极。

“既然你下不了手，那就我来吧，我要你好好看看这妖女的真面目！”李天赐执棍而出，直取南宫霖性命而去，那中伤他的南宫妖女就在眼前，他一想到苦受那七虫七叶花毒的煎熬，心中就激愤难抑，终于忍不住率先出手，柳梦晴则紧随其后，音波激荡而出。

震雷神力非凡，又有囚牛古琴辅佐，自然更是威力无穷，山呼海啸般朝南宫霖袭去。南宫霖临危不惧，挥舞着柔焰无双，顿时在身前幻化出四条赤蛇，那四条巨蛇周身升腾出灼热的烈焰，瞬间与李天赐、柳梦晴二人缠斗在一起。

端木氏这边见李、柳二人出招，随即师徒联手朝花行云攻去，岚霜、月溟虽不及乾天九芒羽，但花行云连端木宇坷一人都打不过，更何况多了个端木垣。花行云虽全力抵抗，但以一敌二，交手瞬间便处于下风，好几次险象环生，如临深渊。

紫、白二蛇本不欲出手，但眼见魔人声势浩大，正派岌岌可危，也即刻加入战局，相助花行云共同抵挡端木氏，他们一斧一戟逼退端木垣，解了花行云燃眉之急，那书生心中大喜，全神贯注地去对付端木宇坷，一时间竟毫不示弱。

“拓跋门主，那拿剑的小子就交给你了。”岚霜剑芒之中，端木宇坷的声音远远传来。

“嘿嘿，那就让我们来领教领教你的剑法。”拓跋槿一对邪目狂傲地打量着齐羽，拓跋三少站在他的身后，手持神盾严阵以待，一副有恃无恐的态势。

齐羽傲然而立，默然不语，忽然从腰间拿出那壶玉泉酩，刚放到嘴边，却突然想起了什么，不禁哑然失笑：“好吧，我竟然忘了那灵猴把我的酒都喝光了。”

“你这小子这时候了还想着喝酒，当真目中无人，哥哥倒要看看你有何能耐。”拓跋槿话音刚落，便朝齐羽奔去。

“齐少侠小心，我来帮你。”白媚儿见魔人祭出凶招，急忙出现在齐羽身旁。

不料齐羽却义正词严地拒绝了她：“白姑娘，不劳您费心，我一

个人就行了。”这年轻人周身真气激涌，双目泛红，脸上浮出阵阵凶恶的杀气，面对利芒来袭，他手中仙剑顿时万千光华尽出，无数道剑气有如脱缰野兽倾巢而来，瞬间将利芒撕裂得粉碎，爆发出一阵清脆的蜂鸣，那是仙剑傲视苍穹般的吟唱，是这么多年压抑在齐羽心头怒火的爆发。

剑气退散，利芒也无影无踪，齐羽持剑冷眼望向拓跋槿，眼中升腾起复仇的烈焰：“你可识得我手中这把长剑？”他将那把古铜仙剑亮了出来，那柄长剑色泽温润，看似仙家良品，剑身上密布着蜿蜒曲折的血红纹路，是那样地引人注目，不像是镂刻而成，更像是气血灵力汇聚于剑身，让这把仙剑增添许多神威。

“哼，认识如何？不认识又如何？你小子难道要怪哥哥眼力有限，教训我不成？”拓跋槿摇晃着玉扇，显得有恃无恐。

眼前这青年男子，竟神不知鬼不觉地潜伏于神庙中，所有人都浑然不晓，神兵破长空，剑气贯长虹，从容惬意地就破解了他的招式。今日九州各派后起之秀汇聚于神庙中，让他们见识到了正道的未来，可谓不可不防。

“哦？你真的认不出来了吗？那你可得看仔细了！”齐羽忽然又手持古剑朝神庙顶端飞去。苍穹此刻光影昏暗，如同夜幕低垂，那长剑发出古朴的色泽，牵引着他，径直刺破了光影，朝那穹顶夜幕飞去。

这神奇的变幻就在一息之间发生，拓跋氏四人皆看得目瞪口呆，全然想不到，这神庙穹顶究竟是何构造，竟被他轻松刺破，向着天外越飞越高，拓跋槿更是眉头紧锁，如临大敌。而白媚儿暗自叹服齐羽剑法超群之余，更是聚精会神地防备着拓跋氏的突然发难，她见齐羽修为如此深厚，便更加没有出手的打算，而选择静观变化，随时相助弱势一方。

拓跋氏几人朝飞剑望去，只见那飘逸身影已飞到神庙上空遥远的夜幕中，那里繁星点点，飞剑在黑幕之上，不时也发出点点光芒，如同一颗星辰，与众星一道点缀着穹顶上的夜幕。明明此时殿外正值青天白日，天朗气清，殿内却寒夜笼罩，阴风阵阵，这样诡异的景象直教人头皮发麻、不寒而栗。

众人正在激烈斗法之际，那神殿穹顶的夜空中隐隐传来一阵惊雷，震得穹顶光影也疯狂波动，如同雨打星河，惊起漫天涟漪斑驳。

黑夜的天际，似有耀眼光团涌现，那光团急速膨胀，传出一声破空炸响，化作无数如流星般的纷繁光束朝场下飞来。场景宏伟壮观，恢宏磅礴。

那团星雨中有一颗赤红色飞星尤其亮眼，定睛看去，竟是那柄古铜色仙剑正划破夜空，随着星群脱离穹顶急速陨落。飞星激射而来，眨眼间已近在咫尺，众人赫然发现，那些星光竟是由一支支锐剑发出来的，天外剑雨，有如神迹，势不可当。

“什么？莫非这是？”拓跋槿方才还淡然的表情，此刻已几近扭曲，只觉心中大骇无比，脑中嗡嗡巨响，记忆深处的某个场景清晰地浮现在他眼前，而他身后的拓跋三少也均是面目惊恐，那剑雨神威他们再熟悉不过。而众人震慑于剑雨的骇世威力，此刻也停止了打斗，正运转法器屏息以待。

就在剑雨大军压境之时，这些散发着凛冽寒光的剑刃，却悉数停滞在了半空中，后方那团赤红色光团也停了下来，在空中急速闪烁，漫天剑雨有如天降神兵，以赤色光团马首是瞻，在半空蓄势待发，顷刻间就要爆发出浩荡神力，屠尽八荒恶魔。

李天赐见那天外剑雨声势浩大、无孔不入，伤及无辜恐怕在所难免，急忙亮出震雷挡在了身前；而柳梦晴也随即抚琴，那琴音生出一道光挡在了白媚儿几人面前，随时抵御那剑雨来袭。

随着一声急促的清啸，剑雨疯狂陨落，让人莫名其妙的是，那些锐剑充满了灵性，专门朝天魔教几人攻来。李天赐等人随即卸下防备，目睹那些狂傲剑气疾速朝着魔人奔去，瞬间将他们周身笼罩，威猛难

当，猝不及防。

天魔众人，除了拓跋氏心中略知一二，其余三人皆心生疑窦，端木宇坷脸色更是难看。本来他们气势如虹，完全占据上风，却被此人突如其来的杀招打乱阵脚，念及此，他手中岚霜翩然而至，蓝芒爆闪，顷刻间消融身前数道剑气。

端木、拓跋两族门主，道法高深，催持体内真气，很快就瓦解了剑雨攻势，那几个门人就没那么轻松了，他们之中，当属南宫霖修为最为高深，她挥舞着柔焰无双，幻出无尽红芒挡在身前，尽数将剑气吞噬，但随之而来的又是更为迅猛的剑气在红绫之中横冲直撞，行将刺破那面红绫，对她造成重伤。

这邪教女子不断发动着体内真气，催持绫缎与剑气对抗，那剑气灵性十足，以红绫为媒纷纷涌入南宫霖体内，她顿觉一阵刺痛弥漫全身。那剑气疯狂啃噬着她的肉身，携带着无以复加的怨恨，燃烧着歇斯底里的怒火，南宫霖热血翻涌、心绪难平，只觉自身真气瞬间弱了许多，红芒也被剑气冲得支离破碎。

眼见就要被那惊天剑气吞噬，南宫霖收回了柔焰无双，将那长长的红绫裹在了身上，在迅疾如风的赤焰中，她的身体竟然慢慢消融，最后与那柔绫化为一体。

赤红色巨蛇横空出世，张开血盆大口，不断吞噬着那些连绵不绝的剑气，那些剑气终于消失殆尽，而巨蛇却周身散发着赤红色烈焰，瞪着一对凶残的血目恶狠狠地盯着李天赐等人。

“这下你看清楚了吧，这才是南宫妖女的真面目！”李天赐对着花行云得意扬扬地说道。

“这，想不到她竟然会使出如此凶猛犀利的法术。”花行云喃喃而道，与那巨蛇四目相对，却见那对蛇眼中传来一道冷冽的异芒，与噬人魔兽无异。赤蛇周身光影流转，变幻万千，慢慢地又变成了少女的模样，那南宫霖将头埋在阴影里，看不清她脸上的神色。

南宫霖尚且如此，端木垣与拓跋三少更是节节败退，他们也只能在各自门主的助力中，勉强抵御那无形剑雨。

漫天剑雨被击散，只有那光团还傲立于穹顶的空中，随即古铜色光团缓缓而下，齐羽冷面如霜，跃然场间。他神色倨傲，负手立于李天赐身旁，睥睨着狼狈至极的天魔众人，藏青色衣衫无风自动，手中那柄古铜色仙剑此刻正嗡嗡作响。

“寻仙化雨，你是沈傲天的什么人？”拓跋槿眼神如炬，死死地盯着这个杀意浓浓的年轻人，方才他施展的剑法正是十年前冀州城望月山一战中，烟雨阁长老沈傲天所使的那招惊世骇俗的寻仙化雨。

“你记得就好，不错，我正是沈傲天的徒弟，烟雨阁齐羽！”齐羽淡淡而道。此刻他隐忍的神色下，隐藏着的是一颗狂躁的心，体内复仇的血液正奔涌沸腾，紧握仙剑的手臂剧烈颤抖，身体也在微微抖动。

第三十七章 禹神显灵

十年之前，冀州城外破庙夜战，正派大败，天魔就此势起。烟雨阁与善德寺收到信息派门人前去援手，但还是太迟，待众人抵达，却见硝烟早已散尽，场面凌乱，天魔尸兵残肢遍地，空气中浓重的血腥气息扑鼻，一派惨不忍睹的景象。众人在成山的尸堆中，找到了沈傲天的遗骸以及那柄断了的寻仙剑，烟雨阁上下悲怆不已，在场众人无不掩面垂涕，而齐羽更是哭得悲痛欲绝。

这一切对当时年幼的齐羽来说，无异于晴天霹雳，他双亲早逝，自幼被沈傲天收为座下关门弟子，传授烟雨阁精妙剑法。齐羽天资聪颖，进步神速，短短数年，便成为同侪之中的翘楚，沈傲天更是对其喜爱有加。

他永远都不会忘记那个夜晚，望着恩师的尸身，他痛哭流涕，双拳紧握，身躯抽搐，内心早已被割开无数道裂痕，血流不止。待他恩重如山的师父，有如父亲般慈爱的师父，就这样被魔教残忍杀害，面目尽毁，骨骼碎裂。他强忍着伤痛亲手将恩师的尸身埋葬，而与此同时，在他幼小的心中，也深深埋下了复仇的种子。

沈傲天生前练剑成痴，剑法登峰造极，更是整日与寻仙为伴，视此剑如命。本欲传与齐羽，却不料剑断人亡，徒留遗憾。齐羽暗自立下重誓，必定重铸寻仙，为此赴汤蹈火也在所不辞。

在师门授意下，他将那柄寻仙残剑送至烟雨阁外剑冢，跪求铸剑大师剑奴重铸寻仙。

那剑奴本是烟雨阁高人，后因铸剑入魔、嗜剑成痴，最后竟欲以自己的血肉之躯来祭剑。幸得掌门孤寒秋出手相救，才捡回了一条性命，但也因此自毁道行，被师门放逐，终年幽居于烟雨阁外的剑冢之中，并改名为剑奴，性情更是古怪孤傲，不与冢外人来往。

纵使少年苦苦相求，但那神秘的剑奴早已与烟雨阁断绝关系，坚持闭门不见。齐羽固执倔强，不见剑奴死不罢休，竟然在剑冢外长跪不起，而这一跪就是整整七日，任凭刮风下雨、电闪雷鸣，他自岿然不动。

剑奴终于被其孝举感动，答应重铸寻仙，不过却要以齐羽体内气血为引，激发仙剑灵气，唤醒剑身中的剑魂。为了家师夙愿，齐羽宁愿上天入地、万死不辞，别说是区区几滴气血，就算要以命献祭他也必定毫不犹豫。最后剑奴与齐羽闭关铸剑两年，终于大功告成，而他身负的那柄古铜色仙剑正是重铸之后焕然一新的寻仙，其间的辛酸恐怕也只有齐羽才知道。

此刻他紧握着仙剑的手剧烈地抖动着，那幽怨的眼神狠狠望向表情阴冷的拓跋槿，一字一句脱口而出："魔教逆贼，今日要以尔之血祭奠亡师！"他话音刚落，寻仙剑骤然又升腾出无数剑气，隐含着主人体内强大的真气，朝拓跋槿袭来，剑气铺天盖地，瞬间将他周身包裹。

自从沈傲天惨死，齐羽就好似变了个人，从前机灵勤奋的少年变得阴郁寡言，每日每夜发疯似的修习着烟雨剑法，累了就伴着玉泉酩孤影独酌。也许那个稚嫩的身躯承载了太多苦难与仇恨，幼小的心灵再也没有阳光的充盈，他的心中只有一个念头：复仇。他已将"仇恨"二字刻在了血肉里，遍体鳞伤、血流成河又怎样？终有一天，他将以手中之剑，亲取魔人项上首级，以慰恩师黄泉冤魂。

回想那些日子，齐羽胸中不觉热血上涌，手中仙剑的剑气更盛，密不透风，将拓跋槿完全围困，这个剑气中的男人，手执玉扇，激烈抵抗，两人一时难分伯仲。

那拓跋三少见门主有难，欲上前相助，却被花行云拦住，双方对峙不下，一时僵住，只得静观其变。

端木宇坷默立一侧，袖手旁观，以他的身手，若此时出招，必定能为拓跋槿解围。但他此行只为赑屃而来，眼中只有花行云以及紫、白二蛇，更何况十年前那场恶战，他未能参与，是以那名叫齐羽的剑客一心朝拓跋槿杀去，他也不便出手，冤有头债有主，既然如此，何不待双方两败俱伤，再收拾残局？他静观战势，笑而不语。

“齐兄，我来助你。”李天赐见齐羽与拓跋槿激战正酣，便祭出震雷想要加入战局。

不料却被白媚儿挡在了身后：“还是让他一个人来吧，杀师之仇不共戴天，换作是你，你也绝对不想让外人插手。”

李天赐深觉白媚儿言之有理，便在旁继续观战，他不时望向端木宇坷和南宫霖，那两人像是商量好了一样，平静地置身事外，心安理得地袖手旁观。

在场天魔人数虽多，却不一定势众，而是各怀异心，他们若是协力一战，恐怕李天赐等人一时很难抵挡。

酣战之中，齐羽的神色更加冷漠，复仇的火焰正熊熊燃烧，他等了这么多年，就是为了等这个机会。这个决绝的年轻人，眼中激射出阴冷的锐芒，他心头实在承载了太多无法释怀的积怨，他是多么渴望亲手击杀仇人，为师父报仇雪恨呀！

齐羽脑海中浮现出这些年惨痛的回忆：烟雨阁中独自一人苦练剑术，剑冢之外下跪苦求剑奴铸剑，忍受常人难以想象的痛苦以血引剑。杀师之仇深埋心间，这一切他隐忍决绝不对外人言道，这一路他独自承受默默成长。

残剑重铸之日，就是豪侠归来之时。只是下山寻仇，却人海茫茫，难觅仇敌踪影，空有一身法力，无处可施。如此寻寻觅觅数年，光影流转，沧海桑田，他的修为竟也日渐精进，只是满心仇恨愤懑，却也越积越深，一触即发。

此刻与拓跋槿斗法，他凌厉的剑风疯狂幻化，有如惊涛骇浪、山崩地裂，劈头盖脸地涌向对方。拓跋槿被剑风围攻，心中无比震颤，他着实没料到这年轻人一上来便展开如此疯狂搏命相击的攻势，如此地大开大合。他虽然招式犀利，却破绽百出，被人抓住一处，便能一击致命。

齐羽又如何不知自己这样凶狠搏杀的危险！只是生亦何欢、死亦何苦，他这些年本就是为了复仇的信念而顽强地活着。

活着，也许根本算不上活着吧，只是没死，没死，又怎能算是活着？心中惦记着复仇的执念，无奈绝望的复杂情绪在他的心中交织，与其如同行尸走肉一般苟活于世，还不如大杀四方，痛快而亡。

这剑客疯狂近身搏杀，破绽百出，一旁的端木宇坷怎会视而不见？他看准时机袭去，岚霜剑锋无双，顷刻间便要直取齐羽性命。

间不容发之际，李天赐与柳梦晴、白媚儿同时迎了上来，天赐亮出震雷抵御了岚霜的剑气，而柳梦晴奏响古琴与白媚儿一同朝端木宇坷攻去，瞬间四人激烈交战。

端木垣心念门主安危，也执月溟出阵，却被花行云挡下。端木垣本就对对方怀恨在心，自然是狠招尽出，道法却不如那白衣书生，被书生一笔一扇连番击退，南宫霖见势不对，急忙前去助力，面对花行云她竟丝毫不顾旧情，接连使出杀招。书生心灰意懒，本欲手下留情，却被二人凶狠夹击，便祭出了九芒羽全力以赴，一时间三人激战不分高下。

此刻只有拓跋三少与紫、白二蛇未加入战局，他们无比关切地注视着正在激烈斗法的正邪双方，严阵以待，准备随时相助。

只是各方交手正酣，却完全忽视了这大禹神庙的变化。

弹指一挥间，墙壁上禹神的画像突然流光溢彩、辉芒万丈，缠斗中的各方都未曾注意，只有拓跋三少感受到了那面墙壁的明显变化。

他们放眼望去，惊讶不已，只见禹神的画像金芒闪耀，照亮了整座神庙，神庙穹顶的光影也开始剧烈流转，从夜晚变成了白昼。白昼之下，是光影疯狂地奔流，奇幻的光影化作上古洪荒，有如万兽奔腾，席卷世间万物而来。就在三人还未来得及细看之时，那穹顶头顶却又产生了更为奇异的变化。

那些光影组成的洪流汹涌奔袭，瞬间便要将整座神庙吞没，整个大地都在疯狂震动，四周奇光起伏、波澜壮阔。那山呼海啸般的狂流扑身而来，众人即刻收回法器停止了打斗，顿觉洪流穿身而过，激得体内血气疯狂奔涌，这突如其来的冲击，着实令他们大吃了一惊，不禁抬头朝神庙上空望去。

奔涌狂流之上，遥远的穹顶，那面金芒中，传出一个远古空灵的声音：“凡人，尔等为何来此？”声音语调平缓，却声声入耳，像是远古洪荒的呼号，反复敲打着心灵深处，无比震撼人心。众人瞠目结舌地望着那金光，不知该说些什么，只有齐羽全然不顾，还在疯狂地与拓跋槿厮杀，他双眼布满血丝，如同一头发狂的野兽，永无止境地战斗；拓跋槿面如死灰，他被齐羽缠住无法脱身，心中叫苦不迭，眼前这杀红了眼的年轻人当真不要命了。

花行云率先反应过来，他怀着无比敬仰的心情，朝那金芒说道：“禹神神威显灵，弟子花行云，诚心为救人而来，希望大神应承。”

还未等金芒做出回应，紫曦、白喉也跪倒在地，不住地磕头：“禹神在上，我等失职，未守卫好神庙，打扰大神，还望赎罪。”

李天赐几人见到禹神现身，也是目瞪口呆地站在原地，静静观望着那天外神迹。十年前灵川峡一役，李天赐被禹神出手相救，死里逃生，此刻他见禹神出现，心怀感恩之情，朝那天空中的金芒跪拜道：“禹神在上，弟子李天赐特此感谢大神救命之恩，请受弟子一拜。”说完，他又是深深一拜。

“哦？原来是灵川峡那黄口小儿，旁边那个可是囚牛传人？嗯，九子传人果然英雄少年，九州苍生交给你们，我就放心了。”金芒微微摇晃，仿佛注意到了场上仍在激斗中的两个人，突然一声破空异响传来，一道金色光柱从金芒中射出，径直射向他们。放眼看去，那光柱隐约中化成一只从天而降的巨掌，无形中轻轻抚摩着二人，随即又消失不见。

“仙家圣地，岂容尔等放肆！”禹神那神威皇皇的声音从金芒中传来。

光柱散去，两人瞬间停止了打斗，恶狠狠地盯着对方。齐羽眼中可怖的红色渐渐退散，恢复如常，寻仙失去真气的催持也停了下来，他完全想不通为何自己体内的真气突然间荡然无存；倒是那颇为狼狈的拓跋槿，面色红润，气喘吁吁，终于脱离了战局，他不禁长舒一口气。

他二人方才完全投身在胶着的恶战中，未曾注意禹神的出现，此刻穹顶万丈金芒照来，只觉刺眼无比。

那金芒闪烁，照向在场众人，威严凛然，缓缓而道：“天魔众人，前来神庙可是为了九子赑屃？”语气平缓，未见任何情感流露，却不怒自威，令人胆寒。

此刻那些金光照射在天魔教众人脸上，他们无不骇然，叹为观止。端木宇坷定了定神，眉宇凝重，正色地说：“不错，我等确是为九子赑屃而来！”他言辞简洁犀利、有恃无恐，毫无示弱退让的意思。此等域外邪教，不以九州创世之神为尊，故而才会对禹神如此不敬。

那道金芒并不以为意，仍是那般平静如水：“凡人，那龙子赑屃自会与你们相见，拭目以待吧！”这句话，像是对着在场所有人所说。

“禹神能否答应弟子的请求？弟子诚盼禹神应允啊。”花行云救人心切，朝那金光中的圣神喊去。

天外金芒却并没有回应，反而逐渐变得暗淡起来，依稀可见穹顶上空禹神那高耸入云的伟岸身形中，又传来了那有如天神般的声音："紫曦、白唳，你等守护好神庙，此乃仙家之地，不容他人撒野捣乱，凡人斗法，本座不便现身出手，交由龙族传人收拾战局，本座就此去了。"

"禹神大人，您且先离去，我等即刻随你而来。"紫、白二蛇眼色无比坚定。

"这……禹神大人，您别走啊。"李天赐等人愕然，眼睁睁望着那金芒凭空消散，禹神的身影也消失得无影无踪。

想不到禹神根本没有出手的打算就这样自行离去，那墙壁上的神像也随即消失，空气中奔涌的洪流亦悉数退散。李天赐几人还没反应过来，就这么短暂一瞬，禹神一闪即逝，却在他们心中留下了难以磨灭的神形。

禹神已去，神庙却仍在发生急剧的变化，脚下土地传来阵阵天崩地裂般的震响，神庙也被震得摇摇晃晃。头上穹顶的光影变幻，四面白玉石墙震颤之间，竟有些模糊，光影浮动，渐渐变得虚无缥缈。

那震响对花行云和南宫霖来说是如此熟悉，正是他们之前漫步于空中石桥时所感受到的来自大山深处的声音。

又是一阵急剧的震动从脚底传来，脚下的浮玉山山体内部不断发出"轰隆隆"的响声，摇晃之势加剧，整个大地都在疯狂咆哮，神庙行将倾覆倒塌。在场众人立足不稳，急忙驾驭法器飞到空中，他们环顾四周，不禁惊觉于这座神庙瞬息间的变幻。只见穹顶的光影疯狂地剧烈涌动，如同震动的水面，激荡起层层波纹，四周玉墙无形中变得虚无缥缈，逐渐成为四面神奇的光幕。

"你们这些魔人，惊动了禹神，今日就葬身于此吧，哈哈哈。"紫曦邪魅狂傲，全然不顾她自己也置身于这危险境地中。

端木宇坷神色肃穆，眼望四周，沉默不语。倒是拓跋槿有些急切，按捺不住，开口说道："端木兄，此地不宜久留，我看我们还是先撤退吧！"

天魔众人允诺，各执法器，向外飞去，顷刻间场上的人已走了大半，只留下李天赐几人。此刻那神庙正发生着急剧变幻，震颤之间，整座庙宇竟然在缓缓上升，众人随着神庙微微腾空，皆是神情讶异，不知如何是好。

“哈哈，终于来了！”紫曦、白[illegible]此刻毫不顾及神庙就要随时倾覆的危险，反而喜笑颜开。

“什么来了？是赑屃吗？”李天赐好奇地张口问道。

“一会儿你们就知道了，现在快离开这里吧。”紫、白二蛇背对着众人并肩而立，看不见他们脸上的表情。

抬眼环顾整座神庙，只见神庙穹顶以及四面墙壁此刻已幻化得接近于无，依稀可见外面透射进来的光芒，流光溢彩，空灵梦幻。

“那你们呢？你们不走？”李天赐见二蛇无动于衷，不禁吃了一惊。

“走？走去哪？我们本就是禹神座下神兽，理当守卫圣殿，殿在人在，殿亡人亡。你们快走吧！”话语间，那神庙又虚幻了几分，看上去就像是在顷刻间被空气消融。

李天赐想不到生死关头紫曦、白[illegible]竟是如此决绝，只得作罢，急忙对众人说：“梦晴、姑奶奶、齐兄，我们快走吧，这地方要塌了。”他说话间已祭出震雷护在众人身前，随时提防神庙中的异变，随即转向一旁默然无语的花行云：“花兄，你也跟着我们一起走吧。”

“这……禹神就这样走了，那我此行岂不是白费了？”花行云眉宇中很是迟疑。

“保命要紧啊！兄弟，还顾虑那么多干吗？我们先出去再想办法。”

“也只好这样了。”花行云望着紫、白二蛇的背影深深地鞠了一躬，旋又说道，“多谢二位大神之前出手相助，小生就此别过。”

“没什么好谢的，千万不要让魔人夺去赑屃，龙族传人，可不能让我们失望啊！”他们后半句更像是对李天赐所说，这年轻人只觉鼻尖微微有些泛酸，不自觉地紧握住了双拳：“放心吧，两位大神，我们绝对不会让你们失望的。”

“嗯，别耽搁了，快去吧。”紫曦、白唳牵起了双手，化作一团光芒，朝神庙上空飞去，瞬间消失。

李天赐四人也御器而起，飞出了神庙，他们来到浮玉山顶，却见到了更为震撼的场景。

第三十八章 棋阵斗法

山顶不知何时充盈着漫天绿光，无处不在的光束从山体内激射而出，投向遥远的天空，发出奇异的声响。那光束笼罩着整个山头，发生着诡异的变化，整座山峰也在剧烈摇晃，宛若一颗巨型翠色宝石在阳光的照耀下熠熠生辉。

先前所见的九鼎和空中光幕也与大禹神庙一样，变得虚无梦幻，化作粒粒光团，向上空飘去。

浮玉山上，魔教众人神色各异，他们纵然置身空中，可还是能感受到山体传来的强烈晃动，身体也随着空气摇晃起伏，一时之间不知如何是好。

李天赐四人与魔教众人面面相觑，这前所未有的场景，让他们暂时放下了缠斗。

山体伴随着一声声轰隆的巨响，摇晃得更加剧烈，众人朝下方望去，却见浮玉山体深处正翠芒大盛，光芒向外肆意迸发。整个山体仿佛瞬间被那翠芒激活，正爆发出毁天灭地般的怒吼，周围场景剧烈震颤间，那山体中的墨绿色竟向上移动了几分。花行云想起上山之前，他所见到的浮玉山深处那团墨绿色的烟雾，也许翠芒就是从那儿发出来的，只不过这深邃绿芒不知蕴含着何种神力，竟能向外扩散，着实令人心惊胆战。

紧接而来的又是越发急促猛烈的震响，那团深邃的墨绿色又朝上迸发了许多，像是土壤中的碧绿嫩芽，欲穿破山体而出。撼天震响频发，墨绿色转眼间已迸发到了地表，整个山体表面皆被浸染成浓墨重彩的翠色，山顶的碧绿光芒更是盛极一时，难以直视。

端木宇坷终于忍受不了四处充盈的翠芒，他掷出岚霜，神剑焕发着极寒的锐气，破空而出，划开一道口子，众人眼前瞬间开阔，却见那柄巨剑朝绿芒深处掠去，消失不见。

忽然间，只听得一声巨响，好似兵刃碰击之声，碧绿之中杀出一道蓝光，来势凶猛，朝施法者面门急袭而去，正是岚霜所发出的剑光。端木宇坷神色肃穆，催持真气，施展法力，将岚霜截下，却见剑身剧烈颤抖，蓝芒凌乱溅射，震得他体内真气翻涌，心血来潮。

是怎样的神力，如此可怖？众人无不朝翠芒深处望去。

让他们更加瞠目结舌的一幕出现了，前方翠芒无形间早已退散，方才还傲立在山顶的大禹神庙与庙外九鼎天幕却悉数消失不见，只剩下一团巨大的墨绿色烟雾。不知不觉，它已经破土而出，弥散在整个山头。

众人望向那团墨绿色的烟雾，只见其中闪亮着两个赤红光球，正不断迸发出鲜红可怖的犀利锐芒，传来几声惊天动地的怒啸。

“难道这就是？”花行云若有所悟。

“不错，正是龙九子赑屃！”拓跋槿应声附和，身旁的天魔众人目不转睛地打量着传说中的九子神兽。

赑屃的出现彻底吸引了他们的注意力，竟一时忘了方才与李天赐等人庙中恶战的激烈，正邪双方此刻竟呈现出一派平和的态势。

“原来这就是赑屃，藏在那团烟雾里，当真是神秘至极！”李天赐望着那突然出现的赑屃万分惊奇，同为龙子，那庞然大物竟比狻猊还要大出许多。

在场众人皆已目瞪口呆，心头的震惊根本无以言表，那神兽赑屃竟藏身于浮玉山体之中，以如此方式登场，决然令人意想不到。

李天赐与花行云心中平添几许忧愁，神庙消失，置身其间的紫曦、白唳只怕此刻也已然消亡。

正当伤怀之时，却见身边众人朝天空望去，那天空之上，浮动着无比壮观的场景，天上的光团中形态各异的九鼎隐约闪现，鼎后那白壁无瑕的恢宏建筑，不正是大禹神庙吗？只是此刻，它虚幻缥缈，有如天宫，光影变幻间，化作点点光芒，倾泻而下，不断汇入到那团墨绿色烟雾中。

李天赐不禁想到，也许这就是大禹神庙最后的归宿，它没有消失，只是化作那奇异的天宫光影，与下方的墨绿色烟雾交相融合，但念及此，仍觉酸楚。

云外天宫神迹变幻无常，周身光影顷刻间汇入那团烟雾，慢慢消失在天际，与此同时，墨绿色的光芒渐渐退散，神雾仙气骤起。氤氲之中，一声巨响如同平地惊雷般传来，整座山头瞬间炸开了锅，那两团血红光芒随着惊响也变得更加闪亮，扫视着在场众人。

烟云退散，赑屃终于露出了它的真容。

竟然是一只身形庞大的巨龟！

只见它的周身泛着墨绿光芒，龟壳坚硬如石，像是由一块块碧石拼接而成，四足甚巨，与高堂广厦中的巨大石柱无异，周身布满了锋利的龙鳞。而最让他们震撼的是，赑屃的头上长着尖锐曲折的犄角，以及细长的龙须，龙须之下两排獠牙闪耀着寒光，这不是寻常龟首，分明是龙首！那两团血红光芒，竟是它的一对巨目，此刻巨目怒睁，死死地盯着在场众人。

“没错，这就是九子赑屃。”拓跋槿正色道，眼中艳羡之色更盛，若是将这头神兽降服，他们拓跋氏制霸天魔指日可待。

“凡人，你等来此意欲何为？”无比威严的声音从赑屃身体中发出，它虎视眈眈，让人望而却步。

“赑屃神兽，在下花行云，为救人而来，大神乃禹神座下神兽，神通广大，可否助我救人一命？”花行云悬在空中朝赑屃俯身拜道，

虽言简意赅，倒也十分诚恳，只是他说完却发现所有人正一头雾水地望着自己，根本没弄清此刻发生了什么。

花行云看着众人迷惘的眼神，无比尴尬地说：“你，你们都望着我干吗？”

“花兄，你刚才可是在和赑屃说话？”李天赐狐疑地朝花行云问道。他望了望身旁的齐羽与白媚儿，以及魔教众人，他们也皆是一脸的莫名其妙，只有柳梦晴秀眉深蹙，显然领悟到了什么。

“对啊，它问我们来这里干什么啊，我就如实告知了。”花行云见众人眉头紧锁，更是疑窦丛生的神情，不禁又说道，“怎么？它刚才说话你们没听到吗？”魔教几人沉吟不语，他们愕然的表情足以证明花行云的猜测没错。

“要是听得到，我们就不会毫无反应了。”打破沉默的是方才一直默不作声的南宫霖，她着实没想到，这一路相随的书生，竟然也是龙族传人。

李天赐和柳梦晴此刻目光交会，他们上下打量着花行云，眼神中充满了惊奇。

“你就是九子赑屃的传人？”柳梦晴沉默片刻后开口说道，那对俏目似有深意地打量着花行云。

此言一出，众人更是大呼意外，他们都没想到身边这神秘的白衣书生竟然就是第三个龙族传人。而花行云更是惊讶不已，他对自己的身份浑然不知，更加不知道这个身份对他来说意味着什么，正迟疑之际，只觉身边一道犀利的寒气来袭，他大吃一惊，待要做出应对，那寒气却已然气势汹汹地杀到了他面前。

生死之间，一个身影横在了他面前，正是那豪侠壮志、金甲披身的李天赐，他嘴角泛着得意的笑容说道：“我就知道你会突然出手行凶，花兄是龙族传人，以后就是我的兄弟了，我决不允许你们伤害他，神兽赑屃今天我们是要定了！”

寒光散尽，露出了端木宇坷那张阴冷的脸：“哼，就算被你识破又何妨，你们一起上试试看能不能动我一根毫毛？”

端木宇坷此刻杀心骤起，一击不中，岚霜剑气再出，层层叠叠朝李天赐涌去，今日九子中三子齐聚于此，正是将他们一网打尽的好时机，他又怎会轻易放过这个机会。

“黄口小儿，我忍你很久了，我倒要看看你还能嚣张到什么时候！”那岚霜剑芒骤现，端木宇坷杀招尽显，剑气纵横，已将李天赐完全困住。

“你不要以为手中拿着大家伙就可以欺负人啊，尽管放马过来吧，我才不怕你呢。”李天赐祭出震雷挡住了那把巨剑岚霜，顿觉对方势大力沉、真气凶猛浩瀚，棍剑相击，震得他虎口发痛，却仍是强装镇定，一副轻松自得的表情。

突然又是一道光朝李天赐袭来，更是将他完全压制，险象环生，却是那端木垣手执月溟杀了过来。

“不是说一个人打我们四个吗？怎么现在变成二打一了，你真是信口开河，不要脸！”

“说说而已，你还当真了，死到临头还嘴硬，等会看你不磕头认错求爷爷饶命。”

“哈哈，想做我爷爷，倒要看我姑奶奶答应不答应啊？”

李天赐使足全身气力，一棍卸去岚霜与月溟的合击，随即一个翻腾朝后方跃去，风云变幻间，三个身影瞬间挡在了他面前，激荡起周身真气朝端木氏师徒奔去，正是柳梦晴、白媚儿、齐羽三人。

三人有备而来，亮出法器各显神通，齐羽剑气无双凶猛杀向端木宇坷，白媚儿银铃在手朝端木垣生擒而去，而柳梦晴则激烈奏响了囚牛古琴，以源源不断的真气为二人助力。他们三个人气势如虹，一时之间竟丝毫不落下风。

“以多打少，说出去你们这些正派难道不怕人笑话吗？端木兄

我们来帮你。”

拓跋槿与南宫霖见端木氏以寡敌众，当下也跃身而出，加入了战局。拓跋槿之前被齐羽一番穷追猛打，弄得狼狈不堪，早已对他恨之入骨，此时手中的翠星辰更是直奔齐羽而去，瞬间化解了不少剑气，而南宫霖却柔焰盛起，幻化出一条赤蛇扑向白媚儿。

“姑奶奶，暂时辛苦你了，齐兄，我来助你一臂之力。”李天赐歇息片刻，攻势再起，瞬间奔到齐羽身旁，他深知以齐羽一人之力，定然敌不过天魔两大门主的夹击，而那白媚儿修为高深莫测，保不齐这一刻能暂时应付南宫霖和端木垣两人。

只有拓跋三少在原地观望，他们资历尚浅，一时不便出手令其门主分心。而花行云见众人缠斗在一起，也运转体内真气想要上去帮忙，他刚来到李天赐身旁，就被天赐一声喝止：“花兄，你是不是傻啊，快去搞定赑屃，这里交给我们就行了，一定不能让这些魔人抢到赑屃啊！”

花行云恍然大悟，急忙朝赑屃飞去，此时此刻收服赑屃才是当务之急。

“糟糕，上了这小子的当，松溪、柏宇、青平快去拦住那书生，千万别让他接近赑屃。”拓跋槿朝着拓跋三少高声喝道，他全然没想到李天赐是在故意激怒他们，好让花行云有机会去降服赑屃。而端木宇坷则一声不吭正全力对抗李天赐与齐羽，正派几人攻势凶猛，密不通风地将几个魔教高手围住，他们已然脱不开身。

拓跋三少快速向花行云飞去，眼见对方就要接近那巨大的神龟，他们急中生智祭出三面天罡神盾朝花行云掷去。花行云只觉背后三股寒意袭来，急忙展开乾天九芒羽，转身击向那三面盾牌，羽扇掀起一阵呼啸的狂风，径直改变神盾的走向，三面神盾掉转枪头倏地朝拓跋三少飞去，三少迎面接过盾牌，只觉来势凶猛，他们的双手剧痛不已，转瞬间只得眼睁睁地看着花行云来到赑屃身前。

花行云此刻已置身赑屃面前，他定定心神，朝赑屃急切说道：“小生为救人而来，希望神兽出手相助，小生定然感激不尽。”

赑屃睁着巨目，瞪着眼前这个白色小人，在它那遮天盖日的巨影之下，这人形如小虫，只消轻轻吐息，他便瞬间化为乌有。

“想不到本座的传人竟是这副模样。”赑屃言语中很是鄙夷。

“这个，身体发肤受之父母，我也不能决定啊！”

“嗯，废话少说，先打赢我再说吧。”

“呃，能不能别打了，我兄弟们还在那边等着我去帮忙，你能不能通融通融，直接让我收服得了。”

“放心吧，有大哥囚牛和五哥狻猊在，他们不会有什么危险的，你若打不赢我，我又如何能臣服于你呢？”

“这，我们要怎么打，你如此神通广大，我如何打得过你？”

“不急不急，我也不喜欢打打杀杀，你先来陪我玩玩吧。”赑屃话音刚落，花行云只觉周遭场景瞬间发生了变幻，四处涌现出层层密不透风的白色浓雾，他仿佛来到了仙境，全然不是之前浮玉山顶那般景象。

远处石阶之上，有一个开阔的石台，石台旁是一棵压弯了腰的万年古柳，柳树下坐着一个满头华发、白须垂胸的青衫老者，那老者看上去十分安详，红光满面、精神矍铄，正仔细揣摩着石台上的棋盘，棋盘之上黑白棋子错综复杂，显然厮杀正酣。

“你来啦，快过来陪我下棋。”老者注意到花行云的出现，朝他望了一眼，旋又将注意力集中在棋盘之上。

花行云坐到老者对面，却见他白眉垂耳，满脸密布着皱纹，视线已离开那面棋盘，正打量着自己。

“你就是龙九子的传人，那我们这就开始吧。”老者笑吟吟地说道。

花行云显然还没弄清楚状况，那赑屃所说的陪它玩玩竟然就是

这黑白博弈，他不禁哑然失色。

“敢问老先生尊姓大名？这里又是哪儿？是要下赢你了，我才能收服赑屃吗？”

“你这年轻人怎么这么多废话，我都觉得你烦了，这里是棋阵幻境，你得赢了我才能出去，你是要执黑先行还是要执白后出？”花行云虽涉猎广泛，但自认棋艺不精，还没落子就有些退缩，但事已至此，他也只好硬着头皮上了。

“晚辈敬重前辈，请前辈先行落子。”花行云心知这棋阵幻境是赑屃对他的考验，一时半会儿是出不去了，于是便摆开架势准备全力以赴。

“不错嘛，年轻人，还懂得尊老让贤，只不过你这白子四角中有三角被黑子围困，败局已定，我倒要看看你如何力挽狂澜。”老者言语间又在东北角落下一枚黑子，直中那方白子的命门，瞬间白子四角全数被绞杀，只留下中部一片大龙苟延残喘。

“嘿嘿，这下四角被围，你要赢我更是难上加难咯。”花行云手握白子，举棋不定，以他粗浅的棋艺看来，此局黑子优势明显，白子大势已去，除非棋圣附体，否则每一步都是险象环生，要如何才能转败为胜，他不禁苦思冥想，挠头搔耳起来。

花行云苦苦思索一番，终于将白子落在了棋盘东南角黑子营地中留出来的空白处。

老翁见他使出昏着，不禁笑逐颜开：“此阵势摆明了请君入瓮，你还真的来了，那我就照单全收了啊。”他轻松落下一子，瞬间又围杀了中间的部分白子，花行云哑口无言，他本来想要从那一处突围，却没曾想适得其反，被人反杀了一回。

“这……老前辈棋艺精湛，晚辈绝不是您的对手啊。”花行云显得很是丧气。

“呵呵，龙子传人难道就这么点能耐吗？真是让我失望啊，要不要我使点手段来激起你的斗志啊？”那老翁话音刚落，他身后的天空中竟浮现出一面光幕，光幕内正是此刻浮玉山的景象，只不过那景象让花行云看去顿觉心惊肉跳。

此刻浮玉山头，众人激斗之时，巨龟赑屃突然抬起头来，瞪着那对此时早已赤芒暴盛的巨目朝天空望去，巨目投射出两道赤红光芒，盘旋在神山上空，那些红色光芒交织奔涌，相互交融，最后在天空中形成一道红色血幕，高悬在他们头顶。那血幕如同一张血盆大口，其间暗红色波涛起伏，看上去随时都会朝众人撕咬而来。

红幕盘旋，游动着流光，其中似有黑色残影游走。黑暗阴影从四周朝红幕中心汇聚，在红幕之上形成一团团巨大的暗红血球，隐隐发出刺耳的轰鸣，暗藏着致命杀机，正欲挣脱光幕的束缚，疯狂向外伸缩鼓动。

“大家小心啊！”花行云隔着光幕朝激战正酣的李天赐几人喊去，却发现他们根本听不到自己的呼喊。

“嘿嘿，你在这幻境中说话他们是听不到的，来来来，小伙子，我们继续下棋。”花行云一边注视着光幕，一边望向棋盘思考走法，又是辗转踟蹰，举棋不定。

“你小子，专心点，要心无旁骛，不能分心走神，要把你手中这些棋子想象成麾下兵将，每一步都要深思熟虑，为他们负责啊！”花行云听到老者所说，便不再理会那面光幕，冷静下来专心对弈，他凝神静气观察盘中局势，突然灵机一动，朝西南角一片黑棋空白处落子而去。此处与方才阵势相似，不同的是白子已对黑子成合围之势，只消一枚白子就能将敌人绞杀，花行云行将落定棋子，但迟疑了片刻，心中没有把握，又拿回那枚白棋。

“喂，我说，落棋无悔、落棋无悔啊！”

“死就死了！”花行云把心一横，手中那枚白棋落在了空白处，却发现白子打围成功，黑子瞬间死了一大片。

“不错，勇敢果断，这才是龙族传人嘛，不过你可得抓紧了，你的兄弟们此刻身处险境，可等不了太久啊！”那老者笑着说道，果然他身后光幕中浮玉山的场景正急剧发生着变化。

天空中那暗红色血球瞬间化作一道道硕大无比的光柱倾泻而下，朝众人气势汹汹射来。正在斗法的各人察觉到危险降临，纷纷催持法器避开那些光柱，光柱爆发出巨大的力道轰然落入地面，将山顶翠石纷纷炸开，露出了一个个巨大的石坑，整个浮玉山瞬间千疮百孔，破败不堪。

道行高深有如端木宇坷、拓跋门主以及李天赐、南宫霖等人，尚且勉强躲开那些暗红光柱。而道行尚浅的端木垣与拓跋三少，想与那光柱抗衡，却着实吃力，他们方才使出全力才化解那光柱攻势，已然衣衫褴褛，疲惫不堪，显得狼狈至极。

赑屃神力赫然显现，令李天赐等人心惊胆寒，方才虽躲过那些暗红光柱袭击，但此刻仍是丝毫不敢懈怠，随之而来的也许是更加猛烈的攻势。

此刻那赑屃周身层云笼罩，只能隐约看见那对血红巨目，除此之外便见不到其他形貌。

又是一声惊天怒啸划破层云而来，众人还来不及反应，却见到那石龟身后忽然乌云遮天，变得暗淡无光，其间夹杂着狂风暴雨，电闪雷鸣。血幕散去，却又是一团光出现在天空，与之前不同的是，那面光幕中却是旖旎非凡的风物，奇峰峻岭、名川大江，那不正是九州的风土景色吗？

“传闻上古时期，这赑屃背负三山五岳，在江河之中兴风作浪，后被禹神制伏，成为座下神兽，推山填海、疏浚通河，立下无数奇功，实乃惊世神兽。”李天赐目睹那光中的神奇风物，不觉开口惊叹道。

“嗯，这神兽确实神力通天，只是不知道它此刻又在施展什么法术。”齐羽引剑而立，周身真气沸腾，随时戒备那赑屃突如其来的神法。

“我说，这姓花的小子都去了这么久了，怎么还没制伏赑屃啊！”

“姑奶奶，放心吧，花兄他肯定会搞定赑屃的，绝不会让它落入魔人之手。”李天赐望向端木宇坷等人，眼神中带着鄙夷，他已胸有成竹，坚信花行云绝对不会空手而归。

“呵呵，是吗？他能收服赑屃是最好不过了，我正好等他回来，将你们一网打尽，坐享其成。”端木宇坷也是恶语相激，毫不退让，若不是忌惮赑屃的神力，恐怕此刻他们又要打起来了。

一道电光突然划破长空，抬头望去，天空那团光正急速流转，朝四周散去。

奇峰峡谷、怪石嶙峋，如同魑魅魍魉、张牙舞爪，天雷爆裂，轰隆声声，天边顷刻间飞出无数颗巨大的怪石，在空气中疯狂炙热地燃烧着。火雨飞石，燃烧着整片天空，将云海照亮，将天际染红，带着旷世浩瀚的气浪，朝他们急袭而来，瞬间气浪便涌到眼前，山崩海啸，惊心动魄。

一波未平、一波又起，众人虽已做好应对，但面对如此毁天灭地的天外火石，仍是不免战栗，只能摆好阵势，全力相迎。

而此时的棋阵幻境中，花行云小心翼翼又拿下一回，那老翁不禁捋了捋胡须，显得很是欣慰，他身后的光幕中，那些燃烧着的巨石正朝着李天赐等人浩荡进发，真是一幕惊险万分的场面啊！

“老前辈，晚辈侥幸又赢了一回，可否收回法术，放我兄弟们一马？”花行云目睹那些景象，焦急地朝老者请求道。

“嗯，这个可以，既然你赢了，放过他们一回也无妨啊！”

他仍是轻捋着白须，却不见任何举动，只不过那光幕中飞向李天赐等人的火石却突然在空中炸裂开来，激起一圈猛烈的冲击波，纵然在这幻境中都能感受到那冲击波的威力，好在天赐他们全身戒备，抵挡住了那冲击波。

这边的火石瞬间碎裂消散，但那方朝天魔众人奔去的火石却仍是安然无恙，眼见就要击中南宫霖等人，花行云不禁心急如焚地说道：“老前辈可否高抬贵手，也放过那些天魔教徒？”

“怎么，这些魔人心肠歹毒，祸害九州生灵，你也要救？”

“众生平等，他们不该遭此横祸。”

“笑话，那些被天魔杀害的人都应该遭受横祸吗？”

“这……他们作恶多端，自会遭受应得的报应，只不过不该是这样的死法，他们的命是留给那些被他们害死的人的亲朋挚友的，以血还血、以牙还牙，此乃天道。”

“死就是死，还管他什么死法，我就是要替天行道，取这些恶贼的狗命，你又能奈我何？”

“晚辈奈何不了前辈，只求前辈能手下留情，网开一面。”

“你这书生当真迂腐啊，好人你要救、坏人你也要救，你还真的当自己是心怀天下苍生的救世主了？”老翁言语间透着几分怒意。

“晚辈不敢，晚辈只求前辈三思。”花行云眉目镇定，朝那老人深深鞠了一躬，看来这些魔教中人，他是下定决心要救了。

“这样吧，我们继续下棋，你赢我一回再说。”

说话间，两人又激烈对弈起来，花行云此刻渐入佳境，他的心神已完全融入那黑白纵横的疆界之中。突然灵机一动，在大龙缠斗中找到了对方的破绽，又落定一子，杀死了大片黑子。

“前辈，晚辈又赢了一回，请前辈言出必行。”

“我什么时候说过要救他们啊，我就是不救。”

“这……”花行云没想到被那老翁摆了一道，只能在光幕外眼睁睁地看着火石朝南宫霖他们砸去。

“你可知道，刚才那片被围杀的黑子都是你为了救魔人性命而残忍杀害的士兵，魔人的命是命，他们的命就不是命了？迂腐，当真迂腐啊，九子传人当以匡扶苍生正道为己任，怎么会像你这般心慈手软？”老者连番发问，不禁令花行云怒从中来：“哼，谁说我心慈手软，在魔人面前我绝不手下留情，只是这样玩弄他人性命于股掌就是不公平，我们九个兄弟姐妹必定会同天魔教光明正大、痛痛快快地决战一番，定要让他们输得心服口服。”

“嗯，胸怀正道，此心光明，方能不坠青云之志，你终于明白这才是九子传人该有的姿态，只不过现在救那些魔人性命，恐怕已然太迟了。”老者嘴角泛起一丝似有深意的笑容，那面光幕中，火石正浩浩荡荡地杀向魔教众人。

面对那席卷苍穹的天外飞石，端木氏二人共施真法，岚霜与月溟相触，两色异光融为一体，瞬间光芒交织，气势大盛，他们将两把法器掷向空中朝火石奔袭而去。

光与火触碰的瞬间，岚月神兵所幻化出的异芒骤然四散开来，形成一面无形的光墙，如同天神的巨掌，阻挡着火石前行，无数火石猛烈冲击着光墙，触之即碎，激起耀眼灼热的火花，却丝毫没有停下来的意思。

漫天火雨与奇异光芒交融，在高空绽放，化作一道破碎长空的傲世光华，远处的天空中随之传来阵阵巨响，整个天空都在颤抖，大地也在剧烈摇晃，光墙最终消散于无形，而那些火雨也变成点点星光，尽数陨落，场面也蔚为壮观。

“怎么样，你这是多此一举吧，若是这火雨飞石都应付不了，这些魔教徒还有什么资格与九子传人决战，只有强大的对手才能激发出你们全部的神力。”

“前辈，晚辈继续与您对弈。”花行云又恢复了平静。

“嗯，刚才是我有心让你，试探试探你的棋艺，现在我全力以赴、寸土必争，你可要打足精神应对。”那老翁说话间已落下一枚黑子，那黑子不偏不倚正好摆在了中路白子的阵营中。

“前辈，您这不是自寻死路吗？”花行云即刻在黑子后方落下一枚白子，那白子与旁边的白棋连成了一片，对黑子形成了合围。

“别高兴得太早，魔人阴险狡诈，往往故布疑阵守株待兔，你啊你，粗心啊，这么明显的陷阱竟然没看出来。”老者在白子另一边放下一枚黑子，那黑子也与周围的黑子连在了一起，又剿灭数枚白子。

“我真是太疏忽大意了，不小心又着了前辈的道。”

“嘿嘿，输了可是要受到惩罚的。”

那光幕之中，浮玉山顶火雨过境，又出现了让在场众人心惊胆战的画面。

五座雄伟壮丽的大山，在光幕中悉数出现，燃烧着剧烈的火焰，向浮玉山奔去。五座大山的气势仿佛要毁天灭地，奔涌着翻滚不歇的气流，在轰隆隆的天雷声中，朝众人袭来。

在这五座大山面前，之前那团漫天火雨，只能算作雕虫小技，他们深知就算全力相击，也可能落得个玉石俱焚的下场，但他们根本没有退路，只能硬着头皮全力抵挡。

天空中那五座猛烈燃烧的圣山，将整个天边映得通红，火焰遮天蔽日，消融着云层，似乎要焚尽世间的万物。转眼间五峰已抵达浮玉山上空，有如天兵压境，气贯长虹，周围的空气也被熔化，热浪汹涌翻滚，扑面而来，令人感到周身隐隐刺痛。

却又是端木宇坷一马当先，迎头出击，每每危难关头，都是这魔教高手奋勇争先，冲锋陷阵，丝毫不顾自身安危，若不是天魔端木氏门主的身份，他已俨然一派正道大侠的宗师风范。

岚霜此刻正焕发着寒冷刺骨的剑芒朝率先袭来的一座青翠山峰而去，层层剑芒、道道寒意，瞬间将山火熄灭。蓝芒暴盛，岚霜剑身变得偌大无比，向着大山迎面劈去，剑刃与山体接触，迸发出耀眼的火花，火星四溅、蜂鸣乍起，山石坚硬无匹，却仍然敌不过岚霜剑刃的锋利。

这把散发着蓝光的巨剑，势如破竹，削铁如泥，勇往直前，锐不可当，竟硬生生地从山体中间穿过，剑气如霜，裹挟着惊天力势，直入青山之中，顷刻间将整座大山自上而下劈成两半。两半山身上漫布着密密麻麻的光影，那是岚霜的剑气在其间疯狂游走，岚霜将那青山破碎成漫天飞石，碎石化雨，倾泻而下，众人四散逃脱，唯恐避之不及。

那柄浩然巨剑劈开青翠神山而回，犹如旗开得胜从天外归返的神将，划破苍穹，盖世无双，瞬间落入主人掌中。只是这个法力高强的男人仍是面色如霜，他望向天空，空中还有四座巨峰接踵而至，皆燃烧着炙热烈焰，扫荡凡尘，毁灭苍生，沸腾了整片天际。

这幅末世残景，让人骇然而绝望，他们虽击退了一座山峰，却仍是忐忑不安，无法想象与那一波接着一波袭来的大山交锋，会落得怎样惨烈的境地。

另一座高耸入云的奇峰朝南宫霖不断靠近，那山峰在地面上投射出一面巨大的阴影，瞬间吞没了这个弱小的女子。这柔弱女子如临大敌，眉目十分凝重，祭出红绫法器，幻化出数道赤芒，在她上方形成厚重的红色光幕，释放着惊人的力量，正欲抵挡那座奇峰。只是奇峰巨大，远远不是柔焰无双所能匹敌，二者交锋，柔焰起初还能勉强抗衡，与之僵持，但渐渐力不从心，震荡欲碎。

幻境中目击此景的花行云不禁大吃一惊，他强装镇静，抱着必胜的决心，又扳回了一局，急忙对老者说道：“前辈请收回法术，救南宫姑娘一命。”

“哦？又要我留魔人活路，我看你并不是想和这妖女堂堂正正决一死战，而是不想让她死吧？莫非你对她已情有所属？”

花行云两颊微微泛红：“并不是的，前辈，南宫姑娘与那些魔人不同，之前神庙中她出手相助，毅然决然站在我这边，我见她心存善念，还是有改邪归正的可能。”

“哦，原来如此，这次我就饶她一命吧。”老者话音刚落，那奇峰瞬间从内部崩塌，真气行将衰竭的南宫霖，死里逃生，侥幸捡回了一条命，只是她百思不得其解，为何那方才还神威盖世的山峰突然就自行坍塌碎裂。

“小子，你当然可以选择救那南宫氏的魔女，只不过如此一来却害惨了你的兄弟啊。”老者笑着摇了摇头，又看准时机落下一枚黑子，瞬间吃掉了棋盘中部的一片白子。

而光幕中，一座剧烈燃烧的奇山正激荡着滚滚热浪，朝李天赐扑面而去。

“你，你不是说过他们不会有危险吗？所以我才这般有恃无恐，对李兄如此放心，怎的你们仙家也说话不算数了？”

“我什么时候说过啊，我可没说啊，那是神兽赑屃说的吧？不是我说的，我只是这棋阵中的一枚棋子罢了，不是什么仙家神人。”

“什么！你竟然不是赑屃的化身？看来我又犯糊涂了。”花行云十分懊恼，他朝那光幕望去，不禁为李天赐捏了把汗。

那奇山体形不大，与一块巨岩大小无异，由于被烈火炙烤，整个山体通红，触之即化、碰之即毁，神力之浩瀚，常人根本无法接近。那面容紧绷的李天赐，心中虽微微惊慌，但仍是手执震雷毫不胆怯，其等修道之士，气壮山河，绝不临阵退缩，哪怕耗尽最后一丝气力、流尽最后一滴鲜血，也要战斗到底。

“李兄弟，我们来助你一臂之力！”说话者正是齐羽。

突然琴音乍响，柳梦晴与白媚儿紧随齐羽而至，此刻热血沸腾的李天赐心中更加充满了勇气，他们四人各执法器而上，毅然朝那炙热的巨大熔岩奔去。

琴音高昂，声声入耳，李天赐三人顿时只觉身体中的真气激荡起伏。白媚儿那银丝手套此刻发出了冷冽的寒意，她将真气贯入手套中，以器为媒，发散出寒冰刺骨般的气流，源源不绝地汇入那块巨大的熔岩，在她的法术施展之下，熊熊燃烧的烈火慢慢熄灭，最后熔岩竟变成了一块巨大的冰石。

李天赐与齐羽乘势追击，分别祭出震雷与寻仙朝那冰石劈去，两把神器威力无穷，幻化出层层气芒将冰石硬生生割裂开来，那巨大的冰石在李、齐二人的合击之下，瞬间瓦解，变成了一块块细碎的石头，在空中四处飞散。

终于化解了危机，他们几人还来不及喘气，却见一道利芒急袭而来，原来是那南宫霖趁其不备，痛下杀手，李天赐猝不及防，差点就被南宫霖手中的柔焰无双击中，他又亮出震雷，朝对方反击，却发现更为犀利的寒芒朝自己涌来，化解了震雷的攻势，却是端木宇坷和拓跋槿紧随而至。

正邪众位高手顷刻间又恶斗在一起，全然不顾天外还有两座巍峨雄壮的山峰正朝他们袭来。

“怎么样，你看错人了吧，你救了那妖女性命，她却想方设法加害你的兄弟，邪恶歹毒，这才是魔人的真面目。”棋阵幻境中，老者望着那光幕中发生的一切，悠然自得地说道。

“看来她还是执迷不悟，真是枉费我一片苦心！”

“自古正邪势不两立，你还是别想着去感化那些魔人了，他们早已冥顽不化，绝对不可能回头。”

“前辈，我们继续下棋吧，只不过这次我要押上他们所有人的性命，结束这盘对弈。若是我赢了，你要立即停止施法，放他们一条生路，包括那些天魔教徒，若是我输了，那就任由前辈处置。”

“你有把握赢我了？你若是输了，此生就只能与我为伴，不能离开这棋阵幻境半步，而且你也不再是九子传人，赑屃也自然不会降服于你，你可想清楚了？”

“嗯，我想清楚了，实话实说，我并没有把握，但我不想再看到我的兄弟姐妹屡次犯险，我要带着赑屃出去救他们。”花行云淡淡几句话语，更显出他的无比坚定，他早已下定决心，绝不辜负李天赐他们的期望，一定要全身而退。

“轮到你了，请吧。”老者点了点头，示意书生落子。

本来以为这决定生死的一回合，书生会小心谨慎、反复琢磨，不料他竟不假思索地在己方阵营西南角落下了一枚白子。

“你确定要下在这里？”老者紧皱着白眉，一头雾水。

“嗯，落子无悔，就下在这了。”花行云白子落定，剿杀了少许黑棋。

“你这是自投罗网的下法，杀敌八百、自损一千，必败无疑啊，年轻人你大势已去，还不投子认负。”果然老翁黑子一出，瞬间书生那一片白子岌岌可危，呈溃败之势。

“哦？是吗？前辈可别高兴得太早啊！”花行云嘴角浮现出一缕笑意，迅疾如风地在西南角边缘落下了一子，左下角的白棋和中路大龙完全连成了一片，彻底稳住了阵脚，将下方大部分黑棋悉数扫荡，书生这神来之笔有如画龙点睛，彻底逆转了局势，此刻黑棋气数已尽，白棋胜局已定。

“这，这不可能……”老翁一脸愕然，显然不愿接受眼前的事实，他分明每一着都在心里演算了一遍，每一着都反复推敲、四平八稳，怎可能被对方抓到破绽，一击命中？

“不用下了吧，前辈，胜负已分，希望您能言出必行。”

“明明是万分凶险，将自己引入死亡的一着，为何你如此义无反顾？”

“为了整盘棋局，做出一些必要的牺牲又算得上什么？晚辈方才故意围杀那片黑棋，就是看准前辈一定会出手相救，这才有机可乘，多谢前辈承让啊，嘿嘿。”

“好！看来背水一战确实激发了你的潜力，真不愧为龙族的传人。”

“吾辈立志拯救苍生于水火，百战不殆、浴血身亡也在所不惜，前辈，您可知方才那些被围杀的白子是什么？”

“是什么？”

“他们是那些在抵抗天魔入侵中牺牲的人。”花行云一字一句凛然道来，在老人心头激起了一阵惊雷，震得他脑海嗡嗡作响。放眼望去，棋盘之上，那些白润如玉的棋子已占据大半壁江山，它们浩浩荡荡、奋然而出，顷刻就要将黑子赶尽杀绝。

“哈哈哈哈……”那神秘老翁突然笑了起来。

“前辈你笑什么？”

“江山如棋，黑白博弈纵横其间，你小子可算是明白这个道理了，哈哈哈哈！”老翁爽朗的笑声回荡着，他身后那面光幕开始消失，周身光影也在剧烈晃动，整个幻境都在发生着急剧的变化。

眼看幻境即将消失，花行云不禁喜从天降：“前辈，晚辈这是破解了棋阵幻境，可以出去了吗？”

“小子，你可以走了。”老者周身闪烁着神奇的金光，慢慢开始变得虚无缥缈起来。

“那赑屃呢？赑屃怎么办？”

“赑屃的秘密就藏在它的背上，还有棋盘的西南角，可别忘了你刚才在西南角走的那一步。”

“什么西南角？前辈您到底是谁？”

“不是说了吗，我只是这棋阵中的一枚棋子，我们都是这场棋局的棋子，哈哈哈哈。”又是阵阵笑声传来，那老翁已完全融入金光，凭空消失不见。

“前辈！”花行云刚脱口而出，却发觉那棋阵幻境已然无影无踪，他此刻正置身于那石龟赑屃的身下，与一只蚂蚁无异，那神兽只要轻轻一抬脚就能将他踩扁。

赑屃吼声震天，那狂暴声浪威力巨大，花行云也忍不住捂住了

耳朵，他忽然灵机一动，足下发力，便借着那阵音浪的气势，朝赑屃壳顶飞去。

一路乘着巨大声浪而上，花行云身形微微晃动，衣袍猎猎作响，神龟身躯之大，如同一座遮蔽苍穹的雄壮山峰。只见轻云飘散中，那神兽赑屃周身的龟甲从下而上密布着长短不一的龙棘，如同无数锋利剑刃，料峭着寒光，见血封喉、杀人如麻，龙棘高低起伏，随着赑屃的身体晃动，像是隐藏在云层中的冷血杀阵，触之即毙。

白衣书生踏浪乘云，全神以对，一路小心翼翼，避开赑屃身上那些锋利的龟甲尖棘，终于来到了赑屃面前，他低头向下望去，心中顿时生畏，不禁面色发青，倒吸了一口凉气，原来身下早已轻云飘散，地面上的景象只能依稀可见，他不知身在何处。花行云强行定了定心神，鼓足勇气朝赑屃望去。

那对近在咫尺的血红巨目，好似两洼深邃恐怖的血泊，流露着摄魂夺魄的骇人气势。血目正注视着眼前那抹灵动的白色，在宣示着它那不可侵犯毫厘的神威。

“龙族传人，想不到你破解了棋阵，现在我们来比试法术如何？”巨目望了花行云许久，又传出一阵威严之声。

随之而来的是那血目中激烈旋转涌动的暗红光影，两股血红光柱喷薄而出，书生与那巨目相距甚近，片刻便被那红光笼罩，一线之间，非生即死。

威芒急袭，一击即中，赑屃微微昂首，得意之色溢于言表。却见那血红光芒立时消散，那白衣也随之不见，只听见一阵略带戏谑之声自上空而来。

“神龟，你活了上千年，连身手都慢了吗？我可没空和你比拼法术了，你还是乖乖臣服吧。”

花行云面带笑意，身浮高空，有恃无恐地飘然而动。不知何时，他脚下已踏着那面九色神扇，散发着奇异的微芒，淡淡神光自上而下照来。

赑屃怒意渐生，又是两道红色光束从巨目中迸发。赤芒瞬即击中书生，光芒消散，那书生身影却又消失不见，随即他又出现在更高的天空，却仍是毫发无损。而这次他只是在高空稍作停留，便踏着九色光芒朝赑屃飞来，掠过它的头顶，径直落在了龟背之上。

让他大感意外的是，那龟背之上平坦光滑，根本见不到龟足上那些致命龙棘，龟背上刻画着九尊巨鼎与那恢宏的大禹神庙，除此之外，还刻着密密麻麻的文字。那些文字苍劲有力，洋洋洒洒，好像某种见证历史记忆的神秘铭文，其中有一小段已经溢满了金光，另外一部分却暗淡无光，像是有人照着那些文字的刻痕书写了一段，却又突然被打断。

花行云见到那些神秘文字，心中不禁大喜："原来这就是老前辈所说的降服赑屃的秘密！"

与此同时，神龟见那书生消失得无影无踪，它却束手无策，更是怒意骤盛，不断朝着天空怒吼，那燃烧着的烈焰怒火悉数发泄在李天赐等人身上。众人全力支撑，却眼见就要被那些滔天巨焰吞噬，花行云急运真气，冷月流觞笔在手，意气风发、提气而起，照着剩余的文字刻痕写了上去。

"古有洪荒大江，延绵千里不绝，其生异兽，龟身龙首，兽乃龙九子之六子，名曰赑屃，常游离于江河，沉潜于洪泽，身负三山五岳，于洪流兴风作浪。后为禹神降服，收为座下神兽，疏渠引流，神威无穷，负禹神治太史、复釜、胡苏、徒骇、钩盘、鬲津、马颊、简、洁九水，划中土为冀、兖、青、徐、扬、荆、豫、梁、雍九州，赫赫功绩，世人颂扬……"

花行云在半空中来回飞腾，他气定神闲，笔走龙蛇，白衫飘逸，洋洋洒洒，最后一气呵成。原来那些神秘文字竟然是刻在赑屃背上记载着它生平来历与丰功伟绩的奇文，花行云此刻傲立于奇文之前，

果然这些古文字在他的书写下，产生了奇妙的变化，顿时金光闪耀，光影浮动。

最后那些泛着金光的文字开始缓慢上升，龙飞凤舞般朝空中飘去，金色的字符在空中微微荡漾，光芒万丈地盘旋在高空，洒下无限金光，朝赑屃周身投射而来。

金光遍布全身，神龟一声长长的清啸，巨目的血红色开始变得暗淡，他的身躯也在光芒照耀中缓缓上升，扬起了漫天尘埃，发出耀眼的翠芒。光芒流转之间，它周身也发生着变化，巨大的身躯竟开始慢慢缩小……

“不愧是龙族传人，跋山涉水而来，寻到大禹神庙，化解了棋阵幻境，最后又被你找到驯服我的方法，果然你就是我所等之人，这么多年了，你终于来了……”赑屃的声音有些空灵，失去了法力的催持，那些在众人身边疯狂燃烧的极致烈焰也逐渐消散。

“嘿嘿，神庙的路线是从某部神秘的卷轴中得到的，而驯服你的诀窍却是那棋阵老人在背后指点，侥幸而已。”

“你竟然身携《九州风物志》？难怪如此轻松地找到了这里。”赑屃有些吃惊，闭口不提那神秘的老人，它的身躯此刻正急速地幻化变小。

“原来你也知道《九州风物志》，我这一路过来，途中碰到了那天魔教的南宫霖，还差点被她发现这本《九州风物志》的秘密。”他不禁摸了摸胸口，那部神奇的卷轴此刻就藏在他的胸间，转念一想起南宫霖，更是平添许多忧愁。

“你此刻心里可想着那个女子？我看你与那妖女关系非凡啊！”此刻，赑屃的巨大身躯已从浮玉山顶消失，完全幻隐于那漫天金光之间。李天赐远远望见花行云的身影在金光中浮现，更是惊喜不已，他们几人神情戒备，随时提防魔人的偷袭。

“你胡说，我与南宫姑娘萍水相逢，危难之际不得已出手相助，此役过后，势不两立，我绝不会再与她有任何瓜葛。”花行云斩钉截铁说道，心中却不无惊诧，不知这神兽为何通晓自己内心所想。

“如此也好，那我就放心随你去了，小子，今后记住，你的心思逃不过我的法眼，别耍花招，你是龙族传人，要肩负起寻找其他九子的重任。”随着赑屃声音传来，它的身形已变得只有人掌一半那么大，倏地朝花行云径直飞去。

花行云伸手接住那翠色玉龟，但见这掌中玩物，散发着古朴的气质，雕琢却是极其细致讲究，如同寻常人家收藏的古玩。龟壳之上依旧可见那九鼎与神庙，他向那石龟问道：“神龟，你怎么突然就变这么小了呢？我该怎么召唤你出来啊？”他一时不知如何是好，便将那玉龟握在手中，心中疑惑连连，那赑屃却再也没有任何回应。

随着赑屃被花行云收服，整个浮玉山顶也恢复了常态。精疲力竭的众人回到了地面，望着手拿赑屃的花行云，方才那身形伟岸、巨如山峰的赑屃在转瞬之间就变为这书生掌中之物，他们皆是惊异万分。

“哈哈，花兄干得漂亮，终于将赑屃降服，这下九子中已有三子团聚，我倒要看看你们这些恶贼能奈我们何？”李天赐得意扬扬地看着端木宇坷。这狂傲男子眉间又隐隐升腾起丝丝杀气，只不过他见李天赐等人有所防备，便没有发作。

反倒是拓跋槿望着花行云手中的石龟，眼神发亮，忍不住问道：“你手中的可是神兽赑屃？”

“是啊，你要来拿吗？”花行云与李天赐、柳梦晴并肩而立傲然而道，此刻三子相聚，他们更是有恃无恐。

“对啊，我要啊，你还敢不给吗？”

“不敢不敢，大侠饶命，赑屃给你了，接好咯！”

拓跋槿嘴角顿时泛起邪意，他话还没说完，却见李天赐突然朝他迎面扔来一个泛着绿光的物体。拓跋槿伸手接住那个物体，摊开

掌心一看，发现竟然是一块石头，他勃然大怒，手中玉扇豁然展开，翠色寒芒激射而出，携带着腾腾杀气，朝李天赐奔袭而去。

生死一线、间不容发，齐羽手中的仙剑与花行云手中的银笔同时祭出，抵挡那凌厉无匹的寒芒。寒芒虽被两门法器击散，但势大力沉且近在咫尺，仍残留细微寒光裹挟着余威命中李天赐，他虽以震雷相挡，但还是被寒光划破了手臂，鲜血顿时汩汩流出。

“天赐！”柳梦晴吓得花容失色，急忙搀扶起李天赐，查探他的伤情，但见他手上被划开一道口子，鲜血浸染了衣衫，可见那翠星辰确实厉害。

“放心吧，不碍事的，等会让狻猊帮我止血疗伤就行了。”李天赐腰间的狻猊炉中涌现一抹金光，那金光朝他受伤的手臂射去，瞬间缝合了伤口，止住了血，这年轻人只觉手臂酥麻，有种说不出的舒爽。

“哼，你每次都是仗着有狻猊在就这般鲁莽冲动，若是哪天那神兽不出现，你可如何是好？”柳梦晴秀脸之上浮现出一丝愠色。

“狻猊不在，不是还有你吗？梦晴，你肯定会不离不弃，永远陪在我身边的，不是吗？”李天赐微微笑道。

柳梦晴听罢脸上泛起一阵红晕，倒是那白媚儿开口笑道：“想不到你这傻小子竟这般油嘴滑舌，柳妹妹都被你说得不好意思了。”说话间白媚儿望向正持剑守护李天赐的齐羽，齐羽突然见到李天赐真情流露，不禁也撇了撇嘴，微微有些尴尬。

而在旁的花行云却看着对方阵中的南宫霖，那冷漠的眼神竟让他很是失落，身边这嬉笑打闹的男男女女与自己全然没有关联，他就像是个置身事外的可怜人。

念及此，他转头对李天赐说道：“李兄，你先运息疗伤，我来帮你挡住他们。”

话刚说完，他便一个翻身跃入场中，站在了拓跋槿面前，笔扇在手，威风凛凛。

“你不是要我手中这赑屃吗？现在过来拿就是了。”

“既然今日三个龙子齐聚于此，那我们也无须再费力气寻找，小子，哥哥倒要看看你还能嚣张到何时！”

拓跋槿话音刚落，魔人倾巢而出，只有那南宫霖站在原地无动于衷，也不知她在想些什么。

第三十九章 恶兽猰貐

眼见魔人奔来，花行云独木难支，白媚儿与齐羽同时出现在他的身边，与魔人缠斗起来。白媚儿戴着银丝手套，手腕上的银铃不断摇响，铃音声声入耳，激得端木垣与拓跋三少心神动荡，他们只觉天旋地转、头重脚轻，整个世界都在摇晃。

“几个小家伙舞跳得还开心吗？哎呀，动作不对，姿势难看，姑奶奶这就来教教你们。”白媚儿梨涡浅笑，一袭白衣翩然跃向了端木垣，徒手朝他面门抓去。

端木垣见她手中银光乍现，朝自己奔来，不禁愣了一愣，随即急运真气恢复了常态，拿着月溟朝白媚儿一刀劈去。

“小家伙这是不喜欢姑奶奶吗？怎么这么快就翻脸了。”白媚儿见那月溟袭来，也不惊慌，一个翻腾避开了长刀，又顺势朝刀刃抓去，瞬间便擒住了月溟。

这突如其来的一幕着实令端木垣始料不及，他从没见过有人徒手握住月溟，更何况是一个与自己年纪相仿的少女。

“你，你快放开！”端木垣怒吼道。

“怎么？生气了啊？姑奶奶可喜欢你这把刀了，借姑奶奶我玩玩不行吗？”

“你还不放手，休怪我不客气了！”端木垣紧握着月溟的刀柄，一时与白媚儿僵持不下，堂堂男子汉竟连一个小女子的力气都比不过，他只觉颜面尽失，羞愧难当。

“嘻嘻，你这魔教小子发那么大火干吗？放手就放手，你这把破铜烂铁，我才不稀罕呢！”白媚儿突然放开了月溟，端木垣准备不足，一个踉跄，硬生生坐在了地上。他又惊又气，站起身来就要朝白媚儿搏命而去，却见她手中银光爆闪，那对银丝手套幻化出一圈银白色光环，看来方才她正是戴着那神秘的银丝手套才如此有恃无恐地抢夺月溟，也不知那是什么古怪法器。

“你的长刀不好玩，不如试试我这合欢索吧。”白媚儿笑靥如花，那银白色光圈径直飞向了端木垣。

端木垣一时六神无主，不知这奇媚女子使的是什么法术，他飞身跃起朝那团光环劈去，月溟直接击中了光环，却发觉那银白光圈根本若无其事，端木垣从光环中穿身而过，落在了地上，只觉背后又是一阵寒意袭来，正是那光环倏地朝自己飞来。他来不及逃脱，被那光环死死套住。

端木垣被死死缚住了双手，只有双脚还能行动自如，那光环四处飘荡，端木垣无可奈何，只能随着光环到处游走，光环撒了欢地领着端木垣疯狂扭动，这个被捆住手的年轻人的动作十分滑稽可笑。

“哈哈哈，真是好玩，这就对了嘛，小家伙真聪明，一下就学会了，你们三兄弟学会了吗？”白媚儿不禁拍手叫好，回头朝那拓跋三少望去，却见他们不知何时已化解了铃音的侵扰，正瞪着一对对凶目恶狠狠地盯着自己。

拓跋三少瞬间祭出天罡神盾，密不透风地挡在身前，他们忌惮白媚儿的诡异法术，不敢冒进，一步一步朝那白衣少女靠近。

“看来还是没学会呀，正好姑奶奶今天有时间，好好教教你们吧！”白媚儿笑逐颜开，抿着嘴望向那慢慢逼近的拓跋三少，瞬间手中又化出了一圈银白色光环。三少方才见那光环轻而易举就将端木垣捆住，当下不敢怠慢，一边催持真气汇入神盾，一边继续朝白媚儿靠近。

那光环快速飞向三人，待要将他们合围，三少背对背快速靠在了一起，他们随即将三面盾牌置于身前，护住了周身，一派严阵以待的守势。果然光环掠过他们的头顶，快速将他们全部合围，接触天罡神盾的瞬间，发出一声“吱吱”的轻响，随即消失不见。

白衣少女瞪着媚眼，一脸诧异的神色：“咦？这盾牌如此厉害，竟能轻松化解我这合欢索的法术，拿来给我把玩把玩可好？”

她对那通体黝黑的盾牌很是感兴趣，又使出那徒手夺兵刃的招式，朝拓跋三少跃去。三少见对方主动出击，便瞬间散开，摆起了阵势，转守为攻想要将白媚儿困住。

白媚儿毫不在意，径直朝老大松溪手中的裂云盾抓去，只是她不知道那裂云是三面天罡神盾中最为坚硬的一面，纵然她法器再厉害，也不能触动那盾牌丝毫。白媚儿一手抓在裂云盾的边缘，待要将盾牌从松溪手中夺来之时，却发觉那裂云坚如磐石，毫不动弹。她一下落了个空，还来不及反应就听见后方传来一声惊雷，原来正是那老三青平手中的鸣雷引出了一道闪电朝她迅猛劈去。

“想不到你们三兄弟还有两把刷子，有点意思。”白媚儿心头微微一惊，身形却灵动飘逸向上飞去，轻巧地躲开了那道闪电，旋又朝青平所持的鸣雷抓去。

那青平在拓跋三少中年纪最小，道行也最低，若是被白媚儿一把抓住，只能束手就擒。就在那少女从上空飞来之时，一道锐芒在她身后闪现，却是老二柏宇正挥着寒泽盾气势汹汹地向她袭来。

白媚儿本来朝青平奔去，却突然停了下来，一个急转径直面向那暗中袭来的柏宇，她猛烈一掌，拍在了寒泽盾上，柏宇被击退了数步，体内血气早已激荡起伏。

“嘻嘻，我就知道他们两兄弟出手后马上轮到你了。”白媚儿乘势追击，一把抓住了寒泽的盾身，望着盾后的柏宇，得意地笑了笑。

这一切都在她掌握之中，假意攻向青平，却出手朝那还没发招的柏宇袭去，因为她知道这少年必然会出手，他们三兄弟情深义重，柏宇不可能置三弟于危难中而不顾，与其被动应对，抵御柏宇的招式，倒不如主动出击，打他个措手不及，从而掌握主动权。

白媚儿正打着如意算盘，却不清楚那寒泽盾四边寒锋锐利，凶残嗜血。她抓着盾面的手微微传来一阵刺痛，就算隔着银丝手套，她依然感受到寒泽的锋芒，只不过当下却不敢再用力，而是紧紧抓着盾边，一时与柏宇相持不下。

“大哥、三弟快来啊！”柏宇见白媚儿与自己一时僵持住，正是对她合围的大好时机。松溪、青平二少分别执裂云、鸣雷而出，拓跋三少瞬间将白媚儿围在了中央。

“哟，你们三个小家伙终于一起上了啊，快给老娘看看你们的能耐。”这俏丽的女子仍是那般目中无人，她深知在自己千年道行前，端木垣和拓跋三少根本不足为惧，故而才一直有恃无恐，根本没有使出全力。

拓跋三少显然已被白媚儿激怒，却没有打乱阵脚，仍是通力合作，在发挥各自法器特点的同时，又不断寻找白媚儿的破绽，准备一击命中。三少攻守兼备、有条不紊，加之白媚儿并没有尽力，他们两相对峙竟一时难分难解。

白媚儿身法飘逸灵动，她时而一掌拍向松溪，被那裂云盾挡出，遂又借势跃起，一脚朝柏宇飞踹而去，这样来来回回，她竟然毫无疲惫之感，倒是拳脚生风、犀利无匹，三少只得防备，没有还手的机会。

青平看准时机，催引真气，又在那鸣雷盾中激出一道锐利电芒朝背对着他的白媚儿击去，距离之近、来势之疾，那少女根本无法防备。白媚儿只觉背后一声惊雷破空而来，那惊雷气势汹汹、威力无穷，对方杀招骤现，显然要取她性命，她此刻已隐隐有了些怒意。

就在电芒即将击中白媚儿的瞬间，众人见她竟直面那道电光，摊开双掌祭出了那对合欢索，那犀利的闪电径直击中她手中的光环，顷刻被她改变了走向，顺势朝一旁的柏宇奔去。

电芒朝柏宇凶狠地袭来，这少年急忙亮出寒泽挡在身前，电光直中寒泽后炸裂开来，那耀眼的光华刺得柏宇睁不开眼睛，他只得缩在寒泽后面，使出全身力气化解那电光的攻势。终于光芒散去，寒泽盾却仍在剧烈震颤，发出厉响，而柏宇则早已一腔血气从胸口奔涌而出，他吐了一口鲜血，随即精疲力竭地倒在了地上。

“二弟（哥）！”松溪、青平二少的惊呼声同时脱口而出，他们担心柏宇的安危，赶忙奔过去查探那蓝衫少年的伤情。

“这都是你们咎由自取，可怪不得老娘。”白媚儿一脸愠色地凶狠说道，她手上的合欢索此刻正迸发出夺目的银光，显然还残留着方才对抗鸣雷盾的神威。

松溪、青平二少见柏宇只是被电光余威波及，并没有什么大碍，不禁长舒了一口气，他们神盾在手，神色肃穆凝重，狠狠望向白媚儿，正要执盾而上之时，却见她头顶上方风起云涌，一道寒光疾驰而来。

寒光中浮现出端木垣的身影，他此刻勃然大怒，脸涨得通红，方才费力挣脱光圈的束缚，狼狈不堪，他已然对白媚儿起了强烈的杀心，士可杀不可辱，这个自尊心极强、把面子看得比什么都重要的端木门徒又岂能忍受如此的羞辱！

月溟杀招尽显，却又是一击不中，白媚儿早已察觉到他那突如其来的攻势，倩影蹁跹，已飘然场边。

“你这妖女，连番羞辱我，我要让你不得好死！”端木垣手握月溟指向白媚儿，显得很是气愤。

“姑奶奶我可不是什么妖女，妖女在那儿。”白媚儿笑着指了指旁边袖手旁观的南宫霖，此刻她正全神贯注地注视着花行云等人的一举一动。

“废话少说，松溪、青平，我们一起上，今日定要让这妖女有去无回！”

“慢着，你背后那是什么！”白媚儿突然睁大双眼，惊恐地朝端木垣身后望去。

端木垣大吃一惊，也随之扭头向后方望去，可除了拓跋三少一脸愕然的表情之外什么都没有。

“嘻嘻，你傻小子真听话啊！”白媚儿瞬即跃身而起，一掌迅猛地打在了端木垣的后背上，那一掌势大力沉，震得端木垣骨痛欲裂、气血翻滚，他立足不稳，整个身体向后飞了出去，好在被拓跋二少顺势接住，这才避免落得个狗啃泥的悲惨下场。

“哼，我看你还能使出什么花招！”端木垣忍着疼痛与松溪、青平二少同时发招，他们吸取之前的教训，并不一味地猛攻强击，而是全神戒备、见机行事，虚实结合、攻守兼顾，端木垣与二少相互配合，稳扎稳打，竟一时之间与白媚儿难分伯仲。

而与此同时，端木宇坷长剑神器与拓跋槿短兵利器配合得天衣无缝，岚霜与翠星辰虚实变换、交相辉映。那精钢扇拂向花行云面门，书生执笔而去正欲与之相击时，却见对方掉转扇面又朝旁边的齐羽杀去，齐羽此刻与端木宇坷激战正酣，不料那玉扇幻出的寒芒突然杀到了身侧，他急忙亮出寻仙前去抵挡。

只不过此刻已然门户洞开，端木宇坷引剑而来，顷刻间就要将齐羽合围。花行云见势不妙，执笔挡住了齐羽的门户，殊不知端木宇坷那招也是虚招，他早已有所准备，剑锋一转，恶狠狠地朝花行云刺去，花行云倒吸一口凉气，来不及应对，只能一边向后退去，一边单手持扇化解端木宇坷的剑招，只觉对方势大力沉，他差点被震翻在地。

两个魔教高手，就这样虚虚实实灵机而动，他们时而合力攻向花行云，又时而击向齐羽，夹击一人时，却又使出后招朝另一个前来解围的人袭去，他们的连招应接不暇，齐羽和花行云只能疲于应对。

说来也是奇怪，这两个天魔不同氏族的门主，所练法术也不尽相同，他们联手攻势竟如水银泻地般畅快淋漓，将花行云、齐羽二人死死困住。

“趁现在快结束战斗，杀了这两个小子，我们再去收拾那两个龙子传人。”

端木宇坷手中的岚霜剑气纵横，赫然使出了连环杀招朝花行云飞去，而拓跋槿也是乘势出击，疯狂挥舞着翠星辰跃向了齐羽。

“趁我疗伤之时，欺负我的兄弟，两位门主真是不要脸。”场中突然响起悠扬的琴声，一个身影从天而降，正是李天赐横置着震雷挡在了花行云和齐羽的身前。岚霜与翠星辰同时劈在了震雷棍上，法器砰砰作响，溅射出阵阵光芒，两股拔山扛鼎的力道合成一股从棍身传来，李天赐只能使出浑身力气抵挡，只觉双臂骨痛欲裂，整个肩膀都快要被压弯了，好在有柳梦晴的琴音辅助，否则恐怕已然被那两人击垮在地。

花行云和齐羽见李天赐以一敌二形势危急，瞬间便各自亮出法器分别朝端木宇坷、拓跋槿击去。拓跋槿收回翠星辰与齐羽缠斗在一起，而端木宇坷却一时没有收手的打算，他周身真气奔涌，震开了花行云，随即又铆足了劲狠狠砍向震雷，李天赐立足不稳，一个趔趄被对方那排山倒海的气势掀翻在地。

“早说了我一个打你们全部绰绰有余，你小子除了牙尖嘴利还有什么能耐，来，动我试试？”端木宇坷一脸狂傲地拿剑指着李天赐，他本可以乘胜追击，却给了李天赐与其正面交锋的机会。让对方使出全力与自己光明正大地打一场，并将对方打得满地找牙，让他佩服得五体投地，正是这魔教门主所追求的快意。

那震雷棍被岚霜劈开一道浅浅的口子，棍顶的黑宝石此刻散发着暗黑的气体，李天赐又是心疼又是气愤，恶狠狠地盯着端木宇坷，咬牙切齿地说道：“爷爷我能耐大着呢，老匹夫你给我看好了！”

这个凶神恶煞般的年轻人，此刻心头的怒火早已沸腾，那震雷的黑宝石中跃出一条黑气森森的恶龙，黑龙呼啸奔腾着，朝端木宇坷撕

咬而去。

“哟，不是号称正派之秀吗，怎么浑身上下充满了煞气，你小子使的不是正派道法而是邪魔外道的妖法，这就是你的能耐吗？真是让人笑掉大牙，哈哈哈。”端木宇坷见那李天赐此刻正邪气升腾，不禁鄙夷。面对那条邪恶的黑龙，他却不敢怠慢，手中岚霜幻化出层层剑气阻挡恶龙。可那些非凡的剑气在黑龙面前却与蝼蚁无异，黑龙奔腾撕咬着，击碎了一层又一层剑气，最后气势汹汹地杀到了端木宇坷身前。

这魔教门主暗暗吃了一惊，想不到那充满煞气的震雷竟如此厉害，他执剑朝黑龙劈去，却突觉周身绿芒涌现，原来是那拓跋槿及时出现助了他一臂之力，两人合力施法，这才将那条恶龙击得粉碎。

李天赐一击不中，煞气再起，又祭出震雷朝两人砍了过去，齐羽担心他有什么意外，也引剑而上，紧随而至。李天赐此刻眼中只有熊熊燃烧的怒火，他已被愤怒冲昏了头脑，摆出一番搏命死战的架势，与端木、拓跋两个门主激烈缠斗在一起。

突然幽幽琴声传来，缥缈的仙音声声入耳，李天赐身体里的煞气赫然散去许多，他恢复了些许常态，手中却仍是杀招尽出，与花行云、齐羽协同作战，朝天魔教两个高手疯狂杀去，一时间竟丝毫不落下风。

而白媚儿这边，不费吹灰之力便化解了端木垣与拓跋三少的各种攻势，却突然停住，惊恐万分地望向了端木垣。

“小子，当心你的身后！”

“被你戏弄过一回，难道还会上第二回当？你这妖女能不能换点花样？”端木垣知道那又是白媚儿在玩把戏，仍是目不转睛地盯着她看，根本无暇顾及自己身后所发生的事。

“你背后真的有东西，这次我绝对没骗你们。”白媚儿一字一句斩钉截铁地说道。端木垣与拓跋三少也有所疑虑，他们朝身后望去，果然看到大地上涌现出一片暗黑色气体。那气体有如黑潮一般在地面浮动，突然向外延展了不少，奔涌鼓动间已向端木垣几人气势汹汹地杀来。

“老娘刚才在这浮玉山顶忙着与魔人交锋，竟一时忘了你的存在，快快告诉我孩儿的下落！”白媚儿满脸怒意，朝那团黑气呵斥道。

眼见黑气袭来，端木垣与拓跋三少急忙祭出法器抵挡，却见那黑气在他们面前转了一圈又随即朝另一边激战的众人涌去。

此刻李天赐、齐羽二人正同端木、拓跋两位门主激烈交手，他们突然见到黑气骤起，在拓跋槿身后弥漫激荡，不禁大吃了一惊。

“这，难道是……”李天赐指着黑气说道，他和齐羽的脸上同时浮现出无比惊恐的表情。

“什么什么？你小子可别耍花招。”拓跋槿见李天赐指向自己，一脸茫然。

此刻端木宇坷也转头望向了拓跋槿，他瞬间瞪大了双眼，满脸肃穆凛然，那阴森森的黑气正在拓跋槿的身后恣意肆扰。

拓跋槿显然也发觉了什么，不禁用余光朝身后扫去，却听见一阵阴冷的声音从耳边传来，顿时令他脊背发凉，毛骨悚然。

“拓跋恶贼，你可还记得我是谁吗？”这一声简直有如晴天霹雳，拓跋槿惊心动魄地转过身去，发现那黑气中浮现出一张人脸，正瞪着那对血目凶恶地望着自己，他周围黑气翻涌，转眼间就朝着自己侵袭蔓延而来。

“原来是你，我还以为你死了，想不到你变成了这副模样，人不像人、鬼不像鬼，真是可悲。”拓跋槿手中的翠星辰激射出道道翠芒，瞬间化解了那些黑气，恶狠狠地盯着那张凶脸。

“哼，这一切不正是拜你所赐吗？你这畜生，老子找你找得你好苦啊！”

此刻正激战的众人显然为这突然出现的怪物所震慑，他们停下了打斗，纷纷将目光投向那团黑气，却见血目瘆人、黑气翻涌，不断向

外散发着死亡的气息。

“拓跋兄，此人是谁，为何对你出言不逊？”端木宇坷见那怪物来者不善，周身邪气森森，充满了戾气，但只针对拓跋槿一人，不禁大感意外。

“呵，它又算得了什么，只不过是拓跋氏炼化的怪物罢了，现在找我寻仇，我还会怕它不成。”拓跋槿玉扇扶风，负手而立，有恃无恐地打量着那头黑气中的怪物，邪傲而轻狂。在场的天魔教徒都明白了这其中的缘由，不便出手相助，只有那拓跋三少担心门主安危，持盾护在了他身前。

“猰貐，我就知道你肯定会现身，别轻举妄动好吗？待我收拾了这些魔人，再帮你恢复原貌，我们一定能找到方法。”说话者是李天赐，他说话间不时望向柳梦晴与白媚儿。那黑气一出现，他们三人就认出了这怪物正是那夜黑林中与他们激战的猰貐。只有花行云与齐羽一脸茫然，他们只知道这名叫猰貐的怪物是来找拓跋槿报仇的，却不知李天赐他们竟然还和这怪物打过交道，看来那猰貐并不是什么恶兽。

“没有办法可解，它一辈子都注定是这般非人非鬼的模样了，除非死！不过死了也是可惜啊，你这一身法力可别浪费了，加入我们圣教可好啊，嘿嘿。”拓跋槿邪魅地笑道。

“不，他在骗你，肯定有办法的，我们一定能帮你恢复相貌。”

黑气森森，在场间激荡起伏：“少年郎，我们又见面了，你又何必夸下海口，老子自己的情况难道自己还不清楚吗？你连我都打不过，还痴心妄想打败这些畜生，不是笑话吗？识相的就滚远点，看我来对付这拓跋恶贼！”言语之间，那张人脸从黑气中走了出来。那人面牛身的猰貐，一手撑着黑纸伞、一手拿着金铜铃，背后四面黑底红纹的旗幡下悬着四个竹笼，竹笼中放着的正是鬼婴，它周身紫气腾腾，举手投足间，震得整个浮玉山顶微微摇晃。

“拓跋恶贼，你可知道他们是谁？”猰貐朝着拓跋槿恨恨而道，突然手中铜铃剧烈晃动，背后聚魂幡轰然展开，那四面旗幡无风自动、猎猎作响，旗幡中瞬间飞出灰白色的阴灵，那些阴灵鬼气森森，发出声声尖厉的惨啸，随着铜铃声向拓跋槿凶猛地扑去。

“他们就是被你们拓跋氏害死的小河村村民！足足一百口村民，足足一百条人命，全部惨死在你们这些丧尽天良的畜生手中，他们现在找你索命来了。此仇不报，我还有何面目去见他们，我还有何面目与我那九泉下的亡妻和惨死的孩儿重逢！”

“猰貐，你一个人是打不过他的，我来帮你！”李天赐见猰貐言辞激动，内心也是义愤填膺，便要发招朝拓跋槿出击。

不料齐羽一把按住他：“天赐兄，它的心情我能感同身受，血海深仇，我们旁人还是不要插手的好。”

花行云也拍了拍李天赐的肩头：“李兄，齐羽兄弟说得有道理，那猰貐只想手刃仇人，看来并不希望别人帮忙。”

“嗯，两位兄台说的在理，我们还是静观其变吧！”李天赐胸中的怒气，被这两个与他年龄相仿的年轻人压制了下去，他不自觉地看向柳梦晴，却见那少女眼神冷漠，像是在警告他不要轻举妄动。

面对那漫天飞来的阴灵，拓跋三少倾巢而出、拓跋槿执扇而起，拓跋氏四人临危不惧、游刃有余。此刻那一百个阴灵已悉数出现，他们悬在四人的头顶，围着四人不停地旋转飘荡，不断发出山呼海啸般的鬼泣，突然一个个俯冲而下，朝他们奔来。

拓跋槿当先跃出，他手中的翠星辰飞出一道清芒，瞬间击散面前几个阴灵，锐不可当地又朝着猰貐径直飞去。擒贼先擒王，他此刻怒火中烧，早就想教训那猖狂的怪物了。

眼见门主直取猰貐性命而去，拓跋三少心领神会，祭出天罡神盾与阴灵缠斗在一起。他们三人呈掎角之势，各自站在一端，那三面神盾中分别发射出蓝、青、白三道光芒，朝那些盘旋在他们头顶的阴灵激射而上。

三色异光在空中汇成了一团，瞬间爆发出惊天厉响，一面奇光在高空中铺散开来，将所有的阴灵悉数笼罩，那奇光随即又如水银泻地般朝地面射去，最后竟形成了一个不大不小的光罩，将那些阴灵团团围住。

拓跋三少得意地站在光罩外面，一脸冷漠地望着那些惊慌失措的阴灵："这下看你们怎么办，和我们拓跋氏作对，只有一个下场，那就是永世不得超生！"

那些阴灵被光罩困住，在里面横冲直撞，就在他们触碰到那圈光罩的瞬间，光之上泛起了阵阵涟漪，一圈圈光晕急剧地散开，随着一声"哧哧"的轻响传来，阴灵灰飞烟灭，被光圈击散，无影无踪。

这突然的变化，仿佛彻底激起了那些阴灵心中的怨气，只见他们血口大张、怒吼狂啸，有如飞蛾扑火一般着朝光圈撞去，一个个阴灵被光击碎，消失不见，却又有更多披头散发、形若鬼魅的阴灵涌现。他们围在一起爆发出惊天动地的气势，一浪高过一浪，层层叠叠地涌向了那面光罩，被击碎的阴灵越来越多，而那光罩之上，清芒激涌、溅射而出，光晕急速扩散，光也越来越弱。

"糟糕，他们就要冲破法阵了！柏宇，我们快上，青平你留在这里继续施法。"松溪朝着柏宇急声说道，他二人瞬间飞身而起，遁入那光罩之中，与阴灵斗在了一起。而光罩外的青平却已将周身真气汇入手中那面鸣雷当中，鸣雷盾身电光闪现，一条条电芒游走其间，突然那些电芒在青平的催持下，纷纷离开神盾朝光罩上空奔去，在那高空上汇聚成一个偌大的电球，正疾速旋转。

"我要让你们看看我这鸣雷阵的厉害！"青平话音刚落，那电球在空中剧烈炸响，无数道电光有如虎啸龙吟般，在天地间奔驰咆哮，狠狠地劈向光罩中的阴灵。阴灵见那天雷来袭，更加疯狂地冲击着光罩，可他们生前都是些手无寸铁的村民，死后更是毫无道行的幽冥，根本不是那法阵的对手，待要四散逃窜，却发现无处可躲，悉数被惊雷劈中，发出一声声惨啸，随即消失不见。

与此同时，松溪、柏宇二少在法阵中如有神助，朝剩下的阴灵气势汹汹杀去。他们裂云、寒泽在手，招式娴熟、配合默契，松溪膂力过人，一盾击飞好几个阴灵，那些阴灵或径直撞向光罩烟消云散，或飞向柏宇，被他手中的寒泽斩得粉碎。这三兄弟通力合作，在光罩法阵的协助下，将那一百个阴灵全数消灭，光罩退去，浮现出阵阵轻烟，氤氲密布之中，拓跋三少的身影冲了出来，裹挟着皇皇神威朝猰貐奔去。

拓跋槿见三少得胜而来，不禁喜上眉梢，更显得阴邪狂傲："你那些村民都已魂飞魄散，我现在就让你随他们而去，猰貐，你真是狠心啊，就连这些无辜村民的冤魂都不放过。"

"呵呵，若不是你这畜生痛下杀手，他们又怎会变成游离在人间的孤魂野鬼，血债血偿，老子现在就来取你狗命！"猰貐周身黑气腾腾，四面旗幡瞬间飞了出来，化作四面血幕朝拓跋氏四人席卷而去。三少的法力远远不及猰貐，瞬间便被血幕包围，身陷囹圄，而拓跋槿则闪转腾挪脚踏血幕借势而上，手中的翠星辰径直扇向了猰貐。

猰貐此刻勃然大怒，浑身上下充满了戾气，见拓跋槿杀来，它猛挥起那把黑伞朝玉扇劈去。伞扇相击，砰砰作响，一道耀眼的光华在两人面前炸裂开来，他二人同时感受到对方那浩瀚威猛的真气迎面涌来，顿觉手臂剧痛，身内血气激荡。

眼前这半人半兽的怪物修为竟不在自己之下，拓跋槿不禁暗自得意他们拓跋氏那炼化术的强大，但三少被血幕围困，他只得打起精神独自应战，念及此，这魔教门主竟战意浓浓，又朝猰貐迎了上去。

"是老子费尽力气造出了你，你不但不感激涕零反而还恩将仇报，真是令人心寒啊！"

"那我真是要多谢你这狗贼赐我一身邪法了，简直太感动啦，呜呜呜，哈哈哈哈……"猰貐阴阳怪气地发出几声鬼泣，随即又邪恶地

怪笑起来，也挥着黑伞向拓跋槿扑了过去。

“我看你还能嚣张到几时，老子造了你，若是不能治你，说出去岂不被天下人耻笑？”拓跋槿突然展开了翠星辰，从那玉扇的扇骨中瞬间激射出八枚利刃，那利刃闪着料峭寒光，破空而来，径直击向猰貐的面门。

“就这点能耐吗？”猰貐见势也撑开了黑伞，伞面急速旋转间将利刃全部挡出，利刃四处飞散，掉转锋头朝场边观战的众人掠去，李天赐等人全然没有防备，着实吃了一惊，手忙脚乱地惊险避开那些利刃。

“我说大哥，别乱打啊。”李天赐惊魂未定，对着猰貐喊道。

猰貐此刻眼中只有拓跋槿，并没有理会李天赐，它不停地旋转着那把黑伞，朝拓跋槿挑衅道：“还有吗？再来啊！”

又是八枚利刃从翠星辰中飞出，却再次被黑伞一一化解，只不过这次利刃却径直朝那困在血幕中的拓跋三少飞去。

拓跋三少此刻动弹不得，只能眼睁睁看着利刃朝自己飞来，千钧一发之际，他们的门主神兵天降，出现在了面前。但利刃向三少同时袭来，拓跋槿纵然有三头六臂也不能兼顾，他不假思索地朝青平飞去。

“门主，快去救青平，不用管我们。”松溪、柏宇二少和拓跋槿想到了一起，异口同声地喊道。

拓跋槿挡在青平面前瞬间化解了那枚利刃，而另外两把利刃却径直击中了松溪、青平，虽然有神盾阻挡，可还是将他们掀翻在地，口吐鲜血、身受重伤，那利刃的威力可见一斑。

“拓跋槿，你真是狠心啊，只救那青衣小子一人，另外俩小子的命就不是命？”猰貐有模有样地学起了拓跋槿，它急速转着黑伞，从伞身上突然迸射出一道寒芒，直接朝拓跋槿袭去，口中却念念有词道，“你这狗贼终于出完招了？现在轮到老子登场了。”

寒芒在拓跋槿面前幻化成一个巨大的光球，光球之上流动着无数黑气，看上去那光球就像是浸染在浓墨里一般。黑气连绵不绝地纷纷涌向拓跋槿，他执扇相挡，却发觉那黑气在扇面上消失，他体内真气竟也一缕一缕地流失。

“你这噬人真气的妖法是如何学来的？”拓跋槿又惊又急，惊的是他手中的翠星辰黑气森森，无法脱离，急的是他体内真气慢慢流逝，不能阻止。

“还不是跟你们这些魔人学的。”

“你放屁，这种邪恶的妖法绝不是我们拓跋氏传授的。”

“哦？噬人真气是妖法，那炼化魔物就不是妖法咯？我又没说是你们这些狗贼教的，授我此法的另有其人，不信你可以问问身后那个妖女。”猰貐一脸狂傲地望向南宫霖，南宫霖不禁心里一怔，那噬人真气的招数正是她南宫氏门主南宫芷汐所擅长的法术，不知为何被这怪物学去了。

“哼！你又何必挑拨我们拓跋氏和南宫氏的关系，南宫姑娘的为人，难道我还信不过吗？”拓跋槿置之不理，专注于摆脱那些黑气的侵扰，若是再不击退那些黑气，他体内真气就要耗去许多。

“算了，这不重要，你就当作是我天赋神术，自学成才吧，今天我就要替天行道，叫你尝尝这邪法的厉害，哈哈。”

“区区雕虫小技，难道还能困得住我？”拓跋槿见一时挣脱不了黑气，便急运起全身的真气源源不断汇入那把翠星辰，只是如此一来更加剧了他体内真气的流散。众人见他危难关头竟使出这种凶险的招式，顿觉大惑不解，不知他葫芦里卖的什么药。

却见翠星辰在他的真气催持中闪闪发光，扇面赫然从中间分开，化作一柄暗绿色长兵刃，那奇异无比的兵刃一头一尾是耀着寒光的锋刃，看上去更像是一柄由精铁琉璃打造而成的长刃。拓跋槿双手握在那长刃的中端，摆出一个冲刺的姿势，足下发力，裹挟着黑气朝光球刺去。

这有如神来之笔的一招，瞬间令他威力大增，长刃直接刺破了光球，在空中激射出奇异的光华，拓跋槿却丝毫不见停顿，神威盖世般又径直朝猰貐刺去。

猰貐对这瞬息的变化准备不足，不禁大吃一惊，仍是撑着黑伞抵挡那长刃的来袭。长刃接触伞面的瞬间，黑气纷纷向怪伞涌去，那把长刃又恢复了本来的面貌。

中间琉璃绿石镶嵌着镏金飞星，两头精钢玄铁打磨成锐锋利刃，绿芒寒光交相辉映、流光溢彩，绽放出傲视光华，好一把神兵利器！

“这才是我们拓跋氏的邪法，拿了我的要你加倍奉还，哈哈哈。”那把翠星辰化成的神奇长刃升腾出汹涌的寒芒在黑伞上流转，以黑伞为媒，不断汇入猰貐的体内，猰貐只觉周身真气翻滚，被某种神力引出，悉数涌入那把长刃神器当中。

拓跋槿只觉此刻真气充沛，法力更胜从前，他急运真气挥着长刃朝黑伞猛烈击去。黑伞终究敌不过那强大的法器，伞面上轰然裂开一个巨大的缺口，拓跋槿穿身而过迅猛无匹地朝猰貐的面门袭来。

“这世上能逼我祭出星河破的人寥寥无几，你应该感到荣幸，不过恐怕这是你最后一次目睹它的神采了，可惜啊可惜！”

“你这畜生不要嚣张，谁死谁生还不一定呢！”

拓跋槿奋然一击着实令猰貐心惊肉跳，它急忙收回黑伞挡在了身前，瞬间与星河破相击，碰撞出刺眼的火花。

两人对峙着，一时僵持不下，已由之前法器招式的对抗变成了真气修为的比拼，猰貐深知仅凭修为，它不及眼前这魔教门主，只能找寻对方破绽，再出杀招。念及此，它不禁使出了浑身解数与之相抗，意图逼出对方全力，可突然发觉周围风起云涌，杀意骤起，已远远超出了它的意料。

原本困着拓跋三少的血幕不知何时已消失不见，松溪、柏宇坐在地上运功疗伤，而那老三青平却不见了踪影。

正迟疑之际，猰貐只觉背后涌来一股瘆人的血腥气息，他回头望去，一对隐现在鲜红血光中的骇人巨目正恶狠狠地盯着自己，那巨目密布着血丝，更显出几分凶神恶煞般的模样，突然从血光中伸出一对血爪，白骨森森，朝它迅疾如风地抓来。

被拓跋槿死死罩住，猰貐根本脱不开身，它只得汇聚真气护在周身硬生生抵挡那只血骨手，殊不知对方来势凶猛，竟无视真气的存在，摧枯拉朽般重重抓在了猰貐后背上。

猰貐瞬间皮开肉绽、鲜血长流，吃痛得紧，只觉周身骨骼都快要断裂，它情急之下跃起马身扬起前蹄朝拓跋槿踢去，拓跋槿手持法器挡住了猰貐那奋力一踢，只不过这样一来却失去了对猰貐的牵制，那怪物转眼化作一团黑气消失了。

“喂，你怎么跑了啊，还没告诉我小白的下落呢？”白媚儿见猰貐消失不见，无比焦急地喊道。

“哼，想跑？我看没那么容易！”拓跋槿将那把星河破扔向了高空，星河破在空中急速旋转，法器两头瞬间幻化出无数道利芒朝四面八方激射而去，有如满天剑雨遮云蔽日，山呼海啸无孔不入，众人急忙持器相挡，唯恐避之不及。利芒过境，整个浮玉山顶面目全非、满目疮痍，无数翠石飞溅而出，唯独没有黑影现身的迹象。

“居然真的逃了，我要上哪儿去找我那孩儿啊！”白媚儿话音刚落，众人却看到拓跋槿背后鬼气森森，那如幽灵般的黑气顷刻间又萦绕在他周围，看上去凶险万分。

“小心啊，门主！”松柏二少异口同声喊道。

“谁说老子要逃，大丈夫血战八方、百死无悔，你这狗贼拿命来吧！”黑气中猰貐的身影若隐若现，它手中的黑伞激荡着致命的杀气，径直朝拓跋槿刺去。

那拓跋槿背对着它，生死一线之间，根本无法应对，猰貐不禁得意，可转眼间它脸上的笑容却开始僵硬起来，最后竟成了一副惊恐的模样。

就在黑伞贯入拓跋槿后背之际，空中飞来一道寒芒，直入猰貐胸膛，正是那神兵星河破。那毁灭苍生的长刃正发出刺耳的蜂鸣，耀世光华之中，跳起了死亡之舞，穿胸而过，重重地插在了地上。

黑气弥散而出，猰貐周身浸满了殷红的血液，被长刃死死地钉在了地上，口吐鲜血，阴阳怪气地邪笑起来。

“烂命一条你要就拿去吧，哈哈哈，技不如人还有什么好说的，只恨不能手刃你这恶贼，为我那小河村死去的村民报仇雪恨！”

“死到临头还嘴硬，门主，我们用锁灵阵收了它。”松溪、柏宇阴险地望着那苟延残喘的猰貐。

“不，这孽畜配不上锁灵阵，青平，交给你了。”

“哼，别高兴得太早，你们不过也是那狗贼炼化魔物的棋子罢了，这般心甘情愿地为他卖命，到头来看他会不会为你们收尸，哈哈哈哈……”

“随便你怎么说，我们早已下定决心为拓跋氏付出一切，就算献祭生命也在所不惜。”松溪、柏宇二少显然不为所动。

顷刻间，那团血光已飘然跃至猰貐身前，拓跋槿右手一挥，那把星河破又从猰貐的身体里蹿了出来，这魔教门主利器在握，傲然昂着头颅，显得很是神气威风。

猰貐惨然瘫倒在地，连绵不断的黑气从它胸口涌了出来，尽数汇入那团血光之中，它体内全部的真气正快速被那血魔吞噬，不出片刻便会气竭而亡。

死神来临，它眼前顿时豁然开朗，浮现出故乡青山秀水的模样，口中竟念念有词地吟唱起来：“小河村边田中汉，刀耕火种生计忙，有鱼有肉常自在，酒足饭饱打老虎，哈哈哈哈。”

那歌词听上去更像是山野村民日常耕作时消遣娱乐的打油诗，它此刻五音不全地唱着，更显出几分悲壮。

李天赐几人听来，只觉一阵酸楚涌上心头，那猰貐本就不是什么作恶多端的怪物，它惨遭拓跋氏毒手才会变成这般模样，一心想要报仇雪恨，却落得如此下场，只教他们唏嘘不已。

白媚儿眼见猰貐命悬一线，终于按捺不住，跃身而起朝它飞了过去：“猰貐，你千万别这么快死了，你还没告诉我孩儿的下落！”

快要赶到那异兽身前时，魔人倾巢而出，挡在了她的面前，一马当先的是端木宇坷，他早已暗中蓄力多时，引剑而来，直取白媚儿的面门。李天赐几人大惊不已，各自亮出法器，也瞬间投身战局，正邪两方又激战在一起。

“恶婆娘，你的孩儿在霜华谷，在南蛮彝人手中……”猰貐气若游丝的声音从血光中传来，此刻他已完全被那血魔包裹，黑气散尽，身影缥缈，已渐渐化于无形。

“太好了，你可以安心地上路了。”白媚儿对猰貐的生死如此漠视竟让李天赐等人大感意外，甚至有些反感。只不过他们根本无暇顾及太多，只能全神贯注地与魔人交战。

岂知这浮玉山瞬息变化万千，就在双方激斗之时，大地不断传来剧烈的震动，众人也随之激烈摇晃。那翠绿色山体中瞬间倾泻出万丈光芒，翠光穿透绿石而出，充盈在众人周围，整个大地也被异光冲击得转眼间布满了裂痕，在地面上疯狂游走生长。

交战双方被这惊天动地的场景震慑住，乱成了一团，急欲朝山外飞去，只有端木氏二人仍不管不顾地杀招频出将花行云死死罩住，花行云以一敌二，险象环生，好几次都差点被对方的法器击中。

“小子，你往哪里跑！”端木宇坷挥着岚霜恶狠狠地说道，他今天是铁了心要将花行云除掉。

李天赐与齐羽他们却远远地飞在了前面，被拓跋氏堵住，只能干着急地看着花行云被端木师徒围困。

突然红焰盛起，两声清啸破空而出，南宫霖瞬间挥出金锥朝端木二人击去，端木宇坷等人大惊不已，没想到这妖女临阵反叛，又站在

了正派那边。他们手持刀剑击飞暗器，却得见南宫霖携着花行云已飘然远去，急速逃离了此地。

“快，大家快跟我来啊！”南宫霖领着李天赐几人朝山外飞去，瞬间便消失在前方那片密林之中，

“追，快追啊！”端木宇坷急切地吼道。

拓跋氏对南宫霖这突如其来的急袭显然也没有准备，待他们驾驭法器追去之时，却见身下的浮玉山此刻已破碎殆尽，无数碎石惊飞而起，夹杂着阵阵厉响，朝周身砸来。他们只得停下来，催持法器避让，只是这一耽误，却早已见不到李天赐几人的身影。

神山浮玉，失去赑屃的庇佑，仿佛也失去了神力。

随着那声声震天巨响，这座神山开始土崩瓦解、玉石俱碎，无数块奇形怪状的翠石从空中陨落，葬入无尽的深渊腹地。之前宏伟壮丽，流动着迤逦光影的圣山，此时已轰然倾塌、烟消云散，端木宇坷与拓跋槿等人浮于高空，透过漫天的烟尘与翠光，环顾了一眼脚下那微微焕发着碧绿清芒的万丈深渊，随即朝着李天赐他们消失的方向疾驰飞去。

第四十章 灵猴报恩

扬州城外浮玉深山，林海茂密，偶有鸟鸣兽啼，齐腰深的野草漫山遍野，参天古树恣意生长，树冠遮天蔽日，零星日光斑驳洒落，让这静谧的林海更显诡异。其实真正的浮玉圣山此时已然倾塌，尽碎于崖底深渊，只不过此处崇山峻岭，人迹罕至，宛然一个人间神境。

草间似有窸窸窣窣之声传出，几个男男女女的身影从草丛深处出现，走在前面的正是南宫霖，与她并肩而行的是花行云，而后面几个脸色冷漠的却是李天赐一行。

“喂，我说花兄，我们都甩开了端木宇坷那些人，干吗还要跟着这妖女？”李天赐瞪着那对凶目，死死地盯着南宫霖，这邪教魔女使他身中七虫七叶花之毒，如今那恶毒仍残存在他体内，没有祛除，故而他一见到这妖女就大为恼火。

“天赐兄，南宫姑娘她救了我一命，现已同魔教决裂，我们若是置她于不顾，将她抛弃在这里，她被那些魔人追上，必定凶多吉少，此举万万不可，这种不仁不义的事我花行云是干不出来的。”花行云仍是固执地相信南宫霖心中善念犹存，所以她才会摇摆不定，一而再，再而三地出手相救。只要那女子主动示好，这书生便将之前与魔人决裂的誓言，瞬间抛诸脑后。

“花兄，你不要犯傻啊，她这么做都是为了赢得你的信任，再借机痛下杀手，抢夺九子蛊员。”

“李兄弟说得对，我从柳芸庄一路跟踪这妖女前来，见识了她的阴晴不定以及极尽虚伪狡诈之势，翻脸如同翻书，就连那端木氏她都能痛下杀手，花兄不可不防。”

“花兄弟，魔人心肠歹毒，不知在打些什么主意，请三思而行。”

李天赐、齐羽、柳梦晴三人你一言我一语地炸开了锅，他们实在不愿与那妖女同行，保不准她什么时候又突然发难，翻脸不认人。

而与此同时，站在花行云身边的南宫霖却始终没有开口，那张冷若冰霜的脸竟透出一副不屑辩驳的倨傲神色。

“大家不要再说了，南宫姑娘有恩于我，我心意已决，要护她周全，绝不能让她落入魔人手中，眼下那些魔人就要追过来了，我们还是快上路吧！”花行云与南宫霖对望了一眼，眼神竟前所未有的坚定。

“花兄慎思啊，千万不要糊涂！”

“若是你们不愿一路同行，自行离去就是，那些魔人就交给我了！”

花行云对李天赐的话置之不理，径直随着南宫霖朝前走去。

“妹妹、傻小子，你们还是别白费唇舌了，我看那书生已然被南宫妖女迷了心窍，是不到黄泉不回头啊！”白媚儿满是讥讽的话语从远处传来，激起花行云心中阵阵怒意，他定了定心绪，头也不回地朝密林深处进发。

“这小子倔起来真是像头牛一样，拽都拽不回来，大家都是九子传人，为何性情脾气相去甚远？”李天赐说这话时，不由自主地看了看旁边的柳梦晴。那少女正冷眼瞪着自己，他不禁撇了撇嘴，“大家都是兄弟姐妹，我们不可能对他不管不顾，还是快跟过去吧。”

“嗯，我们一路上时刻戒备，谨防那妖女又突然使出什么杀招。”齐羽持剑当先而行，李天赐等人跟在后面，众人远远随着花行云也走进了那片茂密的森林。

“花公子，你没事吧？”远离李天赐几人后，南宫霖才突然开口不无关切地问花行云。

“我没事，刚才真是多谢南宫姑娘出手相救。”花行云回想起之前浮玉山顶那一幕，心有余悸，若不是南宫霖挺身而出，他恐怕已被端木宇坷痛下杀手。

“嗯，花公子没事就好，我知道这密林之中有条幽径直通山下，我这就领你去吧。”

“南宫姑娘，方才李兄他们说的话，你千万别介意，他们也是为我好。”

“怎么会呢，你们一见如故，他们更是你的救命恩人，我知道你心中早已把他们当作至亲至诚的朋友了。”

“嗯，那就好，我们这就赶路下山吧，李兄他们肯定会追上来的。”

两人相视一笑，当下不再多言，起身赶路。林海之中，偶有山风吹来，微光伴清风，消尽哀与愁。

曲折蜿蜒的羊肠山路，消失在望不见尽头的山林深处，道路尽头弥散着轻雾，雾气缥缈，令这幽暗密林更显几分神秘。

齐羽突然驻足不前，眼神如炬般朝那白雾浓密的密林深处望去。其余几人见他停下步伐，神色肃穆，便也向前方密林望去，那里除了飘散的雾气，见不到任何异象。

“齐兄，怎么了？”李天赐见齐羽停了下来望向前方密林，大为疑惑。

“呵呵，想不到还是被他们追上了。”说话者是南宫霖，她此刻正死死地盯着那团浓雾。

众人见齐羽早已将仙剑祭于手中，全身戒备、一触即发，他的年纪较李天赐、花行云二人稍长，游历自然丰富，加之天性谨慎，是以任何细小的异象，都足以引起他的警觉。

“既然追来了，为何不痛快现身，却隐遁于暗处，还想暗箭伤人不成？”齐羽的声音如同洪钟，回荡在密林间，片刻过后，惊起林间无数飞鸟，散开层层迷雾。

迷雾依稀散开，冷淡空灵之声幽幽而来：“对付你们还用得着这种伎俩吗？我们就是专程等你们来的。”

那再熟悉不过的声音细细回荡在林中，却隐含着咄咄逼人的嚣张气焰。浮现在他们面前的是四张阴邪冷漠的面孔，拓跋槿与拓跋三少此刻正立于前方密林深处，目露凶光地望着李天赐等人，他们手中的翠星辰和三面天罡神盾散发出浓烈的杀意。

李天赐仅仅见到拓跋氏一门，却不知那端木氏二人去向。正寻思之际，顿觉身后草丛似有响动，又是一阵熟悉的声音传来：“你们来得太慢了。”

那声音惬意轻松，李天赐几人心中却为之一震。本来为了隐藏行踪故意不御空飞行，脚不停步地逃离此处，却未曾想过，他们的计划尽在魔人掌握之中，无形间魔影已飘然而至，静待他们自投罗网。

此时林中迷雾已然散去，只留前路尽头浓密的一团，日光洒下使这寂静山林越发显得鬼气森森，冷风袭身，令人毛骨悚然。拓跋槿的身影也出现在众人眼中，仍是那般潇洒飘逸，这男人手持摇风，面如冠玉，神情却如同鬼魅，邪笑着对花行云说：“书生，拿出来吧！”

他这真是有恃无恐，竟然明目张胆地来抢了。

“废话少说，你要的话就过来拿，我倒要看看你们有没有这能耐！”花行云还未开口，李天赐却已气势汹汹地对拓跋槿说道。

“拿出来可以，但门主可否放我们一马？”花行云正色道，众人根本不见他有任何虚情假意，着实令他们始料未及。

被魔教两大高手前后夹击，花行云不禁倒吸一口凉气，此刻腹背受敌，看来一场恶战是无法避免了。之前神庙斗法、击杀猰貐，他已见识到这些魔教高手的高深修为，实在不愿见到李天赐他们再入险境。这书生看了看身旁神情肃穆、严阵以待的李天赐几人，心头顿时生出一计。

“大丈夫一言九鼎，那就这么说定了，你把赑屃交出来，我和端

木门主就放你们一条活路，决不食言。”拓跋槿得意地与端木宇坷对望，只见花行云此时已从怀中拿出了那只翠色石龟。对面的端木宇坷一言不发，显然花行云这一举动也出其意料，不过他静立原地，并未有过多反应。

花行云拿着赑屃石龟，径直走向拓跋槿。待前行十数步之遥，他突然停下来，大喊了一句：“门主，赑屃给你了，可得接好啦！”随即奋力一掷，一个翠色物体朝拓跋槿飞来。拓跋槿伸手接住，摊掌而视，随即浮现出淡淡笑意，掌中那古物精巧细致，色泽温润，正是那石龟赑屃的模样。

“难道你还怕我出手暗算你不成，那么远就将这神物重重扔过来，摔碎了怎么办？”拓跋槿看着在他十步以外的花行云，迫不及待地将石龟藏在了腰间。

“赑屃已交给你了，请你言出必行！”

花行云神色淡然，只是身后的李天赐却疑惑不解：“花兄，你怎么能随随便便将九子神兽交给魔人？”

花行云并未理会，却听见拓跋槿笑道：“一言既出，驷马难追。趁我还没反悔，你们快滚吧！”

“李兄，南宫姑娘，我们快走吧。”花行云仍是那般镇定，眼神中似乎流露出一丝无所谓，众人实在弄不明白这书生心里在想些什么。

“不，我不走，我要把赑屃夺回来。”李天赐瞬间祭出震雷，待要向拓跋槿发难，却被一只温暖的纤手按住：“天赐，我们还是走吧，花公子这么做是为了不让我们再以身犯险，他是赑屃传人，有权利自行处理那九子神兽，我们听他的吧。”

说话的正是柳梦晴，未曾想这同为龙子传人的少女，此刻也是这般平静。

“你们说什么就是什么吧，我不管了！”李天赐转身驭器而上，欲率先离去，其他人也随即御空而起，准备朝林外飞去，却发现一股浓烈的杀气涌现，端木宇坷和端木垣各执法器挡在了他们面前。

“慢着，拓跋门主答应放了你们，我可没答应！”

“这……不是说好了吗？”花行云转头愕然地望向拓跋槿。

“别跟他们废话了，这些魔人阴险歹毒，他们说的话能信得过吗？”李天赐早已怒不可遏，亮出震雷朝端木氏二人攻去，齐羽手执寻仙紧随其后，柳梦晴与白媚儿也从左右兵分两路而出，四人瞬间便将端木宇坷和端木垣团团围住，恶斗在一起。

“哟，还知道先下手为强了，今天就将你们这些人一网打尽。”端木宇坷手中的岚霜朝周围激射出非凡剑气，瞬间将四人笼罩，以一敌四，他丝毫不落下风。

“拓跋槿！你怎的说话不算话啊！”花行云朝那邪魅男子大吼道。

“嘿嘿，小哥你可别冤枉我啊，那是端木门主自己的事，我可管不了，我是答应过要放你们走的，不过你们走得太慢了，我现在反悔了，哈哈哈哈。”

拓跋槿见端木宇坷杀招尽出，自然也当仁不让地朝花行云、南宫霖二人抢攻过来。

而此刻李天赐这方已将岚霜剑气尽数化解，展开密不透风的攻势继续对端木氏二人施压，端木宇坷一人独战四人尚能匹敌，可那端木垣却道行尚浅拖了后腿，正被那鬼魅一般的白媚儿骚扰。

端木垣之前就领教过白媚儿的奇法，此刻她合欢索在手，朝月溟攻来，更是难以防范。端木垣瞬间便被白媚儿死死制住，手中法器也被对方握住。

端木宇坷见此情形，只得前去相助，却被李天赐等人狠追猛击，一时顾此失彼，只觉心烦意乱。

“齐兄，快，快去帮花兄，他一人应付不过来。”李天赐眼见他们渐渐占据了优势，而那边花行云却被拓跋氏罩住，十分凶险，便让齐羽前去助战，而自己却急运真气快速挥舞着震雷，凌厉如风般将端木宇坷死死困住。

拓跋槿此刻与花行云激战正酣，只见那书生执笔而来神形飘逸，而前方寻仙剑气混杂着赤芒也突然朝自己迅疾杀来。这个男人微微惊恐，向后匆匆退去，手忙脚乱，还未做好应对，那两股惊天气势便接踵而至，有如猛虎下山，扑面而来。

间不容发之际，拓跋三少顶盾而上，天罡神盾合三为一，与那赤色奇芒相击，瞬间爆发出一阵惊世巨响，奇芒被天罡抵消，三少却被震飞出去，跌落草丛，口吐鲜血，痛苦不堪。拓跋槿紧握双拳，狠狠瞪了花、齐二人一眼，随即疾赴草间，查探三少伤情。

齐羽与花行云合击之力，着实让端木宇坷意想不到，但与李天赐的对战不容有失，对此则爱莫能助。此刻只有那南宫霖仍然没有出手的打算。

"南宫姑娘，你还不出手相助，就要成为我们圣教的罪人了。"面露杀气的端木宇坷一边护着端木垣，一边与李天赐他们交战，苍色锦袍中真气正急剧暗涌。

"我……两不相帮，花公子有恩于我，我绝不能忘恩负义。"

"好一个有恩于你，好一个忘恩负义，你真是南宫芷汐教出来的好徒弟！"端木宇坷衣袂激荡，神色漠然，似有讥讽之意。

端木宇坷的话，如同一声惊雷，在南宫霖的内心猛烈震响，嗡嗡杂音入耳，让她心绪繁杂，她决绝的面容似有些许触动，仿佛唤起了心头的某些记忆，但寻思半晌，终究仍是那般斩钉截铁："你有本事就冲我发难，胆敢侮辱家师，休怪我不客气！"

"哦？你们南宫氏女流，不是就只知道依附于独孤灼枫，受尽鄙夷屈辱，活得那般低声下气吗？怎么，还不准他人评头论足？真是可笑至极，你师父活得那般窝囊，你也跟她一样，尽行些蝇营狗苟之事，当真教人看不起。”端木宇坷话锋急转，满是嘲笑鄙视之意，就连一旁的拓跋槿也微微蹙眉，绝想不到，这平常喜怒不形于色之人，此刻竟言辞激烈，神情激动，极尽嘲讽之势。

话语触动这邪魅女子内心最深处的怨仇，她早已怒不可遏，手中红绫烈芒乍亮，便朝端木宇坷急袭而去。岂知刚起身半步，就被那白衣书生阻挡，只见他表情肃穆，双目隐隐燃烧着怒火，这倨傲男人的话好似也激起了他内心的愤怒，手中乾天九芒羽光芒爆现，便加入战局朝端木宇坷杀去，双方瞬间缠斗在一起，场面激烈之剧，阵阵气浪将周身层林摧毁殆尽。

但凡世间谦谦君子，无不浩然正气，尊师重道。尤以花行云这种，自小被家师收养抚育，传道授业，是以养成温润如玉、谦逊刚毅的品性。若不是自幼拜入家师门下修行，只怕现今已误入歧途、堕入魔道，一想到此刻躺在石棺中尸骨未寒的师父，他的心中就泛起阵阵酸楚，眼泪在眸中打转。

天底下没有哪个师父待徒弟不薄，徒儿们恨不得以命相报，更加不允许他人羞辱，故而方才听见端木宇坷羞辱南宫霖家师的话语，花行云内心竟意外地激愤难平，按捺不住，朝端木宇坷全力出招。

单论修为，花行云绝不是端木宇坷的对手，但九芒羽乃罕见的八荒神器，再加之李天赐手中震雷相助，两把八荒神器对抗神剑岚霜，竟不分伯仲。李天赐一身道法也是拜桑阳观所赐，自然对端木宇坷一番言论极为愤慨，只不过这次是魔人内斗，他本欲脱离战局静观其变，但见那花行云扑了上来，他也只好继续发招，趁此良机，将端木宇坷击溃。

而端木垣此刻也心明眼亮，他脱身而出引着白媚儿四处游走，那端木宇坷失去牵制，放开了手脚，以一对三，战意浓浓，又不落下风。

“怎么，你与那妖女情深义重，要代她来受死？”这邪教门主神情泰然自若，似有鄙夷之色，阴邪地对花行云说道。

“哼，此事与南宫姑娘无关，你这般穷凶极恶之徒人人得而诛之，李兄弟、柳姑娘，我们一起上！”花行云义愤填膺，手中发力催持着神扇，招式犀利。

“是吗？就怕你们有来无回啊！哈哈哈哈。”端木宇坷邪笑连连，不断挑衅。

“你这老贼真是不怕死啊，花兄，先看我的！”李天赐伴着柳梦晴的琴声，使出了那招震雷问天，四条恶龙裹挟着强大气势，如同一把尖锐的破荒利刃，直击岚霜剑身而去。岚霜赫然变大，层层蓝色寒光迸射而出，遮天蔽日，但在那招威力无穷的震雷问天面前却逊色很多，四龙凶猛地撕咬着冲破蓝光，朝端木宇坷扑来。

端木宇坷本来就有些托大，此刻不禁微微一愣，想不到那小子竟轻松化解了岚霜剑气。不及细想，他当下急运体内真气，又顿生出数道蓝光剑芒，抵挡震雷。

李天赐绝招祭出，花行云此刻也完全展开搏命架势，手持乾天九芒羽疾行而上，羽扇威力惊人，所向披靡，冲破岚霜重重剑气，转眼间已与震雷汇合，激发出耀眼的光华，他们深知在此关头若不击毙端木宇坷，恐怕就会纵虎归山，他日必将后患无穷。

端木宇坷与李天赐二人此刻已针锋相对，从起初法器的比拼，到现在完全是体内真气深厚的比拼，三人暗中较劲，僵持不动，两股气流在法器上来回游走交锋，迸发出无数激烈的火星，仿佛此间时光已凝固冻结。

花行云眼神中带着愤恨的杀意，周身衣裳急剧涌动，有若天神一般。九芒羽气势源源不绝，毫无歇竭意向，已然将端木宇坷全身包围。端木宇坷有些震怒，心想一世英名，岂能败于后辈之手，亦聚神汇气施展着岚霜，生出无限光华，瓦解九芒气势。

“门主，当心啊！”端木垣突然开口朝端木宇坷喊去。

李天赐与花行云眼中同时传来一阵异样，端木宇坷突觉身后一道势大力沉的真气击来。那真气迅疾无匹，瞬间侵袭入体，游走筋脉骨骼，阴冷邪魅，他径直倒在地上，只觉心身剧痛，体内血气沸腾，手抚胸口，最终还是忍不住吐出了一口鲜血，显然身中内伤。此时他但见红芒闪现，南宫霖紧握法器柔焰，正愤怒地望着自己。

端木宇坷不禁露出一丝苦笑："真没想到还是着了你的道。"

"你这是咎由自取，家师待霖儿恩重如山，休得侮辱她。"南宫霖阴冷而道，周身燃烧着浓浓杀气。想不到这妖女此刻看上去竟让人无比敬畏。

"恩重如山，你就是这般待你恩师的吗？背叛师门、投身正派，这就是你对恩师的报答吗？你也配说恩重如山，真是可笑至极！你可别忘了你此行前来的目的，别忘了你南宫氏的身份！"倒在地上的端木宇坷，一脸鄙夷，言辞尽显讥讽。

南宫霖并未再多言，她望向花行云，发现这书生也正望着自己，一脸的惊异之色。南宫霖不禁心头一怔，心波微微荡漾，似有某种复杂异样情绪却不知如何表达，两人一时无言，竟同时收回了法器。

"你这老贼，死到临头还废话连篇，我这就取了你的狗命！"李天赐杀招又现，直取端木宇坷面门而去，那刚才还威风八面的魔教门主，此刻瘫倒在地无力还手，就在快要被震雷击中之时，那端木垣挡在了他的面前。

恩师负伤，这白衣少年心中瞬间升腾出无限的力量，月溟在他手中熠熠生辉，他使出浑身解数一人应对李、柳、白三人，虽然只能招架，无法还手，但也守住了身前方寸，不让李天赐他们前进半步。

"快去帮端木门主！"此刻与齐羽交手的拓跋槿，眼见端木宇坷受伤倒地，端木垣独木难支，便派拓跋三少前去助阵，三少刚才被寻仙剑气震伤，好在并无大碍，此刻也祭出神盾护在了端木宇坷身边。

而拓跋槿正与齐羽激烈交锋，两人一前一后在场间追逐，齐羽在前游走于四野古木之上，剑气护体，不时向后方如影随形的拓跋槿激

射而去，拓跋槿那把玉扇也毫不相让，迎面而上击碎剑气，却又幻出一道刺芒朝前方剑客杀去。齐羽身形飘忽不定，时而遁入丛林间，时而又从茂密树冠中跃出，实实虚虚，身形变幻之疾与鬼魅无异，轻巧地避过了刺芒。

“你小子别想耍花招，有本事光明正大和我打一场。”拓跋槿一眼识破齐羽这蛊惑敌心之计，他停下脚步，聚精会神地观察着齐羽的举动，却见这烟雨阁剑客，忽然于林间消失不见，半晌也未见现身。

他置身场间，这才发觉，花行云正冷冷望着自己，还来不及反应，那书生手中的九芒羽便激发出排山倒海的力道朝自己袭来。而与之同时出现的是丛林中的万丈剑气，剑气之中，齐羽手持寻仙，傲然立于古树枝头。

正道两股汹涌气势夹击，他心中不禁骇然，遂急忙挥动翠星辰，幻化出道道光墙，挡在身前。芒羽异光与仙剑剑气不停地冲击光墙，在这方圆几十丈的山林之中，迸发出一道无与伦比的异彩奇光，在空气中轰然翻涌散去，震慑着众人心神，也震碎了周边若干古树，转眼间古树皆卧伏倒地，一派正邪激烈交战后的壮观场面。

奇芒退散，拓跋槿全身剧痛，却见花行云与齐羽同时跃起，气势汹汹，朝自己杀来，他只能强忍痛楚，又与两人过上了招。

正当三人激战之时，一道赤红之色飘忽于其中，却是南宫霖出手相助，情势急转，拓跋槿以一敌三俨然一副落败之相。他们于此处截击李天赐等人，本来实力高出对方一筹，占据上风、得胜无疑，却不料南宫霖临阵反水，出手击伤了端木宇坷，致使他们落得个一败涂地的下场，他念及此不禁面如死灰。

花、齐二人心中甚喜，各执法器朝已成溃败之势的拓跋槿杀去。

突然，场中发生了让他们根本无法顾忌到的剧变，正如这世间白云苍狗般的沧桑变幻，教人始料未及。

齐羽一心诛杀魔人，未做丝毫防备，惊觉背后突然传来一阵剧痛，他着实吃了一惊，以为是那端木宇坷神速恢复，出手相助，突袭成功。他急忙转头向后望去，竟发现南宫霖那冷酷无情的眼神恶狠狠地望着自己，手中柔焰飘荡，正燃烧着死亡的烈火。

“什么？你！果然……”电光石火之间，齐羽根本来不及应对，那南宫霖便欺身抢进，夺过他手中的古铜仙剑，径直朝他身上刺来。

这女子心狠手辣，丝毫不见任何动容之色，这一连串举动就在瞬息之间完成，对方纵算是世外高手，也无暇应付。

仙剑朝自己的主人夺命而来，这一剑刺下，便是当场撒手人寰。屏息之间，只见剑刃前方一道白影忽现，南宫霖大惊，欲止住长剑去势，却已然太迟，无情的锋利剑刃刺入对方的胸膛，贯穿了他整个身躯，穿膛而出，白衣之上瞬间绽放出一朵血红色的鲜花。

南宫霖简直傻了眼，她一颗心剧烈地怦怦乱跳，脑海中嗡嗡作响，手中的仙剑也慌张地扔在了地上，花容失色、心乱如麻，像是瞬间变了个人。

花行云就这样轰然倒地，他脸色惨白，难以置信的表情瞬间凝固，瞳仁散去，立刻没了生气。他就这样在幽静的密林间突然死去，死在了方才还并肩作战、不离不弃的南宫霖剑下，悄无声息，没有留下只言片语，幽林中掠出无数飞鸟，似在哀啼，似在悲鸣，过后，便是一片令人窒息的死寂。

“你竟然杀了花兄！我要杀了你！”齐羽一声撕心裂肺的怒吼，打破了沉寂。

他内心有说不出的愤怒和苦痛，强忍着伤痛，双拳紧握，摆出搏命的架势朝南宫霖奋力扑去。南宫霖失手杀了花行云，此刻脑海中一片空白，沉溺在复杂难言的情绪中，抽离不出来。

齐羽失去法器，赤手空拳，却也气势汹汹，就要扑向南宫霖之时，却被拓跋槿的翠星辰击中，血溅当场。

“哼，你隐藏得可够深啊，果然名不虚传。”手挥玉扇的男子，

冷冷地说。

“废话少说。”南宫霖口气威严冷漠，好似刚才灵魂出窍、遨游九霄，此刻魂回来了，又变回那蛇蝎心肠的妖女模样，兀自在花行云尸身上寻找着什么。她望向花行云此刻那安详的面容，心中似有微波荡漾，一张漠然冷脸却始终如霜，仿佛这死去的书生与自己并没有多大的关系，也许这才是真正的南宫霖吧。

她手伸向书生胸前的口袋不停地探寻，果然有所发现，抽出了一柄泛黄的卷轴。卷轴展开，只见卷首写着“九州风物志”几个字，她微微一笑，随即将卷轴收了起来。

“那卷轴是什么？”拓跋槿急切的眼神朝南宫霖望来，不断问道。

此刻齐羽虽身体负伤，但仍抑制不住怒火，张口大骂：“你这妖女真不要脸，不知恩图报，阴险小人，忘恩负义，总有一天我会亲手为花兄报仇，将你碎尸万段！”

他虽骂骂咧咧，悲愤之余却不断注视着南宫霖身边的那柄古铜仙剑，心神急转。

与此同时，另一边的李天赐眼见花行云被南宫霖刺中，倒地不起，顿时又惊又气，急忙朝那书生奔了过去，留柳梦晴与白媚儿二人继续压制端木氏。

“花兄，花兄，你醒醒啊，你没事吧！”李天赐一把将花行云揽入怀中，却发觉他胸前白衣早已被鲜血染红一片，双目紧闭，身体余温残存，已然没了气息。

“怎么可能没事，他已经死啦，嘿嘿，你这个傻小子。”

“不，不可能，他是龙族传人，不可能死的！”李天赐激动地摇了摇花行云的身体，满脸的悲愤痛苦显露无遗。

“那又怎样，现在赑屃在我手中，没有神兽庇佑，他什么都不是。”拓跋槿拿出那个石龟，得意地笑道。

“想当初就不应该听那妖女的话，我真是该死，本来一路警戒以备不测，可激战当中、情急之下，竟还是忽视了这南宫妖女。花兄，你快醒醒啊！”李天赐懊恼不已，信誓旦旦要护花行云安危，可他还是食言了。

花行云仍然没有反应，一脸惨白地瘫在李天赐怀里，平静如水。

这年轻人早已怒火中烧，眼角隐隐噙着泪水，面容扭曲到了极致，双拳紧握、十指嵌入掌心，整个身体都在剧烈颤抖，他扭过头来，双目泛着煞气望向南宫霖：“你杀了花兄，那你就下去陪他吧！”

李天赐激荡着愤意，有如神兽出世一般朝南宫霖奔去。南宫霖早已有所防备，祭出红绫护住周身，但对方攻势威猛刚烈，已全然摆出搏命的姿态，一时间她只得被动挨打。而与此同时，齐羽也重新夺回了寻仙剑，剑气凌厉、纵横场间，一剑直取南宫霖要害而去。

眼见南宫霖就要被两人联手击毙，拓跋槿出手相助，化解了寻仙致命一击，他手中的翠星辰此刻已从中间分开化成了那把星河破，李天赐二人忌惮此神器的锋芒，不再贸然强取，而是与对方暗中对峙，场面胶着紧张。

就在几人剑拔弩张之际，不知不觉，花行云的尸身竟产生了神奇的变化。

他周身微微晃动着异光，四散开来。起初那异光微弱，与空气混同，若不细致观察，决然无法发现。但随之而来，异光却慢慢变得灿烂耀眼，像是从身体内部透射而出。

此刻众人被那异光吸引过去，暂时放下了纷争。只见书生的尸身竟随着光芒的闪耀缓慢上升，最后悬浮于半空，仿佛冥冥之中有一张无形的巨掌将他托起向空中送去。众人不禁朝高空中望去，却见书生表情祥和的脸上也偶有异彩闪过。最让他们惊讶的是，他胸前那团殷红血迹竟在光影流转浮动中慢慢退去，化作细细尘埃，融化在空气中消散不见，胸前那道伤口竟也慢慢地开始愈合。

“哈哈，我没说错吧，花兄他肯定不会死的。”李天赐惊喜地笑

了起来，却见南宫霖与拓跋槿对望一眼，突然发难便要朝空中的花行云袭去，他急忙与齐羽出手，将二人拦了下来，四人凶目相视，继续在原地僵持。

高空之上，奇异光辉闪闪发亮，花行云微微浮动。突然一道光亮从尸身中发出，投向地面，那把冷月流觞笔与乾天九芒羽被光芒裹挟，无声之中，也缓缓上升，南宫霖想要伸手去抓，却发现那两把武器在光芒照耀下化成了空气，只有光影浮动，什么都抓不到。众人还没来得及细想，却又有一道光亮从花行云的身体中射出，向上空照去，那道光亮较之刚才更加明亮，显得神圣无比。

光亮悬于空中，盘旋流转，最后慢慢变成绿色，幻化成让众人都为之惊呼的形态，正是那个再熟悉不过的神物了。

“什么？这是赑屃！这小子竟然敢骗老子！”拓跋槿看到那突然现身的九子赑屃，不禁勃然大怒，拿出那只石龟重重摔在了地上，石龟被摔得粉碎，众人这才发现那所谓的神物外面是瓷器打造，里面填满了泥土，拓跋槿一眼望去更是怒不可遏。

“哈哈哈，你这拓跋门主，真是笨哦，这回上当了吧！”李天赐满脸欢笑道。

他们朝空中的光芒望去，只见那翠芒盘旋汇聚，彰显出赑屃的身形。光团越来越大，赑屃的身形也变得无比巨大，龙首龟身，一对血红巨目，遒劲有力的四肢，锋利如刃的龙棘，纷纷跃然眼前。赑屃周身隐匿于光芒间，那些光芒悉数投向空中的花行云，赑屃那对血红的巨目也注视着花行云，像是在说些什么，而那对笔扇神器也悬浮在他的身边。

“九子传人，这是你主宰龙子信物之前经受的最后磨难，舍生取义、浩气凛然，是每个龙的传人应当具备的特质，你果然没让我失望。”赑屃言语中似有赞许，地面上的众人却根本听不到它说的话，只单单见到它若隐若现，整个身影上下浮动。

话音刚落，只见那花行云的手臂在赑屃赤色巨目的注视中竟动了一下，就那么一闪即逝的细微举动，却让众人看在了眼里，心头猛然一惊。还未反应过来，他的手臂又动了一下，仔细看去，本来苍白的体肤也不知是那红光照射，还是体内血脉暗中奔流，竟恢复了些许红润生气，惨白的脸也开始有了生气。众人看得皆是目瞪口呆，难以置信。

九州浩土，大千世界，各种神奇玄妙的法术出人意料，还魂重生术的奇闻亦不绝于耳。传说此术源自某种邪恶的古老巫族，他们善于召唤死者魂灵，借用尸身归阳，以达到借尸还魂、操纵他人心智的目的，是一种阴邪至极的法术。

诚然还魂重生之术乃邪恶之法，他们也只是耳闻，并未亲眼见过，但今时今日亲眼看见，却只觉得这赑屃神兽所施展的法术与借尸还魂的邪术大相径庭。

只见空中的花行云突然站了起来，他微微睁开双眼，首先望向身旁的两把法器，眼神有些迷离，似在苦苦思寻。忽又拿起法器，置于衣内，朝场下众人望来，那目光如同赤子般清澈，仔细打量着众人，尽是好奇之色。

“花兄，你没事吧？你还记得我吗？”李天赐朝空中的花行云说道。

在场其余魔教徒皆是哑然，未曾想到书生奇迹般地复活重生了，尤以南宫霖心情更是万分复杂，她怔怔望着从空中下落的花行云，此刻找不到任何言辞来形容自己的心情。

花行云落在地上，以奇怪的眼神望着众人，说：“诸位是谁？这又是什么地方？”他的目光停留在李天赐身上，看上去这个男子似曾相识。

这书生神奇复活，却好像丧失了所有记忆，俨然一副新生的模样，众人不禁面面相觑，不知该如何是好。

“花兄，你不记得刚才发生的事了吗，我是李天赐啊！”李天赐转头看了看齐羽，这剑客也是一脸诧异。

“看来花兄刚刚捡回一条命，不记得我们了。”齐羽上下仔细打量着花行云，正色地肃穆而道。

“这个神兽有意思啊，还可以让人死而复生，有了它岂不是天不怕地不怕啊，嘻嘻。”白媚儿看着那呆头呆脑的书生，竟不觉有些好笑，转念又朝柳梦晴说道，“妹妹，也不知龙九子里面有没有可以让人驻颜的神兽，要是有就好了，你这么漂亮若能永远留住容颜，那肯定会迷倒众生的。”

“白姐姐，这个时候你就别说笑啦，花公子刚刚才活过来，却像是忘了我们一样，我们得想想办法才行。”此刻她们二人已被那突然死而复生的花行云吸引了过去，完全忽视了周遭的危险。

忽然之间，端木垣与拓跋三少同时发难，三少手执神盾挡在了白媚儿身前，端木垣则一刀朝柳梦晴劈去，这突如其来的一击令两女花容失色，好在她们身经百战、临危不惧，各自祭出法器化解了对方的攻势，却发现他们正泛着邪魅的笑容望着自己。

就在这转瞬之间，他们背后突然杀出一个再熟悉不过的苍色身影，直取李天赐的性命。

“你这臭小子，不是说要取我的命吗？我来了，来取啊，我要看看是取谁的命！”原来正是那端木宇坷手持岚霜赫然杀出，他仍是那般威风凛凛，全然不像是受过伤的人，岚霜剑气凶猛如潮，顷刻就要击中李天赐。

李天赐见那端木宇坷突然来袭，情急之下只得祭器而出与之抗衡，却发觉对方攻势较之前更威猛无比，剑气山呼海啸般朝他劈头盖脸涌来。

见端木宇坷恢复如常，李天赐着实狠狠吃了一惊：“为何你恢复得这么快？还是你根本就没受伤！”他话音还未落，对方又飞起一脚，狠狠向他心窝踹来，李天赐急忙手执震雷护住前胸，只觉端木宇坷那势大力沉的一脚使出了十二分的力道，就算被震雷挡住，他仍是钻心地疼。

“滚吧你！”端木宇坷一脚将李天赐踢飞，遂又引剑而上，追了过去。

李天赐失去平衡，径直朝密林前方的浓雾深处飞去，瞬间穿过浓雾，他又直接朝下方迅速坠落，眼前豁然开朗，原来那浓雾之中竟然是一方峭壁！

那南宫妖女果然心思歹毒且缜密，早就和那些魔人串通布好了局，引他们前来上钩。只不过现在说什么都太迟了，他已然来不及运转真气，只能眼睁睁看着自己朝悬崖深渊急速陨落。

正惊慌失措之际，一只黑色巨手突然从山崖边伸出来死死搂住了他，定睛一看，正是那之前驮着他上浮玉山的黑色巨猿，他不禁喜从天降，想不到这巨猿去而复返救了他一命。

此刻巨猿紧紧搂着李天赐朝崖顶进发，只听见下方猿声不止，其间夹杂着叽里呱啦的猴子叫声，却是那另外三头巨猿跟在了后面。巨猿周身那浩浩荡荡的猴群正马不停蹄地向着崖顶攀缘而上，而最令他惊喜的是，其中一个巨猿背上驮着的正是那再熟悉不过的灵猴举父。

“好啊，你们这些家伙一个个不声不响地就来了啊！”之前这些野猴将李天赐几人送到那座浮玉山山顶便四散离去，未曾想它们又杀了回来，李天赐着实惊喜不已。

猴群载着李天赐又回到了崖顶，只不过此刻密林早已一片狼藉，众人正战得不可开交，只有那白衣书生花行云仍痴痴傻傻地站着。

那猴王举父朝天一声大吼，四只巨猿有如四个勇士般冲了出去，瞬间闯入魔人阵，打了他们一个措手不及。

李天赐目击此景哪里还按捺得住，他祭出震雷径直朝端木宇坷袭去，此刻端木氏协同南宫霖正与柳梦晴、白媚儿激烈交手，根本没注

意到李天赐又杀了回来。

李天赐有如神助、犀利无匹，在柳、白两位少女的配合下，将端木氏几人死死压制，他那傲视群雄般的风头一时无两，端木宇坷不禁暗自心惊。

“你小子不是掉下悬崖死了吗？怎么又回来了！”端木宇坷化出层层剑芒，也只能勉强抵御李天赐手中震雷的神威。

“忘了告诉你，爷爷我的外号叫作不死鸟，还没取你狗命，我无论如何都不会死的！”李天赐又祭出那招震雷问天，四条恶龙瞬间汹涌而出，在端木宇坷周身盘旋。

另一边，齐羽使出那招寻仙化雨正同拓跋氏恶战在一起，拓跋三少只能执盾抵御那茫茫剑雨，而拓跋槿却星河破在手，皇皇神威根本无人可及，他顷刻间化解了剑雨，将齐羽完全罩住。

突然之间，拓跋槿周围出现了四个巨大的黑影，那些黑影遮天蔽日般将他笼罩，定睛一看，正是四只身形巨大的黑猿。黑猿怒吼咆哮地挥着巨掌同时向拓跋槿拍来，距离之近、来势之疾，根本无处可躲，他只得紧握法器挡在身前，只是挡得了前胸，却顾不了后背，他后背被巨猿狠狠捶中，瞬间只觉剧痛难忍，苦不堪言。

正迟疑之际，一道赤色利芒却又迎面而来，四只巨兽仍是迎头痛击，拓跋槿一时间惊慌失措、手忙脚乱，好在拓跋三少及时出现击退巨猿，护住了他，他才得以全神贯注与齐羽交手。只不过这惊魂一幕，着实令拓跋槿心惊胆战，招式不及之前那般迅猛，渐渐地落了下风。

此刻举父率领着猴群浩浩荡荡地涌了过来，它们将激烈的众人团团围住，不时发出惊天动地的吼叫，显然是在给李天赐他们打气助威。

这正邪双方最后的决战已趋于白热化，李天赐一方有巨猿相助明显占据了上风，他那招震雷问天根本无人能敌，在体内真气催持之下，四条恶龙更是攻势如潮，将端木宇坷死死困住。

胜利就在眼前，只需再使把劲就能彻底将魔人击溃，可就在这千钧一发之际，震雷周身的光芒却突然变得暗淡，四条恶龙失去真气的催持也威力大减，被端木宇坷尽数瓦解。

李天赐只觉喉头一甜，一大口鲜血瞬间喷薄而出，那鲜血竟呈现出触目惊心的黑褐色，而他周身也紫气骤起，一头倒在了柳梦晴怀中。

“天赐！是不是你体内七虫七叶花之毒又发作了？”柳梦晴望着怀中的李天赐，不禁吓得花容失色。

“我真是没用，只差那么一点就能将他们击退，可还是失败了……”李天赐躺在柳梦晴怀中无比懊恼，却又无可奈何，那些奇毒早不发作晚不发作，偏偏赶在这个紧要关头出现，不禁令他大为恼火。

而此刻齐羽也收回了寻仙迅疾赶到李天赐身边，望着这奇毒发作而全身泛紫的少年，也很是无能为力，本来就要得胜的他们，却因为李天赐意外毒发而瞬间处于被动。

“你这小子，不停地运转真气，导致体内七虫七叶花之毒复发了吧？”端木宇坷神情倨傲地盯着李天赐，他见齐羽与白媚儿正全身戒备地站在他的身旁，便也不欲发难，反而更加得意地笑道，“哼哼，还不快乖乖投降交出九子神兽，此刻投降，我一高兴，兴许还能放你们一条活路。”

“宁可战死，绝不投降！”李天赐有气无力地说道。

“哦，是吗？”端木宇坷飞身而起，瞬间跃入了猴群，手中岚霜径直指向其中一只野猴，“这样还不投降吗？”

“你这卑鄙无耻的小人，快放了它！”那猴儿一时被岚霜震慑住，整个身子都在瑟瑟发抖，它不停地发出凄厉的啼叫，一对大眼睛正可怜巴巴地望着李天赐。周围的猴儿感受到危险的来临，也是焦躁不安，不时发出尖锐的吼叫，可还是忌惮这魔教高手的神威，不敢上前，只得战战兢兢地在原地打转，不知该如何是好。

“怎么，降还是不降？”端木宇坷露出邪邪的笑意，不住地威胁道。

“我就是不降！你，放开它！”

“真是弄脏我这把神剑了。”端木宇坷一言既出，手起剑落，那可怜的猴儿传来一声撕心裂肺的惨叫，随即身首异处，撒手而去。

“你这畜生，我要杀了你！”李天赐简直要气晕过去，而柳梦晴等人见到此情此景也是心生愤意，可奈何被魔人牵制，不敢轻举妄动。

端木宇坷拿着岚霜在那猴儿的尸身上擦了擦剑刃的血迹，遂又指向另一只野猴：“还是不降吗？”

“不降！就是不降！你杀它们一只，老子就要灭你满门！！”

“你小子真是倔啊，那就不要怪我了。”端木宇坷又挥起岚霜朝那野猴当头砍去。

生死之间，一个巨大的灰影朝他扑了过来，那灰影挥着利爪拍向岚霜的剑身，那巨剑即刻改变了方向，砍了个空。端木宇坷微微一惊，凝视而去，发觉一只身形巨大、头顶白毛的野猴正凶神恶煞般地望着自己，不停地打着响鼻，显然已怒不可遏，那正是灵猴举父。

“哟，猴王来了吗？我这就领教领教你这畜生的厉害。”端木宇坷话音刚落，那举父就四足生风，恶狠狠地向他扑来，一众猴儿见大王身先士卒、冲锋陷阵，也是群情激愤地冲了上去，一时间，人猴混战，血光四溅。

与此同时，齐羽与柳、白二人早已抑制不住内心的怒火，皆祭器而上与魔教众人殊死一搏，那些猴儿带他们找到大禹神庙，有恩于他们，岂能坐视不管，任由他们被那端木宇坷欺凌？

齐羽一马当先，烟雨剑法变幻无穷，就算南宫霖手中柔焰无双再厉害，可还是被他死死压制，柳梦晴玉笛横吹扰得拓跋三少心神不宁，白媚儿则身形飘忽，令端木垣猝不及防。这几个魔教后辈被此刻义愤填膺、战意高昂的正派三人搅得手足无措，疲态尽显。

可突如其来的一道极寒利芒却打破了场上的格局，那道寒芒裹挟着毁天灭地的气势击向齐羽三人，他们三人慌乱之间，只得收回法器合力化解对方的攻势，顿觉周身血气翻腾，虎口就快要被震裂。

寒芒散去，那邪魅男人的身影赫然显现，此刻拓跋槿正手执星河破，一脸邪气森森地望着齐羽三人，他身后惨然倒在地上的正是那四只黑色巨猿，此刻巨猿的身上早已伤痕累累，鲜红的兽血流了一地，躺在地上一动不动，显然已没了生气。

李天赐目击此景，差点就要气晕过去，他眼中早已淌满了泪水，只恨自己此刻剧毒发作，不能运息施法，否则就算血流成河、气竭而亡，也要将面前这些魔人斩尽杀绝。正无比悲愤之际，他腰间的狻猊炉却射出了一道金光，将自己周身包围，而与此同时，柳梦晴身后的囚牛古琴也迸发出一道光芒，将她和白媚儿团团围住，只留下齐羽一人站在光芒之外。

这九子神兽出现前的征兆，让拓跋槿有所忌惮，他本欲向李天赐几人发难，却改变了主意突然朝那失了心魂、一直傻愣在原地的花行云杀去。

他这一举动着实出人意料，李天赐等人刚才一直与魔人对峙，又目睹了猴群被端木宇坷戕害的场面，完全忽视了刚刚复生、失去记忆的花行云，此刻想要相救却被南宫霖他们死死盯住，已然来不及。

那目光呆滞的花行云见拓跋槿杀来，也从腰间下意识地抽出那把乾天九芒羽，只是他的眼神更加迷惘，充满了好奇，盯着那把漆黑的羽扇一动不动。拓跋槿见他祭出九芒羽，便也神情戒备、静观其变，却不料电光石火之间，九芒羽却突然展开，光芒径直照向了花行云，他的一袭白衣剧烈鼓动。

“什么？这是……”拓跋槿一眼看出端倪，急忙杀了上去。

那九芒羽瞬间幻化出一面光罩将花行云围住，无论拓跋槿如何狠击猛敲，那光罩自是岿然不动。光华之中，花行云神态恢复正常，眉宇凝重，急促道：“李兄、齐兄，事不宜迟，我们快离开此地。”

他遂又望向光团外的南宫霖，但见这邪魅女子毫无表情地盯着自己，内心不禁泛起一阵酸楚。

“不，我不走，我走了那些猴儿怎么办，它们就快要惨死在那狗贼手中了！”李天赐带着哭腔惨然道。他放眼望去只觉无比心痛，此刻场上的景象惨绝人寰，那些可怜的野猴悉数死于端木宇坷剑下，它们尸横遍野，鲜红的血液浸满了整片林地，浓烈的血腥气息扑面而来，而他们的心也一直在滴血。

只有少数几只野猴仍然跟着猴王在浴血奋战，而那猴王举父也已遍体鳞伤，趴在地上，明显支撑不了多久了。

“走啊，你们快走啊，你们打不过他的！”李天赐在金光之中朝着举父拼命喊去，他此刻奇毒发作，每使出一份力气，便觉全身剧痛，骨骼筋脉几欲断裂。那金光载着他缓缓上升，朝空中飞去，他也只能用这种方式来唤醒那只杀红了眼的灵猴，阻止它去送死。

“想走？没那么容易，我现在就收拾了这只畜生，再来了结你们！”端木宇坷此刻披头散发、衣冠不整，周身满是血迹，手中岚霜的光泽也被那鲜艳的血红色完全遮掩，正激散出浓烈的煞气。他已几近癫狂，祭出一剑朝举父疯狂劈去，那一剑直接刺入灵猴的胸口，瞬间鲜血飞溅而出，那灵猴趴在地上显是活不了了。

“快走啊，你怎么这么傻啊！”金光中的李天赐早已泪流满面，此刻这道守护他安危的金光，竟成了桎梏他的牢笼，他疯狂地拍打着光壁，想要从中突围，却根本无能为力。那举父本为了救他却无端卷入这场纷争，整个猴群几乎灭族，早知如此，他刚才干脆就直接跌落悬崖一了百了，这些猴儿也不会就此惨死。

“你这畜生，我看你怎么跟我斗！”端木宇坷又刺出一剑，这一剑深深刺入举父的肩头，它原本低垂着的头颅突然抬了起来，目露凶光，恶狠狠地盯着端木宇坷，一只巨掌死死抓住了岚霜，利刃瞬间划破它的掌心，汩汩鲜血不停地涌出。

“怎么？你还想挣脱？”端木宇坷手中发力，剑身又刺进去几许。

突然，举父仰天一声巨啸，像是使出生命中最后一丝力气，将一口浓痰狠狠地吐向了端木宇坷，距离太近，他无法闪避，浓痰直接吐在了他的脸上，令他颇为狼狈。举父见状，不禁哈哈大笑起来。

端木宇坷勃然大怒，又是狠狠一剑劈向举父，在响彻林间的笑声中，灵猴举父被这心狠手辣的魔人一剑砍中，终于倒在地上惨然而逝。

而此刻李天赐早已哭得椎心泣血，齐羽则双拳紧握、十指入肉，柳梦晴几人却将头转了过去，不忍直视这悲惨场面。

猴王已死，剩下几只野猴来到猴王的尸身旁，帮它梳理着毛发，其中一个母猴怀中搂着的正是之前扯着李天赐头发不放的那只精灵古怪的小猴，它此刻小心翼翼地藏在妈妈的怀抱里，一对圆不溜秋的大眼睛正惊恐地看着李天赐。

“不要怕，孩子，不要怕这些狗贼，你越是害怕他们越是变本加厉地欺负你，你记住这些狗贼的脸，来世做一个大侠，一定要捍卫苍生，屠尽天下邪魔。”李天赐在金光中远远望着那只可怜的幼猴，他无能为力，只觉心如刀割般疼痛。

“怎么，你们也想随它而去吗？我不介意送你们一程。”端木宇坷望着那几只孤零零的野猴邪笑道。

猴儿们转头龇牙咧嘴地朝端木宇坷横了一眼，随即一声长啸，向林中四散奔去，瞬间便一头撞在了那些古树的树干上，当场暴毙而亡。

“不，不啊！！”以血肉之躯为猴王殉身，想不到这些猴儿如此决绝刚烈，李天赐差点就哭晕过去，他们实在接受不了这样的结局，却又不能改变，无尽的悲愤痛苦充斥在他们的心间，他们随着金光朝空中飘去，只留下齐羽一人被魔人围困。

场面凶险至极，花行云不禁放声喊道：“齐兄，快来啊，我们一起走！”他话音还未落，便催持着九芒羽，激射出九道异光朝魔人疾驰而去，那异光来势汹汹，魔人只能持器应对。齐羽则趁机御剑而起，在这千钧一发之际，飞到了花行云身边。

异光随即散去，魔人奋起直追，岂知那几团光芒承载着李天赐他们，瞬息之间便飞向了高空，速度之快，根本追不上，只得眼睁睁地目送他们消失在云天之外。

第四十一章 镜湖奇遇

夜幕低垂，星河斑斓，两道金光赫然出现在桑阳观上空，正在巡观的众弟子极目远眺，惊喜地发现那金光中的两人正是李天赐与柳梦晴。他们二人此前突然从观中消失，令几位真人很是担心，派出桑阳观弟子下山寻找，却遍寻不到他们的踪影，没想到此刻竟不声不响地回来了。

沧月真人接到弟子的禀报，匆匆忙忙地赶了过去，却见道场之上，众多弟子围在李天赐他们的身边，而李天赐此刻早已全身发紫、不省人事，柳梦晴正神情关切地望着他。

“大家快退下，别站在这儿碍手碍脚。”沧月向着人群厉声喝道。

她仔细查探李天赐周身的情况，不禁满脸肃穆、眉头紧锁：“你们这是发生了什么事？为何天赐体内的奇毒又发作了？”沧月转头看向柳梦晴，眼神之中似有责备之意。

“真人，此事说来话长，请你救救天赐吧！”长时间飞行，柳梦晴也是疲态尽显。

“他体内七虫七叶花的毒此刻又卷土重来，事不宜迟，我们得尽快赶去善德寺。”沧月盘坐在地，急运体内真气源源不断地给天赐输去，这少年周身的紫气这才慢慢退去，脸色有所好转。

“我这就去向真人们通报，你们快送天赐和柳姑娘回房休息。”

沧月见弟子们还有所迟疑，不禁有些生气地喝道：“还愣在这干吗，快去啊！”

弟子们这才反应过来，护送着李、柳二人往弟子房走去。

沧月真人独自留在了道场，神色复杂。李天赐他们当日凭空消失，不知又遭遇了什么意外，念及此，她更是深深皱着眉头，急匆匆地从道场上离去。

翌日清晨，李天赐醒了过来，却发现此刻房间早已围满了人，沧月、枯叶、玄木三位真人与柳梦晴正站在床边，他们身后桑阳观的弟子们也正关切地望着自己。

“大家都退下吧。”玄木面向众人缓缓地说道。

弟子散去，这手捋长须的老者又对着天赐热心地问道：“天赐，你现在好些没有？”

“多谢真人们出手相救，弟子现在感觉好多了。”李天赐脸色仍有些苍白。

“嗯，那就说说你们离开桑阳观后的遭遇吧！”玄木神情急转，隐隐地透着威仪。

李天赐定了定神，脑海中不断回忆着之前的种种场景，在桑阳观后山碰到猰貐、被白媚儿和柳梦晴出手相救、前往浮玉山寻找九子赑屃、结识齐羽和花行云、与魔人那一系列恶战再到最后恶毒发作死里逃生，这一连番遭遇李天赐都如实向几位真人娓娓道来，只不过那白媚儿的来历以及猴群被灭族之事，他却一语带过。

在场众位真人听到李天赐这一番惊险至极的奇遇早已神情严峻、震惊不已，而听到他口中说出那几个魔教高手的名字时更是倒吸一口凉气，他们能从那些魔人手中杀出重围，已经是不幸中的万幸了。

“如此说来，你们已经找到了九子赑屃，那姓花的书生也是龙族传人？”玄木若有所思地说道。

“嗯，正是，不过那花兄弟不像是正道中人，而且和南宫霖有着千丝万缕的联系，要说服他加入我们，我看还需时日。”

“什么？他是天魔教的人？”枯叶听到这九子传人与魔教妖女关

系密切，突然炸开了锅。

“枯叶真人，他并不是魔教中人，我看他宅心仁厚、儒雅温润，应该是个心存善念的谦谦君子，只不过为人迂腐木讷，千万不能让他被天魔教的人蛊惑了。”

“如此看来，这书生心肠倒不坏，假以时日我们可以把他收纳进来。”沧月沉思半刻旋又说道，“那齐姓少侠剑术高超，不知是烟雨阁哪位师兄门下的徒弟？”

“是沈傲天沈大侠的关门弟子。”李天赐此言一出，在场几个真人一片哗然，难怪这少侠不远万里到浮玉山，原来是为他师父报仇去的。

“烟雨阁和我们桑阳观一样同属九州四大正派，他们远在西南蛮夷之地，却不忘匡扶正道之重责，门中弟子经常与我们一起对抗天魔，这位齐少侠疾恶如仇、剑法高强，是个值得深交的人。”

“玄木真人真是慧眼识人，我早已将齐兄当成了朋友。”

玄木点了点头：“那自是再好不过，眼下当务之急是祛除你体内七虫七叶花的毒，你先休整一番，再由沧月师妹陪你前往善德寺，明智师兄精通医术，他肯定能帮你解毒的。”

玄木一语说罢，便同几个真人自行离去，此刻房内只剩下李天赐和柳梦晴二人。

“天赐，你刚才故意不细说白姐姐的身世来历，是担心真人们会多想吗？”

“真是凡事都逃不过你的心啊，梦晴。不过话说回来，姑奶奶她人上哪去了，怎么我一回观中就没见到她了？”李天赐早就发现白媚儿不见了，只不过碍于几个真人在场，他不方便发问。

“白姐姐途中和我们分别，去了西南大彝山的霜华谷，她急着找寻孩儿下落，见你昏迷不醒，便没来得及和你道别。”

“原来如此，也不知再见到她又会是何时。”

“这浮玉山一役，多亏有你在身边，否则还不知道会发生什么意外，梦晴，真是有劳你了。”李天赐含情脉脉地凝视着柳梦晴，眼中满是感激之情。

岂知这少女却并不领情，反而微微嗔怒道：“哪里没发生什么意外，你是要毒发身亡才肯罢休吗？”

李天赐见她瞪着自己，不禁愣了一愣，语气缓和地说道：“是我的错，梦晴，我不应该贸然强运真气，导致体内奇毒发作。”

“呵，你也知道错了啊？就知道强出风头，一点都不爱惜自己的身体，以后再这样可别连累我了。”柳梦晴仍是目不转睛地盯着李天赐，脸上带着一丝愠色。

“这哪里是强出风头啊，我真是冤枉啊！如果我不出手，齐兄、花兄他们都将会身处险境，后果不堪设想。”李天赐感到有些委屈，他想不到梦晴竟如此不讲道理。

“哦？是吗？那夜在后山你运转全身真气使出那招震雷问天又作何解释呢？”柳梦晴这一句话令李天赐赶紧解释：“你不说我都忘了，那晚之事我都向你道歉了，姑奶奶可以做证，怎么你还在生气呀？”

“我没有生气，我哪里有资格生气，我又不是你的什么人！”柳梦晴冷哼了一声，转头摔门而去，留给李天赐一个冷若冰霜的背影。

“梦晴！”李天赐郁闷至极，方才还好好的两个人，此刻竟因一言不合不欢而散，那少女阴晴不定的脾气他深有体会，只是没想到她任何征兆都没有，说翻脸就翻脸，着实让人无比苦闷。也不知哪里又惹她生气了，天赐愣在房中，不禁陷入了深深的自责。

他不知道这世间的男女之情，看似纷乱复杂，实则简明透彻，某种命中注定的玄妙总是让人奋不顾身、沉醉不已。只是懵懂青涩的少年又岂会明白多愁善感的少女心中所想，她们也许求的只是不离不弃、誓死相随那般世间最长情的陪伴，而不是绚丽豪迈的海誓山盟；也许只是一个坚定而深情的眼神，而不是荣华富贵锦衣玉食，这些奇妙的

小心思，情窦初开的少年哪里能够明晓。

终于按捺不住，这个烦闷的年轻人三步并作两步地朝柳梦晴的卧房走去。

柳梦晴的房间就在天赐卧房旁边，此处本是男弟子厢房，女弟子止步。但同门道长念及天赐久伤方愈，需人照料，柳女平日心思细密、体贴入微，故而在旁专门腾出一间卧房，供她休憩，也方便照顾天赐，并下令众男弟子不得叨扰，以确保天赐安心疗养。

此刻梦晴房门紧闭，房内悄无声息。天赐紧张局促，怔怔站在房门前，好几次想要伸手去敲门，却生怕打扰了柳梦晴，令她怨念更深，如此辗转反复，不觉间竟在门外驻足了许久。

庭院深深，雅致的亭台水榭偶尔传来小虫的阵阵叫声，沉默许久，天赐深吸一口气，终于鼓起勇气轻扣柳梦晴的房门。

“梦……”还未待他开口说话，房门却径直敞开，房内空无一人，那少女也不知去向。

李天赐沿着檐廊向道场上走去，看见道场上站着几个弟子，他便迎上前去问道：“各位师兄，请问你们刚才看见梦晴了吗？”

“柳姑娘啊，我刚才从观外巡山回来，正好撞见她急匆匆地跑了出去，不知为何，我跟她打招呼竟毫无反应，神色更是冷若冰霜。”那巡山弟子丈二和尚摸不着头脑，随即又朝天赐打趣道，“你们整天黏在一起，不会是你小子惹人家姑娘生气了吧？”

李天赐瞬间脸涨得通红，显得十分尴尬，吞吞吐吐地说道：“哪、哪里有的事，我才没惹她生气呢。”

他不欲多言，遂又马不停蹄地朝桑阳观外赶去。

桑阳观外林海之中，羊肠小径曲折蜿蜒。林荫小道之上，有个身影疾步而行，目光投向参天密林的深处，像是在急切地寻找着什么，定睛看去，正是神色匆匆的李天赐。

天赐循着山路朝后山一路找去，林中古树参天，翠色叠嶂，万丈光芒稀疏地投射在林间土地上，照耀着绿芽上的露珠，山林中升腾起阵阵的水雾，弥散开来，墨绿色山景宛如一幅泼墨画。

这临冬谷中的山峰虽比不上九州名川那般高耸入云、宏伟雄壮，但也钟灵毓秀，吸收天地精华，自有一番玄妙，故而桑阳祖师才于此设观传道，开枝散叶，寻道修仙，探究天人终极奥妙。

而后山更是仙气缥缈之地，氤氲密布，仙雾缭绕，令人游目骋怀，内心有如寰宇般浩瀚。以至于许多资历尚浅无法下山游历的年轻道人更是乐于在后山修行悟道，提升造化。

也许梦晴与他们一样，只是想找个幽静的地方散心解忧罢了。

这个朴实的年轻人实在想不通，那少女为何会发那么大的脾气，他实在没有丝毫头绪，也只得盼望她此刻怒气已消，又或许她仍在气头上也未可知，他就这样反复纠结，低垂着头颅，有些丧气地走在林间小道上，不知不觉已走了好远。

前方丛林深处，忽而飘来一阵熟悉的乐曲，悠扬的乐曲在林中幽幽飘散，如诉如泣，正是那囚牛古琴的琴音。

琴声仿佛在传达着琴主那柔肠寸断的心绪，似有千种柔情、万种相思。天赐听着琴声怔怔出神、感慨万千，心中竟一时胆怯，独自远远地驻足静听，不敢向前走进森林。

琴声忽高忽低，伴随着那无法言表的纷繁情愫，让天赐心中荡漾起了阵阵涟漪。

他与柳梦晴相识并没有多久，但两人起初因误会而结识，李天赐已然对这女子心生愧意，她这些年来的遭遇和自己颇为相似，他很是感同身受，又加之受伤期间多亏了她的悉心照料，这才恢复得如此顺利，故而对这个同为龙族传人的少女平添许多感激。她举手投足间的倩影，都映在这懵懂木讷的少年眼底，他不懂那是怎样的感情，只知道那是一种让他一想到柳梦晴就情不自禁扬起嘴角的美好。

于林间观望聆听半晌，终究还是抑制不住内心的激动，他鼓足勇

气朝着琴声的方向缓步走去。

穿过那片丛林，只见丛林的尽头，竟是一面静湖，湖中水色碧秀，深不见底，淡淡薄雾缥缈在湖上，不时有飞凫掠过水面，惊起朵朵水花，泛起阵阵波纹，向岸边缓缓消散。湖岸边的枯木栈道静静铺向水面，栈道尽头漂荡着一叶轻舟，轻舟之上，安坐着一位钓客，斗笠蓑衣，看不清神貌。栈道两旁，碎石遍地，有一苍翠竹亭矗立湖岸。那竹亭由山林中如碗口般粗大的方竹就地取材而建，高约三丈、方圆十尺有余，亭中那抹翠绾之色，倒映在天赐眼中，让他怦然心动。

清晨的微光里，这懵懂的少年，就如那面碧水静湖，表面平静，内心深处却早已波澜起伏。

他只是静静望着背对自己的少女，她的倩影也是如此秀丽动人，琴音缭绕、不绝于耳，清晨幽林的甘露，弥散出丝丝寒意，天赐微微瑟缩，却全然不顾。远山外的天空呈现水墨丹青之色，水天茫茫，远远地连成一线，烟雾渺渺，仙乐飘飘其间，青翠的湖水与远方的青山，弹琴的忧郁少女与驻足的叹息少年，在这钟灵毓秀的天地之间，定格成一幅隽永的山水图画。

不知何时，天空开始飘落细雨，氤氲密布，琴意朦胧。林间远眺，那翠绾少女有些单薄的身子在凉风中轻微地颤了一颤，天赐看在眼里，疼在心里。他终于迈开步伐，轻柔地朝那竹亭走去，草间的晨露沾湿了他的衣袂，山间微凉的气息沁人心脾，琴声迤逦，不觉间，他已走到竹亭之外，烟晨微雨，洒在他的身上，落入他的心间。

琴声悠悠，不绝于耳，毫无停歇之意，天赐静立亭外，踟蹰不前，唯恐破坏眼前这幕祥和的场景。他内心纠结良久，终于开口轻声说道：“梦晴，我来了……”

这个木讷青涩的年轻人，心中万千念头流转，道不尽的衷肠太多，却一时难言。明明心中已经想好的话，到了嘴边却又说不出来，话说半句，戛然而止，就只能这样静静地站着，孤零零的身影在晨雨中更显萧索。

那琴声或许已发觉他的现身，突然变得急促刺耳，音波之中隐约裹挟着真气，像是在下达逐客令，让人心生敬畏，退避三舍。

此刻仅有琴音异动，柳梦晴却仿佛完全沉浸在音律之中，除了身体被寒意侵袭，微微瑟缩，并无其他举动。天赐无比心疼，轻柔踱步走进亭中，顿觉暗香扑鼻，少女的青丝在晨风中微微飘曳，他深吸一口凉气，鼓足勇气，脱下外套，轻轻拍打着上面的露水，旋又展开那件锦袍，披在了少女身上。

柳梦晴仍是毫无反应，可古琴的音律却悄然发生着变化，从方才那般咄咄逼人的激烈，变得如沐春风的舒缓，也许被天赐这个简单的举动感动了吧！

琴声仍是迤逦缥缈、跌宕起伏，如同在空气中绽放着的绚烂的花。竹亭以外，雨势渐盛，拍打着枝叶，滴落在林间，长亭远眺，远山含烟，山峰之下丛林深处的静湖笼盖着层层烟波水雾。

那叶轻舟，不知何时已从栈道出发，漂荡在湖中央。举目遥望，那渔客的身影仍是那样宁静安详，仿佛凝固在湖面上，在这充满山水诗意的泼墨中游荡。

思绪从远方拉回，天赐满目柔情地望着面前这个兀自奏琴的少女，她背对着自己，全然瞧不见眉目间的神情，只见她纤指轻挥、衣裙摆动、真气暗涌、裳袖留香，一副沉醉在琴音中的态势，除此之外仍然没有任何反应。

天赐定了定神，遂又柔声地说："梦晴，如果我有什么做错了，请直接告诉我吧，不小心惹你生气，我这心里很是后悔，总有股难言的愁绪压在心头。"

婉转的琴音仿佛感应到了他这番肺腑言语，顷刻间变得激烈昂扬，像是少女无声的指责、埋怨，甚至愤懑，听来让人心生怜悯，疼痛之意更盛。只是柳梦晴仍是那般不理不睬，独自沉醉在琴音之中，毫无反应。

天赐脸上突然泛起一丝苦笑，笑自己只顾一味地想着如何对梦晴倾诉衷肠，却完全忘了，她沉浸在琴音之中，对周围发生的种种根本毫不知情。琴声忽高忽低，本就是古曲自然律动，自己竟然可笑地将那当作少女情绪的传达，真是有些愚笨。不过或许此刻她沉醉其中，心中所有的忧愁烦恼就都随琴声消失得无影无踪了。

他心中转念想着，目光却又不觉眺向湖中央，那叶扁舟仍是静浮于湖面，山水烟云、古乐悠然、斗笠蓑衣、泛舟垂钓，人生如斯当真惬意畅快。

远山白云涌动，清晨凉风习习，山下湖面也微波荡漾。

仔细望去，那叶扁舟所在的水底似有异象发生，突然间一抹巨大的阴影从水底迅速向水面蔓延开来，如同陈墨滴入水中。墨色于水面迅疾扩散，那碧绿的湖水也变成了黑色，水中那个阴影越来越大，原本波澜不兴的湖面，此刻竟涟漪不止，波涛不断。

天赐的目光此刻已完全被湖中异变吸引，只见那湖中央白色浪花剧烈翻滚，某种巨大的力道从湖底不断向上涌出，湖中央的小舟也随着激浪上下摇晃。那神秘的钓客却仍是径直望着眼前的钓竿，如同一座雕像，岿然不动。

平静的湖面此时已与炉中沸汤无异，急剧地翻涌着巨大的浪花，湖底的阴影越来越大，几乎覆盖了大部分湖面。湖上烟雾荡漾、风雨飘摇，那叶扁舟在巨影之中，是那么的孤单无助。

李天赐顿时觉得这竹亭之外，诡异的气体骤起，天地霎时色变，似有狂风割面、天雷生威，骇人心魄、让人窒息，就连那远山的浮云也悄然间变得阴沉无比。

黑暗烟云从四面八方涌来，完全笼罩住湖水中央的轻舟，那钓客仍端坐于轻舟内，随着水波上下剧烈颠簸，却毫无异样。李天赐心中挂念那人安危，遂放声喊去：“湖中那位前辈，天色就要变了，可要小心啊，快回……”

还没等他把话说完，却听见湖底突然传来一阵振聋发聩的巨响，响声震天，回荡在整个山林之中。那湖水顷刻间波涛汹涌，巨浪散发出铺天盖地的神力朝轻舟狠狠打来，形如恶魔的血口，欲瞬间将那小船吞而食之。

天赐大惊，决然没想到会发生如此变故，眼看那钓客连带着轻舟将被巨浪吞噬，电光石火之间，一声厉啸破空传来，一道耀眼的红芒从白浪中急速杀了出来，不是那蓑衣钓客，还会是何人，而当天赐看清那人相貌之时，心中更是讶异万分。

“什么？离火真人！”他瞪大了双眼，望向空中那团红芒内的钓客。只见他身形矮胖，手执一柄黑不溜秋的铁铲，那铁铲望去暗淡无光、平凡至极，与寻常人家烹饪所用的器具无异。

离火真人此刻身子半浮于空中，静静盯着身下湖水中的异动。只见那团湖水化出的巨浪刚刚停歇，湖中阴影的周围又泛起剧烈的水花，随即又是一声天崩地裂的巨大声响传来。还未等天赐看清形势，便瞧见一只身形十丈有余、通体黝黑的大鱼，正张着血盆大口朝空中的离火真人咬去。

离火真人虽然身形矮胖，动作却十分灵巧，他迎着巨鱼，一跃而起，瞬间向上飞去数丈，刚好避开巨鱼的攻击，那鱼怪一击未中，瞬间又从高空坠入湖中，激起阵阵汹涌澎湃的浪花，倏地消失不见。

湖面又平静如常，只有迷蒙烟雨落入湖水中，激起圈圈纤细的水波。微雨飘散间，轻浮于半空的离火，双目如炬，正聚精会神地盯着整片湖面，他见湖中久未出现异常，便又抬眼朝天赐二人所在之处望来。这个神秘的道人目光炯炯有神，犀利地望着天赐，嘴角似现出一抹得意之色，只是手中那把黢黑铁铲却很是突兀。

就在他精力分散之际，水下又传来轰隆隆的巨大动静，那鱼怪惊起漫天水花，扑扇着锋利如刀的巨型鱼鳍，张着血口又朝离火吞去。

不过比之刚才，此时鱼跃之势更盛，如同神奇的飞鱼，怒展着巨翼向天空奋力翱翔。

眼看那鱼怪就要咬中离火，生死之间，那道红光却陡然消失，顷刻间再次出现。只不过这瞬息的变化，红光却向后退了数尺，就在这一念之间，离火真人又轻盈地躲过了鱼怪的突袭。

离火真人看来已熟悉鱼怪的攻势，但见他又使出刚才那招神奇轻功，再次躲过巨鱼的攻击。只不过此刻，那团红光竟出现在鱼头之上，红芒之中离火面带笑意，处变不惊，微微伫立，也不知是离火法力催持还是鱼怪自己施法，那巨大的鱼怪竟顶着红色光团在湖面上滑翔，丝毫不见下落之势，已然化作一条身形巨大的奇异飞兽。

离火立于鱼怪头顶，望着脚下的怪物，发觉它鱼目虽大，却毫无生气，更加看不出那黑鱼的神情变化，鱼怪只是重复地奋力扑扇着巨鳍，拼命挣脱那矮胖道人的禁锢。

这一人一鱼呈现出奇异的形态静浮于半空中，离火神情泰然自若，鱼怪却目光呆滞，巨鳍摆动的幅度也逊于之前，鱼鳃疯狂地张合，身形慢慢膨胀，在暗地里急速蓄积着力量，意图瞬间冲破头顶那团赤红色光芒。

果不其然，那鱼怪突然间张开巨嘴，大吼一声，嘴中喷出声势浩大的水浪，随即扭头朝湖面急速俯冲而去，那红芒中的道人自然也跟着那庞然大物向湖中坠落。顷刻间，巨鱼怪头顶着红芒径直没入水中，溅起一阵滔天骇浪，湖水又恢复了平静，毫无异样。

李天赐将这一切都看在眼里，心中早已惊叹不已，想不到桑阳观这等仙家之地竟有这般怪物，难怪此处人烟稀少。

还未等他细想，那鱼怪便又从湖水里跃身而出，那团红光与鱼身仿佛浑然天成一般，仍是笼罩在鱼头之上，未曾散去。光团内的离火真人，毫发无损，也没有任何被湖水浸湿的痕迹，他静静伫立于鱼头上，气定神闲，看来那团红光正暗中守护着他。

鱼怪此刻像是已经受够了那红光，一反常态地疯狂扭动着身躯、扑扇着巨鳍、摆动着鱼尾，在空中四处迅猛游弋，竭尽全力做着最后的反抗。可无论怎样挣扎，它始终没能摆脱红光的压制，那红光像是在暗中蚕食着它的灵气，以至于它的反抗开始变得有气无力。

终于，离火感受到身下鱼怪的疲态，似有笑意地说：“嘿，你这畜生，为何每次都是这样冥顽不灵，若是乖乖束手就擒，哪还用得着吃这么多苦头？”

天赐听了这席话，更是满头雾水，或许真人与那鱼怪已相识许久，因此二者之间只是暗中较劲，并未到搏命相击的境地。

那鱼怪长时间在红光笼罩之下，终于开始溃败，慢慢出现了痛苦之色。那对鱼眼中密布着血丝，鱼鳃呼吸张合的速度逐渐放缓，巨大的身躯也在不停地颤抖。终于它停止了挣扎，整个鱼身从高空缓缓坠落，最后落向那潭秀丽的碧湖，只是这次鱼怪再也没有潜入湖水中，而是静静地浮在湖面上，随着阵阵剧烈的波涛，上下浮动，显然已经放弃了抵抗。

离火负手立于鱼头之上，神色倨傲，与之前的慈眉善目大相径庭。只是他身形矮胖，手执奇异铁铲，那样子看去还是有些滑稽。

李天赐联想到离火真人平日里专门负责观内伙食，此刻见到鱼怪，他脸上那似乎是寻觅到某种珍贵食材的惊喜，让李天赐在震撼之余又觉得有些好笑。

“怎么样，你这下服了吧，还不给我乖乖交出来！”他又朝着身下的鱼怪说道，语气威严之余也显露出几许怜爱。

未等那鱼怪做出回应，却见他跃身而起，闪转腾挪、脚踏湖波，有如蜻蜓点水一般朝湖岸边掠去，寥寥数步，便已负手置身于岸边，衣袂飘飘、神情悠然。

湖中央的鱼怪一摆脱红光的控制，巨大的身体便瞬间潜入湖中。顷刻间它又从水里露出半截鱼头，缓缓张开巨嘴，泛起阵阵浪花。

突然一束粗大的水柱从它嘴中冲天而出，旋转而上，直射入天空，犹如一条巨大的水龙在天地之间急速奔腾。水柱溅起的浪花在空中四处散落，落在翠湖四周，落在湖面上泛起点点涟漪，水花之中似有细小的异物，李天赐凝目望去，只见那异物状如银白色的刀刃，隐约闪着锋利的光芒。

“什么！这些东西竟然是刀鱼？”天赐终于看清了那些细长的异物。

这些刀鱼乃江南特产，肉身鲜美，爽口少刺，通体银白，身形如同小刀，故名曰刀鱼。古时由先人偶然传入临冬谷，却想不到此地气候宜人，正巧适宜其繁衍生息，故而种群数量甚巨，之后光阴变迁，沧海桑田，鱼的数量也越来越少，如今已很难在临冬谷中捕到此类珍馐。

之前逢年过节能在餐桌上见到寥寥几份刀鱼，红烧、清蒸各种做法都很美味，因此李天赐才会如此熟悉。

此刻水柱仍在不停地向上喷薄，从天而降的刀鱼也越来越多，漫天水花随着那些刀鱼劈头盖脸打来，水花从天降落，拍打着湖岸碎石、层泥退去，湖岸边的石头被洗得光滑锃亮。令人称奇的是，那些水花却如同被施了法一样自觉避开离火，在他的周身激起了一圈水雾，细细巡望，原来离火周身正激烈涌动着无形的气流，阻止了水浪的来袭。

“那鱼怪肚里全都是这湖中的刀鱼，难道这些刀鱼就是离火真人所寻的食材？观里发生了什么大事，这是准备加餐吗？”

天赐带着一连串疑问越想越兴奋，他望向岸上的离火，对方仍是那般负手而立，那柄平淡无奇的铁铲正置于身旁。在这天降美食面前，这个矮胖的身影，像是随时就要化身着手烹饪河鲜的大厨。之前就见他在此垂钓，决然没想到，他竟然是以这样奇特的方式捕鱼。

半晌过去，鱼怪嘴中水柱喷薄之势渐歇，而随着水柱的喷发，它的身形也开始变小，最后竟变成了寻常大鱼一般的模样。天赐不禁心中骇然，啧啧称奇，这鱼怪胃口极大，恐怕刚才已将一整湖的刀鱼都吞进肚子里了，但一想到自己吃的刀鱼是从这大鱼的肚子里获取的，总感觉有点怪异。

离火望着那一地的刀鱼，冷笑一声："哼，你这畜生，不给你点苦头吃，还真不会乖乖束手就擒，如此贪食、欲壑难填，何以得道入仙啊！"

李天赐听到离火所言，心中又是十分震惊，他着实想不到，这湖中巨鱼也是修道之物，只是道行尚浅，因此才处处被离火真人压制。

方才种种场景历历在目，他早已兴致盎然，按捺不住内心的困惑，朝着湖边的离火放声说道："离火真人，你一大早是在这里捕鱼吗？"

离火回过头来远远望向李天赐，表情恢复了之前的柔和，笑着说："原来是天赐啊，想必你刚才也看到了吧，这湖中异兽名叫鲻鱼兽，其实就是巨型刀鱼，它自古生长在桑阳观后山这仙湖中，吸纳天地精华、采集仙境灵气，竟炼出道行，成为灵兽。只不过这灵兽以刀鱼为食，食欲旺盛，湖中刀鱼数量本就稀少，被这畜生作乱，都快绝迹了。"

"如此看来，真人你也算做了一件善事啊！"李天赐显得饶有兴致，说话中离火已来到了竹亭之外，两人顷刻间走近了几许。

"但这灵兽却也通晓人性，只是贪食，并未做出伤天害理之事，故而将它安养于此，不过也得经常提防它蚕食湖中刀鱼，就当作在此修习道法了吧。说来也是奇怪，这仙湖真是刀鱼繁衍生息再合适不过的场所，也许是天地灵气的造化，湖中刀鱼虽看似数量有限，实则取之不竭，捕获一次数月过后它们又能恢复之前数量。可纵然如此，师门仍是担心那头鲻鱼兽将整湖的刀鱼蚕食殆尽，故而命我定时来此巡查，严防鲻鱼兽作乱，顺便将成熟的刀鱼捕获，为大家添个菜。"离火捋了捋胡须，显得极为得意。

他的目光随即望向李天赐身后，此刻琴音飘荡，正在弹琴的柳梦晴，仍然沉醉其间。

“我清晨来到这里的时候就发现柳姑娘正在专心奏琴，现在都快过去一个时辰了她还在弹奏，真是视琴如命啊！”离火讪讪地望着柳梦晴那张冷漠如霜的脸，欲言又止，看来他刚才也吃了闭门羹。

“真人可别见怪，梦晴奏琴之时无暇顾及周围，您刚才与那鲻鱼兽激烈斗法，她亦未停歇半分，根本不知外界变化。”天赐眼见离火微微有些色变，连忙解释。

离火真人拍了拍身上的尘土，脸上又浮现出淡淡笑意：“原来如此，柳姑娘或许是在运用此法修道吧，所以才沉浸其中。”

“呵呵，真人误会了，哪里是修道，梦晴她只是通过琴音来排解内心愁绪罢了。”

“天赐，你有所不知，修道的方式有千千万万，打坐念经、调息运气只是寻常所见再普通不过的形式。道法的玄妙，岂是这些寻常方法所能领悟到的？越是高深的道法，修习的方式就越千奇百怪，九州沃土，广阔无垠，奇人异士甚众，多的是你想象不到的玄妙。”

离火眼中似有深意地正视天赐，一手负于身后，一手轻捋胡须，眉目间浅笑依然。

“真人所言甚是，那些粗浅的入门诀要只是将修道者领进来初窥门径罢了，要想真正提升修为、领悟至高无上的道法，只能自辟蹊径。只有独创专属于自己的修道方法，才能更加顺利地修习各种妙法。”李天赐若有所悟地说，只觉眼前这个慈眉善目的道人很是亲近。

离火真人点了点头，露出赞许的笑容：“正是如此，你是否还记得那日受罚在后山劈柴的事？就如劈柴这般平常举动，也是修道之法，看来你是有所领悟了。”

真人一席话勾起天赐脑海深处的记忆，他不断回忆当初在后山劈柴的场景。

修行伊始，所施展的法诀大同小异，但时光荏苒，道法的修习也会进入停滞期，此时悟道途径便多种多样，有人苦思冥想终难领悟绝妙道法，也有人天降奇遇、平步青云扶摇直上。但归根结底，那些天纵奇才的修道者，他们无一不是对道法的玄妙精髓有着自己的见解，故而修为道行突飞猛进，步入全新境界。

李天赐虽算不上天资聪颖，但也出身名门，历经数次奇遇，大难不死，对道法自有一番感悟。他浑然不知，自己早已进入上清真境，又有神器加身，此刻体内修为已日臻高深，在年轻后辈中可算得上是难逢敌手。

心中念头流转，回忆涌现之际，他顿觉体内真气充盈荡漾，仿佛顷刻间回到了当时，感受那天人合一的畅快骋怀。那个断崖之巅，茫茫旷野，他极目远眺突然领悟那句入门口诀，那种美妙的感觉真是前所未有。

念及此，他眉头突然现出惊喜之色，恍然大悟："真是要好好答谢真人指教啊，我简直愚笨，不知道这寻常枯燥的粗活竟然也是修道良法，惭愧、惭愧。"

"你也不用太过自谦，不是每个修道之人都能像你这样，从那些粗浅杂活中领悟无上妙法，此刻你的修为在桑阳观众弟子中已属佼佼者，还望你平日心无杂念一心向道，千万谨记：无欲则刚，方成大器。"离火语重心长地说。

"真人，是要以那鲻鱼兽为戒吗？"

"正是如此，那鲻鱼兽虽吸收桑阳观中仙家灵气，有了些粗浅修为，但它却贪念甚重，修为始终不能有所突破。这灵兽再厉害终究也不过是头畜生罢了，只知鱼翔浅底，不知云卷天外，注定摆脱不了被造化捉弄的命运。放眼九州，神奇异兽比比皆是，草木也能成精，只是修炼蜕变成九子那样的神兽，又何其困难，说到底还是欲望作祟，没有欲望杂念，内心自然平静如水，对道法的领悟也更为透彻，你这般聪慧，应该能懂的。"

此刻在天赐眼中，离火真人是那般的神武威严，他眼放光芒，认

真望着自己，充满了期待。

李天赐心中血气翻涌，朗声道："多谢真人赐教，天赐今后必定谨记于心，依言而行。"

离火微微一笑，神情却有些冷漠地说："年轻人，哪里有那么容易做到啊，凡夫俗子怎么可能不被欲望杂念羁绊。"

"那该当如何，还烦请真人言明。"天赐料想不到离火竟一面加油鼓劲，一面却又打击自己，这个矮胖道人实在让人捉摸不透。

"言明？嘿嘿，若是能言明，我早就参透无上道法，进入三清真诀第三重境界了。人生在世，做个冷眼旁观的看客，明晓这些道理容易，但若自己置身其中就会混沌困惑，无力而为啊！"离火摇了摇头。

"如此看来也只能靠自己了。"李天赐随即又想起那三清真诀之事，入门之时，师父们也只是大概提过修行的境界，此刻听离火提到三清真诀，他更是兴致浓厚，遂即问道："敢问真人，这三清真诀……"

天赐话还没说完，离火便打断了他："年轻人，你的柳姑娘要走了，你还想待在这里陪我捕鱼吗？"他望向李天赐身后的竹亭，又笑着捋捋胡须，脸上表情意味深长。

这个此刻疑问连连的年轻人，顿时发现琴声不知何时已戛然而止，他扭头朝竹亭望去，却见柳梦晴的身影已飘然隐入丛林小径深处，翠绾之色幽幽，形如仙灵，悄然无息，徒留他那件外袍于竹亭石桌之上。

"梦晴，请留步啊！"天赐大声呼喊，追着赶着，朝柳女身影消失的方向奔去。

"年轻人，凡事皆靠一个'悟'字啊！"离火笑吟吟地望着李天赐远去的背影，有如洪钟的声音在湖中回荡，湖面上轻轻激起了涟漪，连树叶也飘落了几片。

李天赐头也不回，高举手臂，摇晃示意，瞬间消失在了丛林之中。

离火望着竹亭石桌之上那件孤单的衣裳，不禁微笑着摇了摇头。

远山的天空上，柔软云层中的日光倾泻而下，铺散在水波微微荡漾的湖面。忽然湖底又传来剧烈的震动，湖岸古树乱颤，落叶飘零，随着一声惊世巨响，原本平静的湖面顿时又掀起惊涛骇浪。

那鲻鱼兽竟又恢复原貌从水中跃出，让人惊叹的是，它的鱼腹下方不知何时长出了两条巨腿，那两条腿遒劲粗壮，密布着鱼鳞，脚生三趾，巨大无比，在空中翻了个身，随即又钻入水中，激起滔天水花，沉入湖底，消失不见。

竹亭中的离火真人，仿佛并未察觉到这突如其来的异变，他面色如常，一手背于身后，一手捋着短须，望着李天赐消失的方向，眼神深邃而神秘。

第四十二章 鬼面怪人

西域梁州，连绵千里的雄伟雪山的山脚下，两个青年男子并肩而行，一袭青衫、一袭白衣，那白衣男子看上去有些心力交瘁，不及青衫男子那般健步如飞，他走走停停，缓慢向上，落在了后面。

青衫男子回头望向白衣男子，见他气喘吁吁、后力难续，便停下来说道：“花兄，我们真的不御空飞行，就这样走到那里去吗？”说话者正是齐羽，他望了望远方高耸入云的巍峨雪山，不禁面露难色。

身后那白衣男子正是花行云，他重伤初愈，此刻四肢乏力，只能歇息片刻再向雪山进发：“齐兄，再坚持一会儿，我们就快到了，师父他老人家最恨有人施展法术，我应承过他老人家，今后前来探望他时，绝不施展法术，还望齐兄见谅。”

齐羽心道：“你从这山下施法飞到山上，再走过去探望他，他怎么可能会发现，难不成还长了对千里眼？”

嘴上却说：“哪里的话，花兄是我齐羽的救命恩人，花兄所愿，我必然毫无怨言。”

他深感此人着实墨守成规、循规蹈矩，虽让人钦佩但有时太过迂腐。浮玉山临别前，李天赐对他耳语一番，叫他一路照料花行云以防不测。这书生与魔教妖女南宫霖关系非同寻常，天赐担心他被天魔教人蛊惑，加之花行云曾舍身救过齐羽，故而齐羽才一路跟着花行云来到这西域雪山。

此刻齐羽搀扶着花行云在原地歇息，心思却暗自飘离，忍不住开口问道："花兄，你恨南宫霖吗？"

话音刚落，花行云已面色如霜，本就有些苍白的脸色更是惨然。齐羽察觉，不禁心生悔意，随即又汗颜道："花兄，在下心直口快，若是冒犯你了，可别在意。"

"齐兄不必自责，其实我根本没恨过南宫姑娘，她终究还是选择了自己认为应该坚持的正确路途，我只是有些伤心遗憾罢了。生命中的相遇本就难能可贵，若是她迷途知返，与我等一路相随，少了仇意厮杀，多了执盏言欢，岂不是更好啊！若是他日再相见，我决不心慈手软。"花行云强颜欢笑，嘴角泛起一丝苦楚，遗憾惋惜之余更多的是决绝刚毅。

齐羽瞬间放下了心头的疑惑，满是敬佩之情，这书生不只是修为高深，境界胸怀也让人折服，真正有为的修道之士就该当如此。他不由得称赞道："真想不到花兄竟有如此胸怀，在下佩服。"

"哪里的话，齐兄太过自谦，可别折杀小弟了。也不知道李兄他现在怎么样了，那些奇毒不知有没有祛除？"他三人从初识到熟悉，最后共同经历磨难，始终不离不弃，结下了深厚的感情，花行云已完全将李天赐与齐羽当作自己的兄弟。

"放心吧，花兄，天赐他吉人自有天相，又是龙族传人，必定不会有危险的。"

齐羽柔声安慰着花行云，但转念一想，他们二人都是龙子传人，既有八荒神器在手又有神兽庇佑，肩负着拯救苍生正道的重担，一路披荆斩棘勇往直前，令他好生羡慕。

"怎么了，齐兄？你可是也在牵挂李兄弟吗？"花行云见齐羽神色有异，以为他有什么心事。

"嗯，我只是一想到你们都是龙九子的传人，各种神器加身、神威盖世就十分羡慕，而我却只是个普普通通的人，只有一把师父传下来的仙剑，远远不及你和天赐啊！如果我也和你们一样被龙子神兽守护就好了，那我就能手刃仇人为师父报仇了。”

“齐兄，千万别这么想，你的烟雨剑法已出神入化，修为造化更是在我和天赐之上，假以时日必定能为家师报仇雪恨。况且有神兽护身也并不是像你所说的那么好啊，我也是有苦说不出。”

“哦？此话怎讲？”齐羽被花行云一句话挑起了兴致。

“说来也是奇怪，这赑屃竟能看透我的心思，以至于我心中想些什么它都知道，总感觉有双眼睛在背后盯着我，浑身不自在啊！”

“原来如此，想不到这神兽如此神奇，不过话说回来，花兄你是怎么想到去浮玉山找这九子赑屃的？”

“我正是从那本《九州风物志》中得知赑屃能让人起死回生，这才千里迢迢赶去神庙拜谒禹神，希望能召唤赑屃现身，救回家师性命。可未曾想我自己就是龙子的传人，还将那赑屃制伏，真是太意外了。”

“什么？花兄要救的人就是……”齐羽显得很意外，没想到这书生和自己有相同的经历。

“是的，所以我才前去寻找赑屃下落。”花行云虽一脸平静，但眼神中还是闪过一丝哀伤。

“真是抱歉，我没想到是这么回事。”

“齐兄不用内疚，此事说来话长，我们路上边走边说吧。”

“那《九州风物志》被天魔教人夺去，该当如何是好呢？”这书生经历实在神秘莫测，齐羽内心惊疑不定，忍不住又问向花行云。

“齐兄请放心，他们偷去的是拓本，真迹在家师那里保存着。”花行云面无表情，但想到南宫霖杀伐果断、下手狠辣，心中仍泛起一丝苦涩。

此刻气力已恢复大半，他抬头望向雪山深处，那里白雪皑皑，望不到头的山路蜿蜒曲折而上，最终消失在远山的漫天风雪中。他们身处雪线之下，落脚处全是泥土碎石，未见任何雪迹，如此赶路，恐怕半天才能到达。

“齐兄，我们快走吧。”

雪山巍峨，如同冰雪巨人伫立在九州大地之上，寒风夹杂着冰霜割面而来。寒意入体，让人瑟缩颤抖，两人运转真气御寒，并肩而行，加快脚步，踏石而上，朝着雪山深处进发。

这一夜，月光如水，寒气袭人，夜色中的桑阳观是那样幽静，朗月当空，月华清辉洒满了房顶。月光之下，有个修长的身影伫立在房檐上，那对星目正在眺望远方的暗夜林海。那片广袤的林海，幽暗深邃、雾气弥漫，四野万籁俱寂，偶有虫鸣唧唧，一阵夜风掺杂着林土的气息扑面而来。夜微凉，风呼啸，衣袂飘飘的身影不禁轻轻颤抖，微微瑟缩。

李天赐站在房檐上，痴痴望着天际那有如玉盘一般的皓月良久无言。他心中思绪万千，一想到白天柳梦晴从镜湖边自行离去，就感觉一阵心烦意乱，心中的苦闷自不必言。那少女竟将自己锁在卧房里，整整一天都没有出门，李天赐站在她房外也静静地等了一天，可无论如何，都没再见到那房门打开。

苦等整日，这少年心绪却越加烦恼，故而孤身来到殿顶，吹风散心，静立不语。

一想到这里，他又忍不住叹了一口气。

“天赐你是一直待在这里吗？你这孩子，快披上这件外袍吧，别着凉啦。”身后传来一个柔和温暖的女声。

李天赐扭头望去，只见月色溶溶中，一抹水绿色跃然眼前，他瞬即面色微红，支支吾吾地说：“原来是，沧、沧月真人啊，呃，多谢真人关心，我只是心绪烦闷上这儿散心来了。”

沧月真人望着瑟瑟发抖的李天赐，微笑着说：“你这孩子真不听话，在这里都冻成什么样了，当心冻坏了身子，快披上这件外套吧，这是离火师兄托我交付于你的。”

天赐这才想起，白天他一心追赶柳梦晴，忘了那件外套还留在亭内。他傻笑一声，接过外套披上，想起离火那和蔼的神态，又望向眼前这个风姿绰约的女道人，心中顿生暖意，正是真人们的照顾，才让他在桑阳观修道的日子倍感温馨。

“怎么，你没什么事吧？”沧月见天赐突然面生羞色，又是笑着问道。

“没，没什么，多谢真人……”这个自幼丧母的年轻人，从未见过生母的模样，虽然慈父关怀备至，但心中仍无比渴望娘亲的温暖，以至于初见沧月真人，他的心中竟涌现出前所未有的亲切感。平日在观内与沧月相遇，心头似有许多思绪倾诉，但他总是胆小害羞，满腹话语如鲠在喉，无法畅快言表，吞吞吐吐之间，也只得寒暄而过。

娘亲早亡，而此刻又想起惨死的慈父，这个年轻人顿时感慨万千、黯然神伤，紧抿着薄唇，身体微微抽搐，寒冷月光下的身影是那样孤单。

沧月只道天赐是寒意入体，身体着凉，关怀备至地说道：“天色已晚，快回房休息去吧。”

天赐身体轻轻晃动，幽幽叹息一声，神情有些隐忍地说：“真人，我没事，我这就回去歇息了。”

他似乎想要说些什么，但话到嘴边，却开不了口，只是静静地望着沧月。

沧月点头会意：“今日你体内奇毒可有复发？”

“多亏真人出手相救，弟子体内的七虫七叶花毒好像暂时被压住了。”他想起早上就因为此事和柳梦晴弄得个不欢而散，心中不禁又是一阵忧伤。

“如此甚好，你快回去休息吧，明早我们就出发去善德寺，我已经知会梦晴了。”沧月满眼慈爱，和颜悦色地说。

“什么？您已经告诉她了？那她可有任何异常，也不知她是否还在生气。”沧月的话牵动了李天赐的心，他焦虑地望着对方。

沧月笑道：“你们的事，离火已经告诉我了。你放心吧。刚才我去她的卧房，看她神色没有何异常，也许明天就好了，年轻人嘛，拌嘴斗气是常有的事，你要多让着人家姑娘。”她轻轻拍了拍李天赐的肩膀，以示安慰。

李天赐又是一声轻叹：“希望如此吧，我这人实在愚钝，也不知道她生什么闷气，不知真人是否知晓？”他望向眼前这个俏丽的中年女道人，渴望的眼神在等待着自己想要的答案，儿女情长、英雄气短，也许沧月对这些深有体会吧。

这个身着水绿色四象法袍的女道人仍是面露笑意，似有深意地说：“年轻人，解铃还须系铃人，有些事，终究还是需要亲身经历的，我这个过来人也爱莫能助啊！”

听了沧月一席话，李天赐心中变得坦然，平静地说：“多谢真人赐教，这种事情可能需要我自己去面对、去解决吧。”他忽然又想到了什么，“真人，我还有一事相求。”

“何事？你但说无妨。”

“可否推迟一天出发，我，明天想去一个地方……”

冀州城临冬谷，临冬城废墟。残垣断壁早已长满杂草，镂刻着光阴的烙印，显露出沧桑的痕迹。矮坟墓碑，孤单地立在那里，无声地见证着韶华的流逝，李天赐跪在墓碑前，左手食指轻轻触摸着那七个字：“家父李义云之墓”。天空时有飞鸟掠过，悲鸣声声，不绝于耳。

“爹，孩儿来看您了。”天赐坚毅的脸庞上隐忍着苦楚，眉目微微抽搐。

这个俊逸挺拔的青年，早已不是十年前那个伤心欲绝、痛哭流涕的孩童。他只是孤独地漠然巡视着这片废墟，曾经盛极一时的临冬城早已面目全非，空气中却仿佛回荡着他儿时嬉笑打闹的声音。

这座孤坟，葬在这里，也葬在他心里，只不过他心中纵有千种悲恸、万种伤怀也根本不显露于色。经过岁月的无情洗礼，他深知眼泪根本起不了任何作用，那只是失败者聊以慰藉的宣泄，人生中所有的痛苦绝望都会成为日后强大勇敢的最好见证。

“爹，孩儿不孝，这些日子一心寻觅九子下落，没有前来探望您，疏远了您。”他随即从袖口中拿出一壶酒和两个酒杯，倒了一杯酒向身前土地，另一杯却一饮而尽。他的脸即刻泛红，头昏脑涨，放声而道，“来，爹爹，孩儿陪您喝酒，不醉不归！”

又是一杯下肚，烈酒入肠化作满腔哀愁，他面带红晕，意识模糊，只觉天旋地转，身体也开始摇晃起来。

突然之间，他那张脸上不觉间流淌出某种莫名的液体，那是苦涩的思念，也是内心的煎熬，终于还是忍不住，泪水决堤而出。这个有些醉意的男子，就算悲痛抽泣，也仍是那般坚毅，他双手紧紧捂着自己的面庞，身体急剧地颤抖，默然无声，泪水长流。

“爹爹，你不是说好了要教我通臂拳最后一招吗，孩儿我现在就站在这了，你人呢？我们不是说好了吗？最后一招……”也许哭泣才是将内心所有苦闷悉数发泄出来的最佳良方，酒醉大哭宣泄，酒醒大笑忘却，至少此刻的天地间，烦恼忧愁尽数消散，哪怕衣衫湿透，袖袍凌乱，也要一醉方休，人生快意不过尔尔。

“苍天，你待我不薄啊，哈哈哈，还有什么委屈苦痛，什么艰难险阻，尽管来吧，我不怕你，我不怕你，哈哈哈哈，我李天赐就是要逆天而行，我命由我不由天，哈哈哈哈……”李天赐放声大笑，笑中带泪，表情苦涩，笑到最后他竟又止不住呜呜哭了起来，心中那压抑已久的哀苦愁绪终于爆发，化作声嘶力竭的痛哭在空气中纷飞，哭到最后，他身心疲惫，径直倒在地上，沉沉睡去。

无尽的幽暗之中，传来一阵空灵之声，声声入耳，连绵不绝，像是轻柔诉说，像是温柔抚摩，像是在召唤着自己。那一声声如同来自幽冥深处的呼唤，如清风拂面一般，消尽少年心间的忧愁。

天赐头痛欲裂，缓缓睁开双眼，他慢慢站起身来，环顾四周。此时天色渐暗，斜阳残照，余晖洒落在这座废墟之上，他从未这般豪饮大醉，没想到竟如此不胜酒力，不觉有些怅惘，心里空荡荡的，无比失落。

前方废墟阴影之中，似有黑影伫立，山谷吹来微风，那黑影衣袂猎猎作响。透过斜阳昏黄的光亮放眼望去，李天赐不寒而栗，只觉那阴冷的黑影周身充斥浓浓的杀伐邪气。

“敢问是何方高人在此？”

天赐立刻清醒过来，他虽骇然不已，但仍是故作冷静，双手抱拳朝那黑影说道。

阴暗处的黑影仍是没有任何声响，天赐目不转睛地盯着他，只觉空气中弥漫着邪魅的气体，那气体骤起，越来越浓，铺天盖地。

“在下桑阳……”天赐还未把话说完，就听见一阵厉啸划破长空朝自己急速袭来。

天赐屏息以待，轻巧避开暗器来袭，却陡然发现那黑影形如鬼魅，早已随着厉啸来到自己面前。

来者浑身散发着令人窒息的阴冷，而让天赐更为惊讶的是那人竟然戴着一副可怖至极的恶鬼面具。那恶鬼面色发紫，露出两颗嗜血獠牙，怒目圆睁，布满了血丝，面容极其扭曲，就算在白天也让人毛骨悚然。

鬼面黑衣人兀自站在天赐前方，负手而立，一动不动，沉默不语。

若是方才他随着暗器的突袭，朝天赐奋力击去，只怕此刻天赐已然负伤，但他距离天赐三尺有余，却毫无动手之意，只是这样默不作声地望着这个年轻人，当真诡异。

在那张恐怖鬼面之下，可以想见黑衣人此刻倨傲睥睨的神色。天赐一头雾水，内心疑惑重重，对方到底是何方高人，是否早前自己酒醉之时他就现身于此，为何不暗中偷袭一击致命，何以等到自己完全清醒再交手过招，这一切着实奇怪。

他沉默片刻，随即开口：“斗胆请教这位高人，不知前来此处所为何事？”

那鬼面人仍是对他不理不睬，双手交叉置于胸前，静静地望着天赐，一言不发。

李天赐一时无可奈何，未曾料到在临冬谷内竟碰到这样古怪的人，便欲御风而回，不与对方对峙：“高人，在下还有要事在身，这就离去，不打扰您了。”

就在天赐拿出震雷棍，打算起身御空飞行之际，鬼面人见到那柄通体翠绿的震雷棍，顿时显得饶有兴致，突然间身形迅疾而动又朝天赐猛抓过来。

天赐只觉一股排山倒海之气袭来，便运足真气，手持震雷强行抵御，不料却被对方一掌击中法器，瞬间后退数丈，只觉虎口发麻。

“咦……”鬼面人发出一声细微的疑惑，像是对这后辈所使的招式十分好奇，他目不转睛地望向天赐手中那根震雷蟠龙棍，显得兴意更浓。

他赤手空拳，并未亮出任何兵刃，随又迅疾而上，顷刻间已欺身眼前，双手化掌，朝天赐面门击来。

天赐大骇，哪里想到鬼面人速度如此之快，急忙向后方跃去，却还是闪躲不及。他被鬼面人凛冽的掌风拂中，只觉面部隐隐生疼，顿时一阵热辣辣的感觉出现在脸上，体内的气血翻涌不停。

前势已逝，后势又起，那鬼面人随即化掌为拳，又迅猛地挥了过来。天赐刚刚酒醒，行动迟缓，被鬼面人打了个措手不及，而那人招式诡异，未执兵器，但拳脚功夫甚难防范，一时间完全占据上风，天赐只得疲于应对，狼狈不堪。

两人过招半晌，那鬼面人招式虽神速犀利，但并不狠辣恶毒，都只是点到即止，不欲取天赐性命。天赐虽然一时惊异，但随即平复心绪，慢慢适应了鬼面人的招数，两相僵持，不分伯仲。

只是随着战局深入，天赐心中却越发惊奇，那人所施展的招式，不像本人装扮那样阴森诡异，反而隐隐有着中土大家的风范。

此时鬼面人又化拳为爪，朝天赐面门抓来，他来不及细想，手持震雷抵挡那一爪的攻势，岂知对方此招乃虚招，并非直取天赐面门，而是转向朝其虎口袭去。李天赐来不及应对，着了对手的道，只觉右手虎口顿时酥麻、疼痛难耐，他下意识地松开右手，却不料震雷的一头被那鬼面人夺去。李天赐不禁大吃一惊，他完全未曾想过，鬼面人的目标竟是这震雷蟠龙神棍。

鬼面人在这光天化日之下，想要从天赐手中夺走震雷，此刻已手执震雷一端与天赐形成争夺对峙的局面。只是这倔强少年眼见神器就要被人抢去，哪肯退让半分，此刻两人已不再过招，而是围绕那把神器争执不下，双方你来我往，互不相让，场面有些诙谐，颇像两个黄口小儿激烈夺食。

李天赐体内真气涌动，顷刻间交相汇聚、威力大盛，以震雷棍为媒，朝那鬼面人周身涌去。不过那怪人绝非等闲之士，他也施展着体内真气与李天赐抗衡，两股气势汇聚于震雷之上，如同天雷与地火，瞬间绽放出耀眼的光华。

随着一声异响，两股真气又各自沿着震雷朝施法者反噬而去，两人大惊，只觉虎口震颤，体内血气上涌，同时松手，防止真气的倒流反噬。就在这一瞬之间，那震雷神棍却在两股气势的作用下朝空中飞去，鬼面人身形灵动，健步如飞，当先跃出，瞬间将震雷收入囊中。

那鬼面人震雷在手，细细端详，微微点头示意，旋又昂扬着鬼面，望向倒在地上的李天赐，那举动看去很是倨傲得意。

天赐心中一阵愤懑，修道之士兵刃被夺，实乃奇耻大辱。这个有些骄傲的年轻人更是忍受不了这种屈辱，他大吼一声，朝鬼面人狠狠扑去。此刻怒火中烧的他已完全失去了理智，使出一番猛烈的拳脚功夫，只是失去兵刃，招式全无，毫无章法可言，败象毕现。

鬼面人有恃无恐，看准天赐那几招滑稽可笑的拳法，闪转腾挪间就将它们轻松化解了。与此同时，又拿着震雷朝对方前胸戳去，速度之快，天赐根本措手不及，一击即中，他胸口剧痛欲裂。

想不到竟被自己所用的法器迎头痛击，他哪里咽得下这口气，但双方实力差距悬殊，就算拼尽全力，他仍是不能靠近鬼面人半分，更不用说抢回震雷了。

几个回合下来，天赐便惨然溃败，他被震雷数次击中，身体多处负伤，虽说是些皮肉之苦，但也令这个年轻人疼痛难忍，苦不堪言。

鬼面人抢到震雷，又狠狠教训了李天赐一顿，此刻正欲脱离战场，却发现空气中突然响起阵阵琴音，瞬间层层音波朝自己袭来，迅疾而犀利。他吃了一惊，急忙施展震雷抵御音波攻势，殊不知那音波浩瀚连绵，后续之势纷至沓来，鬼面人猝不及防，被音波击中手臂，虎口几欲震裂，而那神器却已然被震飞到了空中。

这突如其来的机会，天赐岂容它轻易溜走。只见他伺机而动，向上跃去，一个跃身就伸手抓去，瞬间将那震雷再次握在了手中，神器失而复得不禁令他喜笑颜开。

鬼面人眼见震雷又被那年轻人夺回，想要再次出手却自顾不暇，他此刻正全心应对那一浪胜似一浪的琴音攻势，早已真气盈袖，招式尽出。

“梦晴，想不到你会来这里，简直太意外了！”李天赐紧握震雷，朝着琴音来向高声喊道，惊喜之色溢于言表。

果然琴音停歇，只见一身翠绾之色的柳梦晴，身负古琴、手执玉笛，犹如九天玄女一般从天空飘然而至，她看了李天赐一眼，旋又面向那鬼脸怪人，神色严峻而冷漠。

柳梦晴冷眼怒睁，淡淡地说：“不知阁下乃何方高人，为何夺我朋友法器？”

那黑衣鬼面怪人仍然没有任何应答，他高昂着头颅，负手而立侧身对着二人，纵然一身锦衣被音波划破，微微有些褴褛，但那举动仍是嚣张倨傲无比。

李天赐眼见有帮手为自己撑腰，底气十足，朗声说道："别跟此人废话，刚才他耍花招夺我震雷，我要让他尝尝我的厉害！"

言毕，便见他祭出震雷，朝那鬼面人击去，只是那黑衣鬼面人当真诡谲至极，身形变幻不定，轻盈地避过了天赐这迅猛一击，随即左手轻挥，袖内突现一束金芒，朝李天赐扑面而来。

"天赐，小心！"眼见那再熟悉不过的金芒又向天赐击来，柳梦晴的心提到了嗓子眼，想不到这鬼面人原来是天魔高手，难怪如此厉害，她不禁微微色变，开始担心那莽撞少年的安危。

本来天赐与那鬼面人相距不过数丈，间不容发之际，他是决然躲不过这道凌厉金芒的。但这少年仿佛有天神庇佑，那金芒竟然与他擦身而过击了个空，只是略微割破衣袖，未见任何皮肉伤，他惊魂未定，正暗自庆幸间，鬼面人又抢攻而来。

柳梦晴在旁，又岂会让天赐再次陷入险境，她玉笛在口，笛音妖娆而出，那笛声暗含着排山倒海的气力，朝鬼面人袭来。笛音入耳，鬼面人听之振聋发聩，体内更是血气翻涌，他躁动不安、烦闷无比，急忙运转真气护住自己，这才避免被那笛声扰乱心智。

只不过这招式变换之间，攻守之势已易，他立时处于下风。面对那少女的冷傲如霜以及少年的虎视眈眈，他双手同时疾挥，两道耀眼金芒瞬间激射飞出，朝李天赐与柳梦晴迎面而来，就在李、柳二人闪躲金芒之时，鬼面人趁两人不备，跃身而起，瞬间消失在废墟旁边的丛林中。

柳女看准金芒来向，霓裳飞舞翠袖盈香，宛如神女缱绻凡尘，轻巧避过金芒。天赐则挥动震雷，击中一道金芒，那金芒急转直下，深深没入土中，两人定睛看去，果然是那枚沾着七虫七叶花之毒的金锥。

"哼，天魔贼子，真是纵虎归山了。"李天赐恶狠狠地说。

柳梦晴神情严肃、若有所思："真想不到临冬谷都有了天魔教徒的踪迹，看来真人所言极是，魔人已遍布九州，我们可得加快行程了。"

李天赐心思却不在此处，他望着眼前这个清丽的少女，笑吟吟地说："嘿嘿，梦晴，你不生气了吧？"他一语言罢，便觉不妙，果然柳梦晴的脸色顷刻间又冷傲如霜，她直视前方，并未理会天赐："哼，我有什么资格生气，你自己的身子，你喜欢怎样作践都可以，和我又有什么关系！"

这个少年纵然愚钝，但听柳女此般言语，心中也知晓了个大概，面有愧色地说："好啦，我知道了，我必定谨遵姑娘教诲，以后再也不会那么放纵了，梦晴，别生气了好吗？"

"你没事就好，反正随便你怎么折腾，别来麻烦我就行了。"柳梦晴仍是那般漠然，她随即冷哼一声，朝着桑阳观的方向飞去。

天赐也不生气，心中早已喜出望外，他纵身跃起，御动震雷，也朝桑阳观飞去。

第四十三章 善德佛光

临冬谷桑阳观，李天赐正沐浴着山林间的暖阳，漫步于庭院中，他发觉柳梦晴早已置身于廊檐之下，此刻正凭栏眺望园内各色花草盆栽，这个清丽少女眉目含烟、倩影倾城，一张侧脸是如此好看。晨曦微风相送、花香四溢，庭院虽然简陋，比不上名门府邸雅苑华贵，但也自有一番古朴意境，令人心神安定，怡然自得。

天赐望着那色翠绾的娇柔背影，不觉心思缱绻、眼波柔情，好像那便是这世间最美的景致，让他流连忘返，看得如痴如醉，如此这般凝望一辈子也自是心甘情愿。念及此，这个年轻人嘴角泛起了一抹笑意，那少女似乎也感受到他的存在，轻柔却冷漠的声音瞬间传来。

“你终于醒来了。”少女始终没有正视他一眼，但短短六字，却足已撩动天赐心魂。

“是，是的，醒来了，梦晴，你一大早就这么有雅兴，在这观花赏蝶啊。”这愚钝少年仍是那般言语吞吐，举止胆怯，畏畏缩缩，生怕又惹少女生气。

“哼，你可睡得真沉，要不是等你醒来，我才没有这份闲情雅致在这欣赏风景，沧月真人此刻正在真武殿等着我们，还不快收拾收拾出发，别磨蹭了。”柳梦晴言语中似有责备之意，但在天赐听来却如沐春风，嬉笑怒骂更胜过横眉冷眼千万倍。

看来经过鬼面人一役，柳梦晴已原谅他了。

他脸上露出淡淡笑意，转身回房：“是，谨遵柳姑娘教诲，我这就去拾掇一番。”

真武殿前，李天赐与柳梦晴二人神情肃穆，默立于沧月真人面前。沧月那身水绿色四象法袍此刻已换作简易的灰白色女道服，素面朝天，却仍不失风姿，神色之间，威仪自现。

沧月点头朝两人示意：“你两人是否准备就绪？我们即刻就出发了。”

“真人，我们已准备就绪。”说话者是柳梦晴。

“真人，我……”李天赐望向沧月片刻，心中似有话语道来，却欲言又止。

“但说无妨。”

“没，没什么。”天赐本想告诉沧月昨日遭遇黑衣鬼面人之事，可话到嘴边，不知为何却说不出口，神情很不自然。

沧月却不以为意，以为他仍在担忧体内奇毒未解，柔声地说：“天赐，要是没什么事，我们就出发吧，放心好了，景阳师兄已于善德寺中寻觅到解你体内奇毒之法了。”

“是，师父们的救命之恩，弟子无以为报，必定不负先父遗志与诸位真人嘱托，谨记正道屠魔大业。”言毕，他望向身旁的柳梦晴，只见她眼神冷漠地白了自己一眼。

“如此甚好，那我们出发吧。”沧月一人在前，头也不回地独自消失在晨光之中。

真武殿前，三人各执法器而起，山风荡漾，衣袂飘动，瞬即幻化成三团异芒迎着朝霞朝幽州善德寺进发，令李天赐感到意外的是，他们此行前往善德寺，不知为何，桑阳观内其余几个真人始终没有现身饯行。

幽州位于冀州以北，属九州极北之地，与北域蛮荒相邻，乃守卫九州中原、抵御北荒天魔教进攻的咽喉要塞。若不是正派巨擘善德寺的神僧们镇守于此，恐怕天魔早已明目张胆地侵吞神州浩土了。

那善德寺坐落于幽州以西的群山深处，寺庙周围古树环抱，丛林青翠，潺潺山溪穿寺而过，怪石嶙峋，奇峰突兀，当真是深山藏古刹、善德远闻名。

相传善德寺乃祖师爷黄石老人所创，那黄石老人出家之前乃幽州城内书香门第出身，成日饮酒作乐，泼墨山水，醉生梦死，放浪形骸。一日于深山游历，他突见远处天空之下金碧辉煌，便循着金芒所在寻去，可这一走就是三天三夜，竟毫不停歇，亦不知疲倦。

最后，他朝着光芒的方向来到幽州城外那连绵不绝的奇峰山涧内，终于在一棵万年苍松之下找到了那金色光芒的来源，想不到是一面偌大的金色石台！石台约五丈见方，正焕发着耀眼的金色光华，直冲云霄。他被眼前这金色石台深深吸引，鬼使神差地坐在了上面，只觉心神荡漾、游目骋怀，畅游九天、笑醉星河，他周身泛起了一股倦意，竟这样沉沉睡了过去。

这一酣睡却又是足足七日。

他醒后竟奇怪地仰天大笑三声，好似突然看破了凡俗红尘，无形中领悟到人间绝世道法，顿悟世俗法则以及自然规律，进入超凡脱俗的境界。

岂知山中一日，人间十年。他返回家中时发现早已物是人非，双亲已逝去多年，他继承万贯家财，却无心打理，一心惦记着山中神秘黄石。于是变卖所有家产，在那万古苍松之下修筑了一座恢宏的寺庙，并取名“善德”，意为行善崇德、广济苍生，从此落发为僧，专修佛法，并自号黄石老祖，其神法高深，门下弟子众多，香火旺盛。至此，善德寺便成为威震一方的九州四大名门。

善德寺中，溪水静淌，各式佛家建筑鳞次栉比，而被众多建筑所环抱的寺庙中央，耸立着的正是那大气磅礴、香火缥缈的万佛殿。万佛殿中壁画的全是菩萨罗汉，形态各异，千奇百怪，场中央则立着一

尊硕大无比的释迦牟尼佛像，佛身用金石打造，弥散着耀眼的金光。一眼望去，那佛像竟比桑阳观三清殿中的三清神像还高出不少，仪态威严，俯视着整个大殿。

神像之下，站着两个老和尚，其中一个老态龙钟、身形佝偻，另一个身材伟岸、精神矍铄，他们此刻正望着向自己走来的三人——两女一男，正是李天赐他们。

“桑阳观沧月拜见明圆、明慧两位师兄。”站在三人中间的沧月真人率先开口说话，她望着那两个老和尚，表情十分恭敬。

左边那身材伟岸、慈眉善目的和尚低念一声佛号，随即说道：“沧月师妹请免礼，不知你们前来所为何事？”

“什么？明圆师兄，你不知道我们为何而来？我等特奉掌门景阳真人之意来此求援，景阳真人说他现今正在贵寺做客，不知他此刻身在何处？”沧月这样问道。

“景阳真人？他从未来过敝寺啊。”明圆也是一阵诧异，想来其中必有隐情，他突然望向身旁的矮小和尚，“明慧师弟，不知你可听住持说过近日景阳真人造访本寺？”

“师兄，我并未听住持说起此事。”

老者言罢，随即低诵了一声佛号，那声音洪亮，中气十足，竟与壮年男子无异，可他那满布皱纹的沧桑容貌分明看上去还要比那明圆大师老许多，难道这开口说话的老者就是明慧大师？

李天赐不禁觉得有些奇怪，他这一路上也听沧月真人说起过善德寺三僧的逸事，但是当下亲眼见到这两位高僧，不知为何，总觉得有些怪异。他看了看沧月与柳梦晴，她二人并无任何异色，仍是十分敬重地望着那两位得道高僧，也许是自己胡思乱想，他当下便不再多想。

“真是奇怪，我等特地前来贵寺，是受掌门真人嘱托，怎么他竟然根本没来过？”听罢两位大师所说，沧月真人更是惊奇，没想到他们竟没见过景阳真人。

“出家人不打诳语，景阳真人确实没来过，不知沧月师妹前来所为何事？”明圆大师双手合十，正色地说。

沧月望向明圆、明慧二人说道：“正是为本观弟子而来，本观弟子李天赐身中奇毒，特地前来求各位大师相救。”随即又转身对李天赐说，“天赐，快来拜见两位大师。”

李天赐双手合十，低首虔诚而道：“弟子李天赐，拜见两位大师。”

明圆低诵佛号也表达敬意，说：“原来是临冬城李城主的后人。李施主还请免礼，施主年纪轻轻，不知身中何毒？”

这老僧竟知道自己的身世来历，天赐心中不禁有些意外，但转念一想，十多年前的灵川峡中善德寺清幽大师已与自己打过照面，善德寺上下也必然知晓自己身世，这么多年未见，不知那清幽大师人可安好。他又想到了亡父李义云，身子微微颤动，心头又泛起淡淡酸楚。

明圆却以为他是初来善德寺有些拘谨，便和颜悦色宽慰道：“李施主不用紧张，但说无妨。”

“两位大师，弟子中的是天魔教的七虫七叶花之毒。”李天赐平复心绪，神色安然，淡淡地说。

两个老和尚听言，脸上竟同时泛起一丝惊异之色，他们对眼望去，流露出莫可名状的难以置信神情，遂又望向这个表情平静的少年，仍是明圆开口，肃穆地说：“此毒奇特至极，可用真气合力退散，但不能根除，潜伏在人体内伺机发作。”

听罢明圆大师所言，沧月脸色十分难看，脑中嗡嗡作响，望着两位高僧一时默然不语。

“怎么？莫非你们已经合力运功退散此毒了？”明圆微微有些震惊，一字一句问道。

沧月缄默不语，面色更是难看，甚至有些惨然，平息片刻，喃喃地说：“会，会有什么后果？”

“敢问李施主体内奇毒最近一次发作是何时？”明圆神色肃穆地

继续问道。

“最近一次发作是前天，是师妹用体内真气才将那奇毒抑制住。”沧月也是一脸严峻。

“明日太阳落山，这施主体内奇毒就会发作，也是最后一次发作，届时他将会全身腐烂，七窍流血，暴毙而亡。”这次开口说话的却是明慧大师，他面如枯槁，沧桑之色甚浓，语气口吻却是冷淡至极，那张扭曲的老脸看上去十分诡异。

“呵呵，这么说，我明天就要魂归西天了吗？那师父们所做的努力岂不是都白费了？早知只剩一日独活，当时还不如让我死了来得痛快。”明慧那冷漠言语传来，有如一声惊雷狠狠打在李天赐的心头，让他内心激荡震撼，他实在不愿相信自己命不久矣，一时间脑中嗡嗡作响，一片空白，不禁面如死灰。而一旁的柳梦晴也是神色哀伤地注视着他，这少女也无能为力，只能幽幽叹息。

沧月轻轻拍了拍天赐的肩膀，安抚他，强压着心中焦躁不安的情绪，向两位大师躬身而说：“是否还有别法可根除这奇毒，人命关天，还请两位师兄明示！”

明圆也是神情黯然，低诵佛号，遂缓缓地说：“也不是没有，只是眼下住持方丈不在寺内，无人能够施展此法，我们也是功力浅薄，爱莫能助。”

“什么？明智方丈不在寺中，他去了哪里？”来善德寺伊始，沧月便未见到住持，以为他也许此刻正闭关修炼，不承想，他根本就不在寺中。

“其实……我们也不知道他去了哪里……”明圆望着沧月真人，表情为难至极。

“什么？！明智大师他发生什么事了？”

明圆脸上泛起一阵难色，娓娓道来：“方丈师兄日前收到一封密函，之后便行色匆匆，急忙下山而去，临行前嘱托我师兄弟二人打理寺内日常事务，并未说明是何紧急之事，亦未讲明归期。我们诚惶诚恐，暗中派遣弟子四处打探方丈消息，却毫无音信，至今仍是下落不明。”

他的话语让沧月心中更生出许多疑惑，她脸上疑色重重，心头思绪急转：“之前景阳真人说他先来贵寺求助明智方丈，要我等随后赶到，但他并未现身于此，至今不知下落，难不成景阳真人与明智方丈同时失踪？”

“师妹所言极是，方才你说到景阳师兄此刻就在鄙寺，贫僧便已心中起疑，景阳师兄自始至终都没来过善德寺，他的突然失踪只怕与住持方丈出走之事甚有瓜葛，也不知他二人此刻身在何处。”明圆话语中全是深深的担忧之意。

沧月此时神色却变得柔和起来，不住宽慰明圆：“师兄请放心，他们两位乃正派巨擘掌门，修为道法高深，难逢敌手，也许此刻他们正在处理某项棘手事务，情势紧急，抽不开身吧。”但转念又说道，“要是明智大师明天还不回来，天赐可怎么办啊？”

说话中，沧月看了看身旁的李天赐，那年轻人此刻平静淡定，像是参透了生死一般。

明圆、明慧二人看上去仍是忧心忡忡，惘然无语。场中各人默然而立，深深陷入沉思当中，只有缥缈的香火还在安静地燃烧，却也丝毫掩盖不了空气中的紧张气氛。

半晌，明圆像是从思绪中抽离，对沧月三人说：“师妹，不如你们先在鄙寺休息吧，等下山打探的弟子回山通报，我们再另做打算，如果明天师兄还没回来，就由我们二人为李施主驱毒。”

“真是太好了，多谢两位师兄。”沧月只觉喜从天降，对明圆、明慧答应出手显然很是意外。

“师妹别高兴得太早，就算我俩合力施法，也断然不及明智师兄一人，能否成功，我们根本没有把握。”

“那也总好过坐以待毙，如此就有劳两位大师了。”沧月脸上泛

着浅浅笑意，柔和地说道，随即又拍了拍李天赐的肩膀说，“天赐，快谢谢两位大师。”

“多谢大师出手相救，弟子已准备好了，就算只有一成把握，弟子也愿意试一试。”

听到明圆、明慧所说，李天赐心里突然有了勇气，跃跃欲试，恨不得现在就开始驱毒。

“师妹、李施主别客气，各位施主，寒寺粗茶淡饭，招呼不周，还望见谅。”

明圆大师又是低念一声佛号，他环顾三人，目光很是谦逊有礼，果然有一代宗师风范。相较于身后那个怪异矮小的明慧，天赐对眼前这个老和尚的印象好得多，他不觉望了望后面的明慧，总觉他脸色仍是怪异至极，表情极度不自然，如同躲在阴暗处的幽影，却又说不出到底是哪里不自然。

“大师切莫自谦，我等修道之人，平日也是粗衣淡食，岂有招呼不周之理。佛道两家虽属不同宗教，起源、教义、礼式也各不相同，但都强调人性无欲无为。无欲则刚，便是如此，此乃修行的精髓，我等修道之人自当勉力而为。”

沧月一番话有理有据，道出佛道修行共同的奥义，明圆、明慧师兄弟二人皆投来赞许之色。而李天赐则早已游离众人之外，他的目光注视在殿内那无数佛像之上，那些佛像姿态万千、栩栩如生，殿顶还画着莲花祥云等佛家祥瑞之物。这万佛殿的恢宏壮观，简直世间罕见，足可媲美桑阳观那神工鬼斧的洗剑池。

转念一想，他在桑阳观待了许久，都快憋坏了，终于可以下山游历，心中十分激动，对体内奇毒竟又毫不在意起来，浑然忘了明圆说的话。人生在世，活在当下就好，哪怕生命只剩下一天，也要尽情地去享受，这是一种难得的生活态度。

天赐又淡然地望了一眼身旁的柳梦晴，却见她凝视着自己的目光中浮现出隐隐的担忧，她看了自己一眼，随即视线又转向别处，脸色微微泛红，却仍是冷漠如常。

又是那再熟悉不过的冷漠，只是李天赐深知，冷漠之中是那少女满心的关怀。

翌日清晨，烟雨蒙蒙、微雨纷纷，远山含黛、轻云出岫。悠扬的晨钟在善德古寺中徜徉，晨曦的细雨降临在大地上，寺内僧人们都在庙堂做着早课，潮湿的空气中隐约传来玄妙的佛音，只有几个年轻僧人在屋檐下扫尘。烟雨朦胧中的古刹是那般安详静谧，仙雾缭绕，溪水潺潺。那大雄宝殿旁的檐廊中，李天赐正闲庭信步地走着，这些时日，他难得享受如此闲暇的时光，今天两位高僧就要为自己施法驱毒，他好像并没有太放在心上，与其惴惴不安，倒不如静听这古寺禅音，感受这佛号悠绵。

“小师父，你们每天在这扫尘，不无聊吗？”他对着眼前正打扫寺庙的年轻僧人说道，那僧人面目清秀，浓眉大眼，明眸皓齿，看上去和李天赐年纪相仿，竟有种脱尘出世的隐仙模样。

只见他放下手中扫帚，向李天赐投来和善的目光，不无恭敬地说：“施主有所不知，家师说了，这扫尘也是一门高深的修行，如此平心静气、全神贯注，假以时日，修为自有提升。”

“嘿嘿，那你师父是不是还说过修行贵在坚持，不能半途而废，长此以往，必有成效。”李天赐露出一抹不屑的笑意。

岂知那年轻和尚惊奇地盯着李天赐，满是崇拜的神色：“你怎么知道？！家师说的差不多就是这个意思。”

天赐听言，更是有些神气：“嘿嘿，小和尚，你师父说得对，只要你每天勤于扫尘，日复一日、年复一年，必定能达到我的境界。”说到后来，他竟然开始得意地夸夸其谈起来，全然以一副宗师大侠的神态自居，可惜时间不多了，不然真能给那小僧人整整说上三天三夜。那年轻的扫尘和尚听罢却是突然失落了许多，幽幽感叹：“唉，只怕

小僧天生愚钝，就算这辈子茶饭不思地勤学苦练也赶不上施主了。”

“我说小和尚，你们佛语有云：‘所有相皆是虚妄；一切有为法，如梦幻泡影，如露亦如电，当作如是观。’那么，你们出家人不是应该无欲无为吗？怎的得失心如此深重，在意修为高低呢？修道难道不应该是自身的修行吗？提升自己的造化，与他人又有何干？山外有山，人外有人，这一世只知与他人比拼修为高低，岂不本末倒置，迷失在道途，丢失了修行的本旨？我等道家如此，你等佛家也是如此吧？”李天赐神情凛然，语重心长地对那年轻僧人正色而道，丝毫不容置喙，以五十步笑百步，他竟也理直气壮。

他这一番拾人牙慧的高谈阔论，令那年轻和尚的惭愧之情更是溢于言表，他有些丧气地说：“施主教训的是，小僧真是枉为善德弟子，日日诵经，可连这些浅显易懂的道理都忘得一干二净，有愧师门教诲啊！”

李天赐仗着自己心思敏捷，实实在在欺负了那涉世未深的小和尚一把，恐怕他自己都忘了，那番与人比拼修为高低的言论明明就是他自己先说出来的。

“真是孺子可教也，一点即通，小师父你有这份心境已经难能可贵了，若能摆正心态修行，日后定能有所成就。”天赐投来赞许之色，俨然一派长辈教导晚辈的作风，浑然忘了这个僧人与自己年纪相似。

“那小僧先行打扫，施主请自便，我们善德山乃仙家名山，施主不妨趁此良机于山中登高远眺，欣赏良辰美景，吸纳些天地灵气也好啊。”

李天赐听到那小僧所说，突然调转话锋、神秘兮兮地问道：“实不相瞒，在下有一事相问，不知小师父可知道那万年苍松身在何处？”与之前截然不同，此刻他却换作一副谦逊恭敬的模样。

“施主要找那万年苍松作甚？”小僧微微惊异道。

“嘿嘿，你这是明知故问。”

“小僧，入寺尚浅，不知那苍松身在何处……”年轻和尚说完，低诵一句佛号，脸色涨得通红。

天赐打趣道：“出家人不打诳语，小师父可别瞒我啊。”

“施主，那黄石洞乃佛门禁地，没有方丈指令，常人无法入内，就连我们都进不去。那里由师兄们把守，若要硬闯，你肯定是打不过他们的，所以施主就算找到了也进不去。”年轻和尚猜到了李天赐的心思，正色地说道。

“既然如此，那算了吧……”天赐神情漠然，径直朝寺外山林走去。

那小僧于沿廊下继续打扫，他表情有些急切，皱着眉自言自语道：“哎呀，一大早光顾着聊天，还未来得及打扫，师父又要责骂我了！”

古刹外，山林中，到处都是参天古木，在纷纷细雨中更添几分神韵。那古木不像江南深山巨树那般枝丫繁茂，葱翠参天，而是枝干笔直，状如立柱，树冠却茂密繁盛，相互交织，遮天蔽日，静谧幽幽。李天赐沿着树下林荫小道循山而上，回首已望不见身后善德古寺的尊容，只有远处轻烟缥缈，烟雨晨雾中偶有悠扬晨钟声从林间飘荡而来，一派佛家圣地的景象。

独行山间片刻，天赐发觉山道陡峭上升，前方赫然出现一座石亭。那石亭约五丈见方，立于山间平台之上，两侧的石柱之上分别写着“寻道天地善德广布，弘扬佛法苍生普度”，亭上“崇善明德”四个镀金大字，入石三分，遒劲庄重。亭内有石碑耸立，碑上密密麻麻刻着古文，也许是某种佛家先贤经典，远望而去，自有一派威严庄重的气势。

青山石亭，仙雾细雨，真是钟灵毓秀，让人神清气爽，心旷神怡。

那石亭也许是善德弟子寻常山中修行歇脚的场所，天赐心中不禁这样想到。不觉间他已向那石亭走去，置身亭中，便觉山风突然扑面而来，亭外树木在微雨中激烈摇晃，丝毫不见方才山中静谧景象。劲风割面，顿觉心胸浩瀚，他远眺亭外，却发现自己已然身处半山腰，山下善德古寺黄瓦盖顶，巨大的庙宇若隐若现，看来循着山道走来，

置身这山间石亭中，细雨纷飞，花草繁密，自是一番世外幽境。

佛语有云：一花一世界、一佛一如来。一花一木皆是整个世界，从花草便能参透整个天地，万物皆是佛，苍生浮尘是，也许眼前这石亭也是。

念及此，天赐仿佛顿悟到了什么，一股淡然之气在体内驰骋。

他凝望那香火旺盛的佛家庙宇，怔怔出神。突然善德寺后山迅疾射出一道金芒朝天而去，那金芒冲破烟雨仙雾，径直隐入云层，虽不是光芒万丈，却也把天空中的暗云映照成了浅浅的金色，远远看去，甚为恢宏壮丽。

“莫非……”

天赐面露异色，却见那金芒从那遥远的古刹后山密林中射出，山中有白雾轻云飘浮，遮挡住那团光芒的源头，若隐若现。远望而去，那里似山中仙境，更显几分缥缈。

“原来如此，我知道了……”他突然想到了什么，脸上露出了喜色，引震雷而上，急速朝金芒所在飞去。

那神奇的金色石台，乃善德创寺之本，他们必定会善加保管、守卫森严。寺庙后山奇峰险峻，人迹罕至，山林连绵，曲径通幽，作为门派禁地，守卫万年苍松与金色石台再合适不过。微雨的清晨，浓雾密布山间，阻挡了金芒的散发，故而不容易见到那神奇异象，此刻雨势渐歇，浓雾渐退，晨光初升，置身山外，这才见到金芒隐现。

思忖半晌，李天赐已经来到了善德寺后山。

后山与前山无异，仍是那些枝丫稀少的参天古树，紧密分布，只是山中浓雾缭绕，看不清眼前去路，更显得越发静谧，让人心中不禁发怵。天赐亮出震雷缓步向前，就算在这佛家重地，他也时刻注意着四周突如其来的变化。

之前庙内那年轻的扫地僧人说过此处乃善德禁地，有高手守卫，闲人勿进，让天赐打消这个念头。但是这年轻人却天性固执，越是求之不得，他越是执拗到底，本来只是随口问问，但那僧人几番言语，却激起他的好奇心，他执意前去一睹那万年苍松的圣容。

随着山林深入，山路曲折蜿蜒，雾气却又渐渐浓了起来，天赐周身被浓雾包围，根本就看不见前方景象。浓雾之中似有高僧打坐念经之声传来，那佛家禅语时高时低，抑扬顿挫，听来只觉心神安宁。

“在下桑阳观景阳真人座下李天赐，拜见各位善德寺大师。”他想起那小僧所说，对着前方浓雾，语气无比恭敬地说道。

那浓雾之中，未见有何反应。

“弟子久闻贵寺万年苍松传说，特来一睹其风采，不情之请，还望各位师兄应允。”

前方仍是浓雾弥漫，佛音娓娓传来，除此之外再无异样。

见那雾中人仍未做出回应，天赐一时语塞，静立于原地，不知如何是好。

旋即之间，浓雾深处似有异响，佛音也变得低沉，听上去梦幻而空灵。随之而来的是一道耀眼的金光，金芒从浓雾中迸发而出，不能直视，在漫天金芒中，那团浓雾也开始发生激烈的变幻。浓雾随着金芒闪烁，慢慢向山林中飘去，最后逐渐消散，浮现出前方山路上的人影。

五个身着金缕袈裟的僧人出现在李天赐眼前，四人分坐四角，一人盘坐于中央，他们手持金刚禅杖，双眸紧闭，低念佛音，有若天神下凡一般威严无比。场中金光弥漫，光影急速流转，五道光芒从五僧周身发出，幻化为五条金龙，嘶吼咆哮着汇聚到中央，最后化作一团金光笼罩在整个场间。

紧接着，游龙怒哮奔腾，上升到半空中，徘徊于众僧人头上，形成一个偌大的佛门符号，五个金光闪闪的佛印倒映在李天赐的双目中，令他只觉惊奇无比。那五个僧人身后，是一个黑暗山洞，山洞上方的空中此刻正不断投射着一道绝妙的金芒，如此近距离观望，竟是那般光彩耀眼，看来山洞内便是神秘的万年苍松与黄石所在了。

却见中间那个身形伟岸的僧人，慢慢睁开双眼，望向天赐说：“施主莫非是当年临冬城李城主之子天赐师弟？”

“莫非您是？”李天赐很是惊异，心中却已有了答案。

“贫僧法号清幽，当年灵川峡一役，与李施主有过一面之缘，十多年未见，施主竟如此挺拔俊逸，气度不凡，想必李城主他泉下有知，也定能安息了……”此人正是清幽和尚，十多年匆匆过去，他的脸庞有些瘦削，那对双眸却越显深邃。

言及此，他低诵一声佛号，神情不禁有些悲凉。

“果然是清幽师兄，真是失礼。”天赐躬身道，他之前就一直挂念着清幽，想不到竟在这里意外重逢，旋又想到了亡父，忍不住一阵悲凉涌上心头。

“天赐师弟，此处乃佛门禁地，生人休得随意闯入，你还是请回吧，今晚我们再来叙旧。”清幽手执禅杖正视道，言语柔和却不怒自威。

言毕，身后四位僧人皆亮出禅杖，神威浩然地摆出阵势，低诵一句佛号，下达了逐客令。

“清幽师兄可否通融通融，我只看一眼便走，只看一眼就行。”

面对这突然发生的场景，天赐一时没有反应过来。他定了定神，上下打量着面前清幽等五位僧人，只见他们身躯遒劲，神色威严，如同五尊圣佛，令人心生敬畏。

“李师弟，住持方丈有令，黄石洞乃善德寺禁地，闲人不得乱闯，若是要进到那黄石洞，须先征得他老人家同意。”

“这个……明智大师此刻不在寺中，我自然是没有他老人家指令的。”

“若是没有，那就要先过了我们这关，证明师弟身怀非凡绝技，可见神石，天赐师弟可有兴趣切磋切磋？”清幽身后一僧人突然开口说话，却见那人身形敦实，威风凛凛。

天赐一时不知当如何是好，朝清幽抱拳道：“清幽师兄，我只是过来一睹那黄石神采罢了，不欲与各位师兄切磋，在下绝非各位对手，还望各位师兄通融，让在下进去，我看一眼便走。”这固执的少年，不知畏难而退，竟铁下心来要见那上古黄石。

“若要见黄石，那就请接招吧！”清幽五僧见天赐不欲出手，便催持禅杖，施展法阵，径直朝他攻来。尽管天赐与自己相识，但贸然擅闯后山禁地已是违反门规，如此喋喋不休，更令他们有意出手，想要教训教训这个毛头小子。

这还未弄清缘由的年轻人，只觉五股疾风朝自己袭来，力道刚猛，包裹周身，迅疾无匹。他心中骇然，急忙亮出震雷，全力应对。

那五股劲风相互交织，迅即而至，配合默契，井然有序，形成一张无形的天网，将李天赐周身裹得密不透风，震雷招式被一一化解，以一敌五，天赐瞬时处于被动。

那扫尘小僧果然所言非虚，他这些师兄招式犀利，力道刚猛，且毫无破绽，李天赐一时竟毫无对策，尤以那清幽和尚为甚，他十年前就已有所成，如今更是厉害至极，带领其他四僧，摆出法阵，朝天赐山呼海啸而来。一时之间，天赐只得全身心应对，方能处于不败之地，但退敌乏术，招招皆为守势，长此以往，疲态渐露，必败无疑。

“师弟这些年勤学苦练，修为果然不浅，但想要过我们这关，只怕尚欠火候啊。”说话者正是那身材高大的清幽和尚，他仍是身处法阵中央，招式不多，口念法诀与其余四僧招式互相呼应，指挥那四僧发招。

面对法阵咄咄逼人之势，天赐神色如常，只不过体内真气却早已急速运转，手执震雷化成犀利翠芒，朝这高大僧人而去。他刚才虽全力以对但破绽尽露，好在并无大碍，五僧只是点到即止，让其知难而退即可，并未使出杀招，若是全力以赴，恐怕此刻已险象环生。念及此，他更是心无旁骛，径直朝清幽猛袭过去。

说是切磋，可天赐使得分明就是杀招，清幽不禁一阵胆寒，遂朝

后方跃去，避开天赐招式。只是这一退却，本方却乱了阵脚，电光石火之际，场中形势突然急转直下，其余四僧失去指挥，方寸大乱，法阵瓦解，瞬间便要被天赐逐个击破。

法阵被冲破，擒贼先擒王，天赐打蛇随棍上，直取清幽而去。翠芒犀利，直击其面门而来，他不断退却，却丝毫无法挣脱震雷神威的笼罩，决然未料到，这少年竟杀招频出。

“天赐师弟戾气好重，可别怪我们不客气了。”

清幽皱起眉头，心中已有了些怒意，他不再退让，反而口念法诀祭出了金刚禅杖。那禅杖在身前形成一道金色的佛印屏障，屏障之中瞬间又出现四根禅杖，令金芒更加强盛。原来是其余四僧拍马赶到，五僧禅杖合一，化成一道威力惊人的金色光芒。

可此时的李天赐眼眸中血红可怖，周身杀气腾腾，震雷顶端那颗玄黑宝石正激烈弥散着氤氲黑气，显得越发诡谲怪异。在那玄石作用下，震雷毫无减退之势，直接与金芒迎面相击，二者顷刻间就要交汇并全力碰撞，这一击就是天雷冲撞地火，两败俱伤的局面。

在这间不容发之际，空中一道清光如同惊雷闪电般迅疾而下，瞬间击中震雷。李天赐只觉虎口被震得剧烈颤抖，奇痛无比，他倒地不起，震雷脱手而出，直入地面，嗡嗡作响，威力之盛，在地上炸开了一个巨大的土坑。

清芒之中，一个面若枯槁的老僧突然现身，那僧人身着月白袈裟，身形矮小，但面目威严，有若神明。他神情肃穆地望着天赐，低诵佛号，随即厉声地说：“黑煞邪石，你这八荒神器震雷棍怎么会和这阴邪至极的邪物合成一体呢？”老僧鄙夷至极，流露出十分厌恶而又无法置信的复杂神情。

“住持方丈，您终于回来了，师父他们找你找得好苦啊！”清幽五僧看到那突然现身的老者，脸上不禁露出欣喜无比的神情，他们激动至极，异口同声地喊了出来。

天赐方才被那迅疾出现的清芒击中，此刻体内血气翻涌，神志不清，语无伦次地说："什么黑？什么邪石？我从未听过……"他手臂骨骼剧痛欲裂，只得坐在原地运气调息。

那把翠绿色震雷蟠龙神棍正径直插在大地之中，两条赫然现于地面的狭长裂痕相互交叉，朝四方蜿蜒而去，震雷威力之大，可见一斑。顶端那颗玄石，此刻黑气已烟消云散。

"住持方丈，按您所说，这神器顶端的便是那极凶之物黑煞邪石，难怪方才天赐师弟杀红了眼，招招致命，看来是那颗凶石乱了他的心智。"清幽声音洪亮，神色凝重，正视老者而道。

眼前这身着月白袈裟的矮小高僧正是善德寺住持明智大师，若不是他刚才迅疾出手，击退天赐，此刻只怕已两败俱伤。

只见他此时神色却已放缓，盯着天赐说："这黑煞邪石原是九州西域万魔窟所出，汇集了世间所有的邪念怨气，威力无穷，对修行大为有益。但此邪物操控凡人心智，须有强大的修为才能予以掌控，若是为邪道所获，为非作歹，后果不堪设想。世间仅有两块，一阴一阳，阴石为圆，阳石为方，这位施主手中震雷棍顶端那颗邪石乃阴石，只是贫僧怎么也想不明白，为何八荒神器会和这种邪物扯上关系？"

"也许是以神器的法力来压制那魔石的邪力吧？"清幽喃喃自语，旋又朝明智大师问道，"住持方丈，若是阴阳二石合而为一，会有什么后果？"

"合而为一，二石足可生出灭世之力。若是持有者心性纯良、作风正派，则还无妨，若为魔人所获，只怕……"言及此，这位高僧不禁神情严峻，不敢想象那毁天灭地的惨状。

李天赐已从刚才的重击中恢复，方才场间众僧人对话，他无不听在耳中，心中顿时骇然讶异，脑海中浮现出那些记忆犹新的画面。

回想当初，曾几何时，在桑阳观弟子的比试中，他就曾对徐谦禹痛下杀手，为此还被师门重罚。只是当时自己也不知为何会突起杀心，

师门也并未深究，就当是弟子们交手过招，争强斗狠，一时打得兴起，出手不知轻重。此后再未出现过这种状况，李天赐便也没在意，直到那日浮玉山与魔人恶战，他被端木宇坷激怒，怒火中烧，身体好像不受控制一般想要大杀特杀，毁灭天地。时至今日，心间竟又突然生出那熟悉的浓烈杀意，丝毫收不住手，对清幽五僧痛施杀招，让他十分惭愧汗颜。

他面有愧色，急忙对着明智大师磕头认错："大师，弟子方才真不知发生何事。还有那什么黑煞邪石，更是从未听说过，如果有何过激举动，还望大师和众位师兄不要责怪。"他言辞恳切，表情无辜，显得很是无奈。

明智大师淡淡凝视天赐道："李施主快起来吧，这也不能怪你，施主你修为尚浅，心智不够坚定，断然抵不住这邪石的控制，你手中这震雷神棍乃八荒神器之一，是临冬城李城主传与你的吧？"

"是的，是家父传给我的……"天赐想起亡父，心中不禁又泛起一阵酸楚。

明智大师眼冒精芒，遂又仔细询问道："那令尊可有交代过这邪物来历？"

"家父，他还未来得及交代，便被魔人杀害，撒手人寰……"天赐神色惨淡。

"阿弥陀佛，真是罪过，罪过，老僧无意触及施主的伤心往事。"明智低诵佛号，面有愧色。

"大师不必歉疚，这都是命运使然，命中注定，天降厄难，我必奋力安渡，不违初心，不忘家父遗志。"

"施主年纪轻轻，却有如此境界，当真难能可贵。"明智投来一丝赞许的目光，遂又问道，"不知施主前来善德寺有何贵干？"

方才明智正驾驭法器、御空而回，却突然发现善德寺后山，黄石洞所在的上空浮现出阵阵异样杀气。他心中起疑，担心发生什么意外，于是急忙掉转方向朝此处飞来，正好撞见杀气腾腾的李天赐朝那五僧全力袭去，于是便施展法术，化解了天赐的攻势。却无意中见到那八荒神器之一的震雷，以及更让他大吃一惊的与那神器完美融合的黑煞邪石。

此刻他正不断打量着眼前这个不平凡的年轻人，他见这李氏后人坚强刚毅，一身正气凛然，想来也绝不是什么坏人，不禁对他生出许多兴致。

李天赐望着明智，双手抱拳，正色地说："实不相瞒，在下桑阳观景阳真人座下李天赐，正是为了方丈大师您而来的，还望大师能祛除我体内的七虫七叶花之毒。"

"什么？你是景阳的弟子？中了天魔教的七虫七叶花毒？"明智脸色很是诧异，想不到这临冬城李氏后人竟然还有这样一番际遇。

他镇定片刻，肃穆地问道："不知你师父他老人家可安好？我前日接到他的密函说幽州城北有天魔教徒暗中集结，正欲向城内进发。便急忙下山前去查探虚实，却未发现他本人，后来从贵派弟子口中得知，他已然回山。想来他道法高强，已孤身一人剿灭了那些魔人，行程匆忙，来不及知会于我，我虽心中有异，但并未细想，故而折返回寺。"

听完明智所说，李天赐突然想到昨日明圆师兄弟二人的话，心中更是无比骇然："景阳真人给我们捎信说他人此刻正在贵寺做客，还说我体内奇毒只有方丈您可化解，故而沧月真人才会特意带我前来善德寺，可明圆大师却说景阳真人他从未来过，真是好生奇怪，景阳真人他到底去了哪里？"

此时此刻，天赐脑海中已作了最坏的打算。他与明智虽然都收到了景阳真人消息，但是都未见到他本人，真人此刻已经不知去向。天大地大，到底他身在何处，是否遭遇魔人的伏击，身处险境，天赐自是十分担忧，但他忧心忡忡却又不敢多想。

明智大师看出这少年担忧纠结之色，柔声安慰地说："施主无须担心，景阳真人他吉人自有天相，必定会逢凶化吉，当务之急，是祛除你体内奇毒。”

“大师，其实我体内这毒已许久未曾发作，但之前在浮玉山与魔人交手，我情急之下运转体内真气导致奇毒再次爆发，好在沧月真人及时出手，才捡回了一条性命，只不过明圆大师说了，再不驱毒，我绝对活不过今晚。”天赐神情有些黯然。

“哦？之前景阳观的师兄弟们已为你运功疗伤，抑制住你体内的毒素了吧？”明智眼神如炬，上下注视着眼前这个有些疲惫的少年。

“正是，但真人们说此法不能将奇毒根除，所以我们才前来贵寺求明智大师帮忙。”他无比焦急地望着明智，眼神中竟流露出几许希冀，他知道自己已然命悬一线，生与死全在这高僧一念之间。

“幸好我回来得正是时候，若是再耽搁几个时辰，只怕大罗神仙都救不了你了。”这身形矮小的僧人，仍是不住地打量着李天赐，这年轻人外表看上去并无任何异常，但恐怕毒素早已深入筋骨内，再不施救就真的来不及了。

“李施主，请跟我来！”明智大师神情肃穆，朝黄石洞走去，走出几步，又转头朝清幽五僧说道，“你们下山向明圆禀报，就说我回山了，免得他们担心。”随即领着天赐朝黄石洞行去。

那黄石洞偌大无比，宛如天成，洞内别有洞天，不像洞外那般随处可见漫天金芒，而是一条黑暗幽深的通道，以及倒悬于洞顶的突兀怪石。洞面凹凸却平滑，传来丝丝微凉，黑暗深处，不时有山风呼啸而来，看来这个山洞是贯通的，也不知前方通向何处。

李天赐跟随明智行进半晌，隐约看到前方金芒闪现，蜿蜒曲折的洞穴豁然开朗，洞口瞬间浮现在他的眼前。

站在洞口朝前方望去，天赐心头泛起了阵阵惊异，眼前是一片四周被山体遮挡的开阔天地，方圆约数十丈，如同隐藏在坚硬山体之中，超然于世外的神奇仙境。场中生长着一棵巨大苍松，苍松树干虬曲冲天，呈数人合围之势，树根盘根错节长出了地面，看上去苍劲有力，树冠参天而上，几乎将整个场景完全笼盖，万年苍松雄壮恢宏之势，让李天赐有种梦回柳芸庄的错觉。

“这，这就是传说中的万古苍松？”

天赐忍不住惊叹道，他的目光随即被苍松树下那块偌大的金色石台吸引过去。那金色石台闪耀着神奇的光芒，金光灿烂，不可直视，奔涌不绝，冲破苍松繁茂枝叶的笼盖，朝天外投射而去，整个天地间也微微浮动着金色奇芒，光影流转，如梦如幻，教人如痴如醉。

“正是，这里就是我们祖师爷坐化升仙的黄石古洞。”

“苍松之下可是那传说中的黄石？”天赐对善德寺传说早已有所耳闻，对那神奇黄石更是心驰神往，此刻亲眼见到，早已目瞪口呆，站在原地不知如何是好。

“不错，正是我们善德寺镇寺之宝——玄黄神石。李施主，你若是想彻底祛除体内奇毒，现在就躺在这神石之上，闭上双眼，放松全身。只需一炷香时间就可大功告成，千万切记心中不可有杂念，否则会走火入魔，心脉尽碎而亡。”明智大师兀自正色地说。

天赐依言而行，躺在那金色石台之上，只觉周身被金光笼罩，全然看不到身外景象。他内心忐忑不安，紧闭双眼，脑中闪现出无数个莫名其妙的念头，起初双拳深握，紧张万分，紧接而来的便是沉沉的睡意，如同陷入了无尽的旋涡，身心俱疲，顿时丧失知觉，昏昏睡去。

第四十四章 天魔总坛

西域雪山，高耸入云，天空此刻已然云霞泯灭，山中飘起了鹅毛大雪，也湮没了本就简陋难行的山路，苍山负雪，自有一派寒峰傲世的神韵。周围树木也已被冰雪层层覆盖，刺骨的寒风吹散枝头积雪，散发出浓浓寒意，呼啸而来。

雪地里，一连串凌乱的脚印自下而上，湮没在前方风雪的尽头，那里隐现着两个身影，一前一后，一步一个脚印，向上艰难地攀登跋涉。

若是寻常之人，在这般恶劣的气候中登山而上，必定行程缓慢、筋疲力尽，但花行云与齐羽这样的修道之人，此刻正面色红润，周身真气激烈迸发，脚程疾速，奋力向上。

“我说花兄，我们这样运转体内真气，可算是施展法术？你师父他老人家知道了，会不会怪我们？”走在前面的齐羽忽然停下身来，朝后面的花行云望去，他神色带着一丝狡黠，脸颊、发梢全是飘散的雪花，显得很是滑稽。

身后的花行云双足陷入雪地里，微微喘着粗气，若有所思，断断续续地说：“虽然，这般运转真气，但并未，使出招式，我师父他老人家是不会生气的。”

他也是满头白雪，加之身上本就白衣如雪，随意望去，竟像是陷在雪地里的雪人，憨态可掬。他较之刚才体内真气已充盈许多，不需多时，便会恢复如常。这一路走来，并未调息聚气，竟也暗自神速恢复，

也许是怀中那赑屃的强大法力所致，他不禁啧啧称奇。

齐羽见这书生眼神游离又陷入无限思索之中，遂说道：“不知你师父他老人家是何方神圣，恐怕也是个尊崇宗教礼法如命的世外高人吧？”他想起这书生谦逊有礼甚至有些迂腐至极的举止言行，在脑海中勾勒着那古怪老头的形象。

“我师父他的确有些喜怒无常，对苍生之事漠不关心，却又无时无刻不教导我要以苍生为重，身怀绝世超群异术，倾囊传授于我，却又不许我在他面前施展。日常对我也是十分严厉，打骂无数，从不手软，见我皮开肉绽，却又暗自垂泪。有时候，我也不是很懂我的师父，但在我心中，对他却无丝毫怨言，我知道，他是这世上待我最亲最好的人，赐予我生命，授予我法术，教导我为人，若能救他性命，就算赴汤蹈火，我也是在所不惜……”花行云表情沉重，对其恩师总有种无以言表、隐忍而复杂的情愫。

花行云言语间真情的流露，让齐羽深受感动，心思荡漾。他又何尝不是尊师重道之人，那种无以复加的感同身受，对他而言是如此熟悉和认同。

“我的师父生前视我为亲生骨肉，传我烟雨剑术，授我旷世神兵，只可惜我还来不及尽孝，他老人家就撒手而去，实乃生命中最大的遗憾。”听完花行云所说，齐羽也忍不住想起自己的师父。

“齐兄，别伤心了，令师在天之灵一定会保佑你的，天底下的师父都一样，没有谁不想自己徒弟好好的。”花行云不住宽慰道。

齐羽逐渐平复情绪，心中疑惑又起，遂问道：“敢问花兄，令师到底因何而亡？”

岂知眼前这个书生面有难色，沉默半晌，不知如何回答。

齐羽有些后悔不该如此鲁莽，他此刻很是尴尬，随即又说：“若花兄有难言之隐，小弟我以后就再也不问了。”

“并非有什么难言之隐，只是我至今也没弄清我师父到底因何而亡啊。”花行云脸上愁云密布，微微叹息地说。

齐羽着实吃了一惊：“什么？！你也不知道令师是怎么去世的？”

“我师父他老人家性格乖戾，喜怒无常，虽授我道法，传我神器，抚育我成人，待我不薄。但与他老人家日夜相处，总觉得对他不甚了解，平日里有时喜笑颜开，相谈甚欢，瞬即又狂躁暴怒，夙夜忧叹。他经常孤身前往雪山深处的雪谷中静养，长时间不见，又不准我探望，长此以往更是郁郁寡欢，最后便无疾而终。”花行云回忆着过去点滴，遥想恩师神通广大，竟落得如此辛酸下场，不住扼腕叹息，是以他才如此不畏艰辛，执意要救活他老人家。

齐羽听言，心思辗转，揣度道：“也许他心中有所羁绊，执迷不悟，只是时过境迁，无能为力，终究天不遂人愿，这才郁郁而终吧。”

“也许是吧，他每次从雪谷回来，神色都落寞郁闷，不过师父他说过，严禁我踏入那雪谷半步，是以我虽对那雪谷十分好奇，但始终没进去过，直至师父过世。”

“这就是问题的症结，那雪谷才是我们揭开谜团的关键，不论怎样，还是先将令师救活再说。”齐羽若有所悟。

花行云神情有些激昂：“嗯，救活师父之后，我必定查清真相，不能再让他沉沦下去。”

此行历经艰难险阻，将赑屃收服，没有空手而归，想到不久便能救活师父，花行云的心就像漫天黑暗之中升起一抹明亮的曙光，顿时充满了希望。两人各自拨去身上的雪花，脚下发力，朝着雪山深处进发。

九州北域荒原，一望无际的冰川大地，虽不及西域雪山那般寒风凛冽，但雪花飘散，夜空中仍是寒意料峭。冷风刺骨，空中弦月高挂，月华清辉，安静地照耀着冰川，空中星光黯淡，独留北辰闪耀，倏地数颗飞星从天空划过，放眼望去，却是修道之人在御空飞行。

端木宇坷、拓跋槿等人此刻正星夜疾驰而回，朝着天魔总坛所在飞去。月光下，端木宇坷脸色有些难看，此行他未能如愿击杀龙子神兽，

极其失望，而身旁的拓跋槿却神情惬意，他们拓跋氏本就是前去浑水摸鱼、坐收渔利，虽未降获赑屃且折了魔宠血隼，但收服了更厉害的灵彘，也算是有所收获。

他望向身旁有些郁闷的端木宇坷，随口问道：“端木门主，你没什么事吧？”

“哼，好得很，拓跋门主不用担心。”这脸色凝重的男人冷冷地说。

“嘿嘿，这样最好不过了，那南宫霖此刻只怕已到达圣坛，在独孤教主面前诉苦了，你想好怎么向教主交代了吗？”

“南宫姑娘她不会这么做的，她只是故意投靠正派想要从中有机可乘，好让南宫氏斩获奇功。”还未等端木宇坷回话，他身后的端木垣率先开口说道。

这白衣少年本来对南宫霖的举动好生失望，但她最后向正派痛下杀手，看来之前的一切都是故意为之。

“你小子，对南宫姑娘朝思暮想啊，可别为了这个女子破坏了你们师徒的关系。”拓跋槿不怀好意地笑道。

端木宇坷却毫不理会，仍是神情凝重，朝拓跋槿正视道：“如今看来，南宫氏已完全依附于独孤氏了，他们两派要联手孤立消亡我们，拓跋兄不可不防。”

之前浮玉恶战，南宫霖出手偷袭，并不是为了伤他，而是暂时封闭他体内几大要穴，阻止他运功施法，以此来佯装投靠正派，骗取李天赐他们的信任，端木宇坷这才有了暗中蛰伏、逆转局势的机会。

但一路走来，她数次出手袭击他们师徒二人，此举必定是独孤灼枫授意为之，此人妄图一族独大，统帅四大凶兽，称霸天魔，必会暗中削弱其他氏族实力。独孤灼枫心思缜密阴险，不想大张声势，以免引起其他氏族激愤，群起而攻之，故而才让南宫霖暗中监视他们端木氏，并乘机偷袭捣乱，神不知鬼不觉地借刀杀人，于无形中消磨他族势力，就算他的计谋被端木氏猜中，也拿不出直接证据，可谓老谋深算。

拓跋槿听言面色有异，但随即恢复如常，邪笑道："端木门主，你好大的胆子，竟敢对独孤教主有异心，识时务者为俊杰，我看兄台还是安心投靠独孤教主吧，我们在独孤教主统领下称霸九州岂不是很好？"

"哼，独孤灼枫的为人，你我心知肚明，你又何必如此惺惺作态、虚情假意。此刻做他手中兵卒棋子，届时被其赶尽杀绝，可不要后悔，想想东方铭他们的下场吧。"端木宇坷一番言辞，犀利至极，字字戳中拓跋槿的内心，世态炎凉、弱肉强食，只有自己强大，不依附于任何人，才会真正有恃无恐。

"嘿嘿，东方铭在教主手下过得不是好好的吗？端木兄，你再这么说休怪我告诉教主了。"

"是吗？东方铭虽被独孤灼枫所器重，掌管天魔军团，但他身边三位长老法术高超，那些天魔尸兵更是数量惊人，就算他东方铭对独孤灼枫唯唯诺诺、言听计从，我还是不相信疑心如此之重的独孤灼枫，对他没有丝毫防备。"

这两个各自氏族的首领，相互对望片刻，暗中激起剑拔弩张的火花，却又在眼神交汇间，似有某种深意的往来。凡夫俗子，自私自利、钩心斗角者比比皆是，更何况他们这样各怀鬼胎、互相戕害的魔人，为了确保本氏族的生存延续、趋利避害，他们都做出了对各自来说最为有益的选择。

念及此，他们同时朝远处的夜空望去，天际那颗北辰仍是那般明亮，仿佛这世间所有的沧海桑田、时过境迁，都是亘古不变的真理。只有那颗夜空中最耀眼的星辰，永远定格在那里，享受着众星捧月般的待遇，那也正是他们共同追求的目标。

黑夜之下，冰川尽头，群山环抱中的山谷，便是天魔总坛的所在。放眼望去，那些群山并不像中土九州奇山峻岭那般雄伟壮观、高耸入云，反而如同紧密围抱、连绵起伏、形成一体的山丘。那高低起伏的山丘共由五座色彩各异的山头组成，赤、蓝、绿、灰、黄五色光芒在夜空下微微闪烁，从远远的高空望去，仍是那般显眼，黑夜再幽暗无光，也不能使那五色的辉煌黯淡半分。

那奇异的五种色彩竟像是从山体之中发出，那些奇山如同被施了某种异术，通体散发着光彩。其中以赤色光芒最为明亮，黄色光芒则十分黯淡，几乎被赤色掩盖，群山环绕的中间，一座黑漆漆的巨大建筑正不时透着火光，他们几人身形跃动，便朝那建筑急速飞去。

那是一座看上去像是远古神庙的建筑，由一块块体型巨大的黑色巨石建造而成，巨石凹凸不平，石身上布满着被风霜雨露雕琢而成的古老纹路，沧桑而斑驳。建筑共分为六面，成整齐的六面体坐落于山谷中央，各面墙壁上雕刻着形态不同的上古恶兽，只有正中间那面立着高大石门的墙壁空白无痕，看上去与其他几面墙壁格格不入。

那高大建筑前方，是一座黑暗祭坛，祭坛地面上刻着某种神秘的图腾以及密密麻麻的文字，祭坛四周放置着四个青铜高脚火盆，正剧烈燃烧着熊熊烈火，从天外看到的火光，正是这些火盆发出的。

祭坛入口处，数名疾装劲服的魔教弟子来回走动巡查。祭坛之上，站着三个人，其中一男子负手倨傲而立，面目阴气沉沉，看不清神色，他全身暗黑色衣袍，在黑夜之中无风自动、猎猎作响，更添几分诡异。男子身前站着一俏丽女子，正是那率先回教的南宫霖，但见她此刻表情卑微恭敬至极，微微低首，根本不敢直视那男子半分，好似在被那男子训斥。男子身旁站着一个身材矮小的妙龄女子，那女子看去不过碧玉之年，略施粉黛，身着一袭胭脂色衣裳，娇俏可人，她也正眼望着南宫霖，神色肃穆，有着与那相貌十分不相符的威严神态。

“我只是让你暗中监视端木宇坷，你竟敢擅自动手，差点坏了大事。”男子言语冷漠阴邪，生出一股浓烈的杀意。

“霖儿有负独孤教主所托，甘愿受罚，不过此行却有所斩获。”说完，她拿出那本《九州风物志》，摊开卷轴，交与男子。

那男子正是天魔教主独孤灼枫，十多年前他凭借那场古刹恶战，削弱了正派势力，在教内威望空前高涨。十数年弹指一挥间过去，这个男人神态更是倨傲阴邪，周身散发着盛气凌人的气息，那般君临天下、睥睨苍生的孤傲，看来着实令人胆寒。

南宫霖的神色显露出前所未有的卑微，全然不是之前那般的邪魅，她仍是丝毫不敢正眼望向独孤灼枫，在她心中，这个男人就是神一般的存在。

独孤灼枫盯着卷轴看了半刻，说："这就是记载着九州风物的神秘卷轴？"

"正是，还记载着每个龙子可能出现的地界。"整个过程中，南宫霖一直不敢正视独孤灼枫。

"不错，也算不虚此行，立了一功，只是你出手伤了端木门主的爱徒端木垣，功不抵过，还是要罚。"这男子嘴角泛起一抹邪笑，在场众人根本察觉不到，他又望向身旁那个小姑娘，冷冷地说，"芷汐，南宫霖乃你门下弟子，你说该当如何责罚？"

那小姑娘听言竟神情流转，变肃穆为慈祥，笑吟吟地说："霖儿啊，你这是自作主张，贸然行事啊，大家都是教友，为何要互相残杀？"那声音阴阳怪气，从那娇小的身体中发出显得十分突兀，听得人头皮发麻。

南宫霖望向眼前这个娇小的姑娘，恭敬的神色未退去半分："师父教训的是，霖儿谨遵教主和师父的教诲，以后再也不自以为是、莽撞冒进了，请教主恕罪。"说话间，南宫霖的头又低垂了半分，她想要说点什么，却发现眼前一个是自己在这世上最敬畏的人，一个是最尊敬的人，她根本无从辩驳，话到嘴边，又吞了下去。

"这才是我的好徒儿啊，哈哈。"南宫芷汐微微笑道，堂堂天魔教四大门阀之一的南宫氏，门主竟然是这么个清秀丽质的小丫头，不觉让人啧啧称奇。

“既然霖儿已经认错，不如就免了她的罪吧，教主，依您之见该当如何？”南宫芷汐虽然长着一副少女的外表，但举手投足却十分稳重老练。

“不行，岂能容她胡作非为，挑拨圣教各派关系，损害各派利益，若不重罚，难以服众！”独孤灼枫短短数语，竟有种不容反驳的威严。

南宫芷汐当下无言，南宫霖面色更是难看，南宫女流在教内式微，依附于独孤氏，岂敢违抗独孤灼枫半分。

“属下斗胆恳请教主饶恕南宫姑娘，此事绝不是南宫姑娘的错。”突然，一个声音从祭坛外远远地传来。

“什么人？”

入口处的护卫弟子突然大声喝道，他们手持兵器，看清阴暗处黑影的面貌，遂又恭恭敬敬地说：“原来是端木门主与拓跋门主啊，你们可是来找教主的吗？”

祭坛入口传来一阵骚动，原来是端木宇坷与拓跋槿一行人到达了总坛，从黑暗之中疾步而出，威风凛凛。

祭坛上的三人也被声响吸引过去，独孤灼枫神色微变，随又柔和地说：“是端木和拓跋吧？请速来相见。”

端木垣率先走了上来，单膝跪在独孤灼枫面前拜道：“端木垣请求教主不要责罚南宫姑娘。”

他望了一眼身边的端木宇坷和拓跋槿，他们一个脸色有些凝重，另一个则似有深意。

“做错事了当然要罚，不然怎么服众？”独孤灼枫冷冷言道。

“教主，南宫姑娘没错，此事是我们事先商量好的，我们假意内讧取得那小子的信任，再由南宫姑娘痛下杀手，只不过形势复杂，我们低估了龙子的神力，让他们给跑了。”端木垣只提到遇见花行云以后的事，之前柳芸庄和浮玉山的纷争却只字未提。

“哦？是这样的吗？怎么没听你说起。”

独孤灼枫见端木拓跋二人沉默不语，又转而望向南宫霖。

“是霖儿的错，错了就该罚，霖儿甘愿领罪。”南宫霖也跪在了地上。

“不，南宫姑娘没有错，要罚就罚我吧。”端木垣仍是那般态度坚决。

“你们这是在威胁我？”独孤灼枫恶狠狠地说道，已然起了怒意。

“属下不敢！”端木垣和南宫霖一时惊慌，同时叩拜道。

“端木、拓跋，你二人也在现场，到底是怎么回事？”这个魔教教主又冷冷望向端木、拓跋二人。

“教主，属下确实未见到南宫姑娘对教友痛下杀手，反而她斩获奇功，差点杀了龙子传人。”拓跋槿毕恭毕敬地说道。

端木宇坷此时心情很是复杂，不知该怎么开口，他突然见端木垣朝自己使了个眼色，想起之前浮玉山中这门徒对自己的一番耳语，随即定了定神道：“启禀教主，是我们事先商量好了的，不关南宫姑娘的事。”

独孤灼枫神色流转，思忖片刻，又转头望向身边的南宫芷汐。见这少女满脸期待的表情，他突然笑了起来：“既然如此，那我就不责罚南宫霖了，大家都是教友，一定要精诚互助，共创霸业才好啊，你们快起来吧。”

南宫霖站起身来，却发现那端木垣还跪在地上，不知打着什么主意。

“怎么，你还有别的事吗？”独孤灼枫望着跪倒在地的端木垣，显得很是意外。

端木宇坷知道他心里想的什么，想要去阻止却已然来不及。

只听见端木垣抱着独孤灼枫的腿，激动地说道：“教主，有件事属下一直憋在心里不敢和您说，可属下实在情难自已，一定要说出来，希望教主能够答应。”

独孤灼枫对这少年突然而来的举动微微一惊："快说，是什么事？"

"属下恳请教主将南宫姑娘许配给我！"

此言一出，在场中炸开了锅，不只端木宇坷感到汗颜，其余几个门主皆大为震惊。

"不，我不愿意！"南宫霂突然跪在了独孤灼枫面前，她又惊又气，想不到端木垣竟然临时来了这么一出。

独孤灼枫对这突如其来的一幕也有些准备不足，他开口对南宫芷汐说道："芷汐，你认为该如何？"

"这个……霂儿虽然是我南宫氏门人，但此事我不能自作主张，端木侄儿心思机敏、修为高深，我甚是喜爱，但我这徒弟生性顽劣、性情乖张，恐怕这终身大事还得她自己做主，我这个做师父的只能从旁参详了。"

南宫芷汐见南宫霂眼中流露出苦苦哀求的神情，也很是于心不忍。

"教主！求求您了！我是真心喜欢霂儿，希望能照顾她一辈子，和她相守到老。"端木垣言辞急切，激动之情溢于言表，他随即转向端木宇坷，扯了扯他的衣角，"门主，您帮我求求教主吧，属下一定好好地伺候您，报答您的大恩大德。"

端木宇坷爱徒心切，也很是为难，他本就对南宫霂十分反感，但更不愿见到端木垣伤心失望，思考再三终于开口："教主，我这徒儿虽难成大器，但他对南宫姑娘的真情实意却天地可鉴，他们俩男才女貌、佳偶天成，必会在教中传为一段佳话，南宫姑娘若是嫁给我徒儿，我也必然视她如己出，端木、南宫两族永结秦晋之好，同以教主马首是瞻，共同辅佐教主统领九州。"

这端木门主言辞恳切，说话间朝独孤灼枫弯腰一拜，显得很是恭敬，独孤灼枫微微点头，原本复杂的神色此刻开始缓和起来。

"请教主三思明鉴，霂儿不喜欢端木垣，不想嫁给他，请教主为霖儿做主！”

南宫霖见独孤灼枫像是要被端木宇坷说动了，心中更是着急，她深知这门婚事不能自己做主，事成与否，全凭这一教之主的一句话。

“师父，您帮我劝劝教主，霖儿我不愿意……”南宫霖说到后来，脸上满是郁闷和愁苦，心中对端木垣也多了许多恨意。

“教主，请您再慎重考虑……”

“好了，你们都不要再说了。”独孤灼枫打断了南宫芷汐，在场中来回走动，又似有深意地朝拓跋槿看去，像是在征求他的意见。

拓跋槿只觉独孤灼枫神色淡漠，一时不知该如何是好。他还没说话，倒是身后的拓跋三少你一言我一语地先开了口。

“垣哥哥和霖姐姐很是登对，我看这门亲事能成。”

“我也赞同，本来我还想着霖姐姐嫁给我们石头哥的，但是石头哥他脑袋瓜子不开窍，一心想着圣教大业，对儿女之情根本没半点心思。”

“你们别胡说好吗？霖姐姐她说了不愿意，我们干吗还要强加于人。”

“别吵了！”拓跋槿狠狠瞪了拓跋三少一眼，随即清了清嗓子，开口说道，“教主，我看此事只能由您来定夺了，您是一教之主，我们拓跋氏都听您的。”

独孤灼枫白了拓跋槿一眼，终于停下了脚步，望着端木垣和南宫霖说：“你们先起来吧。”

见二人站起身来，他正色地说道：“端木垣，你的心意我知道了，南宫霖，你也不要太抗拒这门亲事。我们圣教也很久没有喜事了，这门亲事我定了，正好借此机会来冲冲喜，选个良辰吉日，我们四大门族共同聚首为这对璧人完婚，把酒言欢共商大业。”

随之，他又拍了拍南宫霖的肩膀，语重心长地说道：“我知道你不喜欢端木垣，但是感情嘛，可以培养。你们要好好相处，不要辜负了我的期望，我不希望看到四族钩心斗角、貌合神离，大家一起统领九州将圣教发扬光大，本人自会重重有赏，这件事就这么定了吧。”

他此话一出，众人各怀心事沉默不语，只有端木垣欣喜若狂，牵起了南宫霖的手：“霖儿，我们终于可以在一起了，我绝不会负你！”

“你这个浑蛋！我死也不会嫁你！”

南宫霖狠狠甩了端木垣一耳光，头也不回，梨花带雨地朝坛外跑去。

“唉，这孩子……”南宫芷汐知道木已成舟、无法挽回，却仍是心疼南宫霖，更是感叹南宫女流地位低下，在教里说不上话。

“好啦，此事作罢，大家不要再说了，芷汐你去安慰安慰她吧。端木垣你也不要太心急，要她接受你需要一段时日，男子汉大丈夫，为了心爱的女人受点委屈不算什么。”

独孤灼枫淡淡一笑，随又向拓跋槿开口问道：“拓跋，你不是说只派魔宠前去协助宇坷诛杀龙子吗？怎么自己也跟过去呢？”

“在下心系端木兄安危，亲自赶过去助他一臂之力，唉，教主别提天妖血隼那畜生了，那畜生中看不中用，被龙子赑屃撕得粉碎，是在下炼化魔物之术还不够火候，败了圣教的威名。”拓跋槿神色狡黠，显得很是痛心遗憾，他说完随即看了看身旁沉默的端木宇坷。

“拓跋兄弟别太过自责，你有这份为圣教出力的心已经难能可贵了，作为教主，我要好好答谢两位兄弟为圣教所做的牺牲才行。兄弟们心系圣教，为成大业，牺牲小我，实乃全教之楷模典范，有你们辅佐，正派何足惧哉，九州唾手可得啊。”祭坛中央的男人面目间皆是欣慰嘉许之色，他望着身前拜服的几人，嘴角泛起阵阵笑意，全然一副君临天下的神气模样。

“不敢当啊，教主，都是教主英明神武，统领圣教杀伐天下，攻无不克、战无不胜。”拓跋槿阿谀奉承的马屁还没拍完，却见端木宇坷满心失望地突然开口说话。

“只是此行还是棋差一招，赑屃竟被那书生俘获了，我们未能如愿，空手而归，有负教主所托。”

听罢端木宇坷所说，独孤灼枫微微惊叹道：“那书生就是身携《九州风物志》的人吗？他竟是龙子传人，如此一来，九子已有三子归位，看来我们得加快进程了。”

他双手轻轻握拳，又是倨傲至极的神情，仿佛一切尽在掌握。

“也只怪那书生命不该绝，不过若下回再相见，必定教他死无全尸。”

独孤灼枫看着端木宇坷那杀气腾腾的神情，满是欣慰之色，朗声道：“如此甚好，端木、拓跋你二人长途跋涉、身体疲乏，先退下歇息吧，我以后还有重要的事托付给你们。”

“既然如此，我等先退下了。”两人辞别独孤灼枫，分别领门人各自退下。

一时间，祭坛中只剩下独孤灼枫一人与周围那些幽幽鬼火相伴。

突然，他身后那六方体神庙中的一面墙壁上燃起了熊熊烈焰，火光之中，一张凶残嗜血、狰狞扭曲的魔兽头像赫然显现，那刻在墙壁上的凶兽头颅周围泛出了赤色血光，看上去顷刻间就要从墙里跃出，毁灭苍生。

“在上古四大凶兽穷奇面前，龙九子又算得了什么！哈哈哈哈……”

独孤灼枫更加狂傲地笑了起来，声浪浩瀚犀利，整个场中都回荡着这邪狂男人的笑声。

而此时祭坛旁的灰色山头，端木宇坷与端木垣正沿着山道上行，他们不时朝着对面山顶的建筑群望去。山体之上到处散落着灰色光球，如同施展某种神秘的法术，将这座山头通体映照成深灰之色，两人并肩而行，身形缓慢。

“你啊你，刚才太过鲁莽了，虽然我们事先商量好了，但你也要跟我说一声啊，突然来这么一招，我还来不及准备，万一独孤灼枫不答应怎么办？”端木宇坷眼中满是责备地对端木垣开口说道。

“放心吧，门主，我就认准了教主一定会答应才敢这么说，他虽然忌惮我族，想要削弱我们的实力，但还是希望四族能放下纷争团结一致。我们何不故意向他示好，让他对我们放下防备，再顺便暗中笼络南宫氏孤立他们独孤氏，不可谓不是上策啊。”端木垣一想到和南宫霖的亲事已成，就情不自禁地笑了起来。

“你小子还是太天真了，哪里有那么容易，我们虽假意讨好独孤灼枫，可始终还是要留心，此人的心思实在捉摸不透。但既然亲事已定，我们就尽力拉拢南宫氏，时至今日，南宫芷汐也应该明白，自始至终她们都只是独孤氏可有可无的棋子罢了。”

“万一霖儿她真的不同意怎么办？”

“哼，这门亲事是你小子自己提的，你自己解决吧。再说了，独孤灼枫决定的事，她南宫霖又有什么权利反对？我们只要静观其变，暗中去笼络南宫氏就行了，为了大局，当断则断，必要时候，南宫霖可以弃之。”

端木宇坷停顿片刻，又冷哼了一声：“成大事者不拘小节，怎能被一个女人坏事？”

端木垣见他眼中杀意盛起，不禁打了个冷战，急忙说道：“门主请放心，我一定会说服霖儿的，只要她同意这门婚事，我们与南宫氏结盟自然顺理成章，到时候霸业可成。”

端木宇坷不再言语，两人说话间一前一后地走到了山顶，只见山顶建筑鳞次栉比，细细望去，除了中间那座看上去像是用于寻常修道集会的宏伟大殿，其余皆是休息的卧房。偶有门人来回巡视，见到端木宇坷二人皆是一脸喜色，急忙恭迎门主回山。

天色已晚，偶有星光洒下，投射在这灰色山体之上，令这山峰显得越发玄妙，远处那四色山体也是如此，远远望去山顶建筑群也大同小异，这几座山峰也许就是几个门族歇息修炼的场所。从空中望去，五色山峰合围而成的天魔教总坛，就这样静立在北荒冰域苍茫的天地间，这九州之外的蛮荒，正是群魔聚集之所，暗藏着惊天杀机。

黄色山体之中，一片漫无边际的黑暗幽域，其中只有一间竹舍仍点着烛光，烛光摇曳、光影斑驳，南宫霖静静望着窗外的月色，却是无论如何也不能安睡。她的眼角还带着泪痕，心里仍是莫名地焦躁烦闷，端木氏突然提请亲事，独孤教主竟然还莫名其妙地答应了，她无论如何也接受不了，一想起端木垣那可恶的嘴脸，她就感到厌恶甚至愤怒。

不知为何，她突然又想到了花行云。

那白衣书生到底是个什么样的人？为何他明知自己魔教妖女的身份，还不惜以命相搏，搭救自己于生死之间？这个愚钝迂腐的书生，心中只有那些教条礼节，一身浩然正气与魔人势不两立，却能放下正邪之争，对自己不离不弃，而自己却对他狠下杀手，毫不留情。

念及此，南宫霖心里不禁泛起了一阵难言的痛楚。她竟然也会心痛，而且还是为了一个素昧平生的男子，自打懂事起，从未有过这样的感受。家师常说，天下男子皆负心寡义之辈，不要被男子的谎言所欺骗，否则身败名裂、郁郁寡欢而终。家师的话，自然铭记于心，誓不敢忘，只是为何花行云的出现却颠覆了她心中这一直以来的信念，不同于端木垣，花行云却是那般特别，清新脱俗、让人难以忘却。

她竟然有点后悔使出那一剑，但随即她又摇了摇头，嘴角泛起一抹苦涩的笑容。

这个之前神貌妖艳，眼波邪魅的女子，此刻全身竟散发出清纯少女的气息，她秀眉微蹙，双瞳剪水般地望着天空上的那轮冷月，忽而叹息一声，从竹舍中一跃而出，挥着红绫在冷月清辉下舞了起来。

既然满腔繁杂的情绪无处可解，剪不断理还乱，那就不去想、不去自寻烦恼。南宫霖舞着柔焰无双在月光下煞是好看，这个冷若冰山

的美艳女子与那热情似火的柔焰法器交织，有如冰与火的交融，绽放出最为绝美的色彩，她周身真气急速激荡，柔焰在真气作用下也急剧翻涌，将南宫霖包裹其间，活像一团炽热的火焰，在月辉下轻快地跳跃。

南宫霖越转越快，使出了浑身力气，根本没有半分想要停下来的意思。终于红焰四处纷飞，她停了下来，站在原地、气喘吁吁，香汗淋漓的俏脸上荡漾着某种释然的神情，而与此同时，远处黑暗密林中，一个娇小的身影也全程见证了这一幕。

山顶上又恢复了静谧，夜风幽然拂面而来，南宫霖心头说不出的畅快，站在月光下默然无声。

翌日清晨，端木垣来到南宫霖房外，轻叩房门片刻却无人应答。他小心翼翼推门而入，却发现房内空无一人，桌上正放着一封信。

他展信查看，原本带着笑意的脸上突然怒气腾腾，一掌拍断了桌角，将信撕得粉碎。

“哼，果然对那臭小子念念不忘啊！想逃婚，我看没那么容易！”

第四十五章 幽谷学艺

梁州西域雪山之巅，料峭寒风依然刺骨。地面积雪不知何时已经退去，露出了漫山遍野的青翠草色，偶有野花零星点缀其间，春意扑面而来。四周放眼望去，只能见到远处树丛中依稀还有积雪残余，除此之外，再无雪影，完全不似雪山冰峰深处那般严冬酷寒。

“花兄，怎么越往这雪山深处走，反而越见不到任何冰雪的痕迹？”齐羽一脸诧异地望着花行云，他下意识地又摸了摸腰间那壶玉泉酩，那壶佳酿早已被举父喝光，一想到那只灵猴，他内心似乎在滴血。

“齐兄有所不知，此处虽是雪山之巅，但乃山阳之位，四季阳光普照，且伴有常年不歇的暖风习来，故而气候宜人，花草繁茂，未有任何积雪，长此以往便形成了这方与山下雪景大相径庭的奇丽世外天地。”花行云自顾自地说着，显然没注意齐羽脸色的变化。

“原来如此。这座雪山虽雄壮巍峨，但论雪景却比不过我烟雨阁那方灵秀雪域，有机会我一定要带花兄去见识见识烟雨阁的雪辰美景，那是我这辈子见过最美的雪景。”

“好啊，我一定要去齐兄的门派看看。”

他二人此刻正身处山巅草间，身后是漫山遍野的冰雪，前方却是杏花春雨的山谷。山峰仿佛被某种神力劈开，化作两半，形成一道细长的山谷向前蜿蜒而去，山谷遍布着形态各异的野草，草色翠绿，生机盎然，伴有晨雾散去形成的露水徜徉其间。

一棵巨大的白色古树，枝干无比粗壮，挺拔耸立在山谷中央，周围草丛茂盛及腰，其间生长着各色山花。山花飘散着异香，令人心旷神怡。

齐羽恢复常态，指着那一线天的山峰说：“真想不到雪山之巅还有这种险峻奇峰，你师父他老人家就在那里吗？”花香扑鼻，他的心神也有些荡漾。

花行云望着面前这片山谷中的花草，眼中流露出无限的柔情。他踏入草丛中，走到那株古树下，伸手摘下那些五色奇花，一朵、两朵、三朵……遂又纵身一跃，没入那繁花似锦的树冠深处。转眼间，手捧缤纷异花的花行云便从古树上跃下，他的衣衫被树叶上的露水沾湿，在风中微微地飘荡，他环视整个山谷，四周除了那些山崖杂草、嶙峋怪石，再别无他物。

“师父，弟子回来看您了，弟子带着九子赑屃回来了，弟子说过一定会将您救活，决不食言，师父您久等了。”花行云语气淡然，却诉说着无限忧伤，也许他早已隐忍许久。

“花兄，令师身在何处啊？”齐羽望着独自立于树下的花行云，很是茫然。

他话音刚落，却又看见花行云祭出乾天九芒羽，羽芒闪耀，飘然若仙。他催持着九色芒羽发出一道道光芒缓缓上升，随之飘散而来的是古树中的五色花朵以及那些山谷中的野花。山花锦簇，在空中荡漾，朝着羽扇所在的方位飘去，花香四溢，充盈着整个山谷，飞花满天，洒落在天地之间。

齐羽被眼前这神奇的景象彻底惊呆了，他默默望向此刻已被神奇光芒裹挟的花行云，半晌说不出话来。

异光之内，似有风动，吹着书生的白衣猎猎作响。光影变幻，化作九色异彩，与空中那些逐渐汇拢的各色异花交相辉映，姹紫嫣红，煞是好看。九色光芒向山谷两端投射而去，横贯在谷中，如同长虹卧空，

气势恢宏。

九色长虹之上，繁花四处徘徊游荡，被某种无形的神力牵引而来，纷纷飘落在九芒虹桥之上，形成一条鲜花铺成的天路。长虹一端的尽头，被九芒光影笼罩的所在，山峰悬崖峭壁之上突然出现一个狭小洞口，洞内幽暗，透不出半缕阳光，看不见任何景象。

齐羽还没弄清楚发生了什么，却听见幽暗洞府深处传出一声巨响，好似无形中触动了某种机栝，还未来得及细想，一具灰白石棺赫然出现，石棺在不断流转的九芒光影中更添几分神奇，沿着半空中那条万千繁花铺成的甬道，缓缓飘来。

那具石棺有如一艘石舸，乘风破浪，飘扬在这绝美的空中花海里，那些鲜花也随着石棺在空中舞动，如同清波中的浪花，扁舟荡过，惊起层层花海涟漪。

正催持着乾天九芒羽的花行云，看见石棺的出现，也是面露喜色，体内真气加剧，不断施展着法术。那九色异芒顿时大亮，光影在空中激烈浮动，上下飘荡，石棺却仍是平稳向前。

此时，那把九芒羽的扇骨正慢慢回拢，最后所有的光芒都完全汇聚在石棺之上，而那些五色花的花瓣也纷纷散落，汇聚在石棺周围。光芒照射中，漫天飞花托着那具石棺缓缓下降，最后安稳地落在古树之下的地面上，花行云的身前。

他恭敬无比，闭着双眼，双膝跪地，朝那石棺叩首拜去。

书生重重叩首三下，额头顿时出现了淡淡血印，他自责地说：“师父，弟子来看您了，弟子违背当初誓言，施展了法术，特向您老叩首谢罪！”随之又是重重的三叩首。

随后，他将手中那捧五色鲜花，放在石棺前说道：“师父，这是您老最喜欢的雪鸳花，它生长在这雪谷中，永世陪伴着您，不像我这不肖弟子，只能浪迹天涯，对您日思夜想。”

“花兄，莫非令师就葬身在这石棺之中……”齐羽已来到花行云身边，他目睹了方才那幕奇景，直至石棺出现，才明白发生了什么事。

“齐兄，师父他老人家就……葬身于此……”花行云神情隐忍，令人动容，他痴痴望着石棺片刻，遂又柔声地说，“师父，徒儿得罪了。”他伸出双手，推动石棺棺盖，不知是那棺盖轻盈还是书生膂力过人，棺盖顷刻间竟被推开，露出棺内景象。齐羽凑上前去，放眼而望，不禁大吃一惊，心头疑惑连连，棺中之人分明是一身着鹅黄衣衫的妙龄女子，哪里是什么风烛残年的老者模样。

“这，这分明是个年轻少女啊！”齐羽目不转睛地打量着石棺中的女子，只见那女子秀目轻合，面容清秀，娉婷婉约，有如超凡脱俗的仙女，看上去年龄比自己小不了多少，无法想象她就是花行云的师父。

“这确是家师无疑，齐兄怕是以为家师乃仙风鹤骨的得道老者吧？”花行云望着那鹅黄衣衫的女子，眼里满是敬畏。

齐羽涨得一脸通红，不无尴尬地说：“着实没想到这个女子……世外高人，竟是你的恩师，敢问令师乃何方高人？”他想到了自己那惨死的师父沈傲天，一身浩然正气，行事坦荡，乃正派巨擘烟雨阁长老，天下无人不知晓，如今却永远地与自己阴阳相隔。而这个书生却有机会救回自己恩师的性命，心中顿时涌起一股复杂的情绪，不知是羡慕还是惆怅。

“我自幼便无父无母，孤苦无依，犹如乱世浮萍、随波逐流，当年妖兽祸乱、流离失所，幸得被恩师收留，养育成人。只知家师名叫风夕颜，法力高强，世人称其九州六隐仙之一，至于师承何派、身世来历，她老人家从未提起，我也不便追问。”花行云表情有些怅惘。

“如此说来，令师真可谓是世外高人，年纪轻轻便有如此高深修为，却超脱凡尘归隐这方净土，境界之高，罕有人及啊！”

“小生不才，无力救活家师性命，今费尽千辛万苦终于寻到九子赑屃，希望能得偿所愿，让弟子永世守在师父您老人家身边。”他拿出那个翠色石龟，石龟此刻正散发着淡淡绿光，如今他心中所愿已全系于这小小的石龟之上。他又望了望躺在石棺中的风夕颜，这位美丽的少女此刻悄无声息，面色苍白，没有丝毫血色，神情却是那般安详，仿佛岁月风霜的无情，也侵蚀不了她豆蔻年华的容颜。

“花兄宅心仁厚，必定天随君愿，让我们拭目以待吧！”齐羽望着花行云手里的石龟，早已两眼放光，九州四大正派，皆以找寻九子下落为己任，九子的传闻他早年耳濡目染，已铭记于心。之前浮玉山上，见识了九子赑屃的神威，后被花行云收服，对其龙子传人的身份大感意外，在得知他欲借赑屃神力拯救家师之后，对此人更是钦佩有加。

“承君吉言，希望如此吧。”花行云神色肃穆，将那石龟置于手掌中央，口念法诀，召唤赑屃现身。

半炷香的时间过去了，可那神物却一直没有反应。

白衣书生虽然有些失落，但仍是全神贯注，不停地念着法诀，可那石龟始终毫无反应。他神情凝重，紧闭双眼，将石龟捧在手心中，如同捧着珍贵圣物，传达着自己心中的意念。

“我说兄弟，你这法子行不通啊，那赑屃根本没反应。”齐羽有些着急，开口道。

那书生却无任何回应，仍旧捧着石龟，紧闭双眼，在虔诚祈祷赑屃现身。

忽然之间，龟身上一缕刺眼的异芒一闪即逝，齐羽欣喜若狂，惊呼道：“花兄，快看，有反应了！”

花行云睁开双眼，只见龟身之上一道异芒闪现，好生惊喜。他目不转睛地盯着手中那石龟，却见异芒闪了几下，然后又消失不见，无形之间，整个石龟也被光芒充盈，变得晶莹剔透。

随着光影的变化，赑屃渐渐脱离了书生的双手，缓缓向空中飞去，它的周身也开始变得虚幻无常。在场两人无不雀跃惊呼，功夫不负有心人，那赑屃终于起了变化。

此刻悬浮在半空的赑屃，周身已完全幻化于无形，根本看不到石龟形状，只有空中那若隐若现的翠绿光影。突然光影流转铺散开来，形成一面巨大的不规则光团，光团之中传出一个嘹亮威严的声音：“行云，你可是在召唤我？”那声音如同从远古洪荒之地而来，在花行云耳畔嗡嗡作响。

“赑屃神兽，在下恳求你救救我的师父。”花行云虔诚地望着那团光幕，非常恭敬地说。

“行云，是石棺中的女子吗？此女是你师父？”光团中的声音娓娓而道，语气平淡如常。

“是的，师父待我恩重如山，你能救活她吗？”

“不是不可，只是这世间除你之外，其余众生，本尊只能救一次，且折你阳寿十年，令师则法力丧尽，你可要想清楚了。”

“我想清楚了，请神兽施法吧！”听罢赑屃所言，花行云颇为无奈，但为了挽救恩师，这点代价又算得了什么，他寻思片刻，坚定地答道。

“想清楚什么？花兄，赑屃对你说了些什么？是不是有什么意外？”齐羽一直满怀期待地盯着那团飘浮在天空、默然无声的光团，他知道赑屃说的话只有花行云才能听见。

书生此刻变得毅然决然，正色道：“齐兄无须担心，人命关天，那赑屃神兽行事慎重，只是再次确认我是否真的想要救人而已。”

齐羽将信将疑：“怎么可能不救啊，恨不能即刻让令师死而复生才好啊！”

花行云微微一笑，便不再多言。两人同时望向空中的光团，那里投下了一道绚丽多彩的光芒，径直照射在石棺之上。躺在石棺里的少女，周身泛起点点光华，隐隐传来细微的轻响。

棺内彩云缥缈、轻烟浮动，周围的空气也开始发生剧烈的变幻，光芒裹挟着无形气浪向着棺体中的风夕颜奔涌而去，她的衣裳开始鼓动，头发也变得有些凌乱，整个人在暗涌的气流中缓慢抬升，面容却

仍是那般安详。

花行云大喜，望着轻浮于半空的师父，光芒照耀下的她，苍白的肌肤也开始浮现出淡淡的血色，看上去肤如凝脂、吹弹可破，原本惨白的秀脸，此刻也是面若春风桃花，风姿绰约动人。突然，光芒慢慢暗淡，空气恢复如常，那光团逐渐缩小，最后变回石龟落入花行云掌中。

光芒退去，风夕颜也开始下落，最后安然落入石棺内。花行云二人急忙迎上前去，无比激动地望着棺内景象，只见她纤指微微动了一动，双眸轻轻睁开，从石棺中慢慢探出了身子，看了看周围场景，又望向花行云等人，神情是那般的俏丽绝美，看上去让人怦然心动……

雪鸳树下，风夕颜正望着这棵光秃秃的大树，默然无言，她手中握着那束清雅淡丽散发着异香的雪鸳花，身后站着的正是花行云与齐羽。

“如此说来，你已收服了赑屃。”这个妙龄女子言语冷漠，淡淡几字，却娓娓动听。她仍望向那株雪鸳树，背对着二人，身影是那般娇柔。

“是的，师父，正是那神兽赑屃救了您老人家的性命。”花行云朝着那清丽的背影，参拜道。

“你为什么要救我，为何不让我死去？这世俗于我已毫无挂念，不如死去算了。”那声音依旧冷淡，尖厉之间更显责备之意。

风夕颜非但没有答谢花行云救命之恩，反而厉声指责，齐羽有些怒意，便要发作，却被身旁书生制止。

只见他面色如常，恭敬地说：“师父，是徒儿不孝，日夜安守于慈师身旁却不知您老心中所想、心中所念，是以恩师抑郁而终，我却浑然不知其中缘由。这次师父复生，今后徒儿决然不允许您再自寻短见，若师父要死，那就先杀了徒儿吧！”说到后来，这白衣书生竟斩钉截铁，满脸严峻肃穆。

那鹅黄色的身影听言微微晃动，也许这秉性乖张的女子此刻心中也暗自触动，忽然话音急转，叹道：“你可知，我为何收留你……”

花行云表情惊异地说道：“弟子不知，烦请师父告知。”

这些年来，他只道是风夕颜当初可怜自己身陷囹圄、朝不保夕，故而收留自己，可此番言语一出，想必另有隐情。

那风夕颜背对着花行云与齐羽，忍不住幽叹道：“你拿出那把乾天九芒羽，将此处幻影之术破解了吧，我这身道行，终究是丧失殆尽了啊。想当年我们六个人，青春年华、意气风发，琴瑟和鸣、舞风弄月，不理尘世的凡俗，不顾门派的成见，隐于九州之外，执盏言欢、秉烛畅谈，人生如斯好不惬意，可到头来还是躲不过正邪的纷争，剪不断恩怨情仇的缠绕，分崩离析、四散天涯，从此相忘于江湖。”

“师父，您到底发生了什么事？”此刻在花行云眼中，这个曾经与他日夜相伴的人，竟变得如此陌生，他突然发觉自己根本就不了解眼前这个楚楚动人的少女。

“我曾经如此厌恶这一身道行，厌恶那些上古神器，现在这一身道行终于没了，而那些我们一起寻仙修道的岁月也一去不复还，这都是命啊，时也命也，不提也罢。”

话语间，风夕颜忽然转过头来望向花行云二人，雪鸳的树叶飘落在她身上，悄无声息。令他们骇然而无法置信的是，眼前站着的分明是一位两鬓花白如雪，眼角遍布沧桑皱纹，风烛残年的老妇，哪里还有半分天香国色、亭亭玉立的少女模样，她的容颜顷刻间老去。

“师父，您……”花行云一时语塞，他简直无法相信，眼前这个老妇就是那方才那娇美清丽的少女，那个与自己朝夕相处的恩师。

“废话少说，你快施法破了此处的幻影之术。”老妇言辞犀利，不怒自威。

花行云手摆指诀，祭出羽扇神器，羽扇晃动生出九色异芒，投散在雪鸳树周围的场地之上。只见一间古朴淡雅的竹屋竟出现在雪鸳树下，竹屋被篱笆栅栏围着，院子里摆放着石质桌椅，庭院垂柳扶风、柳絮纷纷扬扬，像是世外隐士清居之所，一派惬意的景象。最令人啧啧称奇的是，那竹屋之前竟赫然立着一尊灰色人形石像。那石像呈书生装扮，面容俊逸，手执一支判官笔，浩气凛然，目光如炬，径直望着前方。

“花兄！这不就是你吗？”齐羽指着那尊书生石像，不无吃惊地说。

仔细望去，那书生石像真有几分与花行云神似，都是那般秀气俊朗，像是照着他的面貌雕刻而成，只不过石像看上去更加高大威猛，比花行云多出了几分霸气。

“师父，这个书生是谁？”花行云怔怔望着那尊石像，若有所悟地说。

“也许你已经猜到个大概了吧，他叫花弄雨，正是我心中日夜思念之人。”风夕颜眼神中满是柔情蜜意，那尊英俊书生的人形石像，就那样静静地伫立在她面前，可咫尺亦是天涯，他们相望却不能相拥。

“什么？！师父您……莫非……”花行云大吃一惊，不知道该说些什么，但那些萦绕他心头多年的疑团却好似慢慢有了答案。

“我当年遇见你时，发现世间竟还有和他面貌如此相似的男子，眼见你被妖兽追杀，危在旦夕，故而出手相助，却想不到你记忆尽失，说不出自己的身世来历，我见你无家可归，只能将你收留，传授你道法，并赐名花行云，而这一切都是因为他。”这个身形娇小的老妇仍是目不斜视地深情凝望着那尊石像，沧桑的老脸上是无尽的柔情与思念，她终于道出了这其中所有的隐情。

而花行云的心头也五味杂陈，一时愣在原地，半晌说不出话来。

风夕颜眼中似噙着晶莹的泪水，平缓心绪许久，幽幽地说：“你也明白为什么我每次无故离去，深入这座浩瀚雪山的雪谷之中数日不见，归来却幽怨哀愁了吧？都因我思花郎心切，却只恨此生无缘厮守到老，徒留相思之苦，若不是当初答应郎君在这世上好好活着，我早就随他而去了。只是我终究还是辜负了他的心思，情不能自已，满腔幽怨，郁积而终。”

言及此，花夕颜早已老泪纵横，她的容颜顷刻间又老去许多。这个垂垂老矣的妇人，此刻正伸出那双布满老茧的手轻抚着石像的面庞，触摸着他的发鬓、他的衣袂、他结实的肩膀和宽阔的胸膛：“弄雨，这些年你一个人在这雪谷中孤零零的，受罪了吧。放心吧，我以后都不会走了，我会在这里永世陪伴着你。”她将头轻轻靠在石像胸口，像是在聆听石像深处灵魂的呼唤，那冷冰冰的石头里面也许还有心跳，还有热血在剧烈奔流，她不禁泪如雨下，泪水浸湿了衣衫，直教人心酸动容。

“师父，您别伤心了。”花行云一时之间不知该说些什么才好，但他望着这与自己模样相仿的石像又忍不住开口问道，“花前辈他为何会变成这样？”

“此事说来话长，不提也罢，只是我心中从未恨过他们半分，也绝不会与他们为敌。我只恨造化弄人，天意难违，不能让我们摆脱尘世间的恩怨情仇，在这世外仙境饮酒作乐、吟诗赋歌，这实乃此生最大的憾事。”

花行云一头雾水：“师父，你有何苦衷，不妨直说，让弟子为您排忧解难。”

“不用了，你也别去寻仇了，你绝不是他们的对手，更何况我们是这世上生死与共的挚友，所有恩怨早已一笔勾销。”说着，风夕颜拭去脸上的泪水。

此刻一直在旁沉默的齐羽突然开口说话：“前辈，依晚辈之见，那赑屃天生神力，救了前辈性命，也可以救活花前辈吧。”

“你又是何人，如此放肆无礼，自作主张。”风夕颜冷眼扫来，尽是睥睨之色，这个年轻的剑客，贸然打断她的话，在她看来着实无礼。

齐羽微微诧异，心道这名叫风夕颜的老妇，果真如花行云所言那

般脾气古怪，方才还幽怨叹息，此刻又冷若霜雪，他也不在意，随即无比恭敬地说：“晚辈烟雨阁齐羽，拜见风前辈。”

“哼，原来是烟雨阁的人，你们这些名门正派，自以为是，以为替天行道，正义凛然，却还不是一样不分是非、颠倒黑白。”风夕颜厉声说。

见她诋毁师门，齐羽微微有些怒意，正色道：“我们烟雨阁乃九州名门正派，斩妖除魔、拯救苍生，不知何处得罪前辈，烦请相告。”

“哼，好一个斩妖除魔、拯救苍生，在你等道貌岸然的正义之士眼中，邪魔外道都是穷凶极恶之徒，恨不得除之而后快，却不知仗义每多屠狗辈，魔人自有浩然刚正之士，只是信仰不同、教义不同罢了。”风夕颜果然性格乖戾，心直口快，脱口而出这样一番奇谈异论，她这样亦正亦邪的言论，让齐羽很是不悦，也难怪那花行云会对魔人手下留情，看来也是受了她的影响。

“歪理邪说，魔人都是狼心狗肺之辈，岂有行事浩然正直之理。”齐羽激动地说。

“嘿嘿，这世间人心险恶，哪怕身边至亲之人也可能随时对你痛下杀手，毫不留情，年轻人，总有一天你会见识到的。”风夕颜面色诡异，阴冷地望着齐羽。

齐羽热血涌遍全身，按捺不住，将要发难，却被花行云强行制止。书生投来肃穆的目光，泛着阵阵杀意，那前所未有的凌厉，让他有些猝不及防，内心微微震颤。

花行云随即又若无其事地望向风夕颜：“师父，徒儿谨遵师父教诲，您老人家可还有心愿未了，务必告知徒儿，徒儿必当全力以赴。”

“我当下心愿便是今生与花郎相守于此，你好自为之，不必牵挂为师。”她说完的瞬间神情流转，好似想到了什么，“不过我确有一事相问。”遂即看向一旁的齐羽。

花行云立刻明白，便对齐羽说道：“齐兄，你先在这里休息片刻，我与家师进屋详谈。”

她二人虽为师徒关系，几番对话，风夕颜却言语冷漠，从未叫花行云一声徒儿，加之刚才一番言论为魔人辩白，齐羽更是对这老妇有些厌恶，眼不见为净，遂爽快应承：“如此也好，那我就在此静候花兄。”

小竹屋内，陈设简朴，四方挂着几幅字画，字体力道遒劲、铁骨铮铮，如神龙游走、大气磅礴，山水古画却写意入神、飘逸隽秀、栩栩如生。风夕颜望着那几幅字画，神情恍惚，一番感叹：“这竹舍许多年没来，还是这般清新淡雅的布置，真是一别永年，恍如隔世。”

“师父，您有何事不妨直说。”花行云小心翼翼地试探道。

“我问你，你此行前去找寻九子赑屃，可碰到天魔教的人？”

“师父，您是如何得知的？”书生惊异问道。

“哼，我虽然身在这西域雪山之中，中土之事却了如指掌，那天魔教徒此刻只怕已遍布九州各处，他们也在找寻九子，追杀龙子传人。”

“真是任何事都逃不过师父您老人家的法眼，此行浮玉山确实遭遇天魔教徒，我那《九州风物志》还被魔女南宫霖抢去，弟子我也差点丢了性命。”花行云悻悻然道。

岂知这老妇根本没有丝毫关切之意，反而言语冷漠地说：“那《九州风物志》乃拓本，不足为惧，你自己技不如人，怨不得别人。我问你，那众魔人当中，可见到有一对伉俪现身，男才女貌，施展一对灵剑，修为高强。”

“徒儿只遇到端木氏与拓跋氏之人，并未见到有何道行高深的伉俪前辈。”

“嗯，也是，你若遇见他们，岂能活命回来。”风夕颜淡然地说。

花行云对家师这般喜怒无常、冷嘲热讽，早已习惯，只是兀自苦笑，无言以对。

老妇却并未在意花行云的变化，自顾自地说：“那本《九州风物志》的拓本就随她拿去吧，你也别再去追回了，我把原本给你。既然你是九子传人，今后也必会踏上寻找其余龙子的道路，这一路艰险，你可要自行珍重。”

短短四字“自行珍重”，却犹如冬日暖阳，照在花行云心头，让他顿觉温暖。风夕颜难得一见的关怀，虽仍是那般冷漠，但在这书生听来已是极为感动，他神色动容地说：“弟子自当谨遵恩师教诲，今后必定小心行事，事成平安归来，侍奉师父一辈子。”

“废话少说，我可问你，你是否愿意救你花前辈？”岂料风夕颜话锋急转。

“弟子自是愿意救花前辈的。”

“你以后若再次碰到天魔的人，注意其中有无同行而来的伉俪。若是见到，报上我的名号，他们自会跟随你前来搭救你花前辈，别听门外那小子胡说，天魔之中绝非尽是那些邪魔外道之辈，希望你能明辨人心是非，惩恶扬善。”

“弟子谨记，今后若再遇天魔教众，必定注意查探那两位前辈踪影。”他又想起了南宫霖，那个看似娇媚的妖女，实则心肠歹毒，为达目的，无所不用其极。此刻想来，仍有些遗憾，如此信赖一人，到头来却被人背叛出卖，世间最难读懂的便是人心，明辨是非又何其困难。

“你在想什么？”风夕颜见花行云面色有异，便问道。

“没，没什么……师父，我……只是觉得，世间之大，苍生各异，人心叵测，譬如你曾真心待人，可他人却忘恩负义，背叛了你，甚至痛下杀手，毫不留情。您老人家宽宏大量，并不怨恨他人，也只是怪罪自己当初轻信于人，自食其果。”他说了一大通，遂即转念又道，“诚如师父您这般聪明都被人算计，以弟子的资质，这明辨人心善恶是非，甚是难矣！”

那老妇听言，沧桑的脸上竟现出一丝柔色，缓声说：“你言下之意指的是那抢走《九州风物志》，名叫南宫霖的魔女？你心中可还恨着她？”

“弟子只是觉得有些遗憾，未能感化她，让她步入歧途，越陷越深。”

“哈哈，你竟然想感化她？真是笑话，你怕是对那妖女有了好感吧？”风夕颜发出银铃般的笑声，朝花行云讥笑道。

风夕颜此言一出，花行云的脑海里“嗡”的一声响动，心跳迅疾加速，想不到这放浪不羁的师父竟说出让他如此汗颜的话。

在他心中，从来没有这种离经叛道的非分想法，他这个作风正派的书生，根本不想和天魔妖女扯上什么关系，更何况是这种男女之情，他一时无言，尴尬至极。

“师父……你，别这么说……”瞬间，花行云的脸“唰”的一下通红。

“嘿嘿，你看你，我也只是随口说说而已，可别当真了。”

“师父，你老可别开这种玩笑，自古正邪势不两立，我和她毫无瓜葛！”花行云神情坚毅，斩钉截铁，可早已心波荡漾。

“我也算是个不拘一格、狂傲不羁、绝不为世俗羁绊之人，怎的就收了你这么个迂腐的徒弟，除去相貌，你可与你那花前辈相去甚远啊！”老妇脸上难得浮现一丝笑意，似有赞许，却又有些无可奈何。

花行云也只是无奈地附和着笑了一笑。

风夕颜见他神情坚定，便也不再多言，转而望向他腰间那把乾天九芒羽，不无神秘地说：“你把那九芒羽拿出来吧。”

花行云依言拿出了那把九芒羽扇，风夕颜打量这八荒神器片刻，随即又说道：“这把羽扇跟随我许久，后传于你，但我却只教你如何催持羽扇，施展些粗浅法术，却未传授你无上精妙扇法，是以你的笔法强于扇法，你可知为何？”

“徒儿愚钝，还请师父赐教。”对于此事，花行云始终未得其解。当初风夕颜将两把神器同时传授于他，却单单只教了笔法，并未讲授扇法的精妙诀要，是以他每次施展扇法，全凭体内真气催持，一招一式，毫无章法可言，故而不如笔法那般精湛犀利。

“你小子少给我装蒜，想必你早已猜到了。”

“莫非，是因为花前辈……”

风夕颜现出得意之色，双手交叠于胸前，冷冷地望着花行云，眼眸中却满是怜爱。

“那把冷月流觞笔乃花郎所用兵刃，当初我二人修道之时，曾笔扇双修，是以我虽精通九芒羽扇，但银月判官的招式亦熟络于心。当日花郎中了法术化成石像，我伤心欲绝，夙夜幽叹，泪流成河，也许是老天心存仁慈，怜悯我这孤苦无依的弱女子，故而让我无意中遇见了你，不禁感叹，世间竟有如此相像的两人，这才有了今日的你。”

“难怪师父您将那冷月流觞的笔法倾囊相授，您是想让我不只相貌神似花前辈，而且所用招式也和他一模一样，以解你心中相思之苦。”

花行云未曾想到，面前这个身形瘦小、面容沧桑的老妇，这个抚育自己，对自己有再生之恩的女人，对感情竟是那般执着。她虽桀骜不驯、玩世不恭，但对花前辈情深义重之心日月可鉴。

脑海中浮现出师父这些年痛心的遗憾，花行云双手握拳、十指入肉，微微颤抖。他早已立下誓言，就算前路艰险、万千磨难，他也要救活花弄雨前辈，帮恩师了却夙愿，让他二人此生永不相离。

疾风未曾逝去，残花却已凋零，风驰骋于天地间却再也轻拂不到花香。诚然海枯石烂，星辰陨落，天神灭世，也不能撼动她与郎君永世相守的决心，可今夕何夕，一别永年，相遇不能相守，也许只有眼前的徒儿才能明白她那决绝坚毅之中的怅惘和哀愁。

风夕颜眼见花行云神色凝重，身子颤抖，以为他是心中生恨，恨自己有所保留，未将九芒羽扇的法术相授。她这些年对这个徒弟责骂有加，冷嘲热讽不止，心中实有愧意，便和颜悦色地说：“我把这乾天九芒羽的法诀也传授于你吧，你也算是我们在这世上唯一的传人，这样我也功德圆满不留遗憾了。”

“师父，您老人家可别胡思乱想，您老长命百岁，必定颐养天年。”书生望着这老妇满头青丝雪白，眼角细纹密布，很是心疼。

“废话少说，你到底想不想学？”

“弟子愚钝，斗胆相求于师父，请您授予我九羽法诀，我必定勤学苦练，不负您的苦心，将法术发扬光大。”花行云双手抱拳，双膝跪倒在地，朝风夕颜拜道。

“快起来，快起来，这些礼数就免了吧，迂腐至极，看到就心烦。当下我已丧失法力，无法亲身相授，不过那法诀的全文就暗藏在这雪谷中的悬崖峭壁之间，你就凭着自己本事去领悟吧，哈哈哈。”风夕颜脾性阴晴不定，说到最后，负手而立，竟大笑起来，那笑声响彻整个山谷，听来根本不像是毫无法力之人所发出的笑声。

此刻一直在屋外等着的齐羽正急不可耐地来回走动，他不断寻思着那老妇到底葫芦里卖的什么药，却突然听到竹屋中迸发出一阵诡异的笑声，抬眼望去，只见屋门豁然敞开，花行云与那老妇并肩而出，他遂放声说道：“花兄，你没事吧？”

“齐兄不必紧张，我和家师在屋内叙旧，久别重逢，一时衷肠难续，又怎么会有事呢？”花行云云淡风轻地说。他身后的风夕颜笑望着齐羽，那笑容里满是不屑。

“那再好不过了，没什么事，我们可以走了吧。”这神秘的雪谷，玄妙的幻影之术，以及诡异的老妇都让齐羽心生异样，他一刻都不想逗留。

“别着急，齐兄，你先于谷中静待片刻，我还有要事在身，待了结此事，再走不迟。”

“什么事如此紧急……”齐羽话还未说完，就看见花行云忽然祭出那柄冷月流觞笔，纵身跃起，朝空中飞去。

书生白衣如雪，身形如同鹰隼展翅，迎风翱翔，迅疾而上，幻化成一团白光，径直朝雪谷四方的悬崖峭壁掠去。

顷刻间他已然置身其中一面峭壁之上，那峭壁甚为光滑，除去几处突兀而出的尖石，再无落脚之处，抬眼望去，高空中悬崖绝壁的上方，花行云竟凭借着那柄判官笔，在峭壁上龙走蛇行。笔锋尖锐，轰然没入绝壁坚石当中，书生蜻蜓点水般立足于笔身之上，白色衣衫在风中急剧飘荡，他双手负于身后，眼神如炬，上下环顾，不断扫视着面前那片悬崖绝壁。

齐羽此刻早已是一头雾水，他满腹疑惑地望着峭壁上的花行云，放声喊道："花兄弟，你飞到那上面去干吗啊？"声浪在雪谷中四处回荡，响彻整个谷间，震得谷顶山岩雪花纷飞，簌簌落下，那书生却仿如沉浸在悬崖绝壁之间，毫无察觉。

齐羽见书生无任何反应，便欲起身朝山崖飞去，不料却被身后的风夕颜制止，她冷冷地说："别去打扰他，拭目以待吧！"

见这老妪神秘莫测，齐羽心中虽疑惑重重，却也静观其变，不再言语。此人虽行事诡谲、言辞犀利，但乃花行云授业恩师，决然不会加害于他。

雪谷那面光滑的峭壁之上，书生仍是兀自孑立于风中，衣袂猎猎作响，飘然若仙。忽然他似乎察觉到了异样，脚踏岩壁向前急速而去，那银月笔随即从岩石中飞出，如影随形。书生体内真气翻涌，步履轻盈，腾云驾雾般沿着绝壁疾速游走，待行进到绝壁尽头那山崖缝隙之际，他忽又一个跃身掉头朝空中飞去，不知何时却已祭出那把九芒羽扇，瞬间脚踩羽扇轻浮于空中。

令齐羽啧啧称奇的是，书生身后那柄冷月流觞笔，竟然飞出他身外，自行在那面峭壁上游走，笔身剧烈晃动，笔尖不断触碰着绝壁，如同一只无形的手握着笔杆，来回在峭壁上书写，龙飞凤舞，好不绝妙。悬崖绝壁此刻已微微泛着金光，石壁开始凹陷，从上至下，竟形成一行行神奇的文字，那文字泛着金光，密布石壁之上，如同刻在绝壁上的古老天书，在玄妙法术的作用下，渐渐露出了它原本的容貌，揭开了那尘封许久的神秘面纱。

“前辈，这是……”

风夕颜笑而不语，微眯着双眼，望着空中的花行云。顺着她的目光瞧去，却见此时花行云已手执九芒羽在空中飞荡，白衣飘然，羽化登仙。

那把乾天九芒羽此刻更是光芒骤盛，他急转真气，招式凌厉，在空中生成了一阵狂风，朝绝壁呼啸刮去。顿时那绝壁金芒激烈飘荡，四散开来，山石也轰然炸裂，化作石雨从四面八方倾泻而下，场中瞬间飞沙走石，激起了漫天尘埃。齐羽与风夕颜猝不及防，急忙躲避，顷刻间，大小碎石纷纷从天空砸来，扬尘满天，根本看不见空中花行云的情形。

雪谷之中碎石遍野，齐羽衣衫上蒙上一层厚重的尘土，狼狈不堪，身旁的风夕颜却仍是泰然自若地注视着高空。空中烟尘散去，金光弥散在整个场间，而悬崖峭壁之上更是金碧辉煌，如同圣山现世，恢宏壮丽。金芒之中，隐约似有白影闪动，正是那在高空疾驰盘旋的花行云。

九芒羽扇随着那道白影在雪谷上方四处飞舞飘荡，书生周身迸发出无形巨浪，催持着四周的气流，在半空中急速奔涌，惊起滔天骇浪。那散发着神秘气息的金色光芒，伴随气浪退散缓缓暗去，悬崖峭壁重见天日。原本镌刻着神秘文字的绝壁，露出光滑如新的石壁，丝毫不见任何沧桑的纹路，那岩壁竟生生被削去了一层！

山谷的高空中，书生正立于羽扇之上，袖袍鼓鼓生风，衣袂猎猎作响。他背对着两人，瞧不见面目神情，万丈光芒投射而下，那个白色的身影更显得神圣至极。

“花兄，你没事吧？”齐羽忍不住朝空中那白色身影大声喊道。

没有任何声响，书生仿佛定格在那时空里，成为永恒。

“大功告成，哈哈哈。”风夕颜爽朗会心的笑声在整个山谷中回荡。

“前辈，这是……”他欲言又止，忍不住朝空中望去，那书生仍是一动不动，只有洁白如雪的衣衫在微微飘荡。

“放心吧，他此刻正在将那刚学会的乾天九芒羽的招式融会贯通，根本听不到你说什么。”

“什么？乾天九芒羽的招式？他还没学会吗？”

风夕颜轻轻点了点头，神秘莫测地说：“一直以来，我都只教他笔法，并未教他扇法，是以他始终无法发挥那把八荒神器的威力。而方才他已学会羽扇法诀，今后笔扇并用，威力无穷，可将我与花郎的法术招式发扬光大了，哈哈哈。”

“您与花前辈的招式？想必花前辈用的是判官笔，您用的则是九芒扇吧？那扇法诀要就是方才刻在绝壁之上的古文？”齐羽恍然大悟，终于弄清这其中的来龙去脉。

“你小子，倒也还机灵，一点即通啊，不愧是沈傲天的得意门生。”

风夕颜随意一句话却使齐羽心中炸开了锅，他神色急转，惊异无比地说：“什么！前辈识得我的家师？”

岂知眼前这老妪却是冷漠异常，冷哼一声道：“如何不识，你那把佩剑不正是沈傲天的寻仙吗？就算剑身变了颜色，但那股刚毅剑气却咄咄逼人，剑如其人，他也是那般顽固不化，不过我着实想不到他竟把视如生命、如此珍贵的仙品神剑传给了你，你小子果然不简单啊！”

齐羽听罢，心中涌现无尽悲凉，神色黯然地说：“前辈，实不相瞒，家师他，他已经遇害了。”

“什么？他已经遇害了？他剑法高深，不知是何人加害？”风夕颜脸上震惊之余，更显出几许遗憾惋惜，随即一闪即逝，但这一幕还是被齐羽看在了眼中，他心头顿时感到一丝暖意。

“是天魔教的人干的。”这个年轻人淡淡说道，脸庞则在隐忍地抽搐，紧握着的双手也在微微颤抖。

“以沈傲天的修为，杀他的也只有天魔四大宗主之一了，小子，你若要报仇，可还有很长的路要走啊！”风夕颜仿佛想起了什么，幽幽叹道，脸色很是苍凉。

“多谢前辈指点，我齐羽有生之年，就算是玉石俱焚，也要手刃仇人，替恩师报仇雪恨。”齐羽咬牙切齿，十指紧握，嵌入掌心之中。

“你这把寻仙融入了你的血液，汇聚了你的法术，与你心意相通，却仍比不过你们烟雨阁那把八荒神器之一的巽风神剑，若是有了巽风，更是如虎添翼，手刃仇人则指日可待。”风夕颜双目如炬，盯着齐羽身后那把仙剑说道。

“巽风神剑？那是我们烟雨阁的镇阁之宝，只有修为极其高深的人才能驾驭，烟雨阁中也只有孤阁主他老人家才有能力驾驭此剑，就连我师父，我都未曾见他使过那把神器，前辈，您又是如何得知的？”那年轻人十分诧异，料不到这老妪成日隐居西南雪域，却对中土之事了如指掌。

“哼，我又如何不知，正是那把巽风才导致他离开了我们。”风夕颜神色之间似有愤恨之意。

“前辈您的意思是，我们烟雨阁孤阁主是您的旧相识？”

“他孤寒秋又算个什么东西，小子，我告诉你，你们烟雨阁能够驾驭巽风的不止他孤寒秋一人。”

此言一出，齐羽更是无比震惊：“除了孤阁主，我们烟雨阁还有哪位前辈能够驾驭那把巽风神剑？”

“他才是巽风真正的主人，只不过我们这么多年没见，不知他是否还记得当年我们几个人对酒当歌的岁月啊！当年我们几人一见如故、情投意合，可如今……呵呵，算了，不说了。总之，你小子要获取那巽风剑，就得求他帮忙。”

“莫非您说的是剑奴前辈？那把巽风神剑由剑奴前辈看管，埋葬在剑冢中，我这种资质平庸、道行浅薄之辈又如何拿得到？”

“剑奴？这名字之于他真是再合适不过了，他终于还是下定决心进入剑冢，要永世与巽风为伴，以剑为命，不问世事。”风夕颜不无唏嘘地感叹。

“风前辈，原来那神秘的剑奴前辈真的是您的旧友啊！”齐羽之前断剑重铸，与那名叫剑奴的高人相处过两个春夏，但对其身世仍是知之甚少，只知他嗜剑如命，终身归隐于剑冢内，守卫着烟雨阁那把镇阁之宝——巽风神剑。

“呵呵，旧友？人不如新、衣不如旧，更何况他根本没有朋友，他此生唯一相伴的恐怕只有那把巽风了，又怎会在意我们？”老妇随即望了望身后竹屋前的书生石像，眼波仍是那般缱绻。

齐羽见风夕颜态度倨傲，负手而立，没有言语，而是冷冷地盯着自己，嘴角带着淡淡笑意。不禁叹了一口气：“看来前辈您也不看好我啊，只怕剑奴前辈也要将我拒之门外了。”

“哼，不去试一试又怎会知道呢，小子，就凭你这样畏畏缩缩的样子，还想着给沈傲天报仇雪恨，我看这辈子是无望了，等下辈子吧！”风夕颜讥讽道。

她转念又觉得对这个与自己渊源颇深的年轻人不该如此刻薄，遂一改冷漠之色，柔声地说：“烟雨剑侠、英雄少年、为报师仇、仗剑九州，沈傲天他泉下有知，想必也很是欣慰了。小子，改日回烟雨阁，你代我为令师上三炷清香，就说是故人前来探望他了，至于那剑奴，你若是有机会见到他，就说西域雪山，风花雪月再叙往昔，他若还念及旧情，必定会来的。”

“前辈，您……”齐羽突然发觉这神秘莫测的老妇与他们烟雨阁竟有着千丝万缕的联系，他还没想好说些什么，却被风夕颜打断。

“当年情、当年义，都已随风逝去，莫追、莫问，牢记生命执念，只要一息尚存，就要全力以赴，勇往直前。”

齐羽听罢再也没有说什么，他心中信念却是前所未有的坚定，眼神决绝、神色坚毅，紧握着的双拳始终没有再松开分毫。

两人几番言语交谈，不觉间半盏茶时辰已过。空中花行云的身影仍是那般镇定，没有任何异常，风夕颜气定神闲，齐羽也是兀自望着那书生，翘首静待。

片刻过后，却见那白色身影随着乾天九芒羽在高空微微飘动，如同落叶一般，伴随微风飘荡而下，忽左忽右，忽高忽低，而书生却一直负手伫立扇身之上，背对着二人，未见丝毫异样。

羽扇承载着花行云缓慢飘荡下落，最后落到了地面，又激起一阵飞尘。漫天烟尘之中，那白色背影似有异动，他缓缓转过身来，踏着尘埃朝两人走来，露出一丝淡然的笑意。

他径直走到风夕颜身前，又是双膝跪地，恭敬无比地说道："弟子多谢恩师传授乾天九芒羽真法，此刻弟子已将真法融会贯通，扇法功力又精进不少。"

不出所料，风夕颜神情仍是那般冷漠睥睨："哼，都说了多少次，不必理会这些繁缛礼数，没什么好叩谢的，快起来吧！"

花行云却置之不理，又狠狠磕了几个响头，这才站起身来，他的身形顿时伟岸了许多。

"既然你已学会九芒羽法诀，我也没什么好传授的了，你们就此离去吧，别吵着花郎了，我还要与花郎厮守终身。"此种情意绵绵的蜜语从风夕颜这老妇口中说出，甚是怪异，世上怕是也只有她才有如此勇气，直抒胸臆，道出这番言语吧！

风夕颜担心花行云迂腐愚钝，将自己说过的话一直记在心里，旋又郑重嘱咐道："还有，我之前说的不想见你施展法术，你也不必照做了，你以后就放心大胆地施展吧，不过千万不要损了我的威名啊！"

"既然如此，师父，那我们告辞了，徒儿不会忘记您老的话，等着徒儿的好消息吧。"花行云神色坚毅，随即望向身边的齐羽。

只见齐羽似有深意地说："前辈，我们就此别过了，方才多谢前辈指点，前辈的话我一定带到，青山不改、绿水长流，下次再相见必然教您刮目相看！”

“废话少说，你们快走吧，老朽我要清修了。”风夕颜说完，挥了挥手，下达逐客令，便转身朝竹屋走去。

望着她那娇柔的身影，花行云两人心中同时涌现出莫名的暖意，他们各怀憧憬，心照不宣，并肩而行。从草地走到雪域，走出雪谷，最后消失在茫茫风雪之中。

第四十六章 勇闯魔域

幽州善德寺，后山黄石古洞外，清幽五僧在前领路，明圆大师与沧月真人、柳梦晴在后相随，一行人朝那洞口急匆匆地走去。

“师兄，这就是贵寺禁地黄石古洞？”沧月真人注视着前方那神奇的洞府。

明圆大师低诵佛号，缓缓而道：“正是，当年敝寺黄石老祖便是于这黄石洞中的黄石之上坐化登仙，那黄石历经千年，灵力仍是那般浩瀚深厚，金芒亦未见任何退散迹象，对修道之人的修行可是大有裨益。但若是修道者心存杂念，心智不够坚定，则必会被那黄石灵力反噬，轻者道行尽失，重者暴毙而亡，是以敝寺才将此处作为门派禁地，不准外人随意进入，我们就在此恭候明智师兄吧。”

“原来如此，依大师所言，天赐擅闯禁地，若不是为清幽师侄他们阻挠，被明智方丈出手相救，只怕后果不堪设想，真是有劳众位师侄了，天赐他差点闯下大祸，沧月代他向诸位赔个不是！”沧月脸色凝重，若有所思地说，随又向那五位僧人致以歉意。

五僧双手合十，低诵一声佛号，颔首应答。

清幽手持禅杖，正视沧月，朗声说道：“此乃我五人应尽职责，沧月师叔不必歉疚。”

他们回想起方才那幕，仍是心有余悸，那少年手执八荒神器却杀意浓浓，戾气甚重，若不是明智方丈及时出手相助，面对对方凶狠凌厉的杀招，他们几人恐怕凶多吉少，很难全身而退。

“也不知方丈师兄与李施主此刻在洞内进展如何？”明圆不断注视着前方黄石洞口处，那黝黑深邃的洞内此刻偶有金光闪现，夹杂着某种法术的异响不时地传来。

众人齐刷刷地向那黄石古洞看去，只见洞内漆黑一片，深不见底，洞身大小刚好容得一人通过。古洞正上方的天空中，始终盘旋着一团辉煌的金光，那光芒之下也许便是神奇黄石的所在。

“啊……”一声响彻天际的惨叫突然从洞内传来，那声音听上去痛苦得无以复加，正是李天赐发出来的。

“天赐！”沧月心头激烈震荡，脑中嗡嗡作响，天赐此刻只怕正在洞内经受某种刻骨铭心的惨痛煎熬，沧月心系天赐的安危，箭步急出，便向黄石洞中奔去。

柳梦晴听到李天赐那痛苦的叫喊，心中也涌现出不祥的预感，她神情紧张，也随着沧月真人狂奔而去。其余几位善德寺僧人，眼见她二人闯入门派禁地，也很是担心住持方丈的安危，便未加制止，也跟了进去。

穿过洞内一片开阔的黑暗天地，循着前方隐约可见的光线，他们来到了山洞尽头那被四周山体阻挡的狭小天地。只见那方天地中央生长着一棵参天苍松，那苍松树冠如垂天之云，近乎完全遮挡住了整片场地，苍松树下赫然映入眼帘的便是那传说中神奇玄妙的黄石了。那玄黄神石所焕发出的金芒弥散在整个谷中，众人如同置身在金色光影交织而成的幻境之中。

明智方丈那瘦小的身影，正背对着他们朝黄石施法，他那件月白袈裟也在体内真气的激荡冲击中鼓动充盈，袍身猛烈飘荡。他正使出全力朝那黄石传送真气，黄石之上，凄惨之声连连传来，仔细望去，那黄石台上躺着的正是李天赐，他此刻正被漫天金光包围，身体急剧颤动，辗转反侧，面目扭曲，痛苦至极。

沧月真人见明智大师正全力施法，不好贸然出手，这秀眉紧蹙的女子只能在一旁干着急，不禁双拳紧握、贝齿紧闭，额头上隐隐渗出了香汗。

柳梦晴不忍见到天赐痛苦的惨状，将头转向了一旁，她只能在心中默默祈祷，期盼他能咬紧牙关挺过这一劫。

明智大师正向黄石台全力施展着法术，他体内真气源源不断地涌向李天赐，与黄石灵力共同作用，不断驱散着天赐体内的奇毒。

那七虫七叶花的毒素早已在其体内根深蒂固，感受到明智强大真气的来袭竟疯狂反扑起来，以阴柔邪狂之力侵蚀着天赐全身的血脉。虽然之前奇毒已被景阳等人扼制，毒性退去大半，但仍反复发作、没有根除，余下奇毒更是已深入李天赐的脏腑筋骨，故而才让他如此痛不欲生。在明智浩瀚的真气与黄石灵力的共同作用下，李天赐的体表时而金光四射，时而紫气腾腾，深藏在他体内的那些恶毒，在做着最后的抵抗，这个年轻人若是承受不住，只怕当场就会一命呜呼。

“呃，啊……”他躺在石台上，紧闭着双眼，身体剧烈地颤抖，面容也扭曲到了极致。

“天赐他怎么会如此痛苦，这样下去，他会不会性命不保？”沧月望着那痛苦不堪的年轻人，不忍地说道。

这紧要关头，他们根本不敢插手，只得忧心忡忡地在原地静观其变。几位僧人双手合十，不断低念着佛号，为天赐默默诵经祷告。

“阿弥陀佛，上天有好生之德，李施主他命中注定要遭逢此劫，如今只盼他吉人自有天相。”明圆大师不住地宽慰着沧月。

就在众人束手无策之时，谷中突然传来一阵琴音。循声而望，只见那柳梦晴不知何时祭出了囚牛古琴，她席地而坐，纤指轻拨，柔缓婉转的琴声便是从那方古琴中传来的，琴声悠扬，让人沉醉。

悠悠琴声飘荡在空中，飘向石台上的李天赐，那琴声仿佛充满了魔力，瞬间便让天赐痛苦之色锐减。琴声始终平缓柔和，犹如春风吹在天赐的脸上，抚尽忧愁，宛若春水流入天赐的心田，清澈畅怀，更是让他暂时忘却了烦恼，消退了不少痛苦。

在场众人无不啧啧称奇，想不到这少女的琴声如此神奇。

突然，古琴金芒闪现，随着琴弦的拨动，金芒向四周迸射而出，那遒劲傲然的囚牛赫然现身于半空中，随着琴声起舞，摇曳晃动、威风八面，令琴音更添几分神力。

明圆看见那忽然出现的囚牛，心中已是一惊，喃喃地说："莫非，莫非这就是九子囚牛？"

"正是囚牛无疑，不过真想不到这囚牛古琴还有此等妙用。"沧月望着那金芒之中狂舞的囚牛怔怔入神，在场众人的注意力也被这突然出现的神兽吸引了过去，却没发现天赐此刻在明智真气催持之下，身体正缓慢上升，向空中飘去。

刚才古琴突然奏响，琴音传入天赐耳中，也被正在施法的明智察觉，琴声入耳令他顿觉体内真气充盈，延绵不绝。他不知琴声为何方神物发出，只知那音浪潜移默化地融入了自己体内的真气，令真气势力大增，源源不绝地涌向了黄石，催持着李天赐缓缓上升，最后竟将他飘浮在了空中。

众人抬眼望去，却见此刻金芒包裹中的李天赐已然眉目祥和，双眼微闭，根本看不见有何痛苦神色。而明智的真气仍是连绵不绝地输入他的身体，伴随着琴声飘扬，威力更胜于前。

片刻过后，那团金芒开始向周围退散，较之刚才有些暗淡。随着光团消散，李天赐也缓缓下落，最后径直飘落在那黄石之上。仔细看去，发觉他双手交叉正置于胸前，发梢有些凌乱，面容却是无比安详，原本有些苍白的脸，此刻也恢复了血色。

明智大师已停止施法，他瘦小的身影却仍是背对着几人，静立于原处，一言不发。

"住持师兄，你没事吧？"明圆率先开口问道，神情显得颇为关切。

明智缓慢地转过身来，整个人显得十分疲惫，他面色惨白，颓然无力，枯槁的面容更平添几分沧桑。

明智缓缓开口道：“我没事，只是运气过度，调息一日便能无恙。若是换作平常，李施主体内奇毒不出一炷香便能祛除，但他年纪轻轻，却已历经数次磨难，终究心绪难平，明镜法术难以发挥功效，故而才让那毒素有了暗中滋生、趁机反噬的机会……”

说到这里，明智不禁愁眉苦脸，深深地叹了一口气。

“师兄，莫非您刚才施展了明镜之术，进入了李施主的回忆？”明圆微微吃惊地说。

明镜之术乃善德寺无上妙术，能够窥探人的内心，进入人的过往经历，从而有助于施法者为他人解开心结、驱毒疗伤、传功授业，有如明镜一般照亮人的内心，驱散人心中的邪念魔障。

如善德寺这样以慈悲为怀的佛门，向来以普度苍生为己任，故而由黄石老祖悟出明镜术这等慈航普度的佛法，并由其门下弟子发扬光大、广布善德。僧人们往往借由此术消除凡尘苍生的魔念业障，或替世人寻方问药、疗伤驱毒，或排忧解难、答疑解惑，亦清除自身业障，故而功德圆满。

刚才明智大师正是施展这明镜之术，进入天赐的过往回忆，助他消除内心魔障，顺利驱毒。只不过，他也目睹了这年轻人早年丧父，门阀惨被血洗，又屡次遭遇魔人毒手，苦难多舛的命运，故而才发出如此痛心的感叹。感叹造化弄人，年纪轻轻竟承受此等常人难以想象的痛楚，就算如他这般尝尽万般苦难的得道高僧，也对天赐的悲惨境遇深表同情。

他低诵一句佛号，遂又说道：“我已借由黄石灵力，将李施主体内恶毒彻底清除，不需半晌，他便能恢复如常。敝寺简陋，沧月师妹若不嫌弃，就在此处住上数日，待李施主伤好再走不迟，我已派出寺内弟子打听景阳道长行踪，师妹不必担心。”

明智说完，长长地舒了一口气，呼吸吐纳之间，他的面色也恢复了少许。

“多谢明智师兄救命之恩，大恩大德，沧月感激不尽，明智师兄此番损耗了大量真气，着实辛苦，这是我们桑阳观秘制的还气丹，对真气恢复大有妙用，小小意思不成敬意，请师兄笑纳。”沧月真人躬身拜谢道，随即从袖中拿出一颗通体浑圆的纯白丹药。

明智接过那枚丹药，答谢道：“真是多谢沧月师妹一番心意，师妹不必行此大礼，我与景阳道长乃世交挚友，敝寺又与贵派源远流长，此乃明智理应所为，不足挂齿。”

他服下那枚丹药，定了定神，遂又望向明圆：“师弟，我们先走吧，李施主他体内奇毒刚刚才清除，想必有很多话要说，我们还是不要打扰他们了。”

明智、明圆二人随即各自执法杖，领着众僧朝黄石洞外走去。沧月与柳梦晴望着他们消失的身影，面露感激之色，天赐体内奇毒已彻底清除，终于熬过了这一劫，她们也放下了心中那块大石头。

转头回望，但见黄石之上、金幕之中，天赐的身影似有异样。她二人急忙上前查探情况，只见天赐此刻已缓缓睁开了双眼，面色仍是惨白，望着她俩，气若游丝地说：“我，我这是怎么了？”他想要起身，却发现四肢乏力，无劲可使，只能吃力地勉强抬起头来，呆呆望着身旁的沧月与柳梦晴，不知所措。

“天赐，你忘了刚才发生的事吗？”沧月关切地问道。

“我只记得住持大师叫我躺在这块石头之上，心无杂念，没想到我刚躺上去便困意来袭、昏昏睡去，根本不记得发生过什么事了。”天赐言语间恢复了少许气力，从神石上坐起身来。

“明智大师为你彻底祛除了体内奇毒，你今后再也不用担心那七虫七叶花之毒复发了。”柳梦晴望着正慢慢回过神来的李天赐，眼波中流露出无限关怀，柔声笑道。

“什么？明智大师将我体内奇毒完全祛除了？”天赐只觉喜从天降，他本欲来亲眼一睹身下这块玄黄神石的风采，却不料阴错阳差，遇到善德寺住持明智大师，还借助这神石的灵力，彻底祛除了他体内的奇毒，着实惊喜。

他从石台上跃身而出，却顿觉周身剧痛欲裂，可肉身的疼痛丝毫不影响他内心的喜悦。他皱了皱眉，咬着牙说：“哎呀，真是疼死我了，看来刚才我没少吃苦头啊！”

沧月与柳梦晴两人心照不宣，相视而笑。

“哼，你可是没听到你刚才那惨烈痛苦的号叫，应该让你听听的，简直惊天地泣鬼神，当真绝无仅有、撼动人心啊！”沧月现出一丝俏皮之色，仍是满脸笑颜地说。

“这……看来我刚才的惨状真是吓到你们。”

“可不是吗，不过你要好好感谢梦晴了，若不是她及时奏响古琴，恐怕你挺不过这一关。”

天赐望向梦晴，脸上满是感激的神情。

他深吸一口气，柔声地说：“梦晴，真是多谢你的救命之恩，你我年龄相仿，相见如故，一直以来承蒙你的照顾，数次于危难之际出手相助，这份恩情，我做牛做马也无以为报。”说到后来，天赐眼中满是笑意，眼底尽是当初扬州烟雨尘世中那抹柔情的翠绾之色，岁月蹉跎，当时初见时的悸动始终未曾改变。

“哼，少在这贫嘴，什么相见如故，满口胡诌，也不知是谁一见面就要打要杀的，你小子可得给我好好的，再出什么乱子，我可不会出手相救了，明智大师嘱咐过，你先在寺内好好休养吧。”柳梦晴冷若冰霜的脸上，似有几许嗔怒笑骂之意。

谈笑之间，天赐周身气力已恢复大半，他走出黄石台，置身于那棵万年苍松之下，抬眼望向那高耸入云的巨大苍松。那苍松遮天蔽日，气势恢宏，已是前所未见，而那树下的黄石金芒万丈，四射开来，更是让整个空幽山谷显出几分神奇隽秀，今日不只目睹了神石风采，还领教了它的神奇灵力，此生当真无憾矣。

奇毒已除，他们三人并肩走出那黄石古洞，却见洞外仍是由五个高僧把守。

李天赐走向五僧，内心无比自责，神情恭敬地说：“各位师兄，师弟方才多有得罪，请勿见怪，既然体内奇毒已清，那我们就此离去了。”

五僧中间身材高大的清幽和尚低诵佛号说道：“天赐师弟无须自责，近日于敝寺中休养，有机会多多修习佛法，参禅悟道，清除心中魔障，方能真正步入高深得道之境。我们五个师兄弟还要在此守卫神石，恕不远送。”

“清幽师兄教诲，天赐必定铭记于心。众位师兄，我们就此别过。”

他们三人与五僧各自辞别，便下山径直朝善德寺方向走去。

望着天赐几人远去的身影，清幽忽又开口说道：“这年轻人年纪轻轻，却非比寻常啊。他那把震雷棍上的黑煞邪石，充斥杀气邪念，若他道行不深，难以抵制那邪石灵力的反噬，假以时日必定堕入魔道，希望他勤加修习佛法，明澈心智，不要走火入魔才好。”

“师兄，师父不是说过，那颗邪石乃阴石，还有颗阳石不知所终，阴阳二石融合，也许会有奇效。”他身后一面容白皙的年轻僧人说道。

“师父他老人家说过此话不假，但两石合体，便要看那邪石主人乃何人了，若是正派还好，如果是那人身处邪派，那后果……呵呵，不敢想象啊。所有功参造化只能看他自己的了。”

清幽望向天空，表情似有深意，天幕下的青山烟雾缭绕，寺身若隐若现，有如梦幻仙境。

翌日晌午，善德寺客房庭院之中，天赐的房门仍是紧锁着。门外沧月负手而立，她清晨便起身漫步在这祥和静谧的寺院之内，不时地四处观望，善德寺虽与桑阳观同为四大正派，地位不相上下，但相较

于桑阳观的人丁兴旺，善德寺内僧侣人数却并不多，也许是下山化缘修行或打探消息去了。

也不知景阳师兄现今身在何处，她心中对景阳真人下落很是牵挂，数日毫无音信，纵使景阳这般道法高深之士，也不免让人担心。她已数次传信回观，得到的消息始终都是景阳真人没有归来，事已至此，这个女子也无计可施。

庭院之中，传来阵阵琴声，柳梦晴一如往常地在闲暇之余弹奏着囚牛古琴，仿佛那方古琴已与她的生命融为一体。琴声绕梁不绝，与寺内低沉的禅钟和鸣而奏，更是平添几分悠扬清婉。若是这般远离尘世恩怨纷争，放下红尘，置身佛教圣地，聆听钟鼓琴瑟，感悟佛言禅语也是另一番心神向往的人生境界吧。

柔缓的琴音，也渐渐平复了沧月的心境，她心里惦念着天赐，故而一早守在他的房门前，但房内却毫无动静，只有鼾声不时传出，看来他折腾了一整天，奇毒方解，身心却早已疲乏，正倒头大睡之中。此时琴音徐徐而来，房内鼾声渐歇，正午暖阳当空，阳光透窗而入，洒进屋内，只不过仍不见屋内有何响动。

沧月真人欲上前敲门叫醒李天赐，却见迎面走来了一个小沙弥，那沙弥眉清目秀，身上的百衲衣有些残旧，他径直走向沧月，低诵一声佛号，遂神情谦逊地说道："沧月真人，方丈住持大雄宝殿有请。"

"小师父，明智师兄他可有说是何事相请吗？"

"住持大师没说，只命我将真人带去便是。"

"既然如此，那有劳小师父带路了。"沧月真人言罢望了望庭院中的柳梦晴，此刻琴声已戛然而止，两人心有灵犀，打了个照面。

善德寺大雄宝殿虽不似万佛殿那般万佛朝宗，恢宏大气，但也布局精巧，黄瓦盖顶、金碧辉煌，殿外生长着两株挺拔参天的巨大罗汉松，巨松之间便是那纹路斑驳的石阶。顺着石阶而上，来到殿内，只见殿中央那尊硕大的佛像身披金缕圣衣，正俯视着芸芸众生，它的神色很是威严，让人好生敬畏。佛像之下，明智大师正点着一盏长明灯，佛龛上的香炉中，燃着粗壮的佛香，轻烟缥缈，更添几分神圣。

沧月望着明智那矮小的身影，肃然起敬道：“明智师兄，不知叫沧月前来所为何事？”

明智数次尝试，却怎么也点不着那盏长明灯，他无奈只得作罢，转过身来望向沧月，苍老的脸上浮现出一丝异色，肃穆地说：“沧月师妹，我已打听到景阳真人的下落了。”

沧月听到明智所说，心中不禁突生一种不祥的预感，十分焦急地望着明智：“请师兄告知，景阳师兄他到底身在何处？”她的眼神中流露出急不可耐却又担惊受怕的情绪，那情绪强烈而复杂，明智看在眼里疼在心里。

这个得道高僧沉默片刻，一字一句缓缓从口中说出：“师妹，景阳真人他此刻正困于幽州以北的恶灵深渊，只怕凶多吉少……”

“恶灵深渊？那不正是天魔教的领地吗？真人怎么会去那个地方？只身前去魔教腹地，凶多吉少，这不像是他的所为，明智大师，您这消息属实吗？”

明智大师沉默不语地点了点头。

“师兄，我们不能坐视不理啊，我们一定要去救他。”沧月很是激动，那恶灵深渊她略有耳闻，乃天魔教训育天魔尸兵的邪域，景阳孤身前去，必然深陷险境，形势危急，间不容发，必须要尽快前去救援。

“景阳真人他是前去搭救桑阳观那些下山试炼的弟子才遇险的。他们在冀州城北中了魔人埋伏，身陷险境，死伤惨重，最后只有寥寥几人突围而出。敝寺弟子清慈从中奋力脱身，道出其中原委，如今已全身筋骨尽碎，伤重昏迷不醒。”

“什么？我派弟子赵志成一行此刻也正困在那深渊里？师兄，事不宜迟，我们要把他们都救回来啊！”沧月言语急切，话语未歇，却早已泪如雨下。

明智大师安慰着这个伤心欲绝的道人，待她情绪稍有平复，旋又神情凝重，正色道：“如果消息有误，我们就此贸然而去岂不是自投罗网；如果消息属实，天魔这样故意放出风来让我们知晓，等着我们前去也同样是瓮中捉鳖。”

沧月恍然大悟，这正派巨擘的掌门人当真思维缜密，顾全大局，在这般紧要关头仍是方寸不乱。自己则一时冲动糊涂，差点中了魔人诡计，她抹了抹眼角的泪痕，面有愧色地说：“师兄说得很是在理，沧月方才心急如焚，有失分寸，真是惭愧，依师兄之见，我们现在应该怎么办？”

“沧月师妹请放心，我已传令九州正道人士前来相助，明日人马一到，我们便出发前去营救景阳道长，虽然我们人多势众，但看来也免不了一场恶战了。”

“也只能如此了，我这就传信于桑阳观，让玄木师兄多派些弟子过来相助，我们一定要救出景阳师兄。”

明智见她仍是有些焦躁不安，便缓言宽慰道：“如此再好不过了，那今日只得有劳师妹待在寺中静观其变了，切不可轻举妄动。”

沧月真人虽然允诺，但她心知肚明，今晚只怕是要受到漫漫长夜的无尽煎熬了。

原来当日景阳真人本欲先行去善德寺拜访故人明智大师，不料途中却撞见从魔沼中逃出来的徐谦禹，从他口中得知赵志成等人此刻正身陷恶灵深渊，凶多吉少。他当机立断，命徐谦禹先行回观通知玄木真人派弟子施援，自己则只身涉险前去相救，岂知到了恶灵深渊却中了魔人圈套，以致身陷囹圄，至今仍生死不明。

当日赵志成一行四人下山，来到九州北端的幽州城中，与其余正派弟子相聚。众人相会于城中悦来客栈，共商讨伐天魔事宜，据善德寺弟子暗中打探，城北坤戎山深处，有一天魔据点，今日天魔教徒将聚集于此，商讨进攻幽州事宜，几派弟子共同商议，最后决定留两名弟子于城内待命，其余众人前往坤戎山剿灭魔人。

在这群正道弟子中，以桑阳观方毅资历最为老成，故而众人以其马首是瞻。一行数十人在方毅的带领下，杀向坤戎山，他们刚行进到那坤戎山山脚的密林中，便被埋伏在此处的天魔教徒袭击。

这些正道弟子都是各大门派弟子会武中脱颖而出的精锐弟子，他们各执兵刃法器，勇往直前、所向披靡，那些天魔教徒决然不是他们的对手。一番激烈交战，他们将天魔教徒尽数斩杀，遂又向坤戎山深处进发。

途中偶遇魔人，都只是些修为尚浅的普通天魔教徒，对这些精英弟子来说自不在话下，那些魔教徒兵败如山倒，只得且战且退，方毅与赵志成一群人乘胜追击，不知不觉已来到了那坤戎山中。

岂知越是深入，他们发现这坤戎山越发诡异，突然风云变幻，山中升腾出层层浓雾，阵阵幽怨的笛音从山林间传来，那笛音摄人心魄，教方毅一行人血气激荡。树林上空一个身着黑衣、头戴斗笠的人突然从天而降，那神秘黑衣人竹笛在口，瞬间激起阵阵音浪朝众人迎面袭来，纵然这些名门正派的精锐弟子道行略有小成，但仍是抵不过那犀利的音浪，顷刻间几个修为稍浅的弟子便暴毙而亡。

这突如其来的一幕，着实令他们吃了一惊，众人与那神秘黑衣人激战在一起，却发觉对方身形飘忽不定，仍是且战且退，不欲恋战。方毅等人一时杀得兴起，追击黑衣人而去，却不知不觉闯入了魔人所设的陷阱之中。

方毅当机立断指挥各人往幽州城回撤，等待正派弟子施援，但这一切却已然太迟，待他们反应过来时，却发现周围全是那些天魔尸兵。此刻那黑衣人再次现身，与他同时出现的是一对手持灵剑的年轻伉俪，他们招式狠毒、攻势行云流水，配合得天衣无缝，转眼间就杀死了几名正派弟子。

这些正派精锐弟子被尸兵包围、进退维谷，见对方高手如林、来势汹汹，更是激发了心中浓烈的战意。他们兵分两路，由善德寺清慈师兄带领几名烟雨阁弟子追击那黑衣人，而桑阳观的弟子则负责对付那对伉俪，可就算方毅与赵志成他们修为深厚、法术高强，还是敌不过那对魔教璧人手中的灵剑，他们手中灵剑一阴一阳，一柔一刚，相生相克、相辅相成，经过一番激烈交手，方毅几人遍体鳞伤，已成溃败之势，他们无可奈何，只得往坤戎山更深处逃亡。

与此同时，清慈一行人却被那黑衣人引到了天魔尸兵阵中，那黑衣人吹起竹笛指挥着尸兵与清慈等人交战，那些天魔尸兵在笛声辅助下如有神助，清慈他们力战不支，烟雨阁几名弟子惨死当场，而清慈则凭借高强法术勉强逃过一劫，火速朝幽州城撤去。回去的路上，他遇到了前来救援的景阳真人。景阳真人得知观中弟子赵志成一行仍未脱离险境，便毅然决然地孤身犯险前去营救。

而方毅与赵志成他们一路被三个神秘莫测的魔教高手围追堵截，只能躲进坤戎山深处的一个幽壑古洞之中，殊不知此地便是恶灵深渊，他们几人面对浩浩荡荡的天魔尸兵，使出浑身解数，奋力抵抗，却还是被逼入绝境。

眼看就要葬身于此，就在那生死一线之际，方毅想起临行前离火真人交给他的暗红色锦囊，他嘱托自己不到生死攸关的时刻，绝不能打开这个锦囊。生死关头，他猛然想起这个如黑暗中的明灯、落难之际的救命稻草一般的锦囊，他急忙打开锦囊，却发现里面装的竟是一群尸鳖幼虫，这突如其来的变故如同晴天霹雳，让他们猝不及防，而方毅更是不幸被尸鳖咬到，中了尸毒，当场惨死。

其余三人皆是愤然悲恸，想不到离火真人竟暗中投靠了魔教，加害于他们，如此惨状更是激发了他们血肉之躯最后的斗志。他们抱着赴死的决心与天魔教徒顽抗到底，夏裳小师妹不幸惨死在那对魔教伉俪手中，而赵志成与徐谦禹也身负重伤，眼见就要命丧于此。

最后关头赵志成无比奋勇地挡在了师弟身前，以死相拼，这才确保徐谦禹全身而退，去寻求援手。

他们四人皆桑阳观弟子试炼大会中脱颖而出的青年才俊，此行下山与其余正派杰出弟子一道参与试炼，却不想被围困在恶灵深渊，落得如此惨痛的境地，景阳真人又岂会置之不理，是以他急忙赶往坤戎山中前去营救赵志成等人，这才深陷魔沼。

夕阳中，善德寺藏经阁上的暮鼓在沉沉作响，如血的残阳，倾斜地照射在这片山林之中，林海间有山风徐徐而来，风中伴着花香与佛香混杂而成的奇异香味在微微飘散。远方天边的云层里，血色的光影，变幻流转，那是残阳轻抚清云在天河烙下的痕迹。

沧月真人怔怔望着天外，那里风轻云淡、云卷云舒，那般恬淡舒缓，却仍旧无法让她的心绪平静下来，她心系景阳真人安危，恨不能即刻出发相救。

“真人，你在这儿做什么呢？”身后传来李天赐那爽朗的声音，回首望去，他与柳梦晴二人正关心地看着自己。天赐已听说景阳真人此刻正身处险境，心中也是担惊受怕，万分牵挂，但念及沧月之前伤心落泪，此刻依然坐立不安、心绪难平，他便佯装轻松惬意，不断对她安慰道，“真人请放心吧，景阳真人他道行高深，经历无数风浪，必然会临危不惧，逢凶化吉的。”

“天赐，你别安慰我了，我没事。”这些时日，如此繁多的重担都压在沧月一人肩上，她早已疲惫不堪，但仍是强颜欢笑，装作好整以暇、从容不迫的模样。

太阳不觉间已悄然落入西山，天际挂着一轮若隐若现的清辉冷月，月如银钩，寒芒料峭。冷夜中的山风呼呼吹来，让人不住地瑟缩，天赐微微摇晃着身子说道：“如此再好不过了，真人，快回去歇息吧，入夜了有些凉意，别冻坏了身子。”

“时候不早了，你们先回去吧，我还想独处片刻，在这里散散心。”沧月转过身来，抬眼朝那轮弦月望去，冷辉在缥缈的清云中恣睢流转，

清芒洒向人间，是那般凄冷绝美。

李天赐与柳梦晴眼见拗不过沧月，只得异口同声地说：“既然如此，那我们也在这陪真人，真人不走，我们也不走。”言毕，两人分别立于沧月两侧，淡然从容，竟是如此坚定。

“你们这又是何苦，我实在是挂念景阳师兄，故而夜不能寐。”沧月满脸愁绪。

“我们岂会不懂真人心中所想，我们也着实担忧景阳真人安危。”说话的是柳梦晴，她看着身边的沧月，清丽的脸上满是担忧和关怀。

“如今也只能为景阳师兄默默祈福，希望他能逢凶化吉，等着我们赶到了。”

“放心吧，真人，明日我们正派人士集结，便前去恶灵深渊找寻景阳真人下落，我们一定会把他救出来的。”李天赐安慰沧月。

月色溶溶，月华之下的三人并肩而立，寒风料峭，徐徐而来，让他们忍不住打了个冷战。静夜漫漫，他们怀着同样的心事，相顾无言，无心入眠，就这样过了一宿。

晨光穿过山林投射在万佛殿前，初升的晨曦照得人睁不开眼睛。万佛殿前的法场之上，得讯前来的正派人士已整装待发，其中十多个身负长剑、面目清秀的烟雨阁弟子特别出众，令沧月等人诧异的是，桑阳观竟未派弟子前来相助。

“真是奇怪，竟未见到我桑阳观的弟子。”沧月真人望着场上众人，十分惊奇。

明智大师笑着宽慰道：“你们不正是桑阳观的人吗？”

沧月面色并没有丝毫缓和：“明智师兄可别打趣我了，也许桑阳观弟子此刻已在路上，再等等吧。”她虽然急着去救景阳，但没见到桑阳观弟子现身，她总觉得不放心。

“时候不早了，我们不等了，就此出发吧。”明智朝着众人说道。

沧月真人无可奈何，想要坚持，心中却担忧景阳安危，只好作罢。

“师兄，您的气力还未完全恢复，就待在寺中静养吧，我和明慧师弟同去就行了。”明圆此时忽然开口朝明智正色道，此言一出，众人更是齐声附和，纷纷劝说明智留下。

“还是我亲自去吧，由明慧师弟护寺。”

“明智大师，依我看您老还是留在善德寺中以防不测。明圆、明慧师叔道行高强，行事谨慎，必定不负所望，号令我众，得胜而还。”说话者却是那其中一名烟雨阁弟子，只见他眉目清秀，气宇轩昂，站在众烟雨阁弟子中间格外显眼，身后长剑闪着异芒，一看便知乃名门之后。

那烟雨阁弟子此话一出，其余众人赞同之声更盛，齐声高呼求明智留下。

明智怕贻误战机，也只好答应，遂说道：“既然众位如此坚持，那贫僧也不便再说什么，就由明圆、明慧统领敝寺弟子施援，事不宜迟，你等就此出发吧！”

佛场上众人群情激愤，齐声高呼，各执法器，跃身而起，幻化成一团团异芒光影，朝北方恶灵深渊的所在飞去。人群之中让天赐最为惊奇的是，前日清晨所见那位看上去毫无道行的扫尘小僧也随着明圆一起跟了过去。

那恶灵深渊位于幽州以北荒野中的坤戎山深处，众人一路御风飞行，眼见抵达坤戎山境域，张目俯视身下的崇山峻岭并未发现任何异样。那位烟雨阁青年才俊冲在最前方，他不断找寻着山中任何可疑的地点，但探寻良久，并无所获。

忽然远方的高空闪现出一道赤红异芒，空气中也传来阵阵剧烈的震响，那赤芒像是从下方的密林深处发出的。那密林密布着参天奇树，毫不透风，全神贯注凝望而去，果然见到其间偶然有阵阵赤红光芒隐现。众人极目遥望，发觉那片幽暗密林大有蹊跷，林深处似有异象显现，不时发出微微震颤，那震天响动也是从那里传来，以至于整片树林被

震得枝叶纷落，群鸟惊飞。

“就是那里了。”那烟雨阁弟子指着远处红光所在之处，朝身后众人大声喊道，随又急转下落，径直朝丛林深处的那团光芒俯冲而去，身形疾速，顷刻间已飞行了数十丈远。

众人紧随而至，顷刻间正派人马已悉数隐入那片丛林之中。

这一路并未见到任何异象，也没有魔人踪迹，让明圆、沧月等人好生奇怪，他们跟着众人御风向前，双眼却不断警觉着周遭环境的变化。眼见来到密林尽头，那团红芒所在也越来越近，却突然听见前方密林之中似有打斗声传来，他们心中大惊，急忙朝前方飞去，但见那名烟雨阁青年弟子在林中已与两个魔教徒交上了手。烟雨剑法剑气凌厉，招式犀利，那些平庸的魔教兵士又岂是这正派精英弟子的对手，寥寥几招，便被那年轻人击毙。

“这位施主，你没事吧？”迅疾赶到的明圆对那衣衫上沾染着点点血迹的烟雨阁弟子关心地发问。

“区区魔教小贼，又岂是我的对手。明圆大师，恶灵深渊应该就在前方，我们快去吧。”那俊秀的烟雨阁弟子说道，随即向丛林的前方急速奔去。

突然上空传来一阵破空厉啸，一支血红色利箭朝那烟雨阁弟子猛然袭来。

“当心啊！”身后众人异口同声地喊道，却发现已然太迟。那支利箭迅疾贯穿了那名烟雨阁弟子的胸膛，他面容可怖，双目圆睁，神情讶异，一副根本无法相信自己就这般死去的绝望神情。他无力阻止死亡的来临，瞬间面色惨白，青白色衣衫的胸口盛开着血红色的花，就这样轰然倒地而亡。

“师兄！”那些来不及反应的烟雨阁弟子异口同声地哭喊起来，围在那青衣男子周围，却再也唤不醒他沉沉睡去的血肉之躯。

随之而来的是此起彼伏的凄烈惨叫，瞬间又有数人中箭倒地身亡。

他们方才只顾着在林中与魔人缠斗，全然未曾察觉丛林中暗藏的危险，是以中了那些隐藏在树冠中的天魔教徒的埋伏。而那些围作一团的烟雨阁弟子，也悉数被利箭击中，尸身遍地，令在场众人无不震惊。

“各位请速速向我靠拢！”形势危急，明圆大师当机立断，一声怒吼长啸，形如猛兽下山，震得周遭的树木剧烈摇晃，树上的天魔教徒立足不稳，纷纷从空中坠落。

明圆的圣衣袈裟此刻已充盈鼓动，周身真气源源不断朝四处发散，他将手中那杆法杖抛向半空，双手合十，法杖随即倾泻出一道金色光芒，形成一面金色光罩，将其周身完全笼罩。场上各人一时手足无措，纷纷朝明圆靠拢，林中阵阵箭雨猛袭，击中那层光罩，触之即碎。只是来不及躲进光罩中的其余众人，或惨死箭下，或孤军奋战，与魔教徒厮杀在一起，林中埋伏的魔教徒甚众，紫衫、黑衫相间，各个凶神恶煞般地将金光之中的正派众人死死包围，却也不敢贸然向前，双方就此僵持，均不敢轻举妄动。

“这可怎么办才好，看来这些天魔教徒处心积虑地埋伏在此，就是等我们前来，将我们一网打尽。”金光中的人群议论纷纷，七嘴八舌地说道。

忽而听见密林之外，又传来一阵剧烈的震响，整个大地也在不断地剧烈颤抖。突然涌来一股令人作呕的浓烈血腥气息，似有无形的巨大声浪摇曳着整片树林，排山倒海般折断了树枝，吹散了树叶，吹动着众人的衣衫锦袍剧烈飘荡。他们还来不及反应，无数声划破长空的厉啸便山呼海啸而来，天空之上，那是淹没日光的赤红色幽影，那是吞噬长空的邪魔。

“这，这是什么？”李天赐望着空中那前所未见的灭世景象，心头不禁为之一震。

“各位当心啊！”明圆又是一阵怒吼，他用尽全身力气催持着那面金芒光罩。

惊世骇俗的一幕发生了，只见林外远空，血红色的一片朝他们急速袭来，他们的瞳孔也被映成了红色，待那诡异血影靠近才赫然发现，那血红色的一片竟是由无数支鲜红色的利箭组成的箭雨。凝神望去，银白色箭头还淌着某种暗绿色的莫名液体，好像淬着剧烈的毒药，见血封喉。

致命的漫天箭雨迅猛突袭，让林中众人根本无暇做出防备。一时之间，凄惨的叫喊声从人群中不断传出，箭雨凌厉至极，触之即亡，惊骇可怖。

阵阵箭雨不断疯狂地冲击着那面金色光罩，将整个光罩也冲击得摇摇欲坠，“吱吱”作响。密集的箭雨将整个光罩的金芒悉数湮没，光罩也开始变得暗淡起来，明圆担心那光罩失去法力的催持轰然破裂，更是急运体内真气，源源不断地向那把法杖输去。顷刻间金色光芒又亮了许多，化解着恐怖箭雨一波更盛一波的攻势。金罩中的众人，面对这突如其来的可怕箭雨，猝不及防，只得屏息以待，更有甚者紧闭双眼，不敢直视。

“这些毒箭为何数量如此之多，难不成天魔教竟强大到如此地步？”金光之中，沧月神色凝重地说道，在旁众人听到她所说，皆心生骇然，十分惊讶。

也不知过了多久，那疯狂犀利的箭雨终于过去，明圆不敢贸然撤下光罩，仍护着周身的众人。透过不断闪烁的金芒望去，林间早已尸横遍野，血流成河，树干上、土地上、尸身上插满了毒箭，血腥的气息扑面而来，场面有如末世死域，令人无比胆寒。正派人士死伤大半，而那些在林中预先埋伏的魔教徒也成了被利箭射杀的亡魂。

又过去半晌，眼见四野无异样发生，明圆缓缓撤下那道光罩。一阵腥风扑鼻而来，激起更为浓烈的血腥味，恶心得让人几欲作呕，众人屏住呼吸，祭出各自法器朝那林外红芒所在走去。

天赐一人走在后面，他用衣袖捂着口鼻，不时环顾这场间的种种惨象。

突然只觉右脚被人死死抓住，他不禁大吃一惊，心道是魔人命硬，遭遇如此凌厉箭雨都未死绝，便要抬起脚来朝那人狠狠踩去。脚刚踏向半空，他张眼望去，发现竟是那名青衣白衫的烟雨阁弟子，他方才被压在尸身下，躲过了那阵夺命箭雨，不过此刻早已气若游丝，目光呆滞，眼帘逐渐低垂，左手却拼命抓着天赐的脚不放，他绝望的眼神死死望着天赐，那眼神像是在哀求着什么。

天赐于心不忍，蹲在地上朝那人说道："师兄，你可是有什么话要说吗？"

"我……我，快不行了，小兄弟，请你代我将这只玉泉盏交给烟雨阁齐师兄，就说师弟无缘……再……与他执盏言欢，把酒论剑了，只盼……他……能为恩师报仇……"他使出生命最后一丝力气说出了这些话，言语间，他不断抖动的血手艰难地从胸前拿出一只小巧玲珑的翠绿色酒盏。

"师兄，你放心吧，齐师兄他也是我的兄弟，我一定会将这酒盏带给他的。"天赐接过那只玉泉盏，拭去上面的血渍，小心翼翼地藏进衣衫内，面色很是悲凉，语气却平淡而坚定，他想起当日浮玉山中，齐羽想要痛饮那壶玉泉酩，却发现缺了这玉泉盏，想不到酒盏就在这烟雨阁弟子的身上。

他话音刚落，那俊秀的烟雨阁弟子却早已无声无息，也不知他是否听见自己所说，天赐轻轻叹了一口气，拍了拍那人的肩膀，随即跟着前人朝林外走去。

走出丛林，便觉眼前豁然开朗，但他们也许立马会后悔自己着实不该走出那片森林，林中虽是一片血腥的死域，但比起眼前的末世景象还真算不得什么。因为，他们当前所见的却是较之林中更为惊骇恐怖，令他们此生决然不会忘记的场面！

林外那片广袤的土地之上，赫然站着无数个面目狰狞、巨目紧锁

的天魔尸兵，他们身着青铜铠甲，各执银弓利剑、长矛斧钺，站在原地整装待发，漫山遍野，战旗招展，随着远处山丘的起伏密布而立，仿佛只要一声令下，便会瞬间踏平这片丛林。一眼望去，尸山尸海，简直望不到尽头，这些天魔尸兵竟组成了一支数量巨大的尸兵军团，那阵势浩浩荡荡，前所未有！

明圆等人不禁倒吸一口凉气，他们从未见过数量如此之多的天魔尸兵，心中更加震惊。

“你们果然还是来了，只是这么点人，还不够我这些天魔神将塞牙缝的。”一个凶恶的声音从那些尸兵当中传来，循声望去，只见一位老者，老者身后是三位装束各异的年轻人，两男一女。其中一人头戴黑色斗笠，身着黑色劲装，黑纱蒙面，看不见相貌，剩下一男一女并肩而立，显得很是亲密，他们英气逼人，各执一柄寒光料峭的灵剑，皆是面容阴邪俊逸。

“你们是谁？景阳真人现在何处？”明圆大师望着这个邪狂的老者，厉声说道。

“景阳老道？他此刻就在这下面。”老者指了指脚下的土地，那病态般惨白而扭曲的脸上挤出几许冷傲的邪魅。

在场正派人士注意到他脚下那方土地此刻正不断散发着耀眼夺目的赤色光芒，光芒冲破大地，向上空迸发激射而去，方才他们在空中看到的赤色异芒便是脚下这方土地所发出的。

“这下面有什么？”明圆神情十分戒备，随即问道。

“有什么？当然是恶灵深渊啊，哈哈哈。”老者说到后来，邪笑连连，笑声刺耳无比。

笑声戛然而止，正派众人还未做出反应，却见老者身后那紫衣女子口念法诀，身形闪动，秀手急挥，一道异芒激发而出，瞬间朝众人袭来。

“当心妖法！”明圆厉声大喝道，瞬间祭出手中金光法杖抵挡那道异芒，却仍是差之毫厘，已然太迟。异芒朝场上一人急袭而去，那人做不出任何反应，一击即中。

奇怪的一幕发生了，只见他眼瞳圆瞪，双唇巨张，表情瞬间凝固，呈现出一副恐怖的诡异面相。那面相不带任何痛苦，也没有任何扭曲，更像是无法置信，又像是想要呐喊却绝望地不能发声。他始终保持着这种莫可名状的诡谲姿态，突然随着丝丝清脆的异响，那人周身从下至上，竟然变得僵硬无比，如同岩石。众人还没弄明白发生了什么，那人却已完全变成了坚石，方才还有血有肉的人，此刻成了一尊石像，在场其余正教人士无不胆寒。

“什么！你是月茹艺！你们是天魔东方氏三大长老，那么你就是……”明圆指着那邪狂老者无比惊异地说道。此等能将活人石化之术，世间只有魔教东方氏长老月茹艺精通，是以明圆大师才如此肯定。

“东方氏？月茹艺？”沧月大惑不解。

“东方氏是天魔五大氏族中消失的一族，是最为神秘的一支氏族，只不过他们的族人却没有消失，而是投身独孤氏门下，成了独孤氏犬牙。”说话者正是明慧大师，他凝望那邪魅女子，阴郁的面容中没有丝毫表情。

“原来如此，依明慧大师所言，天魔教便是安排他们专门在这恶灵深渊中训育天魔尸兵，只是真想不到岁月匆匆流转，东方氏竟练就了数量如此庞大的尸兵军团。”方才一直在旁观望的李天赐若有所悟。

“不错，鄙人正是独孤教主门下东方铭。”那老者冷视在场众人，仍是邪笑着说道，言语中的张狂却收敛了些许。

“明慧大师？真是没想到啊，这些年未见，你这般心高气傲的人竟看破红尘，遁入空门，成了和尚。”那名叫月茹艺的邪女子对着明慧大师冷冷说道。

明慧仍是毫无表情，冷冷地说：“当年情、当年义，情意绵绵述衷肠，离别无心非无情；笑红尘、叹红尘，红尘看破遁空门，佛怜吾身修吾心。

当年是我辜负了你，只是希望你不要介怀。”

“飞花逐月香满袖，散发素手弄扁舟，与君笑看烟波起，寰宇星河共遨游，这些全都是屁话。你真是做了和尚突然开窍了啊，我要感谢你不娶之恩才是。”月茹艺脸上浮现出些许讥讽之意，眼神却很是伤感，随即又回到东方铭身后那挺拔俊逸的年轻男子身旁。那男子狠狠盯了明慧一眼，待要发难，却被身旁那此时面色很是难看的月茹艺制止，他也不在意，而是柔情地望向这个女子，温柔地轻抚着她的秀发。

明慧大师默然无语，明圆却率先开口说话：“废话少说，自古正邪势不两立，你这妖女甘为天魔效犬马之劳，那我等只得血战到底。今日前来，我们若救不出景阳真人是不会善罢甘休的，不是你死便是我亡！”

“好一个你死我亡，叹什么当年情意！”月茹艺漠然而道，眼眸中满满都是明慧那苍老憔悴的身影。

那孤独苍凉的老者，默立于明圆身后，将头深深埋在阴影之中，看不见任何表情。

“哼，取你等性命还用得着我出手吗？我今日有要事在身可没空陪你们玩。”东方铭冷哼一声，率先跃身而出，飞到了空中，三位长老随之而去，他们四人轻浮于空中，衣袂微微飘动。

众人祭出法器，便要朝空中魔人击去，却突然发觉脚下大地开始剧烈摇晃，天摇地动，就要崩裂塌陷。随着晃动的加剧，地面上那团赤芒急速蔓延，越来越大，已完全将他们笼罩。倏忽之间，地面竟赫然生出一条偌大的裂缝，万丈赤芒从裂缝中投射而出，那光芒十分刺眼，不能直视，在天崩地裂的骇世震动中，危如累卵的大地终于支撑不住，发生了变化。

随着赤芒骤盛，那恶灵深渊洞口豁然大开，一阵无形的气浪涌来，地面上那些天魔尸兵也像是被某种异术触动，突然间竟悉数睁开了双眼。幽幽绿光从那一张张惨白凶恶的脸上发出，它们仿佛听到了某种无形的召唤，顷刻间全部醒了过来。

“杀了他们！”东方铭从空中传来一阵阴邪的笑声，随即他身后另一名神秘的黑衣男子从袖中抽出一支竹制短笛，兀自吹奏起来。那笛音初始有些低沉，随之开始变得高亢，最后竟无比激昂，听来很是刺耳。

柳梦晴以音律见长，来人吹奏竹笛，显然引起了她的注意，她朝那全身黑衣黑纱缠裹的怪人仔细打量而去。方才他一直站在东方铭身后从未出招，柳女也只是暗暗惊异此人光天化日之下仍是锦衣夜行的怪诞装扮，却未曾想到他在东方铭的阵营中也有着举足轻重的地位。那阵阵笛音虽丝毫不成章法，但也许正是指挥那些天魔尸兵的暗号。

果不其然，笛音悠扬，朝那数量庞大的天魔尸兵传去。那漫山遍野的尸兵军团虽一眼望去浩浩荡荡，杂乱无章，但随着笛音奏响，尸兵竟井然有序地逐渐散开，伴随着战鼓的惊天轰鸣，战旗的迎风飘扬，组成了九个威风凛凛的方阵。

那笛音高潮迭出，又是一阵极其刺耳的音律划破长空，在尸兵军团中回荡。那像是唤醒这些恶魔最后的法咒，更像是毁灭苍生的丧钟。

终于，恶魔来了。

只见那九个尸兵方阵的中央迅疾发射出耀眼的光柱，七彩光芒加之金、银二色共分九色，九个兵团正好喷发出九种不同色彩的光柱。战鼓轰隆敲响，九色光柱威势震天，冲向云霄、刺破苍穹，那场面，教在场众人无不瞠目结舌。

他们眉头紧锁，神情肃穆，目不转睛地盯着那九道冲天光柱。朝光柱来源望去，只见尸兵军团的中央站立着一头巨大的恶狼异兽，他们暗暗心惊，一眼看出那九头恶狼正是生活在北域荒漠神出鬼没的九灵孤狼，那些孤狼天生神力，星夜疾驰而不知疲乏，只是想不到竟被天魔擒获。狼身之上骑着一个身材矮小的尸兵，那尸兵不同于其他身着玄黄铠甲的青铜尸兵，只见他面色惨白、形容枯槁，披着一件残破的斗篷，更像是尸兵军团的头领。那森森白骨般的手正握着一支赤红色法杖，法杖顶端镶嵌着一颗玉石，那些光柱正是从玉石中源源不绝向天外发出的。

九个尸兵首领正催持着九道光芒向天外激射，九芒汇聚于高空，将云层照得透亮，光芒遂即倾泻而下，洒在那些尸兵的甲胄兵刃之上，九个尸兵军团同时发出耀眼的银光。

那是弓箭手尸兵手中的银弓散发出的冷芒，九个方阵中央那些数量庞大的弓箭手尸兵，齐刷刷地拿出烈弓，搭弓射箭。他们的动作整齐划一、一气呵成，无数淬着剧毒的箭羽顷刻间划破长空，发出击碎星河般的厉啸，怒射而出，又朝地面上的正派人士汹涌袭来。

就在这间不容发之际，明圆再次祭出那道金芒光罩，抵御那犀利的漫天箭雨，众人心领神会，随即没入那金光之中，躲避尸兵毒箭来袭，面对这威力更盛、势如破竹般的漫天箭雨，他们无暇应对，唯恐避之不及。箭雨气势汹汹，脚下的大地却仍在剧烈地颤抖，地缝裂痕已蔓延到了众人的脚边，显得岌岌可危。

柳梦晴突然注意到金芒边缘，那扫地的小和尚来不及躲进光罩，此刻正半身悬空于巨大裂缝之上，眼看就要坠入那无尽深渊之中，被血色赤芒吞噬。

她吓得花容失色，急忙喊道：“小师父提防脚下！”

众人随着她的惊呼扭头望去，只见那小和尚的一只脚已垂在了深渊边缘。明圆、明慧两位大师眼见师门弟子就要坠下深渊更是心急如焚，但眼见毒箭射来，他们也不敢贸然伸出援手，一时待在金芒中手足无措。

眼看那小沙弥就要失足落入恶灵深渊之中，就在这生死之间，柳梦晴奋力而起，拉住了他的手臂，却不料地面那道裂缝急速地加剧扩张，就连自己也要坠入那万丈深渊之中。她根本顾不上那么多，仍是拼命死死抓住小和尚不放，不让他掉进那恐怖的恶灵深渊。此时她身后的地面也裂开一道巨大的缝隙，她俨然已脱离金色光罩之外，置身于一块巨大的孤石之上，摇摇欲坠，顷刻间就要掉落下去。

面对那即将袭来的箭雨，李天赐完全趴在了地上，将右手伸出金罩之外，朝着柳梦晴大声喊道：“梦晴，加把劲啊，快拉住我的手，躲进来啊！”

此刻柳梦晴正奋力拉扯着小和尚，不让他掉入那无底深渊中，根本无暇顾及李天赐拼命伸过来的手。厉啸声声、气势迅猛、铺天盖地、可怖至极，金光内的众人一面望着那漫天箭雨，一面死死地盯着深渊边缘的柳梦晴与小和尚。却见她顷刻间身子已没去了大半，半身悬空于断崖边，却仍是死死拉扯着小和尚，毫无松手之意。

犀利的箭雨来袭，不断击打着金色光罩，金光中有些道行尚浅的正派人士早就战栗不已，暗自祷告。明圆、明慧合力催持着光罩，顾及不了那就快要掉落深渊的两人，只有沧月真人与李天赐，仍是那般望眼欲穿地关注着这此刻看去十分娇柔无助的秀丽少女。

她柔弱的身子在那冷酷无情的箭雨中竟是那样的孤单无助，致命的利箭割破她的衣衫，差点就刺入身内，天赐忌惮那犀利毒箭，只得在光罩之内失声呐喊。又是一声震动从大地深处传来，那块孤石终究支撑不住，向深渊滑落，柳梦晴无奈地望了天赐一眼，便径直坠向那恶灵深渊。

她向下迅疾坠落，却仍是拼命地紧紧抓着那小和尚的手不放，她望着那越来越远的蔚蓝天空，以及周身骤现的赤红光芒，不禁轻轻合上双眼，欣然接受了这宿命般的结局。冥冥之中，耳畔竟响起了天赐的声音，他在不断地大声嘶吼、呼喊着自己的名字，那声音由远及近传来。

那是自己的幻觉吧，她不禁微微睁开双眼。可上方赫然跃于眼前的不正是那隐忍坚毅的熟悉面庞吗？那个追风的少年，不顾一切跳入

这可怖的恶灵深渊，此刻正毅然决然地朝自己飞来，他笑着牵起了自己的手，掌心传来的温度，是如此令人难忘。她深信不疑，这个少年必定会来的，是的，他必定会来，他会奋不顾身朝自己而来，他现在就在身边，永远不会离去，他绝不可能与自己分离，就算是死，也要死在一起……

第四十七章 斩仙屠魔

临冬谷桑阳观，静谧如常，这是个安静祥和的夜晚。竹林刮来的山风仍是那般令人心旷神怡，夜空之上似有几道异光闪现，巡观弟子放眼望去便知那是修道之人在御风飞行。忽然其中一道异光率先落地，异光之中走出来一个身影，那身影令巡观弟子喜出望外，来者正是试炼弟子徐谦禹，他神情有些疲惫，汇报来意，便由弟子引着向真武殿匆匆忙忙走去。

真武殿上，有些苍老的玄木真人已等候多时，徐谦禹走到玄木真人身前，俯身拜道："玄木真人，谦禹特奉景阳真人之命前来。"

玄木真人双手扶起拜倒在身前的徐谦禹，神情很是急迫，正色问道："谦禹，所为何事？快告诉我景阳师兄他怎么了？"话音刚落，他便觉一阵刺骨的寒意入体，腹部剧痛无比。他低头望去，只见那件鹤氅上正插着一柄寒光料峭的短匕，匕身已完全没入腹内，鲜红的血液不停地流出，而徐谦禹正望着自己。

突然大殿之外，冷冷笑意传来："玄木老头，别来无恙啊。"

玄木口吐鲜血，抬眼望去，却见独孤灼枫的身影不知何时已静立于真武殿前，他的身后站着天魔其余几个氏族的门主，这些魔人皆浮现出阴邪的笑容狠狠盯着自己。其中一人没于阴影之中，见不到相貌。

"怎的，身为同门师兄弟，不出来打个招呼？"独孤灼枫这句话像是在对那隐在阴影里的人说。

却见阴影中的男人缓步走出，望着玄木，神情漠然。

玄木发出一阵惨烈的苦笑，说道："想不到啊，真想不到，你竟然成了叛徒，只怪我有眼无珠啊，咳咳……"

这个此刻面如死灰的老者，吐了几口鲜血，面色惨白，身体剧烈颤动，随即倒地不起。

真武殿外，道场之上灯火通明，年轻的桑阳观弟子正与天魔教徒浴血厮杀，看来这些魔人早已埋伏在临冬谷内多时，待景阳真人下落不明，桑阳观内乱，再响应独孤灼枫号召突袭围攻桑阳观，以至于桑阳观众人被打了个措手不及。

冷夜月辉之下，这场正邪血战不知还要持续多久，桑阳观众弟子虽然人数不少，却群龙无首，早已节节败退，一派兵败如山倒的态势。

天空突然传来一阵清啸，一个青色身影引剑而来，瞬间落入道场，剑法凌厉，气势如虹，朝着面前黑衣魔人扫荡而去，剑气惊天，几个魔人口吐鲜血，当场暴亡。桑阳观弟子见来人有如天神下凡，不禁喜出望外地惊呼道："枯叶真人，您终于来了！"

那月色下，身着青色道服，冷若冰霜的道人正是桑阳观专司赏罚的枯叶真人，他手中那柄银色仙剑正急剧地散发着刺骨的寒芒，剑锋在寒夜中微微鸣唱。

忽而寒光乍起，枯叶手持仙剑奋勇杀向魔人当中，那万夫不当之勇的气概，令桑阳观众位弟子热血盈胸，他们也同仇敌忾，各持法器向那些天魔教徒杀去。一时之间，各种法器纷飞，光芒流转，法器撞击之声铮铮作响，唐沐雪等桑阳观年轻道人在枯叶真人的率领下势如破竹，瞬间占据上风。魔人死伤大半，溃不成军，但他们却毫不退缩，反而越挫越勇，魔人人数众多，一波更胜一波，桑阳观弟子寡不敌众，已被团团围住。

"快去通报玄木真人与离火真人，请他们火速增援。"枯叶与观内几名精英弟子，摆出了剑气法阵，抵挡着魔人更为汹涌的攻势。

"我看不用去了，想见玄木老头的话，我不介意送你一程。"黑

夜之中，出现了几个阴冷的身影，那邪魅的声音幽幽传来，似利刃般穿透枯叶的心头，令他脑海中嗡嗡地猛烈作响。

他紧握手中仙剑，瞪大双眼，朝那说话的黑影望去，幽暗的月色不时投在黑影那如剑削般的冷面之上，那睥睨众生的冷眼，如一道寒芒照在枯叶的脸上，割裂着他的面颊，不禁隐隐生疼。

“什么？独孤灼枫！”出现在枯叶眼前的正是那天魔教教主独孤灼枫，这世间最为邪狂、最为心狠手辣的人。

天外暗云不知何时已散去，月辉尽数投散在道场上。独孤灼枫身后站着的正是天魔其余三大氏族的门主，端木宇坷、拓跋槿以及南宫芷汐，还有那已叛逃魔教的桑阳观弟子徐谦禹。

“谦禹！想不到你竟然背叛师门，投靠了天魔！”枯叶一副难以置信的神情。

“想不到吧，还有你更想不到的，还不出来见你师弟最后一面。”独孤灼枫冷冷地朝身后黑暗中的身影说道。

只见黑暗之中，走出一个矮胖的身影，他手上提着一个布袋，透过皎洁的月色看去，枯叶那颗剧烈跳动的心早已经支离破碎，他脑海一片空白，心乱如麻，打死也不愿相信眼前所见。黑暗中走出来的正是与他朝夕相处、情同手足的离火真人！

离火此刻是那样冷漠，全然不像之前那谦逊温良的得道高人模样，更像是个内心阴暗的冷血恶徒。他死死地盯着枯叶一言不发，随即将手中带着血迹的布袋扔在了枯叶面前，从那布袋中赫然滚出了一个头颅，挥洒着点点血迹，溅在了地上。那个人头血肉模糊，可还是能依稀看清那张沧桑老脸上绝望的神情，那是张对枯叶来说再熟悉不过的脸。

“玄木师兄！！！”枯叶声嘶力竭地叫喊道，他手中仙剑寒芒大盛，眼中燃着骇世的怒火，气势汹汹地朝离火真人杀去。

那矮胖道人负手背对着枯叶，缓缓朝黑夜深处走去，自始至终都没有转过头来望枯叶半眼，一副全然不设防的态势。

就在那仙剑的锋芒行将刺中离火后背之时，突然上空出现一大团阴影，将枯叶全身笼罩，随之而来的是那劈头盖脸、山呼海啸般的水花。枯叶道袍浸湿，狼狈不堪，在那水花强大气势的冲击之下，他攻势大减，只得后退数尺，避其锋芒。还来不及整理衣衫，便发觉脚下又传来一阵剧烈的震动，那个黑影从天而降，瞬间天摇地动，他整个人也在微微摇晃。

映入他眼帘的竟是一个周身长满锋利鳞片，生着两只强健有力的巨足，张着血盆大口的鱼怪，那鱼怪的样貌看上去分明就是桑阳观后山镜湖中的鲻鱼兽，它本是灵性十足的神物，怎么会变成如此凶神恶煞般的妖兽？转念一想，他不禁又对离火生出许多恨意，看来他处心积虑于后山暗中训育这妖兽，就是为了等待这一天，他果然还是对当年那件事耿耿于怀。

枯叶不禁又想起惨死的玄木真人，瞬间升腾出满心的酸楚，他大吼一声便朝那鱼怪杀去，那鱼怪气势汹汹，一点都不忌惮仙剑的犀利寒光，与枯叶激斗在一起，而桑阳观弟子们见玄木惨死，也一个个伤心欲绝，与魔教徒厮杀起来。在场的几个邪教高手根本无心出手，冷冷观望着，离火不知何时已隐入独孤灼枫身后那片阴影之中。由于他的叛变，这场恶战，桑阳观凶多吉少。

天魔声势浩大，魔人攻势如潮，正派弟子奋力抵抗，逐渐不支，面对那步步逼近的天魔大军，他们胸中竟血脉偾张，燃起前所未有的斗志。

“我辈正道俊杰，不会懦弱退缩，只会勇战而亡，以我血鉴日月，以我命祭苍天。”桑阳观弟子大呼，随即各执仙剑，引剑而出，精英弟子在前，寻常弟子在后，寸步不让，寸土必争。

枯叶眼见场间弟子们正做着最后的抵抗，心头也是豪情万丈，他手中仙剑幻化出数道寒锋剑气朝那鲻鱼兽击去，剑气凌厉，一击便中。

鳐鱼兽吃痛，忙向后逃窜，枯叶看准形势，急忙脱离战场，引剑而上，跃身来到空中，轻浮于桑阳观弟子中央。

那柄寒光料峭的仙剑此刻正不断激射出冷锋清芒，众弟子见状也执剑而出，那一把把异彩纷呈的仙剑倏地径直朝上飞向空中。空中的枯叶手摆法诀，正催持着那把寒芒仙剑，地面上的年轻道人见状也纷纷运气催持手中仙剑，那些仙剑在他们共同催持下，竟在空中形成了一个圆形剑阵，急速地在他们的头顶盘旋。

“三清屠魔剑阵！”站在独孤灼枫身后的离火望着那剑阵，终于开口说话。他忽然吹出一声清脆的口哨声，那鳐鱼兽心领神会，跃身而起，朝道场外奔去，瞬间消失在黑暗中。

“三清屠魔剑阵？”独孤灼枫满脸疑惑，如他这般飞扬跋扈的魔头，听见这个名字心中也是有所忌惮。

“听说是桑阳观众人合力施展的阵法。”一旁的端木宇坷冷冷说道。

“区区阵法又岂能阻挡圣教的攻势，真是螳臂当车，白白送死。”说话者正是拓跋槿，他神色很是淡漠，随即望了望身边的南宫芷汐，却见这少女邪邪一笑道：“依我看来，拓跋门主千万别托大了，还是小心行事为妙。”

沉默半晌的离火神色凛然，开口说道：“南宫门主所言极是，这‘三清屠魔剑阵’是桑阳观弟子合力施展的法阵，若是施展者修为高深，且差距不大，则能充分发挥剑阵的灭世神威，若是施法者道行相差千里，则剑阵威力自然也会大打折扣。不过枯叶就算此刻贸然发动剑阵，他们人数之巨想必也会声势浩大，我们不可不防。”

离火言毕，却见独孤灼枫几人神色凝重，早已做好了应对。

那圆形剑阵正在高空急速旋转，直射出道道刺芒，照亮了整个道场，那些仙剑正裹挟着浩瀚的剑气在空中疾速汇聚。场上魔人严阵以待，看准时机，便向那些正在施法的道人凶狠地杀去，他们此刻正全身心发动阵法，哪里还能顾及魔人那迅猛致命的如潮攻势。

魔人各执兵刃，转眼就要闯入剑阵，冲散桑阳观弟子的阵势，大开杀戒。

电光石火之间，那剑阵汇聚而成的凛冽浩瀚剑气终于爆发，仙剑阵幻化出无数道剑芒朝场上魔人瞬即杀来，那漫天剑芒惊世骇俗，气吞山河，圣剑屠魔，就在今朝。耀眼的光华在夜空中挥洒着绚丽的色彩，那是死亡的颜色，杀意浓浓的剑芒直入魔人胸膛，撕裂他们的肉身，他们还没来得及感受寒意在体内的肆虐，就这样应声倒地。

刹那间，魔人尽数被剑芒击毙，只留下那几个全力以赴应对剑阵的天魔高手以及离火、徐谦禹二人，而他们此刻也体内真气激荡，两颊泛红。

凌厉剑阵过境，桑阳观弟子人多势众，又有枯叶真人坐镇，全然一派群情激愤的阵势。天魔几人虽为各氏族门主，但势单力薄，一人与数十名弟子缠斗，其中不乏精锐弟子，虽然势均力敌，却一时难以脱身，桑阳观采取的各个击破战法竟颇有奇效，将各个魔人高手团团围住，一时之间，各色法器砰砰作响，异芒频现。岚霜与翠星辰虽然犀利，瞬间击溃众多正派好手，但随之而来的却是更多道人的围攻，反观南宫芷汐竟游弋于人群中间，闪转腾挪、来去自如，她那邪魅的身影飘忽不定，对方还来不及出招就被她诛杀。

“多日不见，芷汐的修为又长进不少啊！”拓跋槿打斗中不时用余光望向那飘逸灵动的少女。

却见那南宫氏门主使的竟是一把松绿色油纸伞，那纸伞伴着她淡黄的衣衫在月色下翩翩起舞，煞是好看。那把油伞看似平凡，却微微透着绿色的光，面对正派弟子法器异芒来袭，她瞬间撑开伞柄，那些异芒全数没入伞中，在伞面上游荡。随即南宫芷汐衣衫飘荡，体内真气急速运行，汇入伞内，那些异芒旋又原封不动地从油伞中激射而出，以彼之道还施彼身，那些施法者瞬间殒命，这娇俏少女邪笑着，杀人

于无形。

“你还愣在这儿干什么，对圣教表忠心的时候到了，可不要念及旧情，手下留情啊，嘿嘿。”独孤灼枫望着枯叶真人，突然开口对身旁的离火说道。

那矮胖道人此刻脸色竟是那般阴郁，他死死地盯着对面的枯叶，周身散发着浓烈的杀气，二话不说，化作一团赤芒便朝枯叶掠去，这对曾经生死与共的师兄弟终于还是免不了决一死战。

“师兄，你还在为当年那件事耿耿于怀吗？你可曾想过，师父他老人家泉下有知，若是知道我们师兄弟这般自相残杀，他当如何自处？”枯叶望着那朝自己杀来的离火，一反之前的冷酷无情，竟流露出几许苦涩的哀愁。

“哼，明明我的修为在景阳之上，若不是师父偏心，将斩仙剑传授于他，也许现在桑阳观的掌门就是我了。”离火眼中满是杀意，那张邪魅的冷脸臃肿而扭曲，看上去很是怪诞。

“师兄，难道你还不明白师父的苦衷吗？我们几个师兄弟都无法驾驭那斩仙神剑，师父念及景阳师兄秉性温良，心无旁骛，更能抵御神剑灵力的反噬，他老人家为了大局，才将斩仙传于景阳师兄。”

“净说些冠冕堂皇的话，师父就是不待见我，说我修行急于求成，心有魔障，欲速则不达。”

“怎么会呢？他老人家最疼爱的就是你了，常在我们面前提起你，他真的很希望你能重新振作起来，消除心魔，真正悟道修仙，你可别辜负师父的一番苦心啊！”

“真是可笑，我有什么心魔，我只是来拿回原本属于我的一切！”离火冷哼一声，此时阴邪张狂的他已完全变了一个人。

“师兄，现在回头还来得及，别再泥足深陷了，回来吧。”枯叶近乎苦苦哀求，他正做着最后的尝试。

“你可知道，当初我将那把挚爱的仙剑响水回炉煅烧，重铸成烹饪用的铁铲时，是什么心情？不只是你们感到惋惜，我更是痛心疾首，师父说我不该如此冲动，但他是否知道，这一切都是他的错，是他葬送了我，令我就此放纵，彻底断了继续修道的念想。想来很是可笑，这铁铲真是莫大的耻辱，响水在身又有何用，堂堂修仙道人还不如做个伙夫一了百了。我日夜苦思冥想，却怎么也想不明白，究竟我做错了什么，为何会落得如此下场。后来我想通了，这一切都不是我的错，这些都是你们造成的，你们这些虚情假意、道貌岸然之人，断我仙途，夺我掌门之位，我不甘心，我绝不会善罢甘休，你们亏欠我的一切，总有一天要让你们加倍奉还！”离火言辞激动，面容扭曲，那拿着铁铲的手正剧烈地颤抖着，这些年来他所有悲愤纠结的怨念终于燃烧成满腔的怒火，带着浓烈的恨意朝枯叶迅猛杀来。

枯叶心如死灰，他不再期望离火回心转意，只能祭出仙剑与这个曾经的同门师兄做最后的搏杀。而这一切，远处的独孤灼枫都看在眼里，他见离火言语之间毫不迟疑，朝枯叶痛下杀手，不禁露出满意的笑容。

“你若是念及师兄弟旧情，不忍心下手，我可就帮你动第一刀了。”独孤灼枫冷冷说道，手中那把傲世寒霜斩已发出耀眼的刺芒。

他话音刚落，离火与枯叶便缠斗在一起，离火丝毫不顾及旧情，杀招频现，朝枯叶步步紧逼。那枯叶方才施展过“三清屠魔剑阵”，此刻体内真气不如之前那般充盈，一时之间处于守势，他密不透风地护住周身，不给离火丝毫抢进的机会。

纵然只守不攻，暂立于不败之地，但长此以往，必然渐处败势。枯叶把心一横，已做好今夜与魔人玉石俱焚的打算，只听他大喝一声，仙剑瞬时幻化出道道极寒刺芒朝离火奔去，离火忌惮那刺芒威力，向后退去几丈，转眼之间，枯叶却飞向了高空中，又使出那招“三清屠魔剑阵”。

他竟然凭一己之力施展“三清屠魔剑阵”，他就像个视死如归的

死士，即使燃尽生命最后一团火花，也要焚尽天地间的邪魔。从来没有人单独施展过“三清屠魔剑阵”，他们根本没有勇气尝试，因为下场只有一个，那就是死！

可还是有人不惧怕死亡，生亦何欢、死亦何苦，参透生死本就是修道者的造化，这个冷月夜，枯叶已超脱凡尘进入天人境界。他头顶的圆形剑阵正急速旋转，傲世苍穹的剑气一触即发，场下的离火等人则严阵以待，死死地盯着那片刻后就要疯狂奔涌而来的剑雨。

可空中的枯叶还是停住了，在场的正邪双方的打斗也停住了，他们都望向了遥远的夜空，那里有朵剧烈燃烧的火云正急速陨落，那团火烧云将天空映照得通红，整片夜空像是经受着炙焰的洗礼，燃起了熊熊烈火。那烈焰深深灼烧刺痛了每个人的面颊，席卷侵袭，古树被悉数震碎，残叶飘零纷飞，大地在不停地晃动，那是上古恶魔的降临。

“来了，终于来了！”独孤灼枫望着那团壮观的火云，面露邪色地说。

端木宇坷等人也是神色肃穆，他们无比恭敬地凝望着天外，那天神下凡一般的火云让他们俯首称臣。

“恭喜教主，奇穷大神终于重返人间了！”拓跋槿眼望那毁天灭地的火烧云，兴高采烈地说道。

他话音刚落，那团火云却已撕裂了夜空，将月色融化，速度之快，让人全然来不及防备。那是一个燃烧着赤焰的火球，那火球径直砸在了道场上，火花四溅，道场瞬间陷入一片火海。火海中央，那焚灭山河的火焰冲天而起，火焰之中一对血红色巨目赫然显现，正恶狠狠地注视着枯叶等人，令他们不禁倒吸一口凉气。

那血目的主人燃烧着来自九幽地狱的烈火，那被烈焰包裹着的巨大身躯从火光中现身，它扬着高昂的头，四足不停地践踏着脚下的大地，那些沧桑的石板也被炙烤得通体泛红，一派人间炼狱的景象。它怒吼咆哮，神威惊天，令人胆战心惊，它是来自上古的凶兽，它是奏响亡魂丧歌的邪魔。

上古四大凶兽之一的奇穷，就这样重返人间，它周身燃烧着烈焰，根本看不清它的模样，只有那对血红巨目迸发出惊世赤芒，让人胆寒。它嘶吼着，不断喷发出灼世烈焰扫荡着这片天地，热浪扑面涌来，瞬间便有数名桑阳观弟子来不及躲避，葬身火海，在痛苦哀号中化为灰烬。

奇穷突然现身，天魔陡然间声势浩大，已稳操胜券，一时之间那凶兽横冲直撞，神威皇皇，锐不可当，正派弟子死伤惨重。枯叶目击这人间惨状心中更是无比惊诧，那奇穷之神威，仅凭他的法力是万万无法抗衡的，他心中一片死灰，头顶那片剑阵顿时也暗淡不少。

“今夜我们要踏平临冬谷，血洗桑阳观，谁砍下那道士的头颅，谁便记下首功！”说话者正是独孤灼枫，随着上古凶兽奇穷加入战局，他更加有恃无恐。

“也罢，今夜就算命丧于此，也要叫尔等竖子有去无还，我枯叶无愧于列祖列宗，无愧于苍天正道！”

夜空之下的枯叶放声大笑，笑到最后竟是无尽的悲鸣，他作了最后的诀别，便毅然汇聚体内剩余的真气，施展“三清屠魔剑阵”，瞬间，空中圆形剑阵金光闪现。

那无数道剑芒，裹挟着浩瀚剑气朝奇穷杀来，怒剑狂杀、屠尽妖邪，剑芒悉数没入凶兽燃烧着火焰的身体中，却消失不见。终究枯叶道行修为有限，那剑阵威力大减，奇穷根本无所忌惮。它周身火焰骤盛，如同火海怒涛在疯狂地汹涌起伏，一声划破黑夜的厉啸传来，奇穷喷射出无数团火球朝枯叶击去。他紧握仙剑，奋力劈开那些迎面袭来的火球，一团接着一团，火花四射，但那些烈焰火球接踵而至，他根本无力反抗。

终于枯叶体内真气耗尽，后力难续，支撑不住，瘫倒在地。他不停地喘着粗气，有心杀敌却无力回天，只能眼睁睁看着那火球朝自己

砸来，瞬间就要化为灰烬。他闭上了双眼，静静感受着死神的召唤。

过了许久也不见动静，他只觉道场中光芒大盛，耳畔传来一阵风起云涌的震响，那是某种远古神器的惊世怒啸。

“什么？难道这是？”一个清晰的念头在他脑海里浮现，他心中大惊，赫然睁开双眼，却见那些火球早已烟消云散，一个再熟悉不过的灰白色身影挡在了自己面前，正是那久未谋面的桑阳观掌门景阳真人。枯叶惊喜地望去，却见景阳还背负着一个人，那人满身是血，早已昏迷不醒。

景阳周身急速旋转着金色光幕，令他增添了几分仙威，而他手中拿着的那柄泛着紫气的紫金仙剑，更是宛若天外神物。

枯叶望着那柄紫金神剑，脑中嗡嗡作响，而离火的面庞也是剧烈抽搐，死死地盯着那把神剑。

“斩仙剑！！！”枯叶激动地大吼了一声，简直不敢相信自己的眼睛，他以为这辈子都看不到这把屠灭凡间凶兽的上古神器了。

“你到底还是驾驭了这斩仙神剑。”离火朝着景阳幽幽说道，话语间流露出无尽的嫉妒和愤恨。

斩仙突然降世，令独孤灼枫等人也无比惊诧，他们眉头紧锁，严阵以待，而那奇穷的巨目中竟也露出之前从未有过的恐惧，那把斩仙剑就是它此生中注定的克星。

景阳真人满脸漠然，一言不发地将身后那满身是血的人放在了地上，抬眼望去，桑阳观弟子们不禁大吃一惊，那不正是他们平日里敬仰的师兄赵志成吗？想不到他竟伤得如此之重。

“斩仙降世、屠妖戮魔，独孤灼枫，今日我便与你做个了断。”景阳一反常态，冷若寒冰，他身后狂涌着阵阵紫色煞气。

这个桑阳观掌门人，正派巨擘的得道高人，此刻脸色阴郁，周身流转的金芒之中泛着可怖的紫色邪气，他手握那柄紫金斩仙神剑朝天空指去。

瞬间风起云涌，狂风呼啸，景阳的灰白鹤氅在烈风中疯狂飘荡，恍若天神，那把斩仙剑威芒流转，剑气骤盛。遥远的云天外，黑云笼盖的天空，开始尽数碎裂，层云散去，一道绝世光华从苍穹倾泻而出，满天星光顿时暗淡，冷月清辉也消失不见，夜空中只有那道异世光华涌来，径直照在斩仙剑身上。

斩仙剑那紫金仙芒顷刻大盛，几欲爆裂而出，这把神剑在那天外神光的照耀下剧烈震动，发出刺耳的蜂鸣，似在吸收着天地星河的灵力。景阳那张莫可名状的脸正隐藏在不断疯狂升腾的金芒紫气中，他静立在原地，悄无声息，却散发着令人窒息的锐气，那是灭世的杀戮之气。

“受死吧……”短短三字，从这手执斩仙剑的道人口中冷冷道出。

在那耀眼的紫金异芒中，斩仙剑竟幻化成一把硕大无比的神剑，绽放着惊世骇俗的绝代光华朝天魔众人劈来。而那天外神光汇聚在夜空上，伴随着云层深处惊雷的炸响，剑锋奇芒与神光圣辉交织，誓要屠尽这世间所有的妖邪。

那把巨大的斩仙剑一击即中，瞬间直入奇穷身内，那凶兽猝不及防，火焰中的巨目发出惊悚恐惧的神色，它身上的灼世烈焰随即暗淡无光，缓缓退去，直至烟消云散，而奇穷的真身也终于出现。那是一只周身血红的巨大恶兽，四足强劲粗壮，利爪踏石留痕，那对巨目恶狠狠地盯着桑阳观众人，修长有力的兽尾不停地在空中甩动，细长的獠牙在月色下泛着冷冽的寒光，如同两把傲世尖刃，杀人如麻。

失去火焰的神威，奇穷在斩仙面前竟显得那般微不足道，它被神剑击中，周身密布着无数伤痕，流淌出汩汩鲜血。奇穷不断哀嚎，巨目中似有怒意，但更多的却是惊恐，它朝着景阳怒吼了几声，随即又是不断“呜呜”地悲鸣。终究难敌斩仙神威，奇穷转过身来，一瘸一拐地朝场边走去，瞬间化作一团巨大的火焰，消失在云天之外。

“什么？奇穷大神它……”话才说到一半，独孤灼枫几人无不骇

然，他们方才全力抵御那漫天神光的攻势，此刻已疲惫不堪，衣衫残破，周身大伤小伤不断，早已溃不成军，无心恋战。而他们对面站着的仍是那手执斩仙、隐遁在紫金气芒之间的景阳真人。

“还不滚！”又是那冷漠的声音从剑芒中传来。

景阳神威天降，斩仙横空出世，枯叶与在场桑阳观弟子更是群情高涨，他们将景阳围在中心，各执法器，恶狠狠地盯着独孤灼枫等人，一副同仇敌忾、决战到底的架势。

可独孤灼枫却像是死死定在了原地，根本迈不出半步，他孤傲自负，生平从未遭受这样的奇耻大辱，如何咽得下这口恶气。本来天魔声势浩大，加之奇穷重生，即刻将要踏平桑阳观，可偏偏在这紧要关头，斩仙剑降临，形势急转直下，此刻天魔已然式微，如果贸然僵持，他们必会被斩仙诛杀。

这个魔教教主神情有些落魄，他仍是呆呆站在原地，全然不顾此刻斩仙剑又骤然盛起的紫金威芒。忽而有人拉了拉自己的衣角，他扭头望去，正是南宫芷汐，她一脸疲态，凝望着自己，那眼神像是在告诉自己，大势已去，还是先退为妙。

“教主，不如……我们先撤吧……”说话的却是拓跋樘，随即他又望向身旁的端木宇坷，而这个男人此刻神色很是肃穆凝重。

“我们走……”独孤灼枫淡淡说道，化作一道异芒向天外飞去，三个氏族的门主也随即跟上，消失在那遥远的夜空中。

场上只剩下离火与徐谦禹这两个背叛正道的桑阳道人，徐谦禹望着在场虎视眈眈的人群，早已心惊胆战，急忙跌跌撞撞地跃身而起，也随着魔人逃去。

只有离火仍伫立于原处，他看了看满脸鄙夷的枯叶，遂又望向那傲然而立的景阳，不禁内心生出无限悲凉，惨然而道：“你终究还是不辱师父冀望，御剑成功，今日还要多谢景阳师兄念及旧情不杀之恩，这是离火最后一次唤你师兄了，今后相见，非生即死！”

那紫气金芒中的景阳仍是漠然无言，只是那斩仙的剑芒却暗淡许多。离火御风向上，化作一颗孤星，飞向了夜空。

魔人终于退去。桑阳观弟子不禁长舒一口气，满心欢喜地围着景阳真人，他们最终还是抵挡住了天魔的犀利攻势。此刻紫气金芒缓缓散去，露出景阳那张惨白沧桑的老脸，他的脸庞不停地抽搐，柔弱的身体剧烈颤抖，突然间一大口鲜血喷薄而出，将胸前都染红了，他终于还是支撑不住，重重摔在了地上，瞬间不省人事。

“掌门！掌门！”只留下场中弟子撕心裂肺的哀号在桑阳观的夜幕下回荡。